DÖRLEMANN

Shulamit Lapid

Der Hühnerdieb

Lisi Badichis zweiter Fall

Kriminalroman

Aus dem Hebräischen von
Mirjam Pressler

DÖRLEMANN

Die hebräische Originalausgabe »Pitayon«
erschien 1991 bei Keter Books, Jerusalem.

Dieses Buch ist auch als Dörlemann eBook erhältlich.
eBook ISBN 978-3-03820-903-4

Alle deutschsprachigen Rechte vorbehalten
Copyright © by Shulamit Lapid
Published by arrangement with the Institute
for the Translation of Hebrew Literature
© 2023 Dörlemann Verlag AG, Zürich
Umschlaggestaltung: Mike Bierwolf unter Verwendung
einer Illustration von Irène Schoch
Satz: Dörlemann Satz, Lemförde
Druck und Bindung: Print Best, Viljandi
ISBN 978-3-03820-125-0
www.doerlemann.ch

Kapitel 1

Der Hühnerdieb

Als Lisi Badichi loszog, um über die Beerdigung von Polizeiinspektor Awner »Rosi« Rosen und seiner Freundin Tami Simon zu berichten, wäre ihr im Traum nicht eingefallen, dass der Tote bei ihrer Rückkehr in ihrer Wohnung sitzen würde.

Der Doppelmord an Rosen und Simon war zweifellos das aufregendste Ereignis in Be'er Schewa, seit Birnzweig in das Loch gefallen war, das sich plötzlich auf dem neuen Markt gegenüber dem Lottokiosk aufgetan hatte, und nach drei Tagen leblos herausgezogen wurde. Zum ersten Mal, seit Lisi bei der *Zeit im Süden* angefangen hatte, bestand eine vollkommene Übereinstimmung zwischen Gedalja Arieli, ihrem Redakteur, und Polizeiinspektor Ben-Zion Koresch, ihrem Schwager: Beide waren interessiert an einer ausführlichen Berichterstattung über die Beerdigung.

»Ausgerechnet am Dienstag«, hatte Arieli geschimpft, als sei Lisi diejenige, die die Termine der Morde und der Beerdigungen in Be'er Schewa bestimmte. »Schicken Sie achthundert Wörter, ich reserviere Ihnen vier Spalten. Ich möchte eine Weitwinkelaufnahme vom Tatort und Porträtfotos der Ermordeten oder das Foto einer Familienfeier, auf dem sie gemeinsam zu sehen sind. Außerdem alles über den Polizisten und seine Geliebte. Sprechen Sie mit der Polizei, den Verwandten, den Nachbarn.« Arieli hatte den Hörer aufgeknallt, und auch Lisi hatte, wie meistens nach einem Telefongespräch mit Arieli, den Hörer mit einem Karateschlag auf seinen Platz befördert. Zehn Jahre war sie nun schon »unsere Reporterin« der *Zeit im Süden*, und jeder einzelne Bericht, den sie im Lauf dieser Jahre geschickt hatte, war kontrolliert worden. Und obwohl es nie einen Vorwurf wegen übler Nachrede oder eine Beschwerde gegen sie gegeben hatte und sie einige echte Knüller sowohl für die überregionale als auch für die lokale Ausgabe gelandet hatte, reichte das alles nicht, um die Tatsache in Arielis Kopf zu hämmern, dass Lisi Badichi eine professionelle Reporterin war.

»Du sprichst mit dir selbst«, hatte Dorit gesagt, die Fotografin.

»Arieli«, hatte Lisi geantwortet und einen unterdrückten Seufzer ausgestoßen.

»Irgendwann wirst du das Telefon kaputtmachen.«

»Er will Weitwinkelaufnahmen vom Tatort und Porträtfotos von den Ermordeten.«

»Und wo liegt das Problem?«

»Es gibt keins.«

Meinte er denn, dass sie ohne seinen Anruf etwa nicht mit den Nachbarn, den Verwandten und der Polizei gesprochen hätte? Und wie wäre es gewesen, wenn er Auf Wiedersehen gesagt hätte? Wann sagte er ihr jemals Auf Wiedersehen? Wenn er sie entlassen würde, dann würde er Auf Wiedersehen sagen. Sie musste froh sein, dass er sie nicht beschimpft hatte.

Es hatte den Anschein, als würden alle Einwohner Be'er Schewas an der Beerdigung teilnehmen. Seit der Einweihung des Negev-Einkaufszentrums hatte man nicht mehr so viele Leute auf einem Haufen gesehen. Die Trauerreden wurden vom Polizeipräsidenten gehalten, vom Bürgermeister und vom Rabbiner von Be'er Schewa, der vom »feigen Stolz der Söhne des Bösen« sprach. Lisi beschloss, dass dies die Überschrift ihres Artikels in der Lokalausgabe werden sollte, doch dann fiel ihr ein, dass der Rabbiner genau dieselbe Formulierung bereits beim Gebet für die Soldaten benutzt hatte, die gegen Saddam Hussein und seine Armee kämpften. Der Polizeipräsident versprach, dass der lange Arm der Polizei die niederträchtigen Mörder fassen würde. Angesichts der großen Menschenmenge wurde der Bürgermeister von einem poetischen Geist ergriffen und sagte, die Ehre eines Menschen werde nicht von seiner Stellung bestimmt, sondern der Mensch sei es, der seiner Stellung Ehre verleihe. Und Gott möge die Familien Rosen und Simon trösten.

Alle bei der Beerdigung Anwesenden wussten, dass die teuren Verschiedenen nicht miteinander verheiratet gewesen waren, und alle spürten, dass die Trauerreden so formuliert waren, dass man sich an die beiden als Paar und zugleich als einzelne Personen erinnerte. Umso mehr, als die geschiedene Ehefrau des Polizeiinspektors Awner Rosen, schwarz gekleidet, unter den Trauergästen stand und es schaffte, genau in dem Moment ohnmächtig in die Arme ihrer Freundinnen zu sinken, als ein paar Kameras auf sie gerichtet waren.

Erregtes Murmeln begleitete die Trauerreden, Neugier, die befriedigt werden wollte – das gleiche Gemurmel, das man bei Premieren hörte, bei Festkonzerten oder unter den Schaulustigen eines Bankraubs. Nur unter Einsatz ihrer Ellbogen gelang es Dorit und Lisi, bis zum Grab vorzudringen.

Dorit Dahan war die Tochter des Leiters der *Zeit im Süden* und arbeitete seit einem Jahr für die Zeitung, seit ihrer Entlassung aus dem Militärdienst. Damals, bei ihrem Eintritt, hatte Lisi sie für ein gelangweiltes Mädchen gehalten, das sich nach Nervenkitzel und Rampenlicht sehnte, doch schon nach kurzer Zeit musste sie feststellen, dass sie den gleichen Vorurteilen zum Opfer gefallen war, die andere ihr gegenüber hegten.

Ihre Zeit bei der Armeezeitung hatte Dorit auf ihre neue Arbeit vorbereitet. Sie stand der Zeitung zu jeder Tages- und Nachtstunde zur Verfügung, schleppte die schwere Fotoausrüstung und zögerte auch nicht, nach Gaza oder Refiach zu fahren, wenn ihr Auftrag das verlangte, oder fremde Fotografen und Fernsehfilmer zur Seite zu stoßen, wenn diese ihr im Weg standen. Dorit vergeudete keine Energie mit unnützem Reden und ließ sich nicht von öffentlichen Größen beeindrucken. Mitleid, Ängste und Ehrfurcht waren ihr fremd. Die Welt zeigte sich ihr nur durch die Linse ihres Fotoapparats.

Lisi kannte Dorit seit deren zwölftem Lebensjahr. Anfangs war es ihr schwergefallen, in diesem schönen Mädchen mit den großen stahlblauen Augen und den kurzgeschorenen blonden Haaren eine Kollegin zu sehen. Bis zu ihrem Eintritt hatte die Zeitung freie Fotografen beschäftigt. Dann hatte sich Dahan an Arieli gewandt und ihn gebeten, seine Tochter für ein Probejahr einzustellen; falls sich erweise, dass sie professionell arbeite, bitte er darum, sie fest anzustellen. Arieli war einverstanden, und

Lisi fragte sich verwundert, wie Dahan denn nun in Zukunft seine gelegentlichen kleinen Romanzen handhaben wollte, ohne dass Dorit etwas mitbekam. Ihre Verwunderung hielt aber nur zwei Monate an. Als Dahan hörte, dass Dorit nach Gaza fahren wollte, um dort zwei Repräsentanten der Krisenkommission zu fotografieren, die sich zu einem Interview mit Lisi bereit erklärt hatten, protestierte er lautstark. Als Dorit ihm auch noch mitteilte, dass sie vorhabe, sich eine Wohnung in der Nähe der Redaktion zu mieten, brüllte Dahan: »Nur über meine Leiche!« Doch da erinnerte Dorit ihn an ein gewisses russisches Model und an eine Kosmetikerin. Dahan gab nach und übernahm auch noch die Miete für die Wohnung.

»Du bist dafür verantwortlich, dass ihr nichts passiert«, sagte er drohend zu Lisi.

»Habe ich sie etwa eingestellt? Das warst doch du. Du hast doch gewusst, was mit der Arbeit einer Pressefotografin verbunden ist.«

»Du hast ihr von Tatjana und von Jeannette erzählt.«

»Ich habe ihr gar nichts erzählt. Sie hat doch Augen und Ohren im Kopf.«

Auch Dahan wusste, dass seine Vorwürfe lächerlich waren. In den zehn Jahren, die er mit Lisi arbeitete, hatte sie nie mit irgendjemandem über die Frauen gesprochen, die er gelegentlich in das eine oder andere Hotel der Stadt abschleppte, im Austausch gegen eine verbilligte Anzeige oder eine Reportage, die redaktionell nicht zu rechtfertigen war.

Dorit wurde zu Lisis Bundesgenossin. Lisi wusste, dass Dorit zu jeder Tageszeit zu jedem Auftrag bereit war. Sie würde mit ihrem Motorrad kommen, die Fotoausrüstung in Lisis Auto werfen, »Wohin?« fragen und einen nicht mit überflüssigen Fragen bestürmen. Gemeinsam kamen sie dann auch zur Lokalredaktion zurück. Lisi setzte sich hin und schrieb ihre soundso vielen Wörter, und Dorit ging in die Dunkelkammer und entwickelte ihre Fotos. Manchmal arbeiteten sie bis Mitternacht, und wenn es erforderlich war, standen sie nach zwei, drei Stunden Schlaf wieder auf, um den nächsten Auftrag zu erledigen. Nachdem das einige Male passiert war, begann Dorit, Lisi nachzuahmen – zum Beispiel den Kopf unter kaltes Wasser zu halten, um wach zu werden –, doch im Gegensatz zu Lisi, die sich danach immer die Lippen mit einem fetten roten Stift anmalte und sich riesige Plastikohrringe an die Ohren hängte, kam Dorit mit nassen Haaren an, und auf ihrem kleinen, blassen Gesicht waren noch immer die Abdrücke ihres Kopfkissens zu erkennen. Sie hatte einen knabenhaften Körper, war fast so groß wie Lisi, und ihren Nacken schmückte ein dünner Zopf, der wie ein vergessener Rest aus ihrem fast kahl geschorenen Kopf wuchs. Zum Kummer ihrer Eltern trug sie sommers wie winters T-Shirts, und auch die jungen Männer, die von Zeit zu Zeit bei ihr wohnten, trugen zu diesem Kummer bei. Lisi hingegen fragte sich nur, wer sie waren, wie sie sich wohl vergnügten und wann Dorit dafür Zeit hatte. Dorit war zehn Jahre jünger als sie und litt nicht unter den Hemmungen dem anderen Geschlecht gegenüber, unter denen Lisi gelitten hatte. Ihre Verwunderung darüber behielt Lisi für sich. Von Anfang an war ihre Beziehung auf die Arbeit beschränkt.

»Fotografiere das Publikum«, sagte Lisi zu Dorit, als sie auf dem Friedhof ankamen, »nicht nur die Familienmitglieder.«

»Ein Panorama der ganzen Beerdigung?«

»So viele Leute wie möglich. Vom Parkplatz bis zum Grab. Kannst du alle Trauergäste fotografieren?«

»Schwierig. Sie stehen in einem Kreis. Irgendwas Spezielles?«

»Nein.«

»Ich kann eine Runde drehen und sie von allen Seiten aufnehmen.«

»In Ordnung.«

Lisi überlegte, was sie ihr sagen würde, wenn Dorit merkte, dass sie gar nicht vorhatte, die Bilder zu verwenden.

***

»Lisi, mein Schatz«, hatte ihr Schwager Benzi ins Telefon geflötet, wobei er fast an seiner eigenen Freundlichkeit erstickte. »Kannst du einen Moment bei mir vorbeikommen?«

»Nein, ich fahre zur Beerdigung von Awner Rosen und Tami Simon.«

»Ich auch. Ich nehme dich mit.«

»Benzi! Sag schon, was du willst.«

»Das ist nicht so einfach. Komm vorbei.«

***

»Hallo, Lisi. Was machst du hier?«, fragte ihre Tante Malka, die Protokollschreiberin der Polizeistation.

»Benzi will mich sprechen.«

»Er ist zur Beerdigung gefahren.«

»Er ist nicht zur Beerdigung gefahren. Er hat mich vor zehn Minuten angerufen und herbestellt.«

Der verwunderte Ausdruck auf Malkas Gesicht erstaunte Lisi, denn normalerweise passierte in der Polizeistation nichts, was ihrer Tante entging.

»Fährst du mit Dahans Tochter zur Beerdigung?«, fragte Benzi.

»Guten Tag, Benzi, wie geht es dir?«

»Lisi!«

»Ja, Benzi. Ich fahre mit Dahans Tochter zur Beerdigung. Sie heißt Dorit.«

»Bitte sie, so viele Leute wie möglich zu fotografieren. Wenn möglich, alle.«

»Arieli will Porträts der Ermordeten und ein Foto vom Tatort. Warum lässt du den Rest nicht den Polizeifotografen machen?«

»Bitte, Lisi.«

»Warum?«

»Es soll keiner merken, dass die Polizei interessiert ist.«

»Es geht um den Mord an einem Polizisten! Natürlich ist die Polizei da interessiert! Um was für eine Geschichte geht es, Benzi, Schätzchen?«

»Um gar keine.«

»Keine Geschichte, keine Fotos.«

»Lisi!«

»Schrei mich nicht an. Ich bin nicht Georgette, und auch keine von deinen Verhafteten.«

»Es kann sein, dass jemand, der mit dem Mord zu tun hat, an der Beerdigung teilnimmt.«

»Hast du jemanden im Verdacht?«

»Weiß nicht. Kann sein, dass jemand dort ist, der eigentlich nicht hingehört, und uns dadurch etwas verrät.«

»Es ist nur natürlich, dass die Polizei die Beerdigung eines ermordeten Polizisten fotografiert. Ich verstehe nicht, wofür du mich da brauchst?«

»Lisi, wir haben jetzt keine Zeit. Wir müssen zum Friedhof.«

»Und warum hast du mir das nicht am Telefon gesagt? Du hättest uns beiden Zeit erspart. Sogar Tante Malka hat nicht gewusst, dass du mich herbestellt hast. Was kochst du aus, Benzi?«

»Versuche nicht, klug zu sein. Das passt nicht zu dir.«

»Ich bin nicht deine Angestellte, und ich schulde dir gar nichts, Benzi, Schätzchen.«

Lisi wandte sich zum Gehen. »Wandte« war das richtige Wort, denn Ben-Zion Koreschs Büro war so klein, dass man, um hinauszukommen, sich nur umdrehen und die Tür öffnen musste. Die Enge des Zimmers und die donnernde Stimme Inspektor Koreschs hatten schon viele Verdächtige zusammenbrechen lassen; Leute, die unter Klaustrophobie litten, waren bereit, Verbrechen zu gestehen, die sie nicht begangen hatten, nachdem sie eine halbe Stunde in Koreschs Betonwürfel zugebracht hatten.

»Dann werde ich eben Beni Adolam darum bitten.«

Lisi hielt inne und dachte blitzschnell nach. Inspektor Ben-Zion Koresch wollte nicht, dass irgendjemand von seinem Interesse an Fotos von der Beerdigung erfuhr; noch nicht mal bei der Polizei sollten sie es wissen. Er hatte sich an sie gewandt, weil sie seine Schwägerin war, weil er sie kannte und wusste, dass er sich auf sie verlassen konnte. Seine Drohung, sich an Beni Adolam zu wenden, ihren Konkurrenten von der *Post im Süden*, war nichts anderes als ein billiger Trick, aber Benzi wusste, dass Lisi sich nicht der Gefahr aussetzen würde, er könnte seine Drohung wahr machen, auch wenn die Gefahr ihrer Meinung nach gleich null war.

»Was soll ich Dorit sagen?«

»Wird sie Fragen stellen?«

»Sie muss jeden einzelnen Film abrechnen, den sie verbraucht.«

»Sag ihr einfach, du hättest Arieli nicht genau verstanden, und ich gebe euch neue Filme als Ersatz.«

»Willst du, dass sie die Filme entwickelt?«

»Ja.«

»Dann musst du auch für das Entwickeln bezahlen.«

»Selbstverständlich. Seit wann bist du so geschäftstüchtig? Du bringst den guten Ruf der Presse in Gefahr.«

»Hat sie denn einen?«

Benzi lachte, und Lisi fuhr fort: »Ich will die Geschichte, Benzi.«

»Welche Geschichte?«

»Du kriegst die Filme erst, wenn du mir versprichst, dass ich die Geschichte exklusiv bekomme.«

»Los, fahren wir zu der verdammten Beerdigung.«

»Versprich es.«

»Wenn wir die Identität des Mörders oder der Mörderin feststellen, wirst du die Erste sein, der ich es erzähle.«

»Dafür hast du mich in aller Heimlichkeit hierherbestellt?

Das hättest du mir auch am Telefon sagen können. Malka hat überhaupt nicht gewusst, dass du noch da bist.«

»Sag doch, du wärst gekommen, um Einzelheiten über den Doppelmord zu erfahren, ich hätte dir aber noch nichts sagen können.«

»Dein Zimmer stinkt, Benzi, Schätzchen.«

Auf Benzis Lippen erschien eine Art verlegenes Lächeln. Sie betrachtete ihn und fragte sich, was wohl im Busch war. Schon seit Jahren trieben sie nun ihr Nimm-und-gib-Spiel, begleitet von Beleidigungen, Erpressungen und den kleinen Witzen von Soldaten, die schon lange gemeinsam im selben Dreck hocken und gelernt haben, sich gegenseitig zu mögen und zu achten. Gelegentlich passte Lisi, wenn sie einen Abend frei hatte, auf die Kinder von Benzi und ihrer Schwester auf, und an Feiertagen saßen sie gemeinsam am Familientisch, um den sich auch Lisis Schwester Chawazelet und deren Mann Ilan »Sergio« Bachut drängten, der zugleich Benzis rechte Hand bei der Arbeit war.

»Vertraust du mir, Lisi?«

»Klar, so wie ich einer Kobra vertrauen würde.«

»Glaubst du, dass ich ein anständiger und verantwortungsbewusster Polizist bin?«

»Ist jemand anderer Meinung?«

»Antworte.«

»Ja, Benzi, ich glaube, dass du ein anständiger und verantwortungsbewusster Polizist bist.«

»Dann vergiss das bitte nicht.«

»Was ist passiert?«

»Ich brauche dich, Lisi.«

»Mach dir keine Sorgen, ich bin keine Tratschtante.«
»Das weiß ich.«

Lisi erwischte Dorit, noch bevor diese sich auf den Weg zum Friedhof machte, und bat sie, doch Reservefilme mitzunehmen. Sie war wütend auf sich, und sie war wütend auf Benzi. Er hatte es geschafft, dass sie machte, was er wollte, ohne dass er ihr irgendetwas verraten hatte.

***

Schajke Simon, der Vater der Ermordeten, saß auf einer Steinbank. Er trug einen Militärregenmantel und einen Hut, eine dunkle Sonnenbrille schützte seine Augen. Sein Sohn Oded, ein junger Mann von vielleicht sechsundzwanzig oder siebenundzwanzig Jahren, saß neben ihm, auf dem Kopf eine schwarze Kippa. Um sie herum befand sich eine Gruppe von Leuten, die aussah wie die Veteranen einer ausgewählten Militäreinheit, die man zu einem verschwiegenen Auftrag hervorgeholt hatte. Auf der Bank gegenüber saßen die beiden Schwestern des Ermordeten und eine Verwandte, die das Kopftuch tief in die Stirn gezogen hatte, sodass es bis zu ihrer Sonnenbrille reichte. Die Frauen waren umgeben von Polizistinnen. Zwischen diesen beiden Lagern standen der Bürgermeister, der Polizeipräsident, zwei Abgeordnete der Knesset, die im Süden des Landes lebten, ein paar beduinische Würdenträger, die aussahen wie Palmach-Veteranen, sowie einige Palmach-Veteranen, die aussahen wie beduinische Würdenträger, ansonsten noch ein paar Müßiggänger und Spinner. Aus Tel Aviv waren der Teilhaber der Verstorbenen gekommen, Menasche Melachi, sowie zwei Boutiquenbesitzerinnen und der Inhaber eines bekannten Pubs, was der Trauerversammlung etwas Kosmopolitisches verlieh. Zwischen den sommerlich gekleideten Neugierigen und den winterlich gekleideten Neugierigen befanden sich Polizisten – viele, viele Polizisten. Erwartung lag in der Luft; man nahm an einem wichtigen Ereignis teil, und jeder, der nicht daran teilnahm, war nichts anderes als vom Sturm des Lebens verwehte Spreu.

Schajke Simon mochte etwa fünfundfünfzig Jahre alt sein, groß, stark, misstrauisch und still. Als er noch bei der Armee diente, kursierte der Witz über ihn, er klebe sich sogar Schalldämpfer an die Schuhsohlen. Er war als Kind nach Be'er Schewa gekommen, mit seinen Eltern, war hier in die Schule gegangen und dann zur Armee, wo er den Rang eines Oberstleutnants erreichte. Sein Stern begann zu sinken in den Tagen vor dem Sechstagekrieg, als er im Gegensatz zu den Amerikanern behauptete, die Bewegungen der ägyptischen Streitmächte dienten nicht nur der Verteidigung, und man müsse die Alarmbereitschaft der Ägypter ernst nehmen. Levi Eschkol, damals Regierungschef und Sicherheitsminister, beschloss, den jungen Mann kommen zu lassen und sich anzuhören, was er zu sagen hatte, oder, wie er es formulierte: »Ich wil di jingele ojßhern.« Das Gespräch fand unter vier Augen statt und führte zu zwei Ergebnissen. Eschkol schickte seinen Außenminister Abba Ebben zu Präsident Lyndon B. Johnson und bestätigte einen Monat später Simons Verbannung zur Militärverwaltung in Ramalla. Simon, ein sehr verschlossener Mensch, tat treu seinen Dienst, machte aber aus seinem Herzen keine Mördergrube. Auf seine Bitte hin wurde er zum Studium geschickt (Betriebswirtschaft und Statistik) und nach Abschluss seines Studiums nach Frankreich, als Mitglied einer diplomatischen Vertretung, die sich um den Ankauf von Waffen kümmern sollte.

Das Pariser Leben verdrehte seiner Frau Bilha, einer lauten, stürmischen Blondine, den Kopf. Sie war das genaue Gegenteil von Schajke, sie liebte Einladungen und Tanzen und genoss es, fotografiert zu werden. Sie verliebte sich in einen griechischen Attaché und verließ seinetwegen ihren Mann und die Kinder. Zu ihren Gunsten muss man sagen, dass es ihr trotz ihres Temperaments gelang, ihre Liebschaft geheim zu halten. Im Sicherheitsministerium war man entsetzt, als nach Beendigung seiner Dienstzeit Simons Frau mit ihrem Liebhaber nach Athen fuhr. Niemand vergoss eine Träne, als Schajke Simon nach seiner Rückkehr seine Entlassung aus der Armee beantragte.

Monatelang trieb er sich tatenlos herum, ließ die übliche Abkühlungszeit vorbeigehen und machte nach einem Jahr das, was viele gute Leute vor ihm getan hatten: Er benutzte die Verbindungen, die er während seiner Zeit beim Militär und im diplomatischen Dienst geknüpft hatte, und gründete in Be'er Schewa die Firma Schesek. Die Firma vertrat, wie man hörte, ausländische Waffenhersteller und vermittelte Kontakte mit den entsprechenden Betrieben in Israel. Das Büro befand sich in Simons Haus und wurde von seinem Sohn Oded geführt. Das Haus stand allein auf einer Anhöhe und wurde von einem in den fünfziger Jahren gepflanzten Hain Jerusalemer Kiefern vor fremden Blicken geschützt. Ein hoher Eisenzaun umgab den Hain, und ein verrostetes, quietschendes Gittertor versperrte den Zutritt zum Gelände. Vom Tor zum Haus führte ein schmaler Asphaltweg, und auf diesem Weg stand der Peugeot 504, in dem Schajke Simons Tochter Tami und ihr Freund, Inspektor Awner Rosen, am Dienstag, dem 22. Januar 1991, ermordet worden waren.

Die wenigen Freunde Awner Rosens wussten, dass er sich vor ungefähr fünfzehn Jahren von seiner Frau hatte scheiden lassen, ein Jahr nach der Hochzeit, aber es ist zweifelhaft, ob sie wussten, dass er Tami Simons Liebhaber war. Diese Tatsache sprach sich erst nach seinem Tod herum. Es waren nicht so viele, die Awner gut gekannt hatten, und selbst diese fühlten, dass sie von ihm nur das wussten, was er selbst preisgegeben hatte. Die Polizisten, die mit ihm gearbeitet hatten, sagten, er sei zu schlau gewesen, zu unabhängig und dickköpfig, und sie hätten immer gewusst, dass es schlecht mit ihm ausgehen würde. Er hatte es geschafft, sich bei Untergebenen und Vorgesetzten verhasst zu machen, indem er sich weigerte, Tatsachen zu akzeptieren, und auch weiterrecherchierte, wenn Fälle offiziell abgeschlossen waren. Grundsätzlich hasste er Verbrecher nicht. »Sie machen ihre Arbeit, ich mache die meine«, hatte er oft gesagt. Er behauptete, sie seien weder klug noch wagemutig, und alles, was man tun müsse, um sie zu schnappen, sei, ihnen genug Zeit zu geben. Die einzigen Verbrecher, mit denen er nichts zu tun haben wollte, waren jene, denen Grausamkeit Vergnügen bereitete. Nachdem er einmal einen kleinen Gauner fast totgeschlagen hätte, der die Besitzer des *Mikado*, des Geschenkladens am Zentralen Busbahnhof misshandelt hatte, zog er es vor, seinen Kollegen die Behandlung der Gauner zu überlassen, denen Grausamkeiten gegen Alte, Frauen oder Kinder zur Last gelegt wurden. Er bevorzugte komplizierte Fälle, die seine kleinen grauen Zellen forderten, obwohl er Teamarbeit und Beinarbeit nicht ablehnte, wenn es die Situation gebot.

In den letzten zwei, drei Jahren hatte er sich viel in Tel Aviv aufgehalten, wo er eine Wohnung besaß, und dort hatte er vermutlich Tami Simon kennengelernt, die mit antiken Möbeln handelte. Nachträglich erklärten die wenigen Bekannten Rosis diese Beziehung für befremdlich, ja sogar für fatal. Rosi war vierzig Jahre alt, weder groß noch klein, weder schön noch hässlich, ein Mensch, der in der Menge nicht weiter auffiel. Wegen seiner Kurzsichtigkeit trug er eine Brille mit dicken Gläsern, hinter denen er die Augen leicht zusammenkniff, um besser sehen zu können. Auf dem linken Ohr hatte er noch während seiner Armeezeit das Gehör verloren, als sein Jeep auf eine Mine gefahren war. Hinter seinem Rücken wurde gewitzelt, er sei der einzige blinde und taube Detektiv der Welt. Trotzdem konnte man feststellen, dass er ziemlich gut aussah, wenn er, was nur alle Jubeljahre vorkam, ein gebügeltes Hemd trug oder seinen Kopf einem Friseur anvertraut hatte. Sein immer braungebranntes Gesicht und die leicht ergrauenden Haare verliehen ihm das Aussehen eines Dörflers, der zu Besuch in der Stadt weilte.

Rosi war in Kfar Ja'akow geboren und aufgewachsen, dort hatte er noch immer – außer zwei Schwestern, Chassia und Ziona – Orangenplantagen und Grundbesitz, was ihn von seinem Gehalt als Polizist vollkommen unabhängig machte. Er trank nicht und rauchte wenig, und selbst wer länger als ein, zwei Wochen mit ihm gearbeitet hatte, erinnerte sich nicht an irgendwelche Frauengeschichten. Das Einzige, was ihn interessierte, war, Verbrechen aufzuklären und Verbrecher dingfest zu machen.

Tami Simon hingegen war etwa dreißig Jahre alt, hatte von ihrer Mutter einen gutgebauten Körper geerbt, blonde Haare und ein schönes Gesicht. Im Gegensatz zu ihrer Mutter war Tami gelassen und vernünftig, was allerdings nicht half, sie vor Klatschkolumnisten zu schützen. Diese berichteten über ihre Verehrer, ihre Sammlung an Kleidern, ihre Einkäufe in Paris, über ihre Stippvisiten in Athen, die Skiurlaube in der Schweiz. Nach den örtlichen Begriffen war Tami Simon dem geheimnisvollen Etwas am nächsten, was man »vornehme Dame« nennen könnte. Niemand wusste, wann und wie sie Rosi kennenlernte und was sie an ihm gefunden hatte. All ihren Bekannten war klar, dass er sich bei den gesellschaftlichen Anlässen, zu denen sie ihn ab und zu mitschleppte, langweilte, und in den letzten Monaten hatten sie sich in der Öffentlichkeit immer weniger sehen lassen. In den Klatschspalten erschienen von Zeit zu Zeit blumige Artikel, in denen einer am Leben der Jeunesse dorée von Be'er Schewa interessierten Leserschaft erzählt wurde, die »Schönheit des Südens« habe sich verliebt, und ihre Heirat stehe kurz bevor, denn endlich habe sie einen Mann nach ihrem Herzen gefunden. In diesen Berichten schwang ein Hauch von Enttäuschung mit. Nach allen investierten Hoffnungen hätten sich die Redakteure der Gesellschaftsspalten ein besseres Ergebnis erwartet. Tami Simon war schön, klug und reich. Sie hatte ihre Kindheit in Paris verbracht, und vor ihrer Einberufung zum Militärdienst lebte sie fast ein Jahr bei ihrer Mutter in Athen. Jeder, der mit ihr in Berührung kam, wusste, dass Tami Simon den Unterschied zwischen dem französischen Empire und dem deutschen Biedermeier schon mit der Muttermilch eingesogen hatte. Ein solches Mädchen erwartete sich doch zweifellos die Heirat mit einem Vermögen in der dritten Generation und einem Hin- und Herjetten zwischen New York und Be'er Schewa. Und dann – Rosi? Den Gerüchten zufolge waren auch ihr Vater und ihr Bruder nicht gerade glücklich mit dem von ihr ausgewählten Mann, doch sie hatten längst aufgehört, sich in Tamis Leben einzumischen, denn schließlich war sie eine erfolgreiche Geschäftsfrau, verfügte über ein gutes Einkommen und – war dreißig Jahre alt.

Als der Golfkrieg ausbrach und SCUD-Raketen die Stadt Tel Aviv bedrohten, kehrte Tami in das Haus auf dem Hügel zurück. Ihr Vater hatte den Grundsatz der Nichteinmischung fallen gelassen und sie angefleht, nach Be'er Schewa zu kommen, bis der Sturm vorüber sei. Seit Jahren hatte Tami nicht mehr mit ihrem Vater und ihrem Bruder unter einem Dach gelebt, und der Vater nutzte die Gelegenheit und tat alles in seiner Macht Stehende, sie und Rosi zu trennen und das verlorene Schaf nach Hause zurückzubringen. Er behauptete, wie viele andere auch, es sei sinnlos, sich in Tel Aviv den Gefahren auszusetzen, wenn man damit ohnehin niemandem nutze. In Tel Aviv ging um fünf Uhr das Licht aus, und alle krochen, von Angst verfolgt, in ihre gegen Giftgas abgedichteten Zimmer, Geschäfte waren keine zu machen, die Vergnügungsstätten waren geschlossen – was hatte sie dort noch verloren? So viele Familien zogen südwärts, um Schutz vor den SCUD-Raketen zu finden, warum sollte sie das nicht auch tun, wo ihr doch ein eigenes Haus und alle Bequemlichkeiten der Welt zur Verfügung standen? Tag für Tag packte Tami ihre Reisetasche, um nach Tel Aviv zurückzukehren, und

Tag für Tag redete ihr Vater so lange auf sie ein, bis sie ihre Tasche wieder auspackte.

Das Haus auf dem Hügel war gebaut wie ein Bienenstock; es bestand aus vier Wohneinheiten, die um ein großes gemeinsames Wohnzimmer lagen. Die Büroräume der Firma befanden sich im ersten Stock des Hauses. Tamis Flügel war, wie die anderen, sozusagen eine abgetrennte Wohnung, hatte einen eigenen Eingang, ein Wohn- und ein Schlafzimmer plus Badezimmer und Toilette. Außer ihrem Vater und ihrem Bruder lebten auf dem Hügel noch Riwka, die Köchin, und Na'omi, das Hausmädchen, zwei unverheiratete Schwestern in den Fünfzigern.

Tami fuhr morgens zu ihrem Laden in Jaffa und kam abends, vor Sonnenuntergang, nach Be'er Schewa zurück. Wenn auch Rosi nach Tel Aviv fuhr, nahmen sie seinen Peugeot. So war es auch an dem Tag, an dem sie ermordet wurden. Tami rief ihren Vater an und teilte ihm mit, sie würden etwas später kommen, sie hätten vor, in Aschkelon zu essen, im *Escopia*.

Man nahm an, dass sie genau um halb neun auf dem Hügel ankamen, in dem Moment, als im ganzen Land die Warnsirenen ertönten. Tami stieg aus dem Auto, um das Tor zu öffnen, und da schoss jemand zwischen den Bäumen heraus auf sie. Sie war sofort tot. Dann schoss der Unbekannte auf Rosi, der am Steuer saß. Die Kugel durchdrang das Glas und traf Rosi in die Schläfe. In dieser Sekunde oder in den Sekunden zwischen dem Schuss auf Tami und den auf Rosi musste es diesem noch gelungen sein, seinen Revolver zu ziehen und auf den Mörder zu schießen, doch er verfehlte ihn, vermutlich wegen seiner Verwundung und der Dunkelheit. Mit einem weiteren Schuss in Rosis Gesicht tötete ihn der Mörder. Zu diesem Zeitpunkt saßen Schajke, sein Sohn Oded, Riwka und Naʼomi mit aufgesetzten Gasmasken im abgedichteten Sicherheitsraum und lauschten dem Radio. Die Entwarnung kam um zehn nach neun, und die Bewohner des Hauses verließen den Sicherheitsraum. Es wurde immer später, und Tami und Rosi waren noch nicht zurück. Schajke setzte sich ans Telefon und begann, nach seiner Tochter zu suchen. Er rief im *Escopia* an, versuchte es in Rosis Wohnung in Tel Aviv, in Tamis Wohnung in Tel Aviv, dann telefonierte er auch mit Krankenhäusern und der Polizei. Oded, von Unruhe ergriffen, beschloss, mit dem Auto zur Straße Beʼer Schewa-Aschkelon zu fahren, vielleicht würde er ja herausfinden, was mit seiner Schwester passiert war. Neben dem Tor entdeckte er den Peugeot und die Leichen von Tami und Rosi. Es war halb elf Uhr abends. Man nahm an, dass die beiden zwischen halb neun und zehn nach neun ermordet worden waren. Wären die Schüsse davor oder danach gefallen, hätte man sie im Haus bestimmt gehört. Im Haus selbst wurden keine Spuren eines Einbruchs gefunden. Tami und Rosi hatten vielleicht den oder die Einbrecher überrascht, bevor es ihnen gelungen war, ins Haus einzudringen.

***

Lisi wusste, dass sie die Familienmitglieder um Fotos der Ermordeten bitten musste. Es war nicht das erste Mal, dass sie sich in einer solchen Situation befand, doch sie hatte sich noch immer nicht daran gewöhnt. Sie sah den Zorn und den Abscheu in den Augen der armen Angehörigen, an die sie sich wandte, und sie fand ihn berechtigt. Aber ihr blieb keine Wahl. »Arbeit ist Arbeit«, sagte sie sich, als sie zu Rosis Schwestern trat, sich vorstellte und um ein Foto des Verstorbenen bat. Beide saßen sie da, mit blassen Gesichtern und trockenen Augen, und von ihren Köpfen hingen seidene Tücher bis über ihre Schultern.

»Oh!«, seufzte Chassia, als sie das Wort »Verstorbener« hörte, während Ziona, als habe sie nur auf ein Zeichen gewartet, zu weinen begann. »Er war so ein Lausbub«, stieß sie zwischen einem Schluchzer und dem nächsten aus. »Es wird schlecht mit dir enden, hat unser Vater immer wieder gesagt, als er noch klein war. Wer hätte geglaubt, dass er Polizist werden würde? Als er acht war, hat er aus den Hühnerställen des Dorfes Hühner geklaut.« Sie weinte laut. »Niemand hat je herausgefunden, wer der Hühnerdieb war. Bis unser Vater plötzlich Gackern aus unserem Waffenversteck hörte. In unserem Haus gab es noch ein Waffenversteck, ein Überbleibsel aus der englischen Mandatszeit. Er hat Rosi mit dem Gürtel verhauen. Hätte er gewusst, was dem Jungen passieren würde, hätte er ihn nicht so geschlagen …« Nun brach auch Chassia in Weinen aus. »Ein Glück, dass Mama und Papa das nicht mehr erleben müssen«, sagte sie. Sie wischte sich mit dem Kopftuch die Tränen ab und holte aus ihrer Handtasche ein kleines Foto von Rosi. Lisi notierte auf der Rückseite des Fotos Chassias Namen und die Adresse und versprach, das Bild baldmöglichst zurückzugeben, während sie daran dachte, dass es ihr nie im Leben einfallen würde, in ihrer Handtasche das Foto von einer ihrer Schwestern mitzuschleppen.

Bei der Familie Simon hatte sie weniger Glück. Tamis Bruder sah aus, als wollte er sie verprügeln, während er sagte: »Weg mit Ihnen, Sie Abschaum!«

»Ich finde bestimmt ein Foto von ihr im Archiv«, tröstete Dorit.

»Fotografiere weiter«, antwortete Lisi.

Die Leute machten bekümmerte Gesichter und hörten auf zu tuscheln, wenn sie das Klicken des Fotoapparats in ihrer Nähe hörten. Alle kannten Lisi, und wenn einer die hochgewachsene junge Frau, die ihre großen Füße wie ein müder Seehund vorwärts bewegte – mit halb geschlossenen Augen, sodass es aussah, als schlafe sie im nächsten Moment mitten im Gehen ein – nicht gleich erkannte, dann wusste er spätestens, wer sie war, wenn er Dorit gesehen hatte, die neben ihr ging und ununterbrochen fotografierte.

»Was ist mit der Lasagne, die du mir versprochen hast?«, flüsterte Beni Adolam Dorit zu und pustete gegen den dünnen Zopf in ihrem Nacken.

»Verpiss dich.«

Ganz gegen seine Gewohnheit gehorchte Adolam und verpisste sich.

»Was hat er denn?«, murmelte Dorit, das Auge am Objektiv.

»Er hat vergessen, einen Fotografen mitzunehmen, jetzt läuft er zum Telefon.«

Beide verzogen die Lippen und unterdrückten ein Lachen. Die Konkurrenz zwischen der *Zeit im Süden* und der *Post im Süden* hatte groteske Formen angenommen, seit Dorit angefangen hatte, mit Lisi zu arbeiten. Die Tatsache, dass die *Zeit* eine feste Fotografin hatte, während die *Post* weiterhin freie Fotografen beschäftigte, war ein weiterer Beweis für Lisi Badichis Überlegenheit gegenüber Beni Adolam. Den Bewohnern von

Be'er Schewa konnte es nicht entgehen, dass Lisi sozusagen ein Team hatte, eine Armee, während Beni weiterhin ein Einzelkämpfer war, gezwungen, sich für sein Überleben abzurackern, ohne Rückendeckung durch die Redaktion einer überregionalen Zeitung.

Eine Stimme über Lautsprecher verkündete, der Trauerzug des Verstorbenen Awner, Sohn des Efrajim-Fischl, würde jetzt beginnen, und Lisi und Dorit gingen schnell hinüber zur Aufbahrungshalle.

»Manchmal hasse ich meine Arbeit«, meinte Dorit.

»Ich auch«, sagte Lisi.

Die Leiche unter dem schwarzen Tuch sah klein und mager aus. Ein achtjähriger Hühnerdieb, dachte Lisi, der jetzt in die Ewigkeit eingegangen ist.

***

Als Lisi und Dorit zum Gebäude der *Zeit im Süden* zurückkehrten, war das Eisengitter vor dem Eingang zur Redaktion abgesperrt, ebenso der Eingang zur Druckerei von Prosper Parpar im ersten Stock des Gebäudes. Ihre Schritte hallten auf dem Asphalt im leeren Hof, und der Mann, der den Hinterhof des Supermarkts sauberspritzte, schaute neugierig zu ihnen herüber, erstaunt, dass jetzt am Abend, da die ganze Stadt in die abgedichteten Sicherheitsräume eilte, noch jemand außer ihm arbeitete. Er sah aus wie ein Neueinwanderer aus Russland, und Lisi nahm sich vor, bei der nächsten Gelegenheit einen Bericht über die neuen »Holzhacker und Wasserträger« der Gesellschaft zu schreiben.

Bis Mitternacht hatte Lisi ihren Bericht fertig, fünfhundert Wörter für die Redaktion der überregionalen *Zeit* und tausend Wörter für die *Zeit im Süden*. Sie hätte gern die Überschrift »Kebsweib auf dem Hügel« gewählt, doch sie fürchtete, Oded Simon würde sie umbringen. Deshalb begnügte sie sich mit der harmlosen Formulierung »Der Doppelmord im Nobelviertel Omer«.

»Kann ich die restlichen Fotos morgen entwickeln?«, fragte Dorit.

»Ja«, antwortete Lisi und wagte nicht, Dorit zu sagen, dass alle von ihr entwickelten Fotos nie die Zeitungsredaktion erreichen würden.

Die Straßen waren dunkel, und kein Mensch war zu sehen, als die beiden die Redaktion verließen. Müde und schweigend gingen sie zum Parkplatz neben dem Gebäude hinüber. Dort hatte Lisi vor einer Ewigkeit ihren alten Justy geparkt, Dorit ihr kleines Motorrad. Lisi spannte die Schultern und atmete tief die kühle, trockene Luft ein, während ihre Augen sich an die Dunkelheit gewöhnten.

»Zum Teufel!«, zischte Dorit plötzlich.

»Was ist los?«

»Ich habe vergessen, dass ein Freund bei mir zu Hause ist.«

»Die Sorgen der Reichen«, murmelte Lisi, und beide lächelten im Dunkeln. »Alles, was ich jetzt möchte, ist eine Tasse Kakao und ein warmes Bett.«

Lisi betrat ihre Wohnung, machte das Licht im Flur an, ging ins Zimmer und wollte gerade ihre Tasche auf das Sofa schleudern, als sie entdeckte, dass dort ein fremder Mann lag. Sie hatte das Gefühl, alles Blut ströme aus ihrem Körper. Ihr Mund öffnete sich zu einem Schrei, als der Mann sagte: »Ihr Kühlschrank ist leer.« Seine Stimme war ruhig und sachlich. Awner Rosen sah sehr lebendig aus.

Kapitel 2

Die letzte Gelegenheit

Lisi legte zwei Brotlaibe in den Wagen, ein Päckchen Butter, vier Packungen Hüttenkäse, eine Dose Oliven, vier Päckchen Suppe, zwei Packungen Nudeln, eine Dose Ketchup, eingemachte Pfirsiche, Rasierseife und Rasierwasser. Dann ging sie zum Gemüsestand hinüber und fragte sich, während sie ihre Einkaufsliste studierte, wie sie es schaffen würde, das alles nach Hause zu schleppen.

»Er fängt an, was?«, fragte Albert, der Kassierer, verständnisvoll.

»Wer?«

»Der Bodenangriff.«

»Was?«

»Nun, nun, ich habe nichts gesagt«, sagte er und zwinkerte ihr zu.

Plötzlich kapierte sie, dass er vom Krieg sprach. Sie lachte. »Nein, nein, meine Wohnung ist ratzekahl leer, und meine Mutter will mich heute besuchen.« Sie merkte selbst, wie unglaubwürdig ihre Worte klangen.

»Ich lasse Ihnen die Sachen bringen.«

»Nicht nötig. Ich bin mit dem Auto da.«

»Dann lassen Sie sich wenigstens helfen, die Sachen ins Auto zu bringen.«

»In Ordnung.«

Rosi hatte sie davor gewarnt, die Lebensmittel durch einen Boten liefern zu lassen, und ihr empfohlen, das Auto zu nehmen, aber er hatte ihr nicht verboten, sich beim Einladen helfen zu lassen. Rosi warnte, Rosi wies an, Rosi sprach Verbote aus.

»Kaum zu glauben, was mir da passiert«, murrte Lisi in sich hinein. Da lag ein Toter auf ihrem Sofa, und das Erste, was er zu sagen hatte, war nicht: »Schreien Sie nicht!« oder: »Benzi Koresch hat mich zu Ihnen geschickt«, sondern: »Ihr Kühlschrank ist leer.« Dass sie in diesem Moment nicht vom Schlag getroffen wurde, war wirklich ein Beweis ihrer Kraft und Stärke.

Sie hatte in der Tür gestanden, die Tasche noch immer in der Hand, und kein Wort herausgebracht. Erst dann fing sie an zu zittern. Ein Glück, dass er nicht auf sie zukam. Hätte er das getan, sie hätte ihn geschlagen.

»Setzen Sie sich doch, ich bringe Ihnen ein Glas Wasser«, sagte er.

Sie ließ sich auf den nächsten Stuhl fallen, während er in die Küche ging. Er hielt ihr ein Glas Wasser hin und versuchte es ihr einzuflößen, als er sah, wie heftig ihre Hände zitterten. Energische Hände mit gebräunter Haut und langen, kräftigen Fingern. Es gelang ihr, etwas auszustoßen wie »Geh weg!«, doch wirklich verständliche Worte wurden es nicht. Er ging zurück zum Sofa, fläzte sich hin und beobachtete sie. Dieses Sofa war nun nicht gerade ein Prachtstück, aber es gehörte ihr, und die Selbstverständlichkeit, mit der er es mit Beschlag belegte, ärgerte sie. Als sie wieder bei Kräften war, sagte sie: »Nehmen Sie die Schuhe vom Sofa.«

Das schien ihn aus irgendeinem Grund zu amüsieren. Sie betrachtete ihn, bis er sich wieder beruhigt hatte.

»Hat Benzi Koresch mit Ihnen gesprochen?«, fragte er, nachdem er sich die Lachtränen aus den Augen gewischt hatte.

»Worüber?«

»Wissen Sie, wer ich bin?«

»Sie sind Awner Rosen, Gott hab ihn selig.«

»Hat Benzi Ihnen nicht gesagt, dass ich hier sein würde?«

»Nein. Das hat Benzi mir nicht gesagt. Er hat mich gebeten, alle Trauergäste bei Ihrer Beerdigung fotografieren zu lassen. Und er hat gesagt, er sei ein anständiger Polizist, ich solle ihm vertrauen. Ich habe überhaupt nicht kapiert, um was es ihm ging.«

»Glauben Sie, dass er ein anständiger Polizist ist?«

»Ja.«

»Und Sie vertrauen ihm?«

»Hören Sie, es ist halb ein Uhr nachts. Ich weiß nicht, was für Spielchen ihr spielt, Sie und Benzi. Ich habe keine Ahnung, wie Sie in meine Wohnung gekommen sind, aber ich weiß, dass es sich um unbefugtes Eindringen handelt. Ich schlage vor, Sie erklären mir das alles morgen früh, und jetzt verschwinden Sie! Ich muss morgen arbeiten, und ich bin hundemüde.«

»Gehen Sie ruhig ins Bett. Ich schlafe hier, auf dem Sofa. Morgen früh reden wir weiter.«

»Was soll das heißen, Sie schlafen hier auf dem Sofa?«

»Benzi und ich haben uns überlegt, wo ich mich verstecken könnte und zugleich einen Verbindungsmann hätte. Benzi hat Ihre Wohung vorgeschlagen, und Sie sollen mein Verbindungsmann sein.«

»Wie nett von ihm!«

»Ich halte das auch für eine gute Idee.«

»Sie müssen sich also verstecken?«

»Ja.«

»Vor der Polizei?«

»Auch.«

»Die Mafia?«

»Was für eine Mafia?«

»Hören Sie, Herr Rosen ...«

»Nennen Sie mich Rosi. Alle sagen Rosi zu mir.«

»Ich bin müde. Ich möchte schlafen. Verschwinden Sie von hier.«

»Ich kann nicht.«

»Wen hat man heute begraben?«

»Ich weiß es nicht.«

»Weiß es Benzi?«

»Nein.«

»Weiß es irgendjemand?«

»Auch das weiß ich nicht.«

Er sah nicht aus, als hätte er vor wegzugehen. Er sah aus wie ein unrasierter Mann in einem zu großen, blau-weiß gestreiften Hemd, der sich sehr wohl auf ihrem Sofa fühlte. Über dem Stuhl lag ein khakifarbener Anorak. Lisi war zu müde für weitere Diskussionen. Sie beschloss, schlafen zu gehen. Morgen früh, wenn sie ausgeschlafen war, würde sie sich bestimmt besser konzentrieren können. Schließlich sah es so aus, als würde dieser Mann auch morgen noch hier sein. Immerhin ist der Verstorbene ein Polizist, dachte sie.

Lisi holte ein Laken aus dem Schlafzimmer, dazu ein Kissen und eine Militärdecke, die sie im Schrank fand, und legte alles auf das Sofa. Seit Kriegsbeginn schlief sie im Jogginganzug, mit warmen Wollstrümpfen an den Füßen. Sie war darauf gefasst, falls eine Rakete ihr Haus träfe und es dem Erdboden gleichmachte, von Soldaten und Sanitätern aus den Trümmern gerettet zu werden. Aber nicht in einem ihrer Flanellpyjamas.

Sie duschte und kochte sich dann eine Tasse Kakao.

»Sie hätten mir ruhig auch eine machen können«, sagte er, als sie in ihrem lila Jogginganzug von der Küche zum Schlafzimmer ging.

»Machen Sie sich selbst eine.«

Awner Rosen lachte wieder.

»Finden Sie mich zum Lachen?«, fragte sie mit vor Wut funkelnden Augen.

»Ja.«

»Darf ich wissen, warum?«

»Gute Nacht, Lisi. Wir reden morgen weiter.«

Am liebsten hätte sie ihm den heißen Kakao ins Gesicht geschüttet. Doch sie beherrschte sich, drehte ihm den Rücken zu und ging in ihr Schlafzimmer. Im Bett liegend trank sie ganz langsam ihren Kakao und fühlte dabei in allen Knochen die Anwesenheit des Mannes im anderen Zimmer. Sie hörte keine

Schritte, nur wie die Tür geschlossen wurde. Sie hörte Wasser laufen, und eine stöhnende Sprungfeder verriet ihr zu jeder Zeit, wo er sich befand. Es war das erste Mal, dass ein fremder Mann bei ihr schlief, und sie wusste, sie würde nicht einschlafen können, solange dieser Eindringling im Zimmer nebenan lag, dieser grobe, freche Eindringling, dieser zweifelhafte, aufreizende Kerl. Was wusste sie schon über ihn? Nichts!

***

»Du bist wirklich eine kräftige Frau, Lisi«, sagte er, als sie ihre Einkäufe in die Wohnung geschleppt hatte. Auch die Flüchtlingsfrau aus dem dritten Stock hielt Lisi wohl für kräftig; sie war gerade die Treppe heruntergekommen, als Lisi mit dem vollen Karton hinaufstieg, und es war ihr nicht im Traum eingefallen, Hilfe anzubieten. Man sieht mir eben an, dass ich kräftig bin und keine Hilfe brauche, dachte Lisi. Die Frau und ihr Mann, zusammen mit zwei Kindern, hatten ein Zimmer in der Wohnung der Markowitz gemietet, und sie waren sehr freundlich gewesen, als sie ihnen geholfen hatte, die Matratzen in den dritten Stock zu schleppen. Ja, natürlich war Lisi eine kräftige Frau, und alle wussten das. Bestimmt hatte Benzi das auch zu Rosi gesagt. Lisi Badichi ist eine kräftige Frau. Keine Schönheit. Nichts Besonderes. Aber man kann sich auf sie verlassen. Sie ist nicht launisch. Sie hat keine Krisen. Fleißig, aufrichtig und zuverlässig. Kein neuer Motor, läuft aber prima.

»Da ist die Rechnung. Hundertzwölf Schekel und siebzig Agurot.«

»Geld? Ich werde darüber nachdenken müssen.«

»Darüber nachdenken? Du sollst nicht darüber nachdenken, sondern bezahlen!«

Rosi zog einen schwarzen Geldbeutel aus seiner Tasche. Er enthielt siebzig Schekel und ein paar Agurot. Kreditkarten konnte Lisi nicht entdecken.

»Ich kann es dir nicht bezahlen, und ich kann kein Geld von der Bank holen.«

»Warum nicht?«

»Ich bin tot, Lisi. Tote haben kein Bankkonto, und sie haben keine Kreditkarten. Sag nichts. Ich werde einen Weg finden.«

»Und bis dahin bezahle ich deinen Unterhalt?«

Von allem war dies das Ärgerlichste. Sie sollte ihn finanzieren! Eine Frechheit! Sie würde das eine oder andere zu Benzi zu sagen haben. Das Klingeln des Telefons verhinderte weitere Feindseligkeiten.

»Badichi.« Sogar Arielis Kläffen klang ihr jetzt süß in den Ohren. »Ich habe Ihren Bericht um ein Drittel gekürzt. Sie haben zu viel Material über die Trauergäste geliefert.«

»Sie haben gesagt, ich soll achthundert Wörter schicken.«

»Was soll das heißen, ›Tod unter tragischen Umständen‹? Gibt es Tod unter komischen Umständen? Sogar bei Selbstmorden schreiben wir schon nicht mehr ›Tod unter tragischen Umständen‹. Ich möchte für Schabbat eine Hintergrundgeschichte über die Familien der Ermordeten. Achthundert Wörter!«

Lisi schaffte es gerade noch, den Hörer von ihrem Ohr wegzuhalten, als er ihn aufknallte. In der letzten Zeit hatte Arieli angefangen, ihren Stil zu bekritteln. Weil er herausgefunden hatte, dass die Fakten, die sie brachte, immer gut recherchiert und korrekt waren, griff er sie jetzt von einer neuen Seite an. Und nie sagte er guten Tag, nie bitte oder danke.

»Wer war das? Dein Redakteur?« Rosi stand in der Tür, das schnurlose Telefon noch immer in der Hand.

»Hast du das Gespräch mitgehört?«

»Was für eine Art zu reden!«

»Untersteh dich, meine Gespräche mitzuhören.« Es war erst neun Uhr morgens, doch ihre Wut stieg schon in solche Höhen, dass sie das Gefühl hatte, sie würde gleich überlaufen und in Flammen aufgehen, so wie die Ölquellen am Golf.

»Komm, frühstücken wir.«

»Ich frühstücke nicht.«

»Du wolltest mit mir reden.«

»Ich muss zur Arbeit. Du hast meinen Redakteur ja gehört.«

»Er hat gesagt, du sollst eine Hintergrundstory über die Familien liefern. Du machst Frühstück, und ich liefere dir die Fakten, die du brauchst.«

»Warum?«

»Ich ziehe es vor, dass das Material von mir kommt.«

»Zitierfähig, Schätzchen? Wenn du mir was erzählst und mir gleichzeitig verbietest, es zu veröffentlichen, dann bringt mir das nichts.«

»Zitierfähig.«

»Und auf wen soll ich mich berufen?«

»Du kannst den Wahrheitsgehalt nachprüfen, indem du die Betroffenen befragst.«

»Wen zum Beispiel? Awner Rosen?«

»Inspektor Ben-Zion Koresch. Verwandte. Freunde. Polizisten, mit denen Rosen gearbeitet hat.«

»Wie wir aus zuverlässiger Quelle erfahren haben ...«

»Warum nicht?«

»Mein Redakteur wird wissen wollen, wer die Quellen sind.«

Lisi saß in der Küche, während er für sie beide das Frühstück vorbereitete. Rühreier, Salat, Brötchen mit Butter, Kaffee, im Finjan gekocht, den er in einem der Schränke gefunden hatte. Der Duft weckte ihren Appetit. Es war Monate her, seit sie das letzte Mal gefrühstückt hatte, und sie beschloss, es zu genießen. Warum eigentlich nicht? Schließlich aß sie ihr eigenes Essen, zusammen mit dem besten Knüller, den sie je erlebt hatte. »Der Tote lebt«, sie sah die Schlagzeile schon vor sich. Dafür würde sie ganz bestimmt eine Prämie bekommen. Und wer weiß? Vielleicht sogar den Sokolow-Preis. Und Adolam – Adolam würde vor Neid zerplatzen. Das wohlschmeckende Frühstück und der Gedanke an Beni Adolam besänftigten sie. Sie räumte das Geschirr in die Spüle, wischte die Tischplatte ab, legte ihren großen Block bereit, senkte die schweren Augenlider und schwieg.

»Vor ungefähr einem Jahr hat sich Interpol an uns gewandt ...«

»Wer ist ›uns‹?«

»Die israelische Polizei. Ein Jahr davor ...«

»Vor zwei Jahren also?«

»Ja, stimmt, vor ungefähr zwei Jahren erwarb ein amerikanischer Sammler mit Namen Louis Dipl eine Handschrift von Skrjabin.«

»Wer ist das?«

»Ein russischer Komponist, der Anfang des Jahrhunderts gelebt hat. Der Kauf fand nicht durch Sotheby's statt, aber ihre Musiksachverständigen …«

»Wo? In Amerika?«

»Sie haben eine Niederlassung in New York. Unterbrich mich nicht dauernd. Ihre Sachverständigen für Handschriften im musikalischen Bereich wurden um ein Gutachten zur Authentizität gebeten. Das fiel positiv aus. Nach zwei Monaten wandte sich Dipl an die Sachverständigen mit einem weiteren Klavierwerk von Skrjabin. Als er gefragt wurde, wo er das Dokument erworben habe, antwortete er, es sei durch einen Bekannten aus Paris zu ihm gelangt. Die beiden Werke waren bekannt, und der Käufer bot sie nicht zum Verkauf an.«

»Was heißt das, bekannt?«

»Sie waren gedruckt, wurden gespielt und auf Tonträger aufgenommen. Es waren also keine neu aufgetauchten Werke, und in den Originalen waren keine Differenzen zu den bereits in der Musikwelt bekannten Stücken. Solche Originale sind der Traum eines jeden Auktionshauses. Sie bringen viel Geld und vergrößern das Ansehen. Nun, man nahm an, dass dort, wo die Schriften gefunden worden waren, noch anderes Material zu finden sein könnte, was sukzessive auf den Markt käme. Die Firma beschloss, in aller Stille Ermittlungen anzustellen, um herauszufinden, woher die Noten stammten.«

»Warum haben sie nicht Dipl gefragt?«

»Das weiß ich nicht. Vielleicht haben sie es ja getan und keine Antwort bekommen. Oder die Antwort befriedigte sie nicht. Dipl stammt aus einer der ältesten und reichsten Familien der USA und ist als erfahrener und besonnener Sammler bekannt. Seine Familie ist im Ölgeschäft, besitzt Steinbrüche und steckt auch in der Schwerindustrie. Sein älterer Bruder, Luther Dipl III., war Senatsmitglied, und sein jüngerer Bruder Harry, der mit Louis die Familiengeschäfte führt, hatte einige Jahre als Botschafter sein Land in Madrid und Athen vertreten.

Bei Sotheby's nahm man nun an, dass die Handschriften von jemandem stammten, dem es gelungen war, sie aus Russland herauszuschmuggeln, was ja schließlich auch nicht so schwer war. Damals dachte noch niemand an die Möglichkeit, die Noten könnten nach Israel gelangt sein und von dort ihren Weg nach Paris und in die Vereinigten Staaten gefunden haben. Damals waren wir noch nicht beteiligt.

Es vergingen weitere drei Monate, da bat derselbe amerikanische Sammler die Sachverständigen bei Sotheby's, die Echtheit zweier Ölbilder von Soutine zu bestätigen. *Stubenmädchen in rotem Hemd* und *Sessel mit Hund*. Beide Bilder waren signiert, und beide waren 1920 gemalt worden. In der Öffentlichkeit waren sie vorher nie aufgetaucht ...«

»Woher weiß man das?«

»Du unterbrichst mich schon wieder. Die Sachverständigen wissen das. Die beiden Bilder waren unbekannt, aber man wusste, dass Soutine in jener Zeit Bedienstete von Hotels, Restaurants oder Privathäusern in ihrer Livree gemalt hat. Die Analyse führte zu dem Ergebnis, dass die Bilder authentisch waren. Selbstverständlich sorgte das Auftauchen der beiden Bilder bei Sotheby's für große Aufregung, und man versuchte alles, um vom Sammler zu erfahren, wo er sie erworben hatte. Er berief sich wieder auf einen Freund in Paris, war aber nicht bereit, dessen Identität preiszugeben. Da solche Werke in Frankreich als Nationalbesitz angesehen werden und ihr Export ohne offizielle Genehmigung verboten ist, war das der Anlass zu Ermittlungen, aber Dipls Stellung in der Öffentlichkeit und als Kunde von Sotheby's führten dazu, dass diese Nachforschungen in aller Stille angestellt wurden. Interpol wandte sich an die israelische Polizei, und so kam der Fall zu mir.

Der Chef der Untersuchung teilte mir als Unterstützung Arkadi Katz zu, einen Mann vom Zoll, der vor sieben Jahren aus Russland nach Israel eingewandert war. Die Wahl Arkadis war keine besonders gelungene Idee, denn die russischen Einwanderer sind sehr empfindlich gegenüber allen offiziellen Nachforschungen. Wir fingen an, uns in Galerien herumzutreiben, und versuchten herauszufinden, ob ihnen im Lauf des letzten Jahres Neueinwanderer aus Russland bedeutende Kunstgegenstände angeboten hatten. Soutine erwähnten wir nicht. Wir lernten Galeriebesitzer kennen, Organisatoren öffentlicher Versteigerungen, Neueinwanderer. Wir sahen viele schlechte Kunstwerke und wenige gute, entdeckten Geschmuggeltes und Gestohlenes, wir aßen Tonnen von Blinis, Knisches und Piroschki und wurden zu Fachleuten, was die Maler unter den russischen Einwanderern betraf. Der arme Arkadi! In Russland war er Ernährungsingenieur gewesen, und zum Zoll war er erst gekommen, nachdem er drei Jahre als einfacher Arbeiter bei der landwirtschaftlichen Genossenschaft gearbeitet hatte. Die Einwanderer waren zum einen neidisch auf ihn, zum anderen auch misstrauisch, aber weil sie allein und verwirrt waren, breiteten sie all ihre Sorgen vor ihm aus. Dem einen waren Gepäckstücke verloren gegangen, die andere hatte einen Sohn, der dringend eine neue Geige brauchte ... und aus lauter Frust angefangen hatte zu malen. Und ich, in meiner Verblendung, habe zwei schreckliche Bilder von zwei Malern gekauft, die nichts mehr zu essen hatten. Aber das alles brachte uns in unseren Ermittlungen keinen Zentimeter weiter. Wir waren in eine Sackgasse geraten und beschlossen daher, unsere Richtung zu ändern.

Ich saß in der städtischen Bibliothek mit Büchern über Soutine und Skrjabin. Beide waren in Russland geboren. Skrjabin starb 1915 in Moskau. Soutine war Jude und starb 1943 in Paris. Es hatte keinerlei Verbindung zwischen ihnen gegeben. Ich kaufte Platten von Skrjabin und Bücher mit Reproduktionen von Soutine. Ich verliebte mich in beide und entdeckte zu meinem Erstaunen, dass Liebe sogar bei einer polizeilichen Recherche von Nutzen sein kann. In der Bibliothek der Musikakademie traf ich einen Dozenten, der verrückt nach Skrjabin war und sich sehr freute, eine verwandte Seele zu finden.

›Wissen Sie, dass Skrjabin eine Verbindung mit Israel hat?‹, fragte er.

›Wieso?‹, fragte ich.

›Seine Tochter hat einen russischen Schriftsteller namens David Knut geheiratet, der später nach Israel eingewandert ist.‹

›Leben die beiden noch?‹

›Knut verließ Russland nach der Revolution und ging nach Frankreich. Er und seine Frau, Iren-Ariadne Skrjabin, lebten dreißig Jahre lang in Paris, wo Skrjabins Tochter auch starb. Sie war zum Judentum übergetreten und verknüpfte ihr Schicksal mit dem des jüdischen Volkes. Während der Besatzungszeit durch die Nazis war sie Mitglied der von ihrem Mann gegründeten jüdischen Untergrundbewegung. Die Deutschen erwischten sie mit Sprengstoff, folterten sie und brachten sie dann um. Knut gelang es, in die Schweiz zu entkommen, und nach der Staatsgründung wanderte er nach Israel aus. Er ist schon vor Jahren gestorben. Betty, Skrjabins Enkelin, die Tochter Irens aus erster Ehe, ist zusammen mit ihrem Stiefvater nach Israel eingewandert. Ich glaube, dass Iren noch weitere Kinder hatte, die ebenfalls eingewandert sind.‹

›Kennen Sie sie?‹, fragte ich den Dozenten.

›Betty? Nein. Sowohl sie als auch ihr Mann, ein Amerikaner, der in der Gegend von Be'er Schewa mit Bau- oder landwirtschaftlichen Maschinen zu tun hatte, sind vor über zwanzig Jahren gestorben. Vermutlich an Alkohol und Drogen. Aber wer sie gekannt hat, sagt, sie sei eine tolle Frau gewesen. Man braucht nur ihren Namen zu sagen, und sofort fangen die Gesichter der Leute an zu strahlen vor Liebe und Anerkennung.‹

›Was für Leute?‹

›Die sie gekannt haben.‹

›Erinnern Sie sich an jemanden?‹

›Nein.‹ Der Dozent lächelte verlegen. ›Jemand hat sogar mal eine Geschichte über sie geschrieben. Ihre Mutter war anscheinend sehr musikalisch gewesen, aber die Tochter beschäftigte sich nicht mit Musik.‹

›Besaß sie Werke von Skrjabin?‹

›Werke von Skrjabin?‹ Er schaute mich an, als sei ich komplett verrückt geworden.

Ich hatte also endlich einen Anhaltspunkt. Ich beschloss, nach Be'er Schewa zu fahren, um etwas über Skrjabins Enkelin herauszufinden, die vor über zwanzig Jahren gestorben war. Dabei kannte ich noch nicht einmal ihren Familiennamen. Der Chef meiner Abteilung sprach meine Versetzung mit dem Chef der Abteilung Negev ab, und ich lichtete meinen Anker und segelte los.

Ich begann mit Fabriken für Baumaschinen. Ich fragte nach einem Amerikaner, der mit einer Französin verheiratet gewesen war und Baumaschinen hergestellt hatte. Ich wusste nicht, ob es sich um Traktoren oder um Bulldozer handelte, und ob der Mann Besitzer einer Fabrik oder Händler gewesen war. Ich wagte nicht, zu sehr nachzubohren. Meine Ermittlungen blieben erfolglos. Dann fiel mir ein, dass der Dozent von Alkohol und Drogen gesprochen hatte, und ich befragte alte Polizisten, alte Trinker, alte Drogenabhängige – nichts. Bis ...«

Rosi schwieg und lächelte Lisi wie ein guter Vater an, der zum spannendsten Teil der Abenteuergeschichte gekommen ist, die er gerade erzählt.

»Bis was?«, fragte Lisi.

»Rate!«

»Was?«

»Man kann wirklich nicht behaupten, dass du besonders viel quasselst.«

»Du hast gesagt, ich soll dich nicht unterbrechen.«

»Ich beklage mich ja nicht. Also: ... bis ich eines Tages im Laden deiner Verwandten saß.«

»Bei Klara und Ja'akow?«

»Bei Klara und Ja'akow. Natürlich wussten sie Bescheid. Leon besaß Traktoren, und Betty die *Letzte Gelegenheit* oder, wie die Bar auf Französisch hieß, *La dernière chance*. Betty Knut und Leon? Ihre besten Freunde, sie mögen in Frieden ruhen.«

Lisi lachte laut. Auf Klara und Ja'akow konnte man sich verlassen.

»Hast du sie schon vorher gekannt?«, fragte sie.

»Ja«, antwortete er. »Wir hatten vor ein paar Jahren mal was miteinander zu tun. Ich habe ihnen geholfen. Übrigens, ich habe dich jetzt das erste Mal lachen gesehen.«

Sie wurde verlegen. »Wollen wir Kaffee trinken?«, fragte sie.

»Ja.«

Sie stand auf, dehnte die Schultern, indem sie die Arme nach hinten führte, und machte sich daran, Kaffee zu kochen. Nescafé, denn sie hatte nicht die Absicht, wegen des ungebetenen Gastes ihre Gewohnheiten zu ändern. Bis das Wasser kochte, konnte sie in der Redaktion anrufen. Vielleicht war ja, während sie hier gesessen hatte, jemand vom Dach eines Hochhauses gesprungen, wer weiß? Dahan war am Telefon.

»Dahan, Schätzchen, ich weiß nicht, ob ich es bis Mittag schaffe. Arieli hat einen Bericht für die Wochenendausgabe verlangt. Was gibt's Neues?«

»Es hat jemand vom Frauenverband angerufen, du sollst dir anschauen, welche Sicherheitsmaßnahmen sie bei ihren Kinderbetreuungsstätten in Siedlung C und D getroffen haben. Sie sind bis drei Uhr dort, aber sie möchten, dass du noch heute Vormittag kommst.«

»Ich werde morgen früh hingehen. Sag Dorit, dass wir uns

morgen früh bei der Kinderbetreuungsstätte in der Siedlung C treffen, um neun Uhr.«

»Dorit entwickelt für dich die Fotos von der Beerdigung. Willst du mit ihr sprechen?«

»Ich komme nachmittags vorbei. Sie soll die Abzüge in meinem Zimmer lassen.«

»Bist du sicher, dass so viele Fotos nötig sind?«

»Nein.«

»Sie ist schon seit sechs Uhr morgens im Labor.«

»Tschüs, Schätzchen.«

Als Lisi in die Küche zurückkehrte, goss Rosi Kaffee aus dem Finjan. Also kein Nescafé für den Herrn. »Muss Dahan die Ausgaben des Labors bewilligen?«

»Du hast schon wieder mitgehört!«

»Glaub mir, deine Gespräche mit Dahan interessieren mich nicht im Geringsten.«

»Ich bin nicht deine Verdächtige, und ich will nicht, dass du mein Telefon anzapfst.«

»Schreib alle Ausgaben auf, die du meinetwegen hast, mit Datum, Art der Ausgabe und die Summe.«

»Und was wird mir das helfen?«

»Du wirst das Geld zurückbekommen.«

»Und wie erkläre ich meinem Redakteur, dass ich die Fotografin unter einem Vorwand beschäftigt habe?«

»Ich habe gedacht, du wärst Reporterin *und* Redakteurin.«

»Bei der *Zeit im Süden,* nicht bei der überregionalen *Zeit.* Und das gibt mir noch lange nicht das Recht, meine Zeitung in die Irre zu führen.«

»Sobald ich hier weggehe, gebe ich dir das Geld zurück.«

»Du brauchst mir keinen Gefallen zu tun. Ich komme allein zurecht.«

»Kauf einen kleinen Block und schreibe alle Ausgaben auf. Den Block lass zu Hause. Komm, trink deinen Kaffee, solange er noch heiß ist. Wo waren wir stehen geblieben?«

»Bei Klara und Ja'akow.«

»Du weißt ja, wie sie sind. Mit ihren Geschichten. Wie er Pianist an der Oper in Alexandria war und wie sie an der Oper in Alexandria im Chor gesungen hat, als sie noch ein Mann war …«

»Das hast du nicht von ihr!«

»Nein, das hat mir Benzi erzählt. Anfangs habe ich nicht gewusst, ob sie ihre Geschichten erfinden oder ob ihnen wirklich die seltsamsten Dinge passieren. Im Lauf der Zeit, nachdem ich noch andere Leute getroffen hatte, die Leon und Betty gekannt hatten, stellte ich fest, dass alles, was Klara und Ja'akow mir erzählt hatten, der Wahrheit entsprach. Oder jedenfalls fast.

Betty Knut war in Frankreich geboren worden, als Tochter von Iren-Ariadne, der Tochter Skrjabins und ihres ersten Ehemanns, eines jüdischen Dirigenten namens Lazarus. Gerüchten zufolge war auch Skrjabin mit einer Jüdin verheiratet gewesen. Mütterlicherseits war Betty mit Molotow verwandt, dessen eigentlicher Familienname Skrjabin gewesen ist. Übrigens, auch Molotow war mit einer Jüdin verheiratet.

Während des Krieges gründete Knut eine jüdische Untergrundbewegung in Toulouse. Seine Frau Iren, die mitgearbeitet hat, wurde geschnappt und zum Tode verurteilt. Nach dem

Krieg unterstützte Knut unsere Untergrundorganisationen, die in Europa gegen die Herrschaft der Briten in Palästina arbeiteten.

Die Tochter trat in die Fußstapfen ihrer Eltern. Sie hatte sich schon als Fünfzehnjährige an der französischen Untergrundarbeit beteiligt, und nach dem Krieg schloss sie sich der Lechi-Gruppe an. In deren Auftrag fuhr sie nach London und legte eine Bombe im britischen Parlament, danach schickte sie auch Briefbomben an britische Minister. Die Leute von den Lechi haben mir gegenüber Klaras und Ja'akows Geschichten bestätigt. Betty besaß drei militärische Auszeichnungen: den Silbernen Stern aus Amerika, das Militärkreuz aus Frankreich und einen Orden von den Lechi. Außerdem hatte sie Splitter im Kopf, von einer Verwundung durch eine Mine im Zweiten Weltkrieg.

Im Jahr 1949 sind David und Betty Knut in Israel eingewandert. Der Vater ließ sich in einem Vorort von Tel Aviv nieder, während Betty und ihr Mann Leon nach Be'er Schewa zogen.

Betty war klein und mager von Statur, so wie ihr Großvater Skrjabin, kurzhaarig und nicht besonders schön, aber jeder, der sie traf, war von ihr verzaubert. Sie war gebildet, originell, besaß einen scharfen Verstand und ausgezeichnete Manieren. Sie brachte den Jazz und Camus aus Frankreich mit, Bunin und Apollinaire. Durch sie lernte die Gruppe junger Intellektueller den Existentialismus in der Philosophie und den Neorealismus im Kino kennen. Mir tut es wirklich leid, dass ich sie nicht kannte. Ihr Mann war ein amerikanischer Jude, ein einfacher Bursche, gutmütig und angenehm, der mit einem gewissen Vermögen nach Israel gekommen war, dem es aber gelang, sein ganzes Geld in wenigen Jahren zu verlieren. Betty, die Dominante in der Familie, glaubte an freie Liebe und freies Trinken. Sie freundete sich mit Beduinen aus der Umgebung von Be'er Schewa an und zog nachts mit ihnen los, um Frösche zu jagen.«

»Ist das nachgeprüft?«

»Alles, was ich dir erzähle, ist nachgeprüft.«

»Für was brauchte sie Frösche?«

»Sie verkaufte sie an Forschungslabors. Alles Geld, das Betty und Leon in die Hand bekamen, zerrann ihnen zwischen den Fingern. Sie wohnten in einem einstöckigen Haus, in dem sie dann ihre Bar eröffneten, die zu einem Anziehungspunkt für sonderbare Käuze, für Intellektuelle, Nomaden und chronische Trinker wurde. Betty und Leon waren Blumenkinder, lange bevor jemand dieses Wort kannte. Ihre Kinder liefen in der Bar herum, zwischen den Trinkern, gingen schlafen, wann sie müde waren, und aßen, wann sie Hunger hatten. Mit neununddreißig Jahren starb Betty plötzlich an einem Herzanfall.«

»Wie hängt das alles mit dem Mord an Tami Simon und dem Mann, der sich in ihrer Begleitung befand, zusammen?«

»Nur Geduld. Bettys Mann starb einige Zeit später an Alkohol und Drogen. Die *Letzte Gelegenheit* wurde verkauft und ging durch verschiedene Hände. Vor vier Jahren wurde das Haus von einer Firma erworben, die Schajke Simon gehört. Das Haus wurde abgerissen, das Grundstück eingeebnet und dann aufgegraben, um das Fundament für ein neues Einkaufszentrum zu legen. Weißt du, wo das ist?«

»Das Negev-Einkaufszentrum?«

»Nein, nicht das Negev-Einkaufszentrum, sondern das neue.«

»Nein, weiß ich nicht.«

»Weil es nämlich nicht gebaut wurde. Die Baustelle ist schon seit zwei Jahren mit hohen Brettern eingezäunt, die Passanten vor Unfällen schützen sollen. Auf dem Grundstück steht ein Betonmischer, und Eisenstangen wachsen aus der Baugrube. Augenscheinlich der Anfang eines Bauwerks, in Wirklichkeit Sand in die Augen. Ich habe angefangen, mich für Schajke Simon zu interessieren, weil ich dachte, dass beim Abriss des Hauses vielleicht jemand zufällig oder nicht zufällig die Noten Skrjabins und die Gemälde Soutines gefunden haben könnte.«

»Was hatte Betty mit Soutine zu tun?«

»Ich hatte das Gefühl, dass die Noten und die Bilder aus derselben Quelle stammten. Sowohl die Noten als auch die Bilder wurden mehr oder weniger gleichzeitig von Dipl gekauft. Ich dachte, es handle sich vielleicht um Erbstücke, die vom Großvater an die Tochter und dann an die Enkelin weitergegeben wurden. Eine letzte Stütze, wenn alles zu Ende wäre. Es stimmt, dass Betty und Leon mittellos starben, aber ich habe schon Leute kennengelernt, die Hunger litten und zugleich unter der Matratze Schätze versteckt hatten – Familienerbstücke, die sie nicht verkauften, auch als sie keine Pruta mehr in der Tasche hatten. Schließlich gab es immer noch Kinder, deren Zukunft man zu sichern hatte.

Wie gesagt, ich begann also, mich für Schajke Simon zu interessieren, nachdem sich Interpol wegen der Noten und der Bilder an uns gewandt hatte. Eine Sache führte zur anderen, und zu viele Dinge kamen mir merkwürdig vor. Ich beschloss, jeden Wirbel zu vermeiden. Was hätte ich dann sagen sollen? Dass die Firma meiner Meinung nach stank? Meine Vorgesetzten hätten – zu Recht – Beweise verlangt. Schajke Simon war nicht irgendein kleiner Betrüger, den man ohne Beweise fassen konnte. Du kennst seine Biografie: Militär, Militärattaché, Waffenhändler mit Beziehungen zum Sicherheitsminister. Ich konzentrierte mich darauf, wie die *Letzte Gelegenheit* ihren Besitzer gewechselt hatte. Ich bat das Betrugsdezernat von Be'er Schewa um Unterstützung und bekam sie auch. Sie haben mir Mike Silcha geschickt. Benzi hat gesagt, du kennst ihn.«

»Ich weiß, wer er ist. Groß, kahlköpfig, Brille, alte Ledertasche. Sieht aus wie ein Lehrer für Bibelkunde.«

»Genau.«

»Er hat mit Benzi bei der Lösung des Mordfalls Alexandra Hornstick zusammengearbeitet.«

»Könntest du ihn identifizieren?«

»Ist er tot?«

»Nein!« Plötzlich lachte Rosi.

»Was ist daran komisch?«

»Du. Du bist ein komisches Mädchen.«

»Niemand hält mich für ein komisches Mädchen.«

»Und ob du komisch bist! Eine Frau, die nach Mitternacht nach Hause kommt, einen fremden Mann in ihrer Wohnung vorfindet, feststellt, dass es sich um eine Leiche handelt, und als Erstes sagt: Nimm deine Schuhe vom Sofa.«

»Sei froh, dass ich keinen Herzschlag bekommen habe.«

»Du?« Er betrachtete sie mit einem verzeihenden Lächeln, das anscheinend dazu bestimmt war, sie zu bezaubern.

»Warum soll ich Mike Silcha identifizieren?«

»Du sollst ihn nicht identifizieren. Ich habe mit meiner Frage gemeint, ob du ihn erkennst, wenn du ihn triffst.«

»Ja.«

»Gut. Zum Stab der Sonderkommission gehörten nun drei: ich, Arkadi Katz und Mike Silcha. Der Vizekommandant der Polizeidirektion ernannte mich zum Chef der Kommission. Wir begannen, uns bei allen möglichen staatlichen oder städtischen Institutionen herumzutreiben. Beim Grundbuchamt, beim Handelsregisteramt, beim Amt zur Entwicklung Be'er Schewas, beim Stadtbauamt, beim städtischen Ingenieursbüro. Die Firma, die das neue Einkaufszentrum bauen sollte, erwies sich als eine Art Oktopus. Ich will versuchen, es dir so einfach wie möglich zu erklären: Firma A bekam staatliche Unterstützung, um das Grundstück zu erwerben. Dann verkaufte sie das Grundstück fast doppelt so teuer an Firma B. Firma B besorgte sich staatliche Kredite zu günstigen Bedingungen, um das Grundstück zu erschließen. Die Gelder der staatlichen Anleihe wanderten – zum Ankauf von Material und Maschinen – an eine französische Firma, die wir Firma C nennen wollen. Material und Maschinen sind bis zum heutigen Tag nicht in Israel angekommen, ebenso wie das Einkaufszentrum nicht gebaut wurde. Die Firmen A, B und C fungierten als Arme einer einzigen Firma: Schesek. Die Informationen, die wir sammelten, wurden allmählich zu einer dicken Akte. Aus ihr ergab sich, dass Simon staatliche Kredite zu extrem günstigen Bedingungen für den Aufbau eines Unternehmens bekam, das er gar nicht vorhatte zu bauen. Letztendlich war das Einkaufszentrum nur eines seiner vielen weitverzweigten Geschäfte. An dieser Stelle der Ermittlungen beschloss der Bezirksinspektor, das Polizeipräsidium einzuschalten. Ich hatte mit Noten und Gemälden angefangen, beim internationalen Immobilienhandel war ich gelandet. So etwas kann vorkommen, wenn man Nachforschungen anstellt. Man fängt mit einem Küken an und landet beim Hühnerstall.«

»Deine Schwester hat gesagt, du hättest als Achtjähriger Hühner geklaut.«

Rosi schaute sie an, dann verbarg er sein Gesicht in den Händen. Lange saß er so da, und sie fragte sich, was mit ihm los war. Dann sah sie, dass das Hemd auf seinem Rücken zitterte. Plötzlich begriff sie, dass er lachte. Sie verzog das Gesicht. Soll er doch lachen! Wer zuletzt lacht, lacht am besten. Ich habe jetzt explosives Material in der Hand und kann die israelische Presse damit ein ganzes Jahr versorgen. Als er den Kopf hob, war sein Gesicht wieder ernst.

»Warum erzählst du mir das alles?«, fragte sie.

»Jemand will mich umbringen, Lisi. Bisher weiß dieser Jemand nicht, dass ich am Leben geblieben bin. Ich habe keine Ahnung, was morgen sein wird. Und ich will, dass alles irgendwo aufgeschrieben wird.«

»Weiß man bei der Polizei nichts über deine Ermittlungen?«

»Natürlich weiß man davon. Aber ich möchte, dass alles noch an anderer Stelle aufgeschrieben wird.«

»Warum?«

»Dir wird bald alles klar sein. Wo waren wir stehen geblieben?«

»Bei Simons Hühnerstall.«

»Ja.« Erneut lächelte Rosi, wurde aber sofort wieder ernst. »Die Geschäfte Simons machten es notwendig, Betriebswirte, Juristen und Buchhalter hinzuzuziehen. Der Polizeipräsident und der Bezirkskommandant betrachteten das Einkaufszentrum als Musterbeispiel für Simons Geschäftspraktiken. Die Sache wurde zu groß und zu kompliziert. Ich habe weder eine betriebswirtschaftliche noch eine juristische Ausbildung. Ich bin Polizeiinspektor, nicht mehr und nicht weniger. Ich bat um die Erlaubnis, mich mit dem zu beschäftigen, was nun zur Nebensache geworden war, was mich aber besonders interessierte: Skrjabin und Soutine. Schesek und alle anderen Geschäfte Simons wurden dem nationalen Betrugsdezernat übergeben.

Zu diesem Zeitpunkt war ich schon mit Tami befreundet, Simons Tochter. Sie war ...« Rosi schwieg und starrte auf seine Hände, die vor ihm auf dem Tisch lagen. Lisi beschloss, ihn nicht mit Fragen zu bedrängen. Er stand auf und verließ die Küche. Sie hörte, wie er die Badezimmertür hinter sich schloss. Zum ersten Mal waren ihm irgendwelche Gefühle anzumerken. Als er ins Zimmer zurückkam, hatte er ein rotes Gesicht, und seine Haare waren nass. Er hielt die Brille in der Hand, und der Blick seiner kurzsichtigen Augen wirkte hilflos und verloren. Lisi fragte sich, was er jetzt wohl sah. Wie sie für ihn aussah, wenn er keine Brille aufhatte. Wie ein heller Fleck auf dem Kissenbezug? Er setzte sich und stieß ein lautes, kurzes Husten aus, vermutlich, um seine Kehle freizukriegen.

»Es ist schwer, über Tami in der Vergangenheit zu sprechen.«

»Du musst es nicht tun.«

»Doch, ich muss. Tami war eine schöne und gebildete Frau mit gesellschaftlichem Schliff und außerdem eine gerissene Geschäftsfrau.« Seine Stimme war gemessen, er sprach, als würde er diktieren. »Sie handelte, das ist ja bekannt, mit antiken Möbeln, und sie liebte ihren Beruf sehr. Alle zwei, drei Monate fuhr sie zu Antiquitätenmessen in Dänemark oder Paris und kaufte ein. Manchmal verkaufte sie auch Einzelstücke, die sie hier aufgetrieben hatte, an Kollegen im Ausland, oder sie schickte ihnen Gegenstände zurück, die beim Transport beschädigt worden waren. Eines Abends saß ich in ihrem Laden, als eine Sendung nach Paris verpackt wurde, und plötzlich kapierte ich, auf welche Art es möglich gewesen war, die Noten und die Bilder aus dem Land zu schmuggeln. Natürlich hatte ich keine Beweise, noch nicht mal den Zipfel eines Beweises, dass die Gemälde und die Noten von ihr stammten oder wenigstens durch ihre Hände gegangen waren. Ich war ja noch nicht mal sicher, dass Noten und Bilder überhaupt in Israel gewesen waren und aus dem Land geschmuggelt wurden. Aber ich hatte so ein Gefühl – und ich habe im Lauf der Jahre gelernt, solche Gefühle nicht zu übergehen –, dass ich die richtige Spur gefunden hatte.«

»Darf sich ein Polizist mit einer Person anfreunden, über die er Nachforschungen anstellt?«

»Das Ziel der Ermittlungen war Simon, nicht seine Tochter. Tami wusste, dass ich Polizist bin, aber sie wusste nicht, dass ich die Geschäfte ihres Vaters untersuchte. Wir sind sehr viel zusammen ausgegangen, ins Kino, ins Theater, in gute Restaurants, und manchmal haben wir die Wochenenden im Club Mediterranée verbracht. Inzwischen hatte ihr Vater irgendwie herausbekommen, dass gegen ihn ermittelt wurde. Er begann, Tami zu bedrängen, dass sie mich nicht länger treffen sollte. Tami wollte wissen, ob ich mit den Ermittlungen gegen ihren Vater etwas zu tun hätte. ›Was für Ermittlungen?‹, fragte ich. Mein Erstaunen war aufrichtig, ich brauchte mich nicht zu verstellen. Ich war so verblüfft darüber, dass Schajke Simon von den Ermittlungen erfahren hatte. Ich versuchte, aus ihr herauszubekommen, was sie wusste, und je mehr ich drängte, desto überzeugter war sie davon, dass ich nichts mit der Sache zu tun hatte.

Ich teilte Micha Zadik, dem Vizekommandanten der Polizeidirektion, mit, dass wir aufgeflogen waren. Monatelange vorsichtige Arbeit hatte sich nun sozusagen in Rauch aufgelöst. Zadik versprach, er werde herauszufinden versuchen, wie Simon von der Sache Wind bekommen hatte. Inzwischen war der Golfkrieg ausgebrochen, und Simon drängte seine Tochter, nach Be'er Schewa zu ziehen. Eines Abends, als Tami in Be'er Schewa war, ging ich mit Arkadi in ihre Wohnung in Tel Aviv und durchsuchte all ihre Unterlagen.«

»Wie bist du in die Wohnung reingekommen? Hattest du Schlüssel?«

»Wie bin ich denn in deine Wohnung reingekommen?«, fragte er gereizt zurück.

Stimmt, wie hat er das gemacht?, dachte Lisi. Es sah aus, als hätte er Tami geliebt, dennoch schien ihm die Tatsache, dass er gleichzeitig ihr Freund war und heimlich gegen sie ermittelte, nichts ausgemacht zu haben. Warum hatte ihn dann ausgerechnet die Frage nach dem Schlüssel gestört? Sie fragte sich, ob auch bei anderen Polizisten der Wunsch nach Gerechtigkeit zu einer verbogenen Moral führte, zu einer Art Verzerrung, welche alle Mittel betraf, die mit der Suche nach der Wahrheit zu tun hatten. Glaubten auch Ilan und Benzi, ihre beiden Schwager, dass die Wahrheit stets und kompromisslos über allem stand?

»Wir haben ihre Adressenkartei fotografiert, ihre Buchhaltung, ihre Zahlungsanweisungen. In einer alten Tasche fanden wir ein Bündel Fotos. Eines davon war in Paris aufgenommen, bei einer Gartenparty. Simon war darauf zu sehen, in seiner Uniform als Militärattaché. Neben ihm standen seine Frau und eine Gruppe Diplomaten. Ich fragte mich, wer wohl der griechische Diplomat war, in den sich Tamis Mutter verliebt hatte und mit dem sie weggelaufen war. Etwas an dem Foto erregte meine Neugier, aber wir wagten nicht, länger zu bleiben. Ich steckte das Bild ein, mit der festen Absicht, es zu einem späteren Zeitpunkt zurückzubringen. In einer anderen Nacht, als Tami wieder in Be'er Schewa war, untersuchten Arkadi Katz und ich ihren Laden in Jaffa.

›Schau doch mal‹, sagte Arkadi, der einen Schreibtisch umgekippt und die Vorderseite abgeschraubt hatte. Der Schreibtisch besaß doppelte Seitenwände, und die Zwischenräume waren groß genug für zwei Bilder von einem Meter auf einen Meter. Falls Simon Bilder und Noten aus dem Land geschmuggelt hatte, so war es aller Wahrscheinlichkeit nach auf diese Art geschehen. Wir haben die Versandpapiere fotografiert, die Namen der Kunden, der Händler, der Schreiner und ebenso die Termine der inländischen und ausländischen Messen. Falls die

Daten mit dem Auftauchen der Noten und der Bilder übereinstimmten, hätten wir das Ende des Fadens in der Hand.

Tamis Vater bestand darauf, dass sie bis Ende des Krieges in Be'er Schewa blieb. Bis heute weiß ich nicht, wie er dahintergekommen ist, dass die Polizei wegen seiner Geschäftsgebaren gegen ihn ermittelt. Es ist nicht ausgeschlossen, dass sein Informant ihm auch mitgeteilt hat, dass ich an der Sache beteiligt bin. Ich bin fast sicher, dass Tami keinen Verdacht gegen mich hegte. Sie gehörte nicht zu der Sorte Frauen, die schweigen, wenn sie den Eindruck haben, dass sie hintergangen werden. Ihr Vater begegnete mir nicht gerade freundlich, aber er war nicht ausgesprochen unfreundlich. Er akzeptierte mich wohl oder übel. Tamis Bruder Oded war weniger angenehm. Tami war Simons geliebte Tochter, seinen Sohn behandelte er wie einen jungen Esel, den man zügeln muss. Sogar in meiner Anwesenheit beschimpfte er ihn und herrschte ihn an. Oded ist eine Art altes Kind. Zuwenig gespielt in seiner Kindheit. Sechsundzwanzig Jahre alt, von Sorgen zerfressen, versucht er zu beweisen, dass er ein harter Geschäftsmann ist. Dabei hat er Angst vor seinem eigenen Schatten. Bestimmt bekommt er mit vierzig einen Herzinfarkt. Und jetzt kommen wir zum 22. Januar, meinem Todestag. Bevor wir aus Tel Aviv wegfuhren, teilte Tami ihrem Vater mit, dass wir vorhatten, in Aschkelon zu Abend zu essen, im *Escopia,* dass sie aber rechtzeitig zu Hause sein werde. Wenn dieser Fall erledigt ist, Lisi, lade ich dich mal ins *Escopia* zum Essen ein.«

»Ich kenne es. Ich habe schon mehr als einmal dort gegessen.«

»Es war acht Uhr abends, als wir mit dem Essen fertig waren und uns auf den Weg nach Be'er Schewa machten. Wir kamen um halb neun Uhr auf dem Hügel an, genau in dem Moment, als die Sirenen wie jeden Abend anfingen zu heulen. Ich saß am Steuer meines Peugeot. Tami stieg aus, um das Tor aufzumachen. Jemand hat zwischen den Bäumen heraus auf sie geschossen. Ich hörte den Knall, bückte mich instinktiv und zog meinen Revolver. Ich sah ein Licht aufblitzen und hörte ihren leisen Aufschrei. Inzwischen hatte ich das Auto bereits verlassen und schoss in die Richtung, aus der die Schüsse gefallen waren. Ich hatte das Gefühl, jemanden getroffen zu haben, aber ich war mir nicht sicher, schließlich konnte es genauso gut auch ein Baumstamm gewesen sein. Natürlich war ich sehr vorsichtig, ich sehe nicht gut, und ich höre nicht gut. Aber ich war überzeugt, dass mehr als ein Angreifer zwischen den Bäumen steckte. Langsam schlich ich vorwärts, nach allen Regeln der Kunst, bis ich an etwas stieß. Ein mir unbekannter Mann lag auf der Erde. Es war vollkommen still. Ich lief zu Tami und sah, dass sie tot war.«

Die letzten Worte hatte Rosi immer leiser gesprochen, bis sie nur noch ein Flüstern waren, das man kaum mehr verstand.

»Sie hatte angefangen, das Tor zu öffnen, war direkt daneben zu Boden gefallen. Sie trug einen Regenmantel, den sie sich in Paris gekauft hatte, in einem hellen Khaki. Mein erster Gedanke war, dass sie sich ihren Mantel dreckig machen würde. Sie war in die Schulter getroffen, ihr Gesicht lag auf der Erde. Ich bin froh, dass ich ihr Gesicht nicht gesehen habe …

Als ich zu dem Mann zurückging, entdeckte ich, dass auch er tot war. Die Kugel hatte ihn an der Schläfe getroffen. Ich musste schnell überlegen. Wer auf uns geschossen hatte, wusste, dass wir um diese Zeit hier ankommen würden. Wer hatte davon gewusst? Tamis Vater und ihr Bruder. Wenn sie einen Mörder gedungen hatten, um mich umzubringen, dann war Tamis Tod ein Unfall. Ich durchsuchte die Taschen des Mörders, fand aber keine Hinweise auf seine Identität. Das alles spielte sich innerhalb weniger Minuten ab, ich hatte keine Zeit, lange zu überlegen. Mir war klar, dass derjenige, der meinen Tod beschlossen hatte, von mir bei irgendetwas gestört worden war. Wenn ich verschwinden würde, würde sich dieser Jemand freier bewegen, und vielleicht würde ich ihn dann schnappen können. Ich war wütend. Zum ersten Mal in meinem Leben verstand ich die Bedeutung des Ausdrucks, den ich oft genug bei meiner Arbeit gehört hatte: Das Blut ist ihm in den Kopf gestiegen. Das war genau das, was ich fühlte. Dass mir das Blut in den Kopf stieg.

Dass es nur eines gab, was ich tun wollte: Tamis Mörder schnappen, der eigentlich ja auch mein Mörder war. Der Mann, der dort auf dem Boden lag, war etwa so alt wie ich, weder groß noch klein, weder dick noch dünn. Ich zog ihm meine Kleider an und ließ meine Ausweise in den Taschen, schlüpfte dann in seine Kleider, wechselte Uhren und Schlüssel und drückte ihm meinen Revolver in die Hand. Dabei betete ich die ganze Zeit, dass die Entwarnung nicht erfolgte, solange ich noch vor dem Tor war. Ich setzte den Toten ans Steuer meines Autos und gab durch das Fenster einen Schuss auf seinen Kopf ab. Von seinem Gesicht blieb nur ein ekliger Brei übrig.«

»Was?«

»*Daimon Ranyon*. Hast du das nicht gelesen?«

»Ich habe den Film gesehen.«

Rosi betrachtete sie zweifelnd. Er wusste offenbar nicht, ob sie ihm im Ernst geantwortet hatte oder ob sie ihn auf den Arm nahm. Dann erzählte er weiter.

»Ich verwischte die Spuren, die sein Körper auf der Erde hinterlassen hatte, auch meine Fußstapfen zwischen den Bäumen, und machte mich aus dem Staub.

Von diesem Moment an galt Awner Rosen als tot. Als ich die Straße, die den Hügel hinaufführt, verlassen hatte, begann ich zu rennen, bis ich nach zehn Minuten die Telefonzelle neben dem Kiosk *Eis & Kaugummi* erreichte. Von dort aus rief ich Benzi an, teilte ihm mit, wo ich mich befand, und bat ihn, sofort zu kommen.«

»Hattest du eine Telefonmünze?«

»Nein, hatte ich nicht.«

»Und wie hast du telefoniert?«

»Weißt du nicht, wie man ohne Münze telefonieren kann?«

»Nein.«

»Ich bringe es dir bei Gelegenheit bei. Aber dem Gesetz nach ist es verboten. Zu Benzis Ehre muss ich sagen, dass er mir keine solchen Fragen stellte. Fünf oder sechs Minuten später saßen wir schon nebeneinander in seinem Auto. Ich sagte, meiner Meinung nach sei bei der Polizei jemand, der Simon über die Ermittlungen gegen ihn auf dem laufenden hielt. Zu meiner Gruppe gehörten drei Leute: Arkadi Katz, Mike Silcha und ich. Außer uns wussten über unsere Nachforschungen auch der Vizekommandant, der Bezirkskommandant, der Chef vom Zoll und der Polizeipräsident Bescheid. In irgendeinem ihrer Büros musste jemand sitzen, der Simon einen großen Gefallen getan hatte. Aber: Auch wenn Simon von den Ermittlungen gegen ihn wusste, gäbe es für ihn tausend Möglichkeiten, seine Bücher zu ›säubern‹. Warum hatte er sich ausgerechnet dazu entschieden, mich auszuschalten? Weil ihn die Noten und die Gemälde in größere Gefahr brachten als seine zweifelhaften Geschäfte? Ich weiß es nicht. Ebenso wenig wie ich weiß, von wem der Mörder gekauft wurde und warum er Tami getötet hat.«

»Vielleicht hat sie ihn identifiziert.«

»Was?«

»Vielleicht hat sie ihn gesehen und erkannt, und deshalb hat er sie umgebracht.«

»Du bist nicht so dumm, wie du aussiehst, Lisi Badichi.«

»Ist das ein Kompliment?«

»Nein, eine Tatsache. Das sagt auch Benzi über dich. Täusch dich ja nicht, hat er zu mir gesagt, sie ist viel schlauer, als sie aussieht.«

»Ich mag es nicht, wenn man so etwas über mich sagt.«

»Du hast recht. Das ist eine überhebliche Bemerkung. Aber wie dem auch sei, deine Idee hört sich logisch an. Leicht möglich, dass der Mann aus diesem Grund Tami umgebracht hat.

Gut, ich teilte Benzi also mit, dass ich vorhatte, eine Leiche zu sein. Nur so war ich in der Lage, meine Ermittlungen weiterzuführen, ohne dass Simons Spion ihm jeden meiner Schritte mitteilen konnte. Benzi zögerte. Du kennst ihn ja, anständig und gerade wie ein Lineal. Er wollte einfach nicht glauben, dass es bei der Polizei einen Spitzel gab, jemanden, der einem Mann, gegen den wir ermittelten, kleine Dienste erwies. Schließlich schaffte ich es, Benzi zu überzeugen, und er war bereit, mir zu helfen. Zwei Dinge muss ich nun herausfinden: Wer der Mörder von Tami und mir ist, und wer Simons Informant ist. Wenn diese beiden Probleme gelöst sind, kann ich mich wieder um die Noten und um die Gemälde kümmern.

Mein Hauptproblem aber war, nun erst einmal einen Unterschlupf und einen aufrechten Menschen zu finden. Von einem Moment auf den anderen war ich jemand geworden, der keine Wohnung hatte, kein Auto, keine Kleidung, keine Identität. Da ich nicht wollte, dass irgendjemand etwas von mir erfuhr, war Benzi gezwungen, mich im Luftschutzkeller seines Hauses unterzubringen. Er brachte mir die Sachen, die ich jetzt anhabe, und ein bisschen Essen, das er aus der Wohnung holen konnte, ohne dass Georgette etwas bemerkte. Der Luftschutzkeller war verschlossen, den Schlüssel hatte Benzi in der Tasche. Er versprach mir, Fingerabdrücke von dem Mörder zu nehmen, vielleicht würden wir so herausbekommen, wer er war. Ich verbrachte achtundvierzig langweilige Stunden in diesem dunklen, muffigen Luftschutzkeller, wobei ich ununterbrochen betete, dass kein übereifriger Mensch vom Zivilschutz auftauchen würde oder dass ein Nachbar, der die Nase voll hatte von seinem abgedichteten Schutzraum, auf die Idee kam, herunterzukommen. Nach der Beerdigung, als es dunkel wurde, brachte mich Benzi zu dir.«

»Gehört der Geldbeutel dem Mörder?«

»Ja.«

»Und das Geld, das du mir gegeben hast, gehört ihm auch?«

»Ja.«

»Pfui Teufel.«

»Geld stinkt nicht, Lisi.«

»Doch, dieses Geld stinkt. Wie lange wirst du bei mir wohnen?«

»Das weiß ich nicht.«

»Ich kann dir eine Wohnung mieten.«

»Das kannst du nicht.«

»Warum nicht?«

»Wer soll in ihr wohnen? Wer vermietet einem Mann ohne Namen, ohne Geld, ohne Ausweise und ohne Bürgen eine Wohnung?«

»Du bist hier der Detektiv. Finde dir einen Namen und Geld und Ausweise. Die Detektive in Filmen lösen solche Probleme immer mit Leichtigkeit.«

»Ja, in Filmen ...«

»Wie willst du die Identität des Mörders und des Informanten von Simon herausfinden, wenn du vorhast, dich in meiner Wohnung zu verstecken?«

»Mit deiner Hilfe und mit der von Benzi. Denk dran, dass Benzi seine Karriere bei der Polizei gefährdet, wenn herauskommt, dass er Beweise zurückhält und mir ohne Wissen unserer Vorgesetzten hilft.«

»Alle Achtung für Benzi«, sagte Lisi bitter.

»Alle Achtung für Benzi.«

»Was ist mit deinen Schwestern?«

»Der erste Platz, wo man mich suchen würde, wäre bei meinen Schwestern in Kfar Ja'akow.«

»Warum sollte man dich suchen? Du bist tot.«

»Wie lange werde ich es schaffen, tot zu sein?«

»Ich bin eine arbeitende Frau, Herr Rosen. Ich kann dir nicht helfen.«

»Du hast keine Wahl.«

»Doch, habe ich.«

»Du bist die beste Lösung, die uns eingefallen ist, Lisi. Benzi hat gesagt, dass nie jemand zu dir kommt. Deshalb hat er vorgeschlagen, dass ich bei dir wohne. Und wenn plötzlich jemand auf die Idee kommen sollte, dich zu besuchen, wirst du ihn loswerden müssen. Es ist eine Frage von Leben und Tod, Lisi.«

»Nun übertreib mal nicht.«

Was Benzi über sie gesagt hatte, kränkte sie. Es stimmte, sie war, sozial gesehen, nicht gerade der größte Hit, aber sie als eine einsame Frau zu beschreiben, die überhaupt kein gesellschaftliches Leben hatte, war doch übertrieben. Und selbst wenn es nicht wirklich übertrieben war, hätte Benzi das nicht sagen dürfen. Rosi stellte die Dinge fast so dar, als würde er ihr einen Gefallen damit tun, dass er bei ihr wohnte, als würde er sie aus ihrer Einsamkeit erretten.

Lisi versank in düstere Gedanken. Als sie damals im Mordfall Alexandra Hornstick recherchierte, hätte sie das beinahe mit dem Leben bezahlt. Doch immerhin hatte sie da aus eigenem Antrieb gehandelt und nicht, weil jemand sie zwang, ihm als Kurier bei seinen Ermittlungen zu dienen. Dabei kannte sie ihn gar nicht! So etwas gibt es nicht, dachte sie. Tote stehen nicht wieder auf und erscheinen in den Wohnungen fremder Frauen, um sie zu Räuber-und-Gendarm-Spielen zu zwingen. Sie musste ihm jetzt nur sagen, dass sie nicht bereit war, ihm zu helfen, und dass er abhauen sollte. Was konnte er ihr schon tun? Er konnte ihr den größten Knüller wegnehmen, den sie je in ihrem Leben in den Händen gehabt hatte. Das konnte er tun. Gib zu, Lisi, sagte sie zu sich, du brütest auf goldenen Eiern.

»Ich habe einen Plan«, sagte Rosi ruhig, die kurzsichtigen Augen auf seine Hände gerichtet, die vor ihm auf dem Tisch lagen.

Kapitel 3

Ein Gentleman

Dreißig Dreijährige saßen auf gelben Plastikstühlen, zu ihren Füßen lagen ihre Schutzhauben. Die Reporter und Fotografen saßen neben der Tür, zusammen mit drei Freiwilligen des Zivilschutzes, zwei Vertretern der Bezirksverwaltung sowie Vertretern der Elektrogesellschaft, die in der Kinderbetreuungsstätte die elektronischen Druckwarnsysteme installiert hatte.

Esthi, die Kindergärtnerin, fragte die Kinder, ob sie den lieben Besuchern zeigen würden, wie schnell sie ihre Schutzhauben aufsetzen könnten. Lisi hörte in dem Geschrei ein paar Jas, die aber in den Neins untergingen. Jo'aw stand auf und sagte, er wolle der Erste sein. Awner stand auf und rempelte Jo'aw an. Mur fing an zu weinen. Esthi sagte zu allen, sie sollten sich hinsetzen, heute würden alle gleichzeitig ihre Hauben aufsetzen. Die Kinder bückten sich und hoben ihre Schutzhauben auf, doch Esthi befahl ihnen, noch zu warten. »Ich zähle eins – zwei – drei, und dann setzt ihr sie auf.« Als sie das Wort »drei« aussprach, waren einige Hauben schon auf den Kinderköpfen. Esthi lächelte und gebot den voreiligen Kindern, die Hauben noch einmal abzusetzen. Mur fing wieder zu weinen an und sagte, sie wolle keine Schutzhaube. Nun weinten auch zwei andere Kinder, weil Mur weinte. Esthi fragte die Kinder, ob sie wollten, dass sie und Annat, die zweite Kindergärtnerin, ihre Gasmasken aufsetzen. Die Kinder schrien: »Nein!« Auf Esthis und Annats Gesichtern erschien ein breites Lächeln, das aber sofort wieder verschwand, als sie ihre Gasmasken aufsetzten. Janiw sagte zu Efrats Opa, der heute in der Kinderbetreuungsstätte als Wächter Dienst tat, er müsse dringend pinkeln. Efrats Opa war unschlüssig, ob er mit Janiw zur Toilette gehen oder bei der Übung bleiben sollte. Dudi warf sich auf den Boden und weinte, weil er Erdnussflips wollte. Dudis Mutter, die seit Beginn des Golfkriegs Tag für Tag in der Kinderbetreuungsstätte war, nahm ihren Sohn auf den Schoß. Lisi versuchte sich zu erinnern, woher sie die Frau kannte. Irgendetwas, was mit Autos zu tun hatte. Aus der Gasmaske drang Esthis dumpfe Stimme, die schrie: »Eins – zwei – drei!« Die Mädchen waren schneller als die Buben. Efrat hatte Schnupfen, sie hustete unter ihrer Schutzhaube, bis Dudis Mutter ihr das Ding wieder abnahm. Esthi schimpfte, weil sie das getan hatte, und Dudis Mutter traten Tränen in die Augen. Ein paar andere Mütter, die ebenfalls anwesend waren, halfen ihren Kindern, um die Kindergärtnerinnen zu besänftigen. Esthi bat die lieben Besucher, einen Blick auf die Uhr an der Wand zu werfen. Dann sagte sie zu den Kindern, sie sollten ins Nebenzimmer rennen, das als abgedichteter Schutzraum hergerichtet war. Zwei Kinder fielen hin, und ein Mädchen stieß Jonathan. Jonathans Mutter fing an zu weinen. »Das ist furchtbar!«, sagte sie und wischte sich die Augen. »Man bringt dreijährigen Kindern bei, wie sie sich vor Gasangriffen schützen sollen! In was für einer Welt leben wir bloß?« Die ganze Aktion – das Hinüberlaufen in den Schutzraum, das Verschließen der Tür, das Hinlegen des nassen Handtuchs auf die Schwelle und das Anbringen des Klebebands – hatte vier Minuten gedauert. Esthi und Annat waren zufrieden.

Die Kinder kamen aus dem Schutzraum, die Hauben in den Händen, und setzten sich wieder auf ihre Plätze. Jo'aw setzte sich neben Mur, und der Junge, der vorher auf diesem Stuhl gesessen hatte, setzte sich auf Jo'aw. Lisi erinnerte sich, woher sie Dudis Mutter kannte. Von einem Autoverleih. Als ihr Justy kaputt gewesen war, hatte sie sich dort ein Auto geliehen. Mur hob den Finger und sagte, sie wolle etwas fragen. Esthi gab ihr die Erlaubnis. Mur sagte, sie würde sich an Purim als Katze verkleiden, als Seeräuber und als König. Die anderen Kinder fingen an zu schreien, auch sie würden sich als Katze, Seeräuber und König verkleiden. Esthi brachte die Kinder zum Schweigen und sagte, dass die lieben Besucher ihre Zeichnungen sehen wollten. Sie malten Saddam Hussein und seine SCUD-Raketen, sie malten zerstörte Häuser und ihre Väter und Mütter mit Gasmasken. »Und Oma Gila mit ihrer Gasmaske«, sagte der Junge, der sich auf Jo'aw gesetzt hatte.

Dorit hatte die Kinder mit ihren Schutzhauben, die Kindergärtnerinnen mit ihren Gasmasken und den Schutzraum aufgenommen, jetzt machte sie sich daran, die Zeichnungen der Kinder zu fotografieren.

Lisi ging zu einer Mutter, die ein Baby auf dem Arm hielt, und fragte sie, wie sie bei den Alarmen zurechtkam. »Ich komme schon klar«, sagte die Frau und zuckte mit den Schultern. »Habe ich eine Wahl?« Sie erzählte, dass ihre Eltern aus Haifa gekommen seien, sodass sie sich von einer vierköpfigen Familie in eine sechsköpfige verwandelt hatten, und das in zweieinhalb Zimmern. Sie hatten das Badezimmer zum abgedichteten Schutzraum umfunktioniert. Sie arbeite bei der Post, doch seit Ausbruch des Krieges sei sie nicht mehr zur Arbeit gegangen. Ihr Chef drohe ihr mit Kündigung, wenn sie weiterhin fernbliebe, aber was bleibe ihr anders übrig? Die Babysitterin für die Zeit, in der sie arbeite, sei eine Studentin an der hiesigen Universität, aber wegen des Krieges habe man die Semesterferien vorverlegt, und die Studentin sei zu ihren Eltern nach Jerusalem gefahren. Sie könne aber das Baby nicht bei ihren Eltern lassen, denn ihre Mutter habe Angst, den Kleinen in seinen Schutzanzug zu stopfen, weil sie, Gott behüte, einen Fehler machen und das Kind dadurch töten könnte. Ihr Mann sei gereizt, ihre Eltern seien gereizt, die Kinder seien gereizt.

»Haben Sie Angst?«, fragte Lisi.

»Natürlich habe ich Angst«, antwortete die junge Frau.

Lisi entschied, dass sie genug Stoff für eine ganze Seite hatte. Sie fragte die Frau, ob sie bereit sei, sich für die *Zeit im Süden* fotografieren zu lassen. Jafit Ben-Porat, so hieß die junge Frau, hielt das Baby auf dem rechten Arm, in der anderen Hand den Schutzanzug. Ihre Tochter Scharon, eine Dreieinhalbjährige, stand neben ihr, ihre Schutzhaube in der rechten Hand, in der linken die Gasmaske ihrer Mutter. Esthi, die Kindergärtnerin, trat hinzu und sagte, sie sei dagegen, dass dieses Foto in der Zeitung abgedruckt würde, denn laut Dienstvorschrift sei es ihr verboten, Babys in den Kindergarten zu lassen. Lisi beschloss, diesem Foto eine halbe Seite einzuräumen. Die Überschrift sollte lauten: »Ich habe Angst.«

»Ich habe Angst, ich habe Angst«, maulte Dorit, als sie in Lisis Justy stiegen. »Die Leute haben Angst, dass man sie für unnormal halten könnte, wenn sie sagen, dass sie keine Angst haben.«

»Hast du keine Angst?«

»Nein. Hast du ein Zimmer abgedichtet?«

»Ja. Und du?«

»Hatte ich eine Wahl? Meine Eltern haben mir mitgeteilt, dass ich nach Hause zurückkommen müsse, wenn ich mir keinen Schutzraum abdichte, schon damit sie ruhig schlafen können.«

»Die Kindergärtnerinnen tun mir leid.«

»Die tun dir leid? Mir tun die Kinder leid.«

»Was für eine Verantwortung! Für dreißig Kinder sorgen, dass sie nicht bei einem Angriff mit unkonventionellen Waffen sterben.«

»Man hat den Schutzraum in Rot und Hellblau angemalt. Entsetzlich.«

* * *

Schibolet saß auf dem Tisch und sprach ins Telefon. Als sie Lisi und Dorit erblickte, wurde sie rot, sagte »bye«, sprang vom Tisch und fing an, Kaffee zu kochen. Lisi ging in ihr Zimmer, um einen Bericht über die Sicherheitsvorkehrungen in den Kinderbetreuungsstätten des Frauenverbands zu schreiben. Die Reporter der anderen lokalen Presse waren schon gestern dort gewesen, die Sache ließ sich also nicht aufschieben.

»Dahan hat gesagt, du sollst nicht vergessen, den Notfallknopf zu erwähnen«, sagte Schibolet und stellte ein Glas mit heißem Kaffee auf den Tisch.

»Den Notfallknopf?«

»Irgendso ein elektronisches Ding, und wenn man darauf drückt, gibt es Alarm und ruft Hilfe herbei. Er hat gesagt, dass es in der Kinderbetreuungsstätte, in der ihr wart, so ein Ding gibt. Ich habe eine Werbeanzeige auf dem Tisch liegen, von der Firma, die diese Dinger herstellt. Möchtest du ein Sandwich?«

»Wo ist er?«

»Weggegangen, was erledigen. Um zwei kommt er zurück. Thunfisch oder Ei?«

»Gar nichts.«

»Weggegangen, was erledigen« war das Codewort, das Schibolet benutzte, seit Dorit bei der *Zeit im Süden* angefangen hatte. Dahan hatte es drei Monate lang geschafft, sich zurückzuhalten, hatte mit den traurigen Augen eines verlassenen Spaniels jeder Frau nachgeschaut, die wegen einer neuen Kosmetikserie oder einer neuen Strumpfhosenmode in den Redaktionsräumen aufgetaucht war. Solch eine Fülle, die ihm zur Verfügung gestanden hätte und die er nun verpasste, nur weil er seinen väterlichen Gefühlen nachgegeben und seine Tochter in die Redaktion geschleust hatte. Der Preis war ein bisschen zu hoch. All diese neuen Russinnen. Hätte er gewusst, dass sie so groß und so schmal sind, hätte er sich schon vor Jahren der Freundesbewegung »Einwanderungshilfe« angeschlossen. In einem Moment des Überschwangs, ausgelöst durch einen besonders kurzen

Minirock, hatte er zu Lisi gesagt, er sei zu der Ansicht gelangt, dass das Leben kurz sei und der Mensch nicht jünger werde. Diese ganze Zurückhaltung gehe auf Kosten seiner Gesundheit. Und was hätte Dorit von einem kranken Vater? Danach fing er wieder an, für zwei, drei Stunden zu seinen dringenden Verabredungen im Hotel gegenüber der Krankenkasse zu verschwinden.

»Geht es dir gut?«, erkundigte sich Schibolet.

»Ja, warum?«, fragte Lisi erstaunt.

»Weil du kein Sandwich magst.«

»Ich habe keinen Hunger.«

»Möchtest du ein bisschen Schnittkäse?«

»Nein, nichts.«

Gott sei Dank war Lisi nicht herausgerutscht, dass sie gut gefrühstückt hatte. Alle in der Redaktion wussten, dass ihr Kühlschrank chronisch leer war und dass oft genug die belegten Brote, die Schibolet vom Kiosk an der Ecke holte, das Einzige waren, was sie zwischen die Zähne bekam. Eine Bemerkung über das Frühstück hätte zu Fragen geführt, durch die sie vielleicht in Schwierigkeiten gekommen wäre.

Für den Bericht über die Kinderbetreuungsstätte des Frauenverbands brauchte Lisi ungefähr eine Stunde. Sie erwähnte den Notfallknopf und brachte den Bericht dann hinunter in die Druckerei Prosper Parpars. Mitten auf der Seite ließ sie Platz für das Foto von Jafit Ben-Porat und ihren Kindern. Als sie in die Redaktion zurückkehrte, klopfte sie an die Labortür. »Moment!«, schrie Dorit, dann machte sie auf. Der junge Mann war groß, blass, hieß Kuti und trug einen Ring im Ohrläppchen. Kuti teilte Lisi mit, dass er an hohem Blutdruck leide, und Lisi sagte, dann müsse er sich vor Cholesterin hüten. Dorit sagte ihm, Lisi verstünde keine Witze, und Lisi sagte, das sei kein Witz gewesen.

»Ich habe Platz gelassen für ein Foto von Jafit Ben-Porat, der Frau mit den Kindern«, sagte Lisi zu Dorit.

»Ich bring's gleich runter. Was ist mit den anderen Aufnahmen?«

Gemeinsam betrachteten sie die Bilder von der Kinderbetreuungsstätte und wählten zwei davon aus.

»Sag zu Prosper, er soll sie unter den Artikel setzen. Zwei Spalten für jedes Foto und genügend Luft dazwischen. Ich bringe ihm nachher die Bildlegenden runter. Was ist mit den Fotos von der Beerdigung?«

Dorit hielt Lisi zwei braune Briefumschläge hin. Sie waren groß und schwer.

»Danke, Dorit.«

»Soll ich dir beim Aussuchen helfen?«

»Erst mal nicht.«

***

Lisi ging in ihr Büro, schloss die Tür und hatte das Gefühl, hundert Jahre alt zu sein. Das, was Benzi zu Rosi über ihre Einsamkeit gesagt hatte, hallte ihr noch immer in den Ohren nach. Plötzlich kam es ihr vor, als wären alle Leute, die sie kannte, mit irgendwelchen Liebschaften beschäftigt. Nur sie schwamm auf dem Meer des Lebens wie ein großes langsames Schiff, das auf einer festen Route zwischen der Redaktion und ihrer Wohnung hin- und hersegelte, ohne dass je eine Sandbank oder ein Leuchtturm ihren Lebensrhythmus störte. Wo lag das Geheimnis? Wie entstanden all diese leichten, luftigen Beziehungen? Wie lautete der Code, der diese leichtfertigen Sprünge von Bett zu Bett ermöglichte? Warum hatten alle anderen dort eine Art Aktivschaltung, wo sie passiv war? Benutzten sie etwa eine Frequenz, die von ihrer Antenne nicht empfangen wurde?

Lisi holte ihr großes Notizbuch heraus und ging die Geschichte durch, die Rosi ihr diktiert hatte. Achthundert Wörter hatte Arieli verlangt. Das Material vor ihr würde für zwei Artikel von zweitausend Wörtern und zu Schlagzeilen für die ersten Seiten aller Zeitungen des Landes reichen, auch wenn sie das Wichtigste nicht schreiben konnte: nämlich dass die Leiche lebte und atmete und sich in ihrer Wohnung aufhielt. Auch jetzt, nach allem, was er ihr erzählt hatte, blickte sie bei Rosi nicht durch, verstand nicht, warum man ihn ermorden wollte. Sie hielt sich nicht damit auf zu überlegen, wie sich ein Mensch fühlte, dem man nach dem Leben trachtete und der seine Existenz und seine Identität verbergen musste.

Sie fing an, die Geschichte zu tippen, wobei ihr klar war, dass sie noch mit einer ganzen Menge Leute sprechen müsste, bevor sie den Artikel an die Redaktion in Tel Aviv schickte. Sie durfte sich nicht der Gefahr aussetzen, dass jemand ihre Quellen in Zweifel zog. Sie durfte weder Benzi noch Rosi noch sich selbst gefährden. Beim Schreiben erinnerte sie sich daran, dass Arieli Geschichten über die Familien der Ermordeten verlangt hatte, dass Rosi über seine eigene Familie aber gar nichts erzählt hatte. Deshalb beschloss sie, zu Tante Klara und Onkel Ja'akow zu fahren. Die kannten Rosi. Und was sie ihr erzählen würden, konnte sie auch zitieren.

***

»Schreib, dass Awner Rosen, selig sei sein Angedenken, ein Gentleman war«, sagte Tante Klara und bewegte vorsichtig ihre Schenkel, um Schnaps zum Abspringen zu bewegen, aber der dicke Kater reagierte nicht. Er öffnete für einen Moment die Augen, gähnte und vergrub sich in Tante Klaras Schoß. Das *Mikado* war noch verlassener als sonst. Wer wollte jetzt um diese Zeit schon Kassetten kaufen oder Plastikblumen? Im Schaufenster waren Klebebänder aufgetürmt, und sogar dafür schienen sich keine Käufer zu finden. In diesem Stadtteil fürchtete man sich nicht vor den Drohungen Saddam Husseins.

»Wie habt ihr ihn kennengelernt?«

Tante Klara und Onkel Ja'akow schauten einander an. »Sag du's«, meinte Tante Klara zu Onkel Ja'akow.

»Erinnerst du dich an Esteban, den Kellner vom *Wüstenwind*?«

»Nein«, sagte Lisi.

»Du warst noch ein kleines Mädchen. Er hat dort vor ungefähr zehn Jahren gearbeitet.«

Vor zehn Jahren war ich zweiundzwanzig, dachte Lisi, und schon mit vierzehn hat mich keiner mehr für ein Kind gehalten. Außer Klara und Ja'akow, die mich auch heute noch als Mädchen ansehen. Vielleicht besuche ich sie deshalb so gern.

»Eines Tages kam Esteban zu uns, um Postkarten zu kaufen. Er ging im Laden herum, prüfte, befühlte, zögerte. Klara hat gerade Maniküre gemacht. Plötzlich sahen wir, dass er die Fingernägel, die sie sich abgeschnitten hatte, aus dem Aschenbecher fischte. Wir sind fast gestorben vor Schreck.«

»Ja'akow hat so gezittert, dass ich Angst hatte, er würde einen Herzschlag bekommen, stimmt's, Ja'akow?«

»Ja. Dieser Esteban war ein Hexer. Hexer nehmen die Fingernägel oder die Haare eines Menschen, den sie vernichten wollen. Wir sind sehr vorsichtig, Lisi. Wir verbrennen immer die abgeschnittenen Fingernägel, aber damals hatte ich gerade keine Zeit dazu gehabt. Nachdem er gegangen war, haben wir alles im Laden umgeräumt, haben rote Schnüre in den Eingang gehängt, bezahlten der Wahrsagerin aus M'el-Asasme Geld, damit sie Esteban verfluchte, und ein Jemenit aus der Siedlung Süd berührte Klaras Nieren und schrieb uns Schutzformeln auf, die er in ein Säckchen aus Ziegendarm steckte.«

Klara schob ihre Hand unter den Kragen, fummelte herum und brachte schließlich ein Beutelchen heraus, das mit einem alten Faden zugebunden war. Die beiden bemerkten das Erstaunen auf Lisis Gesicht und lächelten einander an. Lisi wunderte sich immer wieder über die Schlauheit von Tante Klara und Onkel Ja'akow.

»Zwei Wochen später kam er eines Abends hierher, mit irgendeinem Freund, der aussah wie ein Zigeuner, und beschuldigte uns, wir wären Abgesandte des Satans und hätten ihn verflucht. Er nannte mich einen Sohn des Teufels und schrie immer irgendein Wort auf zigeunerisch. Klara verstand, dass es eine Beschwörung war, und versuchte zu fliehen, um Hilfe zu holen. Aber als sie sahen, dass sie den Laden verlassen wollte, stießen sie sie vom Eingang weg und fingen an, sie zu verprügeln. Wir haben einen Eisenhaken, mit dem wir draußen die Markise runterziehen. Diesen Haken packte ich und fuchtelte drohend damit herum, damit sie Klara in Ruhe ließen.«

Onkel Ja'akow verstummte, und Tante Klara schob Schnaps von ihrem Schoß, etwas, was sie nie getan hätte, wäre sie nicht so aufgeregt gewesen.

»Erzähl du weiter«, sagte Onkel Ja'akow zu Klara.

»Sie schoben den Haken in Ja'akows Gürtel und fingen an, ihn herumzudrehen wie einen Kreisel. Ja'akow schrie, ich schrie, und die beiden Ungeheuer schrien auch, und zwar dieses Wort auf zigeunerisch. Genau in diesem Moment kamen Rosen und noch ein anderer Polizist in den Laden. Die Nachbarn hatten Schreie gehört und die Polizei gerufen. Rosen befreite Ja'akow von dem Haken. Man sah ihm an, dass er vor Wut kochte. Er fragte die beiden Männer, warum sie das getan hätten. Esteban sagte, dieser Zwerg und der Transvestit da seien vom Teufel. Entschuldige, Ja'akow.«

»Das hast nicht du gesagt, Klara, sondern Esteban.«

»Rosen packte Esteban und begann, ihn ganz fürchterlich zu verprügeln. Wir dachten, er würde ihn umbringen. Er trat nach ihm und schlug mit seiner Pistole auf ihn ein. Der andere Polizist konnte ihn nur mit Mühe zurückhalten, sonst hätte er Esteban völlig fertiggemacht. Er war noch nicht mal bereit, eine Beschwerde aufzunehmen. ›Packt euer Zeug und verschwindet aus Be'er Schewa‹, hat er gesagt. ›Wenn ihr morgen noch hier seid, bringe ich euch für zwei Jahre ins Gefängnis‹. Nach zwei Tagen kam Rosen wieder, um nachzuschauen, ob bei uns alles in Ordnung war. Esteban und der Zigeuner hätten Be'er Schewa verlassen, sagte er. Wir wollten ihm ein Geschenk geben, aber er sagte, dass er keine Geschenke annehmen dürfe. Also haben wir ihm einen Kaffee gemacht und eine Platte von Gilbert und Sullivan aufgelegt. Er bekannte, dass er um Versetzung gebeten hatte, so sehr war er über sich selbst erschrocken, wegen der Prügel, die er Esteban verpasst hatte. Wirklich, als wir uns mit ihm unterhielten, stellten wir fest, dass er alles andere als ein Rowdy war. Er hörte sich gern Geschichten von unserer Arbeit an der Oper von Alexandria an. Wenn er in den Laden trat, hat er immer den Hut abgenommen und mich gefragt, wie es mir ginge. Und wenn ich zufällig mal ein anderes Parfüm benutzte, hat er gesagt: Hast du ein neues Parfüm, Klara? Wirklich, er war ein Gentleman.«

Onkel Ja'akow seufzte. »Immer sind es die Besten, die gehen müssen.« Und beide ehrten Rosis Andenken mit einer Schweigeminute.

»Dieser Esteban«, sagte Lisi, »ich glaube, ich erinnere mich an ihn. Hat er davor nicht im *Dernière Chance* gearbeitet?«

»Im *Dernière Chance*?«, fragte Klara erstaunt.

»Das war so eine Bar. Die *Letzte Gelegenheit*. Ich glaube, dort hat irgendein Esteban gearbeitet.«

»Aber Lisi! Das *Dernière Chance* gibt es schon seit gut zwanzig Jahren nicht mehr.«

»Er hätte doch vor gut zwanzig Jahren dort arbeiten können.«

»Vor zwanzig Jahren war er nicht hier. Als wir ihn kennenlernten, arbeitete er im *Wüstenwind*.«

»Da habe ich wohl was durcheinandergebracht. Bestimmt war das ein anderer.«

»Niemand hat in der *Letzten Gelegenheit* gearbeitet«, sagte Ja'akow.

»Und wer hat die Gäste bedient?«, fragte Lisi.

»Die Besitzer, Betty und Leon. Ihnen hat das Lokal gehört, und sie haben die Gäste bedient.«

»Seid ihr sicher?«

»Hundertprozentig. Betty Knut und Leon waren Freunde von uns, Lisi.«

Klara und Ja'akow wechselten ein Lächeln. Die angenehme Erinnerung verdrängte die unangenehme.

»Seid ihr zu ihnen in die Bar gegangen? Ihr trinkt doch keinen Alkohol.«

»Wir trinken nicht, wir rauchen nicht, und wir besuchen keine Bars. Betty haben wir wegen Ben Gurion getroffen. Wann ist Ben Gurion zurückgetreten, Ja'akow?«

»1954? Nein, Ende 53. Es war ein paar Monate, nachdem wir nach Be'er Schewa gekommen sind.«

»Ein Staatspräsident geht, ein Staatspräsident kommt, aber die Regierung bleibt. Das hat er gesagt. Er war ein großer Mann, Lisi.«

»Wie habt ihr Betty und Leon kennengelernt?«

»Ben Gurion ist bald nach seinem Rücktritt nach Sde Boker gegangen, als gutes Beispiel für das israelische Volk. Auf dem Weg dorthin ist er durch Be'er Schewa gekommen. Wir haben gehört, dass er im *Cassit* frühstücken würde, und sind hingegangen, um ihn zu sehen. Er saß da, mit all seinen Adjutanten und den Leitern von der gewerkschaftlichen Hausbaugesellschaft. Draußen, vor dem Schaufenster vom *Cassit,* standen alle Einwohner von Be'er Schewa, schauten zu, wie die da drinnen Dickmilch und Salat aßen, und schrien: ›Ben Gurion! Ben Gurion!‹ Ja'akow konnte überhaupt nichts sehen in dem Gedränge, deshalb habe ich ihn auf die Schulter genommen. Da konnte er in das Lokal reinschauen. ›Klara‹, hat er gesagt, ›gehen wir weg. Lassen wir den Mann doch in Ruhe essen.‹ Wegen des Gedränges konnte ich ihn nicht von meiner Schulter nehmen, deshalb sind wir so losgegangen. Erst als wir den Kreis verlassen hatten, setzte ich ihn ab, und er ist beinahe hingefallen. Eine Frau hat ihn gerade noch gehalten. Das war Betty. Und so hat unsere Freundschaft angefangen. Ich glaube, dass es die Liebe zur Musik war, die uns gleich am Anfang verband. Sie war die Enkelin von Alexandr Nikolajewitsch Skrjabin.«

Klara sprach den Namen des Komponisten sehr feierlich aus, wie der Herold in einem Schloss königlichen Besuch ankündigt.

»Weißt du, wer Skrjabin ist?«

»Ja.«

Lisis Ja bestätigte Klara und Ja'akow in der guten Meinung, die sie schon immer von ihr hatten. Denn wer in ihrer ganzen Familie kannte überhaupt den Namen Skrjabin? Die beiden glaubten an Lisi und pflegten die tiefe Freundschaft, die sie für sie hegten, und Lisi hatte sie noch nie enttäuscht. Nun erzählten sie Lisi das, was sie schon von Rosen gehört hatte. Wenn sie ihre achthundert Wörter schrieb, würde sie Klara und Ja'akow die Worte in den Mund legen, die Rosen gesagt hatte, ohne dass Arieli oder irgendein anderer Misstrauen bezüglich ihrer Quellen anmelden konnte. Sie überlegte, wie sie die beiden von Betty auf Rosen bringen konnte.

»Ich habe gehört, dass die *Letzte Gelegenheit* an eine Baufirma verkauft worden ist, die dort ein neues Einkaufszentrum bauen will«, sagte sie, als Klara mit ihrem Bericht fertig war.

»Noch eines?«, fragte Ja'akow erstaunt.

Klara seufzte. »Be'er Schewa entwickelt sich noch zu einem zweiten New York.«

»Schade. Be'er Schewa ist eine Wüstenstadt. Sie sollte ihren Charakter bewahren und nicht New York imitieren wollen. Jemand hat mir gesagt, dass Awner Rosen gegen den Abriss der *Letzten Gelegenheit* war.«

»Das passt zu ihm. So war er, Lisi. Als er nach Be'er Schewa kam, haben Betty und Leon schon nicht mehr gelebt. Wir haben ihm von ihnen erzählt. Über ihre Familie, über ihre Freunde.«

Plötzlich wandte sich Klara an Ja'akow. »Wir haben Paulette Melnik nicht angerufen! Wer weiß, wie sie mit den Alarmen und allem zurechtkommt! Das ist eine Jugendfreundin von Betty, noch aus ihrer Zeit in Paris. Wir nennen sie ›La Goulue‹, weil sie der Tänzerin von Toulouse-Lautrec ähnlich sieht.«

»Wohnt sie hier in Be'er Schewa?«, fragte Lisi.

»Erinnerst du dich nicht an sie? Sie war Französischlehrerin in deiner Schule.«

»Ich habe kein Französisch gelernt.«

Flüchtig tauchte eine Erinnerung auf. Eine kleine, energische Frau, kupferrote Haare, die wie Flammen das kleine Gesicht umrahmten, deren starker Akzent ihr Geburtsland verriet.

»Manchmal ging sie in die Schule, nachdem sie eine ganze Nacht in Bettys Bar verbracht hatte.« Klara lächelte.

»Wo wohnt sie?«

»Zwei Häuser von uns entfernt. Du weißt, wo die tunesische Synagoge ist? Im selben Haus, im zweiten Stock. Das ist nicht in Ordnung von uns, Ja'akow. Vielleicht braucht sie Hilfe.«

»Wir gehen nach Ladenschluss zu ihr.«

»Wir nehmen Folie und Klebebänder mit.«

»Hat Rosen sie gekannt?«

»Wen? Paulette? Nein, ich glaube nicht. Vielleicht. Was meinst du, Ja'akow?«

»Als wir ihm die *Letzte Gelegenheit* gezeigt haben, gab es schon nichts mehr zu sehen. Sogar der Esel war nicht mehr da. Betty hatte im Hof immer einen Esel.«

»Alles war leer und heruntergekommen. Man kann sich kaum vorstellen, dass an einem so armseligen Platz mal das wilde Leben getobt hat und dass so wunderbare Menschen dort gewohnt haben. Aber wer uns beide heute anschaut, sieht auch nur zwei alte Ruinen und weiß nicht, dass wir einmal die Stars der Oper von Alexandria waren.«

»Ihr seid die wunderbarsten Ruinen, die ich kenne«, protestierte Lisi.

Tränen der Dankbarkeit traten in Klaras Augen. Nur ihre Lisi konnte einen derart schönen Satz sagen. Klara straffte den Rücken und hob leicht ihr Kinn an, wie es sich für einen Star an der Oper von Alexandria gehörte.

»Rosi war ein kultivierter Mensch, Lisi. Wir haben ihn gerngehabt, weil er Musik genauso liebte, wie wir sie lieben. Er gehörte zu den Menschen, die sich nicht mit der Musik begnügen, sondern versuchen, auch etwas über die entsprechenden Komponisten zu erfahren. So wie wir alles über Gilbert und Sullivan wissen, wusste er alles über Skrjabin. Was für ein Verlust! Hast du gewusst, dass Menasche Mordechai, der Mann, der Hahnenkämpfe in seinem Luftschutzkeller veranstaltet, in Kuweit geboren ist?«

Lisi hatte es nicht gewusst, es interessierte sie auch nicht.

Klaras und Ja'akows assoziatives Reden verwirrte sie immer wieder. Zu ihrem Glück legte gerade ihr Pieper los. Die beiden schauten sie gespannt an. Der Pieper beeindruckte sie sehr. Sie ging zum Telefon und rief Arieli an.

»Was ist mit dem Artikel, Badichi?«

»Ich arbeite daran.«

»Ich brauche keine Doktorarbeit. Achthundert Wörter, habe ich gesagt.«

Ihr »In Ordnung« hörte er schon nicht mehr. Es krachte, und sie sagte Klara und Ja'akow zuliebe in den stummen Hörer: »Auf Wiedersehen, Herr Arieli.«

Als sie den Laden verließ, folgten ihr bewundernde und ehrfürchtige Blicke. So blickt man einem königlichen Kurier nach, der einen großen Auftrag auszuführen hat.

***

Lisi strich Klara und Ja'akow von der Liste, die sie zusammen mit Rosi aufgestellt hatte, und fuhr zum Einkaufszentrum, um ihm etwas zum Anziehen zu besorgen.

»Sie sind heute schon die Zweite«, sagte die Verkäuferin. »Die Leute hier kapieren gar nicht, was für ein Glück wir haben, in diesem Teil des Landes zu leben. Heute Morgen war eine Frau hier, die hat Kleidung für ihren Bruder in Ramat Gan gekauft. Sie hat erzählt, dass sein ganzes Haus zerstört ist, aber wirklich alles. Nichts ist geblieben. Nichts. Ein Wunder, dass die Leute unverletzt geblieben sind. Ein Wunder.«

Die Frau dachte ganz offensichtlich, dass Lisi für einen armen Bekannten oder Verwandten einkaufte, dessen Haus von SCUD-Raketen getroffen worden war. »Es wird dir schon ein Grund einfallen«, hatte Rosi gesagt, als sie gefragt hatte, was sie denn der Verkäuferin im Laden sagen könnte. Jetzt schnalzte sie mitleidig und wie bestätigend mit der Zunge, als sie dreihundertvierzig Schekel bezahlte.

Es war schon drei Uhr, aber aus Angst vor dem Empfang, der ihr dort drohte, verschob sie die Fahrt zum Haus Schajke Simons. Stattdessen fuhr sie zur Polizei. Unterwegs überlegte sie, was sie Tante Malka sagen könnte. Am Tor hing eine Traueranzeige für den seligen Inspektor. Im Hof standen zwei ihr unbekannte Polizeioffiziere. Malka saß am Eingang, keiner entging ihrem wachsamen Auge. Seit sie zum Stabsfeldwebel aufgestiegen war, benahm sie sich, als gehöre ihr die ganze Station. Die Beziehung zwischen Lisi und Malka war freundschaftlich und achtungsvoll; beide waren unverheiratet, fleißig, unabhängig, sorgten selbst für ihren Lebensunterhalt und hingen mit ganzem Herzen an der Familie.

»Ilans Schwester ist mit ihrem Mann und zwei Kindern gekommen«, berichtete Malka. »Der Mann fährt jeden Tag nach Cholon Hulon zur Arbeit und kommt abends nach Be'er Schewa zurück. Chawazelet wird noch verrückt.«

»Ist sie zu Hause?«

»Chawazelet? Was heißt zu Hause? Im Krankenhaus ist der Notstand ausgebrochen, und Ilan hat Dienst bei der Polizei. Sie sehen sich kaum noch.«

»Da hat sie wenigstens jemanden, der auf die Kinder aufpasst.«

»Ja, aber wenn sie nach einem zwölfstündigen Dienst nach Hause kommt und sich ausruhen will, muss sie sich mit ihrer Schwägerin unterhalten, die noch den Verstand verliert vor lauter Angst. Lade Chawazelet zu dir ein, damit sie wenigstens eine Nacht so schläft, wie es sich gehört.«

»In Ordnung. Ist Benzi da?«

»Ja. Hast du eine Waffe zur Selbstverteidigung?«

»Wieso denn das?«

Malka zuckte mit den Schultern und drehte die Augen zur Decke. Die beiden lächelten sich an. Lisi überlegte, dass sie ganz ruhig Chawazelet einladen könnte, es bestand nicht die geringste Gefahr, dass ihre Schwester ihren Ehemann und ihre Kinder allein lassen würde, bestimmt nicht in Nächten, in denen Raketen drohten.

»Lisi! Endlich!«

Zum ersten Mal in meiner Karriere freut sich Benzi, mich zu sehen, dachte Lisi. Wirklich eine außerordentliche Erfahrung.

»Hör auf, dich bei mir einzuschmeicheln.«

»Was heißt einschmeicheln?«, fragte er gekränkt, und Lisi musste feststellen, dass ihr sein Geschrei doch lieber war.

»Du vertraust mir doch, Lisi«, äffte sie ihn nach. »Du verlässt dich auf mich. Sag mal, Benzi, schämst du dich nicht?«

»Jemand hat versucht, ihn umzubringen, Lisi. Und wer so etwas einmal versucht hat, versucht es auch ein zweites Mal.«

»Und was ist mit mir?«

»Niemand weiß, dass er bei dir ist.«

»Ich weiß es! Wie lange wird er bei mir wohnen?«

»Bis wir den Mörder gefunden haben.«

»Der Mörder ist tot.«

»Aber er ist von jemandem beauftragt worden.«

»Der Tote bei mir zu Hause möchte, dass du seine Wohnung versiegeln lässt, damit niemand seine Sachen holen kann. Damit sie nicht weggeworfen oder verschenkt werden. Er will auch nicht, dass seine Schwestern sich Erinnerungsstücke aussuchen. Er sagt, du könntest die Wohnung bis zum Abschluss des Falles verschlossen halten.«

»In Ordnung.«

»Er hat mich bis heute über fünfhundert Schekel gekostet. Wer gibt mir das Geld zurück?«

»Fünfhundert Schekel?«

»Essen und Kleidung.«

Benzi starrte sie an, als habe sie die fünfhundert Schekel aus seinem eigenen Portemonnaie geklaut. Er sprang hoch, riss die Tür auf und brüllte: »Elieser!« In Kriegszeiten müsste man Leuten wie Benzi eigentlich verbieten, laut zu schreien, dachte Lisi. Seine Stimme hallte zwischen den dicken Mauern des Polizeigebäudes. Elieser trat ein, ein Blechtablett mit zwei Tassen Kaffee in der Hand.

»Malka hat gesagt, ich soll welchen kochen«, erklärte er mit einem entschuldigenden Lächeln, und Lisi musste daran denken, dass dieser kleine, arme Elieser seine Frau zu verprügeln pflegte und dass Benzi ihn zur Polizei geholt hatte, um ihn im Auge zu behalten. Nie kann man wissen, überlegte sie, was sich hinter dem Äußeren eines Menschen verbirgt. Der polternde Benzi zum Beispiel wurde in Georgettes Nähe zu einem Schäfchen.

»Der Tote möchte, dass du herausbekommst, ob der Mörder ein Auto gemietet hat«, sagte Lisi zu Benzi, nachdem Elieser das Zimmer verlassen hatte. »Er hat gesagt, es könnte sich um eine Ermittlung *bona fide* handeln. Das sind seine eigenen Worte. Wer Awner Rosen ermordet hat, ist geflohen, seine Identität ist unbekannt, und die Polizei sucht nach ihm. Es ist nicht auszuschließen, dass es sich um einen bezahlten Mörder handelt, der ein Auto gemietet hat. Es lohnt sich nachzuforschen, ob in der Mordnacht irgendwo in der Stadt ein Mietauto abgestellt wurde. Findet sich ein solches Auto, kommt man vielleicht auf die Spur des Mannes, der es gemietet hat.«

»In Ordnung. Was noch?«

»Man muss die Vermisstenanzeigen im Auge behalten. Der Mörder ist jetzt schon seit drei Tagen tot, jemand muss sich doch Sorgen um ihn machen. Und falls es sich um einen Fremden handelt, dann merkt man doch im Hotel, dass ein Gast verschwunden ist.«

»In Ordnung.«

»Er fragt, ob irgendjemand außer dir von ihm weiß.«

»Nur du.«

»Hast du irgendwelche Spuren zur Identifikation an der Kleidung des Toten gefunden?«

»Alle Kleidungsstücke, einschließlich der Socken, sind Standardware *made in Israel*. Besondere Wäschemarkierungen gibt es keine.«

»Wo sind die Sachen?«

»Sag Rosi, sie seien an einem sicheren Platz.«

»Hat man an der Pistole oder den Patronenhülsen etwas gefunden?«

»Mit Rosis Pistole gibt es natürlich keine Probleme. Es gibt die Pistole, es gibt Patronenhülsen. Aber die andere Waffe ist verschwunden. Wir haben zwei Hülsen, die zu einer Beretta passen könnten, aber solange wir die Schusswaffe nicht gefunden haben, lässt sich das nicht sicher sagen.« Benzi war frustriert und verärgert, und um sich abzureagieren, schnauzte er nun Lisi an. »Was ist mit den Fotos von der Beerdigung?«

»Sie sind in der Redaktion.«

»Ich will Abzüge.«

»Ich werde Dorit nicht bitten, Abzüge von den Bildern zu machen. Sonst noch was! Du kannst die Filme bekommen.«

»Ich kann die Filme nicht weggeben, um Abzüge machen zu lassen. Keiner wird verstehen, warum ich nicht den Polizeifotografen geschickt habe.«

»Ich nehme die Bilder mit nach Hause. Dort kannst du sie dir zusammen mit mir und dem Toten anschauen.«

»Nein.«

»Wirst du zu seiner Wohnung fahren?«

»Das muss ich mit Tel Aviv absprechen.«

»Kann es sein, dass sie nicht zustimmen?«

»Was weiß ich!«

»Er möchte, dass du sie abschließt.«

»Ich werde es Elischa Karnapol vorschlagen. Sag Rosi, dass der ›Kommissar‹ zum Leiter der Kommission ernannt worden ist, die den Mord an ihm untersucht.«

»Ist das gut oder schlecht?«

»Rosi hat mich zu einem Doppelagenten gemacht«, sagte Benzi bitter.

»Wer ist das, der ›Kommissar‹?«

»Elischa Karnapol. Er wird so genannt. Auch wenn Karnapol die Anweisung erteilt, Rosis Wohnung abzusperren, wird er den Auftrag nicht mir geben.«

»Hat er etwas gegen dich?«

»Der ›Kommissar‹? Wieso denn? Warum sollte er etwas gegen mich haben?«

»Hat sich so angehört.«

»Er ist nicht mein Freund. Wir arbeiten zusammen, das ist alles.«

»Seine Frau hat ihn verlassen. Sie wohnt jetzt in einem anderen Stadtviertel.«

»Was?«

»Eine Möchtegern-Anthropologin.«

»Wer hat dir das erzählt?«

»Malka.«

»Wieso erzählt sie dir solche Sachen?«

»Ich war gerade dabei, als er sie angeschrien hat. Er war rot wie eine Tomate. Malka hat ihm keine Antwort gegeben, und als er dann verschwunden war, hat sie gesagt, er sei gereizt, weil seine Frau ihn verlassen habe.«

»Frauen!«

»Rosi hat gesagt, wenn du verlangst, einen Blick in seine Wohnung zu werfen, wird man dir die Anweisung geben, sie abzusperren. Es gibt einen Reserveschlüssel bei den Nachbarn im selben Stock. Familie Kurz.«

»Hat er sonst noch Wünsche?« Benzis Gesicht wurde langsam rot vor Zorn. Seine blasse Nase mit der runden Kuppe sah aus wie eine weiße Kugel, die nach einem kräftigen Schlag aufglüht.

Lisi warf einen Blick auf ihre Liste. »Er fragt, ob Patronenhülsen am Tatort gefunden wurden.«

»Drei. Das habe ich dir schon gesagt. Sie sind noch nicht aus dem ballistischen Labor zurück.«

»Mit welcher Pistole wurde der Mann getötet?«

»Mit einer Neun-Millimeter-F.N., Rosis Waffe.«

»Ich fahre mit dir in seine Wohnung. Dafür bringe ich dir dann die Fotos.«

»Lisi!«

Sein Aufschrei normalisierte auf der Stelle die Beziehung zwischen ihnen. Ihm rutschte das Hemd aus der Hose, aus seinen Augen blitzte der Zorn.

Lisi sprang auf, schnappte ihre große Handtasche, stürmte aus der Tür, kam sofort wieder zurück, knallte die Tür zu und legte eine große Plastiktüte auf Benzis Tisch.

»Deine Kleider.«

»Was soll ich mit ihnen anfangen?«

»Von mir aus kannst du sie auffressen. Ich bin zu dir gekommen, um für meinen Bericht ein paar Einzelheiten über den Verstorbenen zu bekommen«, fauchte sie Benzi an. Dann machte sie wieder die Tür auf, ging hinaus auf den Korridor und stieß mit Ilan zusammen.

»Gibt's Ärger, Lisi?«, flüsterte er mit einem Blinzeln zu Benzis Zimmer hinüber.

»Nein. Ich habe gehört, dass deine Schwester mit ihrem Mann und ihren Kindern gekommen ist. Willst du so lange zu mir ziehen?«

Ilan lachte und schlug ihr auf die Schulter. Anscheinend konnte nichts auf der Welt seine gute Laune verderben. Die Arbeit mit Benzi hatte dazu geführt, dass Ilan gegen alles immun geworden war, einschließlich einem Haus voller gereizter Familienmitglieder.

* * *

Die schmale Straße, die zum Haus auf dem Hügel hinaufführte, war mit Autos verstopft. In zweien saßen Chauffeure. Einige der Autos hatten hiesige Nummern. Das Tor stand offen, aber Lisi musste ihren Justy draußen parken. Es war fünf Minuten vor vier. In einer halben Stunde würden die Besucher des Trauerhauses in ihre eigenen Häuser zurückkehren, in die abgedichteten Zimmer.

Was Rosi wohl gerade tat? Das Fernsehen strahlte jetzt vierundzwanzig Stunden am Tag ein Programm aus. Um diese Uhrzeit liefen Kindersendungen. Bestimmt schaute er sich gerade Bugs Bunny an, ohne Musik und ohne Ton. Die Spüle mit dem schmutzigen Geschirr fiel ihr ein. Wenn er es wagen sollte, es für sie aufzuheben, würde sie ihn aus der Wohnung werfen. Als ihr blitzartig das Absurde ihrer Situation klarwurde, blieb sie stehen. Sie schloss die Augen, atmete tief durch und zählte bis zehn. Zwei Leute kamen ihr entgegen, und sie begann, auf das Haus zuzugehen. Auf beiden Seiten des Weges standen Bäume, und sie fragte sich, wo Tami und der unbekannte Mann erschossen worden waren. Links vom offenen Tor war ein Seil um fünf Kiefern gespannt, und auf der Erde waren Reste weißer Striche zu sehen, die Markierung, wo eine der beiden Leichen gefunden worden war. Rosi hatte gesagt, Tami sei getroffen worden, als sie gerade das Tor öffnen wollte; aller Wahrscheinlichkeit nach war dies also die Stelle, an der sie gelegen hatte. Weitere weiße Striche befanden sich links vom Weg, dicht an seinem Rand. An zwei Stellen waren Spuren von Gips zu sehen, mit dessen Hilfe Fußabdrücke genommen worden waren. Auch an der Stelle, wo der Mörder getroffen worden war, hatte man ein Seil um die Bäume gespannt.

Die Bäume waren alt und hoch, der Abstand zwischen ihnen betrug etwa fünf Meter. Jetzt, bei Tageslicht, konnte man sich nur schwer vorstellen, dass sich jemand in diesem dünnen Wäldchen versteckte, ohne entdeckt zu werden, zumal sich vier hohe Laternen zu beiden Seiten des Wegs befanden.

Die Haustür stand offen, das Haus war voller Menschen. Ab und zu schwoll das Stimmengemurmel an, dann wurde es leiser, schließlich wieder laut. Jetzt war Lisis Körpergröße von Vorteil: Von ihrem Platz an der Tür aus entdeckte sie den stellvertretenden Bürgermeister, den Sekretär des Arbeiterrats, den ehemaligen stellvertretenden Minister für Handel und Verkehr, einen früheren Luftwaffenoberst, den Stadtrabbiner, den Leiter des Amts für Kultur, Jugend und Sport, den Vertreter der gewerkschaftlichen Wohnungsbauorganisation. Drei junge Frauen mit roten Augen, vermutlich Freundinnen von Tami Simon, saßen mit Adolam auf einem für diesen Zweck viel zu kleinen Sofa. Eine ältere Frau in einem blauen Kleid und einer weißen Schürze leerte die Aschenbecher, eine andere, ebenso gekleidet, stellte saubere Gläser auf einen Tisch voller Erfrischungsgetränke. Riwka, die Köchin, und Na'omi, das Hausmädchen. Lisi hatte Hemmungen, zu Simon oder seinem Sohn zu gehen. Sie beschloss zu warten, bis Riwka und Na'omi den Raum verließen, um ihnen in die Küche zu folgen.

Das große Wohnzimmer war mit Antiquitäten möbliert. Die Wände entlang hatte man breite, tiefe Sessel aufgereiht, die mit einem Stoff bespannt waren, der aussah wie ein Gobelin, in der Sitzecke standen chinesische Vasen auf kleinen Tischen, und an den Wänden hingen goldgerahmte Gemälde, beleuchtet von kleinen, starken Strahlern. Außer diesen großen Gemälden gab es noch einen Satz von vier kleineren Pastellbildern, und über dem Esstisch hing erstaunlich einsam ein Bild in einem glatten Holzrahmen, der in zwei Goldtönen gehalten war. Lisi verstand nicht viel von Kunst, aber selbst sie wusste, dass es sich hier um ein Bild von Rubin handelte.

Sie ging hinaus, um das Haus herum, und fand den Hintereingang. Durch die offene Tür erreichte sie eine große, moderne Küche, glänzend in Weiß und Edelstahl.

»Möchten Sie etwas?«, fragte die Frau, die die Aschenbecher geleert hatte.

»Ich heiße Lisi Badichi, ich bin Reporterin bei der *Zeit im*

Süden. Man hat mich geschickt, einen Artikel über ... über ... Aber es ist mir unangenehm hineinzugehen. Manchmal hasse ich meine Arbeit wirklich.«

Die Aschenbecher-Frau blickte Lisi misstrauisch an und forderte sie auch nicht auf näherzutreten. Sie hatte ein weißes, glänzendes Gesicht, kleine braune, feindselig blickende Augen und Borsten auf dem Kinn. Inzwischen war auch ihre Schwester in die Küche zurückgekommen, und die Erste erklärte der Zweiten, wer diese Frau war, die da an der Tür zu ihrem Königreich stand. Das Gesicht der Gläser-Frau war erhitzt, und ihre funkelnden Augen verrieten, dass sie die Aufregung im Haus genoss.

»Arbeiten Sie schon lange hier?«

»Vier Jahre«, sagte die Gläser-Frau.

»Als Sie beide hergekommen sind, hat Tami da noch zu Hause gewohnt?«

»Nein.«

»Wo hat sie gewohnt?«

»Als wir herkamen, war Tami in Griechenland, bei ihrer Mutter.«

»Warum ist ihre Mutter nicht zur Beerdigung gekommen?«

Die Aschenbecher-Frau sagte etwas auf Rumänisch zur Gläser-Frau, und diese schwieg.

»Wann ist Tami nach Israel zurückgekehrt?«

»Sprechen Sie mit Herrn Simon«, sagte die Aschenbecher-Frau und fing an, Gläser aus der Spülmaschine zu räumen, die sie und ihre Schwester nachpolierten, bevor sie sie auf ein Tablett stellten.

»Waren Sie beide am Dienstagabend hier?«

»Ja.«

»War das Haus abgeschlossen?«

»Was?«

»Waren die Haustüren zu oder offen?«

Beide antworteten gleichzeitig. Die Aschenbecher-Frau sagte »offen«, die Gläser-Frau »zu«.

»Seit Kriegsbeginn machen wir die Türen des Hauses nicht mehr zu«, sagte die Aschenbecher-Frau und warf ihrer Schwester einen aggressiven Blick zu.

»Hatte Tami keinen Schlüssel?«

»Natürlich hatte sie einen.«

»Wenn alles offen war, hätte eigentlich jeder das Haus betreten können.«

Wieder sagte die Aschenbecher-Frau etwas auf Rumänisch. Sie war offenbar die Dominantere der beiden.

»Wer von Ihnen ist Riwka und wer Naʿomi?«

»Ich bin Riwka«, sagte die Aschenbecher-Frau, »und das ist Naʿomi.«

»War etwas zu hören?«

»Naʿomi sagt, sie hätte das Bumm von der Rakete gehört, aber immer, wenn wir im Sicherheitsraum sitzen, sagt sie, dass sie das Bumm von Raketen hört.«

»Herr Simon hat auch gesagt, dass er das Bumm von der Rakete gehört hat«, sagte Naʿomi gekränkt.

»Er hat nichts gehört, und du hast auch nichts gehört. Komm, Naʿomi. Entschuldigen Sie, meine Dame.«

Riwka nahm das Tablett und wandte sich zur Tür, dann überlegte sie es sich anscheinend anders, kehrte um und machte die Hintertür der Küche vor Lisis Nase zu. Lisi hörte, wie der Schlüssel im Schloss umgedreht wurde. Sie ging zum Haupteingang zurück.

Die drei jungen Frauen mit den roten Augen verließen gerade das Haus, begleitet von Oded und Adolam. Eine der Frauen hatte sich bei Oded eingehängt. Ein Kaschmirschal floss über ihre Schultern wie ein kleiner, bunter Wasserfall, und Lisi wunderte sich, warum er ihr nicht hinunterrutschte. Trotz ihres Versuchs, sich mit dem Schal zu schmücken, sah sie aus wie eine Marktfrau aus Taschkent. Adolam warf aus den Augenwinkeln einen Blick auf Lisi und tat, als sähe er sie nicht. Entweder hatte er den Familienmitgliedern nicht gesagt, wer er war, oder er begleitete eine der jungen Frauen.

»Genug, Dedi, geh wieder rein«, sagte die Frau mit dem Schal und küsste Oded auf die Wange. Wenn er ein bisschen Sport treiben würde, dachte Lisi, würde er das Weichliche verlieren und ganz gut aussehen. Adolam und die beiden Frauen verabschiedeten sich von »Dedi«, indem sie, wie es sich gehörte, mit erstickter Stimme ein paar Worte sagten. Als er sich umdrehte, um ins Haus zurückzugehen, entdeckte er Lisi, und Lisi verfluchte innerlich ihr Format. Wäre sie eine kleine Frau mit einem Kaschmirschal um die Schultern, wäre er jetzt nicht rot vor Wut geworden. Er sah aus, als wollte er sich auf sie stürzen.

»Ich wollte nicht hineingehen«, sagte sie schnell. »Aber mein Redakteur möchte ein Foto von Ihrer verstorbenen Schwester.«

»Weg mit Ihnen, Sie Abschaum!«

Lisi machte den Mund auf, schloss ihn wieder, drehte sich um und ging los. Bestimmt war er stehen geblieben und schaute ihr nach. Sie war sich ihrer großen Füße bewusst, die sich vorwärts bewegten wie zwei breite Lastkähne.

Adolam und die drei Frauen stiegen in einen schwarzen, oben auf dem Hügel geparkten BMW. Dann glitt das Auto leise an Lisi vorbei durch das Tor und verschwand aus ihrem Blickfeld. Lisi tröstete sich damit, dass ihre Geschichte schon am nächsten Tag in der überregionalen Ausgabe erscheinen würde. Adolam konnte sich auf den Kopf stellen und Achter machen mit seinen drei Grazien zusammen oder mit jeder einzeln – in dieser Runde war sie die Siegerin.

Lisi setzte sich in ihren kleinen Justy und steckte den Schlüssel in das Zündschloss, aber der Motor ließ nur ein leichtes, dumpfes Klopfen hören. Sie versuchte es wieder, und diesmal gab der Motor keinen Ton mehr von sich. Sie wusste, dass der Tank fast voll war. Am Himmel zogen sich Wolken zusammen. Sie versuchte wieder, das Auto anzulassen, aber vergeblich. Die Laternen zu beiden Seiten der Straße gingen an, und der Hügel sah nun aus wie ein großes Tier, das in der Dunkelheit lag und sie mit glänzenden Augen anstarrte. Autos fuhren vorbei. Die Leute hatten es eilig, nach Hause zu kommen. Lisi klappte die Motorhaube auf, prüfte den Starter und die Zündkabel. Schließlich holte sie ihre Tasche, schloss das Auto ab, versetzte ihm einen Tritt und machte sich zu Fuß auf den Weg.

Das hat mir gerade noch gefehlt, bei der Raketenwarnung draußen zu sein, dachte sie. Keines der vorbeifahrenden Autos hielt an, um sie mitzunehmen. Alle trieb es in ihre abgedichteten Schutzräume. Vor dem geschlossenen Kulturzentrum hielt sie ein Taxi an und ließ sich zur verwaisten Redaktion fahren. Es war Viertel nach fünf, aber sogar in der Druckerei hatten sie schon aufgehört zu arbeiten. Lisi knipste in allen Redaktionsräumen und in den Fluren das Licht an. Dann machte sie sich eine Tasse Kaffee. In einer Zellophantüte fand sie drei Hörnchen. Am Schluss leerte sie auch noch die restlichen Brösel aus der Tüte auf ihre Hand, bevor sie sich hinsetzte und anfing, ihre achthundert Wörter zu schreiben. Sie war müde und hungrig. Durch das Fenster sah sie die verlassene Straße, und um das Maß voll zu machen, fing es jetzt an zu regnen. Sie wusste nicht, ob der Regen gut für chemische Waffen war oder nicht. Sie verwendete für ihren Artikel das Material, das sie von Rosi und Benzi bekommen hatte, und achtete darauf, die Spur ihrer Informanten zu verwischen, nannte die Namen einiger Trauergäste und beschrieb den Kummer der treuen Hausangestellten. Als sie sich vergewissert hatte, dass ihr Bericht in Tel Aviv angekommen war, bestellte sie sich ein Taxi und fuhr nach Hause.

Der Fahrer beschrieb ihr in aller Ausführlichkeit die Wirkung chemischer und biologischer Waffen und vertraute ihr an, was er anstelle von General Schwarzkopf tun würde.

Der Gedanke, dass in ihrer Wohnung jemand auf sie wartete, weckte ihren Zorn. Sie hatte Lust, ihre Schuhe in die Ecke zu donnern, ihre Tasche auf das Sofa zu werfen, zu baden, sich eine Tasse Kakao zu kochen und ins Bett zu gehen, ohne mit irgendjemandem ein Wort zu wechseln.

»Wo warst du?« Er trug ihren blauen Jogginganzug.

Lisi fiel plötzlich ein, dass die Kleidungsstücke, die sie für ihn gekauft hatte, im Auto geblieben waren. Es hätte ihr gerade noch gefehlt, dass sie geklaut wurden. Dreihundertvierzig Schekel hatte sie dafür bezahlt! Sie beschloss, ihm keine Antwort zu geben. Sie war müde, sie wollte allein sein, sie wollte nicht sprechen. Sie ging ins Badezimmer, schloss die Tür hinter sich ab, ließ die Wanne volllaufen und legte sich ins heiße Wasser. Nachdem sie sich ein wenig erholt hatte, wusch sie ihre Haare, wickelte ein Handtuch um den Kopf und ging in die Küche, um sich ihren Kakao zu kochen. Das schmutzige Geschirr, das morgens in der Spüle gestanden hatte, stand immer noch da. Lisi machte den elektrischen Wasserkessel an und begann zu weinen.

»Was ist passiert?«, fragte Rosi.

Weil sie nicht antwortete, streckte er die Hand aus, um ihre Schulter zu berühren, aber sie stieß ihn weg. Was passiert ist? Sie hatte einen zwölfstündigen Arbeitstag hinter sich, ihr Auto war kaputtgegangen, und niemand war auf die Idee gekommen anzuhalten und die große Kuh, die zwanzig Minuten lang durch den strömenden Regen lief, mitzunehmen. Im besten Fall wurde sie Abschaum genannt, im schlimmsten beschrieb man ihr, wie sie bei einem Gasangriff ersticken würde, und als wäre das nicht genug, füllte ihr dieser Eindringling, von dem Tante Klara behauptete, er sei ein Gentleman, die Spüle mit dreckigem Geschirr und fragte dann auch noch, was passiert sei!

»Lisi!«

»Spül gefälligst das Geschirr!«

»Und deswegen weinst du?«

»Ich bin müde. Ich habe Hunger. Ich will nicht sprechen.«

»Soll ich dir was zu essen machen?«

Natürlich. Damit sich noch mehr Geschirr in der Spüle stapelte. Lisi ging ins Schlafzimmer und schloss die Tür hinter sich zu. Sie hörte seine Gummisohlen auftappen, als er näher kam.

»Hast du mit Benzi gesprochen?«, fragte er durch die Tür. »Und hast du die Fotos mitgebracht?«

Lisi gab ihm keine Antwort. Sie wusste, dass er es nicht wagen würde zu schreien oder laut zu klopfen, aus Angst, die Nachbarn könnten ihn hören. Er blieb noch einen Moment vor der Tür stehen, dann ging er. Sie hörte, dass Wasser in die Spüle lief, sie hörte das Klappern von Geschirr und schloss die Augen.

Kapitel 4

Madame Paulette

Lisi erwachte vom Schrillen der Sirene. Sie schnappte das kleine Radio und die Gasmaske, die auf ihrem Nachttisch lagen, und rannte zum Badezimmer, das ihr als Sicherheitsraum diente. Dass ihre Schlafzimmertür abgeschlossen war, erinnerte sie an die Existenz ihres »Untermieters«. Als sie das Badezimmer betrat, stand er schon da und machte ein Handtuch nass. Sie setzte ihre Gasmaske auf, dichtete mit dem Klebeband die Türritzen ab, setzte sich mit klopfendem Herzen auf den Plastikstuhl, den sie zwischen Badewanne und Schrank gestellt hatte, und machte das Radio an. Die Gasmaske drückte am Kinn, stand an der Stirn. Sie zerrte am Gurt über der Stirn. Ihre Haare verwirrten sich mit dem Band, doch der Spalt blieb so groß, wie er gewesen war. Rosi versuchte ihr zu helfen, doch sie stieß ihn weg.

»Halt doch still, du Dummkopf.« Er lockerte den Gurt und zog die Maske tiefer über ihr Gesicht, bevor er ihn wieder festzurrte.

»Sitzt sie jetzt bequemer?«

»Ja.«

Er setzte sich auf den Badewannenrand, ohne Gasmaske; er hatte keine. In der Notfalltasche im Schrank gab es zwei kleine Päckchen mit in Natriumbikarbonat getauchten Papiertüchern, und hätte er sie nicht »Dummkopf« genannt, hätte sie es ihm gesagt. Egal. Wenn es nötig wäre, würde sie ihm die Tücher geben. Die Radiosprecher wiederholten die Warnungen auf Englisch, Russisch, Französisch, Jiddisch und Amharisch, der Sprache der Einwanderer aus Äthiopien. Falls dieser Krieg lang genug dauerte, würde sie noch Amharisch lernen. Ein Sprecher erklärte den Müttern, wie sie die Schutzanzüge für Babys kühlen sollten. Lisi dachte an die Mütter, die sie in der Kinderbetreuungsstätte getroffen hatte, und fragte sich, wie sie wohl zurechtkamen. Sie waren die wirklichen Soldatinnen in diesem seltsamen Krieg. In der Wohnung klingelte das Telefon. Sie hatte vergessen, das schnurlose Telefon mitzunehmen. Bestimmt war das ihre Mutter, die sich vergewissern wollte, dass Lisi den Alarm gehört hatte. Das Telefon klingelte und klingelte. Lisi sprang zur Tür, doch Rosi packte sie am Arm und hielt sie fest. Das ohnehin kleine Badezimmer schien nun noch kleiner zu sein.

»Wer ist das?«, fragte er.

»Meine Mutter. Ich habe vergessen, das Telefon mitzunehmen. Sie macht sich bestimmt Sorgen.«

»Sie wird sich denken können, dass du im Schutzraum bist.«

Das Telefon hörte auf zu läuten, und Lisi setzte sich wieder auf ihren Stuhl. Nachman Schaj, der Armeesprecher, sprach über »Einschläge« und begann, alle Bezirke aufzuzählen, wo die Leute die Schutzräume verlassen konnten. Alle, außer Bezirk 6. Lisi traute ihren Ohren nicht. Bezirk 6? Dieses Gebiet hatte sich doch bisher immer außerhalb der Gefahrenzone befunden. Wieso plötzlich 6? Nachman Schaj verkündete, die abgedichteten Zimmer böten ausreichend Schutz vor einem zu erwartenden Angriff, und bat die Bevölkerung, in den Schutzräumen zu bleiben, bis man wüsste, wo die Einschläge stattgefunden hätten.

»Hast du mir was zum Anziehen gekauft?«

»Ja.«

Er trug noch immer ihren blauen Jogginganzug und ihre Gummischlappen. Einmal in ihrem Leben waren ihre großen Füße für jemanden nützlich. »Mein Auto hat gestreikt, und die Kleider, die ich für dich gekauft habe, sind noch drin.«

»Was ist mit deinem Auto passiert?«

»Der Starter ist im Eimer.«

»Wann?«

»Heute Nachmittag.«

»Und wo ist es passiert?«

»Vor Simons Haus. Du schuldest mir weitere dreihundertvierzig Schekel.«

»Hast du Benzi getroffen?«

»Ich möchte, dass du mir das Geld zurückgibst, das du mir schuldest.«

»Jetzt gleich?«

»Wie willst du es mir zurückgeben? Du hast selbst gesagt, dass Tote kein Bankkonto haben.«

»Mach dir keine Sorgen. Ich werde eine Lösung finden.«

»Wann?«

»Bist du immer so gereizt?«

»Nein, erst seit du in meiner Wohnung bist.«

»Ich habe das Geschirr gespült.«

»Schön.«

»Erzähl mir, was bei Benzi war. Damit vertreiben wir uns die Zeit.«

»Der ›Kommissar‹, Elischa Karnapol, wurde zum Leiter der Kommission ernannt, die den Mord an Inspektor Awner Rosen untersucht. Benzi ist wütend auf dich. Er hat gesagt, du hättest ihn zum Doppelagenten gemacht.«

»Er ist immer wütend.«

»Er will wegen deiner Wohnung mit dem ›Kommissar‹ sprechen. Er sagt, die Sache verlangt eine Absprache mit Tel Aviv.«

»Wo liegt das Problem?«

»Wenn der ›Kommissar‹ zustimmt, wird Benzi deine Wohnung versiegeln und zugleich nachschauen, ob jemand bei dir herumgewühlt hat. Ich habe gebeten, mich mitkommen zu lassen, aber er hat es abgelehnt.«

»Was hast du in meiner Wohnung zu suchen?«

»Kleidung, Schuhe, Waschzeug.«

»Vergiss es.«

»Er wird sich bei den Autoverleihern erkundigen, ob vielleicht ein Auto nicht zurückgegeben wurde, und er wird die Liste der vermissten Personen überprüfen. Es kann ja nicht sein, dass dieser Mann von niemandem vermisst wird. Auch wenn er ein dreckiges Miststück ist, so hat er doch irgendwo eine Mutter oder eine Frau oder eine Schwester. An den Kleidungsstücken des Toten fand sich nichts Besonderes. Sie sind hier in Israel gekauft worden und haben keine Wäschezeichen. In Simons

Wäldchen wurden drei Patronenhülsen gefunden. Der Tote wurde durch eine Neun-Millimeter-F.N. getötet.«

»Das ist meine Pistole.«

»Es müsste aber noch eine da sein. Wo ist die zweite Schusswaffe?«

»Hat dir das Benzi nicht gesagt?«

»Nein.«

»Was ist mit den Patronenhülsen?«

»Du weißt doch, was mit ihnen ist.«

»Es muss noch eine vierte geben.«

»Die Kugel, die den Mörder getroffen hat, und die Kugel, die Tami tötete, sind nicht gleich. Die identifizierten Kugeln sind die, die auf dich und Tami abgefeuert worden sind.«

»Mich hat er ja nicht getroffen. Kann sein, dass die Kugel einen Baum oder einen Stein getroffen hat.«

»Wahrscheinlicher ist, dass die Kugel noch immer irgendwo im Auto steckt.«

»Du hast ja wirklich eine gute Meinung von unseren Ballistikern.«

»Sie haben diese Kugel schließlich nicht gefunden. Du hast zwei Schüsse auf den Mann abgegeben. Einen, der ihn getötet hat, und einen, der sein Gesicht zerstört hat. Also müssten vier Patronenhülsen da sein: zwei von der Pistole des Mörders und zwei von deinem.«

»Hat Benzi sie gefunden?«

»Darüber hat er nichts gesagt. Hat die Kugel, die auf dich abgeschossen wurde, das Autofenster getroffen?«

»Ja.«

»Derjenige, der die ballistische Untersuchung durchgeführt hat, hat doch bestimmt gemerkt, dass es sich um zwei verschiedene Waffen handelte.«

»Und?«

»Aus der Waffe des Getöteten, Pistole A, wurde auf Tami geschossen, als sie ausstieg, um das Tor zu öffnen, und auf dich, während du im Auto gesessen hast. Aus der F.N., der Pistole B, wurde zweimal auf den Mörder geschossen. Folglich gab es zwei Schüsse aus Pistole A und zwei aus Pistole B. Stimmt's?«

»Ja.«

»Du hast also deine Waffe in der Hand des Toten zurückgelassen?«

»Ja.«

»Und die Waffe des Toten, Pistole A, ist in deinen Händen?«

»Nein.«

»Wo ist sie?«

»Bei Benzi, nehme ich an.«

»Was soll das heißen, du nimmst es an? Schließlich hast du doch mit dem Toten die Kleider gewechselt und alles andere ausgetauscht.«

»Als ich dort weggelaufen bin, hatte ich die Pistole bei mir in der Tasche. Als mir dann Benzi andere Sachen brachte, habe ich die Kleidung des Toten zusammengewickelt und das Bündel Benzi gegeben, ohne noch einmal nachzuschauen, ob die Pistole in der Tasche war. Ich hoffe doch, dass ich sie nicht unterwegs verloren habe. Frag Benzi bitte, ob das Ding noch in dem Bündel war. Wenn nicht, soll er in seinem Luftschutzkeller nachschauen. Es ist sehr wichtig, dass die Waffe gefunden wird.«

»In Ordnung.«

»Hat er die Fingerabdrücke des Toten genommen?«

»Das habe ich ihn nicht gefragt. Ich nehme an, dass er es getan hat.«

»Es geht schließlich um einen angeheuerten Killer, von hier oder von woanders. Vielleicht lässt sich seine Identität ja über die Fingerabdrücke feststellen.«

»Und wenn nicht?«

»Dieser Mann ist nicht so wichtig. Er war nur geschickt worden, sonst nichts. Und sagen kann er nichts mehr. Wichtig ist, wer ihm den Auftrag gegeben hat, mich umzubringen. Vor was hatte der Auftraggeber Angst? Womit habe ich ihn bedroht? Was habe ich gewusst, was ihn oder seine Geschäfte in Gefahr gebracht hat?«

»Schajke Simon?«

»Und noch etwas, nicht weniger Wichtiges: Wer von der Polizei hat ihn vor mir gewarnt?«

»Hast du gehört? Bezirk 6. Wir dürfen raus.« Lisi sprang vom Stuhl, riss sich die Gasmaske vom Gesicht, entfernte das Handtuch und die Klebestreifen von der Tür und verließ das Badezimmer, um sich anzuziehen. Erst als sie sich die Ohrringe ansteckte, fiel ihr wieder ein, dass sie kein Auto hatte. Sie rief Dorit an und bat sie, sie abzuholen. Dorit meinte, sie sei in sieben Minuten da.

»Die Sirenen haben noch keine Entwarnung gegeben«, sagte Rosi.

»Ich muss unbedingt einen Bericht für die Zeitung schreiben.«

Lisi rief ihre Mutter an, um ihr mitzuteilen, dass bei ihr alles in Ordnung sei. Die Mutter sagte, auch bei Chawazelet und Georgette sei Gott sei Dank alles in Ordnung. »Hast du die Maske abgenommen, Lisi?«

Lisi schwor, sie habe die Maske nur abgenommen, um zu telefonieren. Nach der Entwarnung habe sie vor, noch einmal zu schlafen, sie habe einen schweren Tag hinter sich. Lisis schwerer Tag beeindruckte ihre Mutter kaum. Sie stand jeden Tag um halb fünf Uhr morgens auf, um rechtzeitig zu der Strickwarenfabrik zu kommen, in der sie arbeitete. Was konnte am Schreiben von Zeitungsartikeln so schwer sein? War das überhaupt eine Arbeit? Wie konnte man solche Kinkerlitzchen mit der Arbeit an einer Maschine vergleichen oder mit der Arbeit Chawazelets und Georgettes im Krankenhaus?

Lisi rief Benzi an, um zu fragen, wo der Einschlag stattgefunden habe, doch es stellte sich heraus, dass er schon vor einer Viertelstunde das Haus verlassen hatte. Als Lisi das Knattern von Dorits kleinem Motorrad hörte, rannte sie nach unten.

»Nachman Schaj hat für den Bezirk 6 Entwarnung gegeben«, sagte Dorit. »Es sind weder Verletzte noch Sachschäden gemeldet worden. Wohin?«

»Zur Luftschutzorganisation.«

»Wo hat sie ihre nächste Dienststelle?«

»Da, wo die Bnei Akiba früher ihr Zentrum hatten. Halte den Blitz gleich am Eingang parat.«

***

Sofort als sie eintraten, fing Dorit an zu fotografieren. Stabsfeldwebel Jochanan schrie sie an, sie sollte sofort damit aufhören, das hier wäre schließlich nicht Hollywood. Der Oberstleutnant, der an einem Tisch mit mehreren Telefonen und Funkgeräten saß, bat um Ruhe. Im ganzen Gebäude standen Feldbetten. Ein junger Mann, der seiner Figur nach zu urteilen als Koch diente, brachte aus dem Nebenzimmer ein Tablett mit Kaffee in blauen Plastiktassen herbei. »Unsere Leute sind vor Ort. Es hat keine verbrannte Erde gegeben. Wir suchen nach dem Geschoss.« Der Oberstleutnant sprach langsam und deutlich in den Telefonhörer.

Der Koch reichte auch Lisi und Dorit eine Tasse Kaffee.

»Oh, danke, Schätzchen«, sagte Lisi und flüsterte: »Was heißt das, verbrannte Erde?«

»Chemischer oder biologischer Kampfstoff. Noch Zucker?«

»Nein, danke. Der Kaffee ist ausgezeichnet. Wer untersucht, ob das Geschoss chemische oder biologische Kampfstoffe enthält?«

»Die O und I.«

»Was heißt das?«

»Die Einheit zur Ortung und Identifizierung.«

»Sind Sie die ganze Zeit hier?«

»Seit Beginn des Krieges. Ich schlafe hier. Wir alle schlafen hier. Der Stabsfeldwebel, sein Adjutant, der Oberstleutnant, die Rettungskompanie, die O und I, alle. Wir halten Wache. Stellen Sie sich doch mal vor, was passieren würde, wenn wir nicht hier wären.«

»Wie heißt der Oberstleutnant?«

»Moti.«

»Und Sie?«

Der Koch lachte. »Ich heiße auch Moti. Und jetzt müssen Sie fragen, wie der Adjutant des Stabfeldwebels heißt.«

»Moti?«

Lisi, Dorit und der Koch lachten laut. Stabsfeldwebel Jochanan fragte Moti, den Koch, ob er nichts anderes zu tun habe. Lisi trat zu Moti, dem Oberstleutnant, und erkundigte sich, ob es möglich sei, zur Einschlagstelle des Geschosses zu fahren. Er antwortete, die Stelle sei für Reporter gesperrt; endlich sei jemand zur Einsicht gekommen, dass das Gelände abgesperrt gehört, wenn man wolle, dass die Luftschutzorganisation ihre Arbeit ordentlich mache. Lisi fragte, ob das Büro des Armeesprechers Fotos zur Verfügung stelle. »Das müssen Sie den Armeesprecher selbst fragen«, sagte der Oberstleutnant.

»Woher wissen Sie eigentlich, wo man nach dem Geschoss suchen muss?«

»Unsere Leute sitzen auf den höchsten Dächern der Stadt.«

Lisi erschrak. In ganz Be'er Schewa gab es nur ein wirklich hohes Dach, auf einem alten, vierzehnstöckigen Gebäude. Sie hatte angenommen, die Luftschutzorganisation sei mit hochempfindlichen Infrarotgeräten ausgerüstet, Geräten, die Wärmestrahlen auffingen, mit deren Hilfe die Geschosse dann geortet würden. Und nun stellte sich heraus, dass man, während man in seinem abgedichteten Schutzraum saß, von der Gnade eines Mannes abhängig war, der auf einem hohen Dach stand. Genau wie die Späher im Mittelalter. Oder wie Männer in grauer Vorzeit, die in Kriegszeiten Leuchtfeuer anzündeten.

»Ihr seid ganz schön stolz«, bemerkte Lisi.

»Warum sollten wir nicht stolz sein?«, antwortete der Oberstleutnant.

»Sagen Sie, Schätzchen, dürfen wir hier fotografieren?«

»Ihr dürft. Es gibt keine Zensur.«

Lisi flüsterte Dorit zu, sie sei an einem Foto vom Koch interessiert. Dorit schoss ein paar Bilder, dann fuhren sie zur Redaktion. Lisi schrieb sechshundert Wörter für die Lokalausgabe, zweihundert Wörter schickte sie an die Redaktion der überregionalen *Zeit*. Die Überschrift für die Lokalausgabe lautete: »Moti, Moti, Moti.« Sie und Dorit brachten ihr Material hinunter in die Druckerei, dann fuhren sie nach Hause. Lisi hatte nicht übel Lust, ihre Mutter anzurufen und ihr mitzuteilen, dass sie gerade von der Arbeit zurückgekommen war. Doch sie unterdrückte den Impuls, stellte ihre Uhr auf acht und ging ins Bett. Als sie die Augen zumachte, hörte sie, wie die Tür aufging und Rosi hereinkam, mit einer Tasse heißem Kakao.

***

»Badichi!«

Wie angenehm war es doch, von Arielis bellender Stimme geweckt zu werden. Sie warf einen Blick auf die Uhr. Viertel nach sieben. Arieli teilte ihr mit, in der überregionalen Ausgabe der *Post* gebe es ein Foto von dem Krater, den das Geschoss verursacht hatte, und dass er Doron Cement schicken werde, den Reporter für militärische Themen, um den Einschlag im Bezirk 6 zu untersuchen. Als sie ihm sagte, die Armee habe das Areal für Reporter gesperrt, stieß er ein verächtliches Schnauben aus und knallte den Hörer auf die Gabel. Doron Cement war Arielis Geheimwaffe im Kampf mit Lisi. Immer wenn sein Name erwähnt wurde, war sie gezwungen, ihr Territorium zu verteidigen. Diesmal jedoch hatte Arieli ihr noch nicht mal die Möglichkeit gegeben, sich zu verteidigen. Er hatte nichts gefragt, nichts vorgeschlagen, nicht gedroht. Er hatte es nur angekündigt, und das war's.

Sie lag im Bett, starrte mit ihren vor Schlafmangel brennenden Augen zur Decke hoch und überlegte, was sie tun könnte. Unser Reporter für militärische Themen würde nicht lange im Bezirk 6 bleiben, wenn das ganze Land die Front war und das ganze Volk die Armee. Und selbst wenn man ihm den Zugang zur Einschlagstelle gestattete, wäre sein Bericht »Schnee von gestern«, eine Formulierung, die Arieli sehr liebte. Cement konnte höchstens die Informationen zu einer bunten Reportage zusammenfassen oder einen Artikel schreiben, der sich mit Einschätzungen und Erklärungen befasste. Lisi beschloss, der Redaktion fernzubleiben. Wenn Cement Hilfe benötigte, um das Reich des Negev zu erobern, würde es nicht Lisi Badichi sein, die ihm die Hand entgegenstreckte.

Sie fragte sich, wie es Adolam wohl gelungen war, zur Einschlagstelle vorzudringen. Vermutlich war der Zeitpunkt für ihn günstig gewesen. In ihrer Dummheit hatte sie im Badezimmer gesessen, mit der Gasmaske vor dem Gesicht, statt in dem Moment, als im Radio die Warnung für den Bezirk 6 gegeben wurde, sofort aus dem Haus zu stürzen. Rosi hatte versucht, sie von den Raketen abzulenken, und es geschafft, dass sie ihre Arbeit vergaß. Zum Teufel mit ihm!

Er lag mit geschlossenen Augen auf dem Sofa im Wohnzimmer, das Telefon in Griffweite. Seine mit Lisis roten Wollsocken geschmückten Füße ragten über den Sofarand. Wie er so dalag, mit nackten Beinen und ohne Brille, sah er wehrlos aus. Erst jetzt wurde ihr so richtig klar, dass jemand ihn töten wollte. Vor Zorn darüber, dass er sich in ihre Wohnung und in ihr Leben gedrängt hatte, war es ihr noch nicht eingefallen, darüber nachzudenken, wie sich ein Mensch wohl fühlt, über den man das Todesurteil gesprochen hat. Hatte er Angst? War er wütend? Niedergeschlagen? Was ging in einem Menschen vor sich, der aufgehört hatte zu existieren? Es fehlte gerade noch, dass ich anfange, mich mit ihm zu identifizieren, dachte Lisi. Wärter identifizieren sich manchmal mit ihren Gefangenen, das ist ein bekanntes Phänomen, überlegte sie – nur dass sie sich nicht entscheiden konnte, wer in diesem Fall der Wärter war und wer der Gefangene. Sie ging ins Badezimmer, hielt ihren Kopf über das Waschbecken und drehte den Kaltwasserhahn auf, um wach zu werden. Dann kochte sie sich einen starken Kaffee und zog sich an.

***

Alpha war der größte Autovermieter in Be'er Schewa. Hinter einem Schreibtisch mit dem Namensschild »Sarit Pessach« saß die Mutter von Dudi aus der Kinderbetreuungsstätte des Frauenverbands. Lisi fragte sie, wer jetzt bei Dudi sei, und Sarit antwortete, ihre Schwiegermutter sei aus dem Bezirk 1 zu ihnen geflohen, nur um einen Raketeneinschlag in Bezirk 6 zu erleben. Inzwischen sei ihre Schwiegermutter davon überzeugt, dass die irakischen Raketen etwas gegen sie persönlich hätten.

Sie lachten beide, und Lisi beschloss, Dudis Großmutter bei Gelegenheit für die *Zeit im Süden* zu interviewen.

Sich ein Auto zu mieten, war ein Kinderspiel. Sarit schrieb die Angaben von Lisis Personalausweis und ihrem Führerschein in ein Formular und ließ ihre Kreditkarte durch den Apparat laufen. Auf dem Schein stand keine Summe, er diente Alpha nur als Pfand.

»Wie gehen die Geschäfte?«, fragte Lisi.

»So lala. Zur Zeit kommen natürlich überhaupt keine Touristen. Aber Raketenflüchtlinge, die hierherziehen, mieten sich manchmal ein Zweitauto, damit der Mann zu seinem Arbeitsplatz fahren kann und die Frau mobil ist.«

»Kommt es eigentlich vor, dass Leute das Auto nicht zurückgeben?«

»Ja. Nicht oft, aber es passiert schon mal.«

»Was unternehmen Sie, wenn jemand mit Ihrem Auto verschwindet?«

»Zuerst erkundigen wir uns bei unseren anderen Zweigstellen im Land. Es kommt vor, dass jemand in Be'er Schewa ein Auto mietet und es bei unserem Büro am Flughafen zurückgibt. Ist das Auto nicht da und der Mann verschwunden, machen wir eine Anzeige bei der Polizei.«

»Hat es in der letzten Zeit einen derartigen Fall gegeben?«

»Nicht wirklich.«

»Was soll das heißen?«

»Jemand hat ein Auto gemietet und es nicht zurückgebracht. Aber unser Chef hat es gefunden. Er hat es zufällig am Straßenrand stehen sehen und erkannt.«

»Wo hat er es gefunden?«

»Irgendwo in der Siedlung C.«

»Wann war das?«

»Gestern.«

»Wann wird Ihr Chef hier sein?«

»Heute nicht. Er war froh, dass ich endlich zur Arbeit gekommen bin, und hat sich den Tag frei genommen.«

»Erinnern Sie sich, wer das Auto gemietet hat?«

»Ich war nicht im Büro, als es vermietet wurde.«

»Könnten Sie vielleicht einmal in Ihren Unterlagen nachschauen?«

»Warum?«

»Irgendetwas hat mich neugierig gemacht.«

Sarit Pessach zog eine Schublade auf und begann, die Karteien durchzublättern. Als sie nicht fand, was sie suchte, öffnete sie eine zweite Schublade und wühlte in Formularen. Sie sah immer verblüffter aus. »Ich verstehe das nicht«, meinte sie. »Das muss doch hier sein.« Wieder fing sie an zu suchen, und schließlieh schloss sie die Schubladen ab. »Wie kann das sein?«, fragte sie Lisi.

»Vielleicht hat der Chef die Unterlagen zur Polizei gebracht?«

»Er hat das Auto doch gefunden, und er hat die Kaution bei der Bank eingelöst. Warum hätte er sich an die Polizei wenden sollen?«

»Meinen Sie, er erinnert sich daran, wer das Auto gemietet hat?«

»Möglich. Ich erinnere mich an jeden, der bei mir ein Auto mietet.«

Lisi rief ihre Werkstatt an und bat, jemand möge ihr Auto in Ordnung bringen. Der Werkstattbesitzer versprach, zwei seiner Arbeiter würden in einer halben Stunde vor dem Haus auf dem Hügel sein. Dann verabschiedete sich Lisi von Sarit und bat sie, Dudi einen schönen Gruß auszurichten. Nun machte sie sich daran, die Dinge zu kaufen, die Rosi bestellt hatte: eine Brille, die vollkommen anders aussah als seine jetzige, und ein Mittel, um die Haare blond zu färben.

Der Optiker notierte sich die Stärke und versprach, dass die neue Brille für ihre Mutter bis zum Mittag des nächsten Tages fertig sein würde. Sie wählte ein großes, rundes Gestell und bestellte graugetönte Gläser. Der Optiker gratulierte ihr zu ihrem guten Geschmack. Die Verkäuferin in der Drogerie erklärte ihr, dass sie ihre Haare bleichen müsse, bevor sie sie blond färben könne. Ihrer Meinung nach würde Lisi ein Kupferton besser stehen als Blond, sie sei einfach kein blonder Typ, aber über Geschmack lasse sich nun mal nicht streiten. Die Tube Farbe und das Bleichmittel kosteten einundzwanzig Schekel. Wenn sie dem Optiker tags darauf die zweihundert Schekel bezahlen würde, wäre sie im Minus. Ohne dass sie die Reparatur ihres Justy bezahlt hatte. Und den Leihwagen. Sie hatte große Lust, Benzi zu bestrafen und ihn an den Ausgaben zu beteiligen, aber sie wusste, dass diese Form der »Strafe« wie ein Bumerang zu ihr zurückkommen würde. Sowohl er als auch Ilan kamen finanziell kaum über die Runden. Zu allen Festen kaufte Lisi die Kleidung für die Kinder ihrer Schwestern, denen sie auch mindestens einmal im Jahr mit »Darlehen« unter die Arme greifen musste, Darlehen, von denen alle Beteiligten wussten, dass sie nie zurückgezahlt würden.

Lisi fuhr zum Haus auf dem Hügel, holte die Tüte mit den neuen Kleidern aus ihrem Justy und legte sie in den gemieteten Toyota. Es hätte mir gerade noch gefehlt, dass jemand vom Haus der Simons mich sieht, dachte sie. Auf der Zufahrtsstraße zum Haus standen schon einige Autos, und Kondolenzbesucher fuhren in ihren Wagen vor.

Es war schon fast eine Stunde her, dass sie mit dem Mann von der Werkstatt gesprochen hatte. Warum regte sie sich eigentlich auf? Warum sollten die Mechaniker denn schon da sein? Eilte es so sehr? Er hatte »eine halbe Stunde« gesagt, na und? Wo glaubte sie denn, dass sie lebte? In der Schweiz? Sie musste dankbar sein, wenn sie überhaupt kamen. Sie fischte ihren Block aus der Tasche, rechnete zusammen, wie viel Geld sie bisher für Rosi ausgegeben hatte, und kam auf siebenhundertdreiunddreißig Schekel. Er hatte sich nicht aufgeregt, als sie ihn an seine Schulden bei ihr erinnert hatte. Warum sollte er sich auch aufregen? Er war zwar tot, aber immerhin besaß er Grundstücke und Orangenplantagen in Kfar Ja'akow. Sie überlegte, wer eigentlich seine Erben waren und ob sie von dem Erbe nun Gebrauch machen und den Besitz verkaufen würden.

Als die Mechaniker kamen, hielten sie es noch nicht mal für nötig, ihre Verspätung zu entschuldigen. Sie wussten aus Erfahrung, dass der Kunde niemals recht hatte. Als sie ihnen mitteilte, der Anlasser sei kaputt, gaben sie ihr keine Antwort. Sie befestigten ein Abschleppseil und befahlen ihr, sich in den Justy zu setzen und hinter ihnen herzufahren. Lisi beschloss, ihren Standpunkt zu verteidigen. Weil sie zu zweit seien, sagte sie, könne sich doch einer herablassen und mit dem Justy hinter dem Werkstattwagen herfahren. Sie habe es eilig, zur Arbeit zu kommen, danke und auf Wiedersehen. Sie startete den Toyota und beachtete die Männer, die anfingen, mit ihr zu diskutieren, nicht weiter.

»Wo bist du denn die ganze Zeit?«, schrie Benzi sie an, als sie in sein Büro trat.

»Wo ich bin? Wo bist du?!« Und dann sagte sie Benzi, was sie von Menschen hielt, die Leichen in die Wohnungen anständiger, für ihren Lebensunterhalt arbeitender Mädchen brachten, ohne sich hinterher um die Folgen zu kümmern. Schließlich fragte sie: »Wie viel Schüsse haben die Scheibe des Autos getroffen?«

»Einer.«

»Von drinnen oder von draußen?«

»Von draußen.«

»Hast du zwei verschiedene Sorten Patronenhülsen gefunden?«

»Lisi! Ich bin nicht verantwortlich für diese Untersuchung. Und du auch nicht.«

»Du sollst mir antworten.«

»Wer will das wissen, du oder Rosi?«

»Was spielt das für eine Rolle?«

»Es spielt eine Rolle. Für dich ist es besser, so wenig wie möglich zu wissen.«

»Ach ja? Dann hole ihn doch aus meiner Wohnung.«

»Ein bisschen Geduld, Lisi.«

»Zwei Sorten Patronenhülsen?«

»Ja.«

»Nach meiner Berechnung müsste es zwei Patronenhülsen von Rosis Pistole geben und zwei andere aus der Pistole des Toten.«

»Nach deiner Berechnung!« Der Sarkasmus in Benzis Stimme diente vielleicht als Ausgleich dafür, dass er sie nicht vor die Tür setzte.

»Wie viele Hülsen habt ihr gefunden?«

»Ich beantworte keine überflüssigen Fragen, Lisi. Du hast wohl vergessen, dass auch ich mich in einer delikaten Situation befinde.«

»Ist die Pistole des Getöteten bei dir?«

»Wieso sollte sie bei mir sein?«

»Rosi sagt, er habe sie in das Kleiderbündel des Toten gepackt.«

»Es war keine Pistole in diesem Bündel.« Benzi schien verwirrt. Er warf ihr einen misstrauischen Blick zu, als sei sie es gewesen, die die Waffe aus den Kleidungsstücken geklaut habe.

»Könnte es sein, dass man die Pistole gefunden und dir nichts davon gesagt hat?«

»Möglich. Aber das wäre sehr seltsam.«

»Wer leitet die Ermittlungen?«

»Bei der Sonderkommission? Das habe ich dir doch gesagt: Elischa Karnapol.«

»Wer hat ihn ernannt?«

»Der Distriktkommandeur. Warum?«

»Ich werde ihn fragen.«

»Du wirst überhaupt nichts fragen!«, brüllte Benzi. In seiner Stimme lag mehr Bedrängnis als Wut. Er schloss die Augen, legte den Kopf in die Hände und fuhr sich immer wieder über die Haare.

»Rosi hat gesagt, du sollst nachschauen, ob die Pistole vielleicht in deinem Luftschutzkeller auf den Boden gefallen ist.«

»In Ordnung, ich schaue nach.«

»Ich habe Haarfärbemittel gekauft, um ihn blond zu färben. Gibt es vielleicht jemanden bei der Polizei, der mir helfen kann?«

»Nein. Kein Mensch weiß, dass er bei dir ist. Und es darf auch niemand erfahren. Wozu hast du studiert, wenn du noch nicht mal weißt, wie man Haare färbt?«

»Ich habe auch eine neue Brille für ihn bestellt, eine, die ganz anders aussieht als seine alte. Sorgst du dafür, dass er neue Papiere bekommt?«

»Nein, das wird er selbst tun müssen.«

»Hat Karnapol dir erlaubt, in seine Wohnung zu gehen?«

»Ja.«

»Kann ich dich begleiten?«

»Nein.«

»Ich habe etwas über das verschwundene Auto herausbekommen.«

»Was?«

»Kann ich dich zu seiner Wohnung begleiten?«

Benzi sah aus wie ein nach Luft schnappender Karpfen. »Hör auf, mit mir irgendwelche Spielchen zu spielen, Lisi! Es handelt sich hier um einen Mordfall. Kapierst du das nicht endlich? Es geht um Mord.«

»Das ist nicht schwer zu kapieren. Schließlich hast du selbst dafür gesorgt, dass ich mit diesem Mordfall zu tun habe.«

»Gut, in Ordnung. Dann komm eben mit mir zu seiner Wohnung. Aber nur, wenn er dem zustimmt.«

»Er hat mich bis jetzt siebenhundertdreiunddreißig Schekel gekostet. Der soll es nur wagen, nicht zuzustimmen.«

»Was hast du herausgefunden?«

»Vor ein paar Tagen hat jemand ein Auto bei der Firma Alpha gemietet und es nicht zurückgebracht. Ich habe gebeten, in den Unterlagen den Vorgang nachzuschauen. Ich habe gedacht, vielleicht den Namen des Kunden oder sonst etwas zu erfahren. Aber die Unterlagen sind verschwunden.«

»Und wieso haben sie das nicht bei der Polizei angezeigt?«

»Der Chef hat das Auto gestern in der Stadt gefunden, außerdem hatte er ja die Kaution.« Als Benzi von seinem Stuhl aufsprang, fuhr Lisi fort: »Es hat keinen Sinn, dass du jetzt dort hingehst, Schätzchen. Der Chef hat einen Tag Urlaub genommen. Er ist erst morgen wieder im Büro.«

»Könnte es sein, dass du private Ermittlungen durchführst?«

»Du irrst dich, Schätzchen. Mein Auto hat vor Simons Haus den Geist aufgegeben, deshalb habe ich mir einen Mietwagen genommen. Ich bin ganz zufällig auf diesen Vorfall gestoßen.«

»Du hast bestimmt auch ganz zufällig Fragen gestellt.«

»Ist in der Mordnacht etwas aus Simons Haus gestohlen worden?«

»Nein.«

»Bist du sicher?«

»Es gab keine Anzeichen für einen Einbruch, und sie haben nichts als gestohlen gemeldet. Warum fragst du das?«

»Ich habe Simons Hausangestellte gefragt, ob das Haus in

der Mordzeit abgeschlossen gewesen ist. Sie haben ziemlich wirre Antworten gegeben. Eine sagte, die Tür sei abgeschlossen gewesen, die andere sagte, man habe die Tür offengelassen, damit Tami während des Alarms ins Haus könnte.«

»Nun, und weiter?«

»Sie waren sehr nervös, als ich diese Frage gestellt habe. Vor allem Riwka. Na'omi hat behauptet, die Rakete gehört zu haben. Als Riwka das bezweifelte, sagte sie, Herr Simon habe die Rakete ebenfalls gehört. Vermutlich haben sie die Schüsse gehört.«

»Und?«

»Haben sie das den Untersuchungsbeamten mitgeteilt?«

»Ich werde versuchen, das herauszufinden. Hast du die Fotos von der Beerdigung mitgebracht?«

»Ja.«

In den beiden Briefumschlägen befanden sich etwa hundert Fotos. Lisi wusste nicht, was Benzi eigentlich suchte. Es gab Fotos von den Hinterbliebenen, von den Trauergästen, von den bekannten Personen, von Neugierigen und von Polizisten, teils in Uniform, teils in Zivil. Auf einem Foto war Mike Silcha zu sehen, wie er gerade die Aufbahrungshalle verließ.

»Hat Silcha die Fingerabdrücke des Toten genommen?«, fragte Lisi.

»Warum?«

»Er war in der Aufbahrungshalle.«

»Vielleicht um den Toten zu identifizieren. Schließlich hat er mit Rosi an den Ermittlungen gegen Simon gearbeitet. Lass das Foto hier bei mir, ich werde ihn fragen.«

»In Ordnung.«

»Sag Rosi nichts von diesem Foto. Er muss sich darauf konzentrieren, auf sich selbst aufzupassen. Ich möchte nicht, dass er sich auch um andere Sorgen macht.«

»Ich habe nicht den Eindruck, als würde er sich um andere Sorgen machen.«

»Du kennst ihn nicht, Lisi, Süße.«

»Ich habe ein bisschen Material über ihn gesammelt.«

»Wo?«

»Rate mal.«

Er warf ihr einen wütenden Blick zu, doch die Wut wandelte sich in Erstaunen, als sie sagte: »Bei Klara und Ja'akow. Die sind seine besten Freunde und schätzen ihn sehr. Sie kennen ihn schon seit Jahren, er hat sie einmal vor einem Verrückten gerettet, der davon überzeugt war, sie wären Abgesandte des Satans.«

Lisi packte die Fotos wieder in die Umschläge und verabschiedete sich mit einem »Bye, Benzi, Schätzchen« von ihrem Schwager.

* * *

Der Hof der Universität erinnerte Lisi an ein verlassenes Schiff. Alles war an seinem Platz, nur der Motor arbeitete nicht. Die Vorlesungsräume waren leer, und sogar in der Bibliothek saßen nur zwei Studenten.

Lisi bat die Bibliothekarin um Bücher über Skrjabin und Soutine und setzte sich, von einer angenehmen Erregung gepackt, in eine versteckte Ecke. Die Jahre, die sie in dieser Bibliothek verbracht hatte, waren gute Jahre gewesen. Fast ein Jahrzehnt war vergangen, seit sie ihre Studien beendet hatte, und seit

Jahren versprach sie sich immer wieder, doch noch die beiden Prüfungen zu machen, die ihr zum akademischen Grad fehlten.

Aber immer wieder wurde sie von der Einlösung ihres Versprechens durch wichtigere Angelegenheiten abgehalten. Nun, da sie die Bücher in den Händen hielt und gespannt war auf das Unbekannte, das sie erwartete, durchfuhr sie die gleiche Welle stillen Vergnügens wie früher, wenn sie etwas Neues lernte.

Genüsslich vertiefte sie sich in die Lektüre. Sie las die Lebensläufe des russischen Komponisten und des jüdisch-litauisch-französischen Malers. Sosehr sie auch suchte, sie fand keinen Punkt, wo sich die Wege der beiden gekreuzt haben könnten. Als Skrjabin 1915 in Moskau starb, war Soutine schon in Frankreich. Im Zweiten Weltkrieg war Skrjabins Tochter Mitglied einer Widerstandsorganisation gegen die Nazis in Toulouse, während Soutine herumzog, immer auf der Suche nach einem Zufluchtsort, bis er 1943 in Paris bei einer Operation wegen Magenschmerzen, an denen er jahrelang gelitten hatte, starb. Soutine liebte Musik, und einige seiner Freunde waren Musiker, doch auch das half ihr nicht, die gesuchte Verbindung herzustellen. Vielleicht irrte sie sich auch, wenn sie eine solche Verbindung suchte.

Das neueste Buch in der Bibliothek war ein reichbebilderter Band, der 1989 vom Musée Chartre anlässlich einer Ausstellung von Soutines Werk herausgegeben worden war. In diesem Katalog war der Lebenslauf des Malers genau aufgeführt, Jahr um Jahr, von seiner Geburt und seiner Schulzeit in Litauen bis zu seinem Tod in Paris. Lisi schrieb die Namen von Leuten und von Orten in ihr Notizbuch, dazu Jahreszahlen. Sie erfuhr, dass

Soutine seine Bilder oft vernichtet hatte, manchmal zu Dutzenden. Als er noch ein unbekannter Maler war, unterstützte ihn ein Galerist, ein polnischer Adliger mit Namen Zborowski. Er verhalf ihm zu Ansehen und kümmerte sich um ihn bis an sein Lebensende. In Zborowskis Ofen verbrannte Soutine einen Teil seiner Bilder. Er vernichtete vor allem Bilder, die er 1920 in dem Städtchen Céret gemalt hatte; dort waren mindestens zweihundert Werke entstanden. Später hatte er sein Leben lang diese Gemälde gesucht, um sie zu vernichten. Als er berühmt wurde, kaufte er die Bilder ihren Besitzern ab und zerriss sie in Fetzen. Manchmal gelang es Zborowski, diese Fetzen wieder zusammenzukleben.

Und plötzlich fing Lisis Herz an zu klopfen. 1942 malte Soutine in seinem Atelier auf dem Montparnasse Dwora Melnik, eine jüdische Sängerin, die am Konservatorium in Wilna Gesang studiert hatte und nach Paris gekommen war. Soutine und Dwora Melnik kamen sich näher, sie wurde schwanger und bekam eine Tochter namens Aimée. Soutine leugnete die Vaterschaft und brach die Beziehung zu der jungen Mutter ab. Nach Lisis Berechnung war Aimée Melnik genauso alt wie Betty Knut. Beide waren Kinder jüdischer Künstler, die aus Litauen nach Paris gekommen waren. Nach allem, was Lisi in dem Buch fand, bestanden zwischen den jüdischen Künstlern aus Russland, die zu dieser Zeit in Paris lebten, enge Verbindungen. Kremein, Kikoin und Soutine waren zum Beispiel seit ihrer Jugend miteinander befreundet, als sie gemeinsam an der Akademie von Wilna studiert hatten, und ihre Freundschaft blieb auch in Paris bestehen. Kunsthistoriker nannten diese Gruppe »Russische

Schule«. Es war daher nicht unwahrscheinlich, dass Betty und Aimée einander gekannt hatten.

War Paulette Melnik, die Französischlehrerin aus ihrer alten Schule, die nach Klaras Aussage eine alte Freundin von Betty war, eine Verwandte von Aimée Melnik? Wenn ja, konnte in dieser Freundschaft die verborgene Verbindung zwischen Skrjabin und Soutine liegen. War Dwora Melnik oder ihre Tochter Mitglied in der jüdischen Widerstandsgruppe von David und Iren Knut?

***

Die tunesische Synagoge befand sich im ersten Stock eines Eckhauses gegenüber einer kleinen Parkanlage. Mütter mit Kindern, Großmütter und Großväter und sogar einige Väter saßen dort und passten auf die Kinder auf, neben sich auf den Bänken ihre Schutzköfferchen. An der Tür des Luftschutzbunkers hing ein großes Schloss, sichtbarer Beweis dafür, dass sich die Befürworter der abgedichteten Schutzräume durchgesetzt hatten. Kinder rutschten unter lautem Geschrei die blau angemalten, schrägen Betonwände hinunter – sie zogen jedenfalls Nutzen aus dem geschlossenen Bunker.

Lisi betrat das Haus und drückte in dem düsteren Flur auf den Lichtknopf. An dem rostigen Treppengeländer waren Kinderwagen festgebunden. Von den sieben alten und schmutzigen Briefkästen waren zwei offen. Die Namen »Melnik-Rodnizki« prangten auf dem dritten Briefkasten. Lisi stieg in den zweiten Stock hinauf und drückte auf die Klingel. Drinnen in der Wohnung schlurfte jemand zur Tür, lugte durch den Spion, und eine Frauenstimme fragte: »Wer ist da?«

»Lisi Badichi von der *Zeit im Süden*. Ich war Schülerin in der ›Giborei-Israel‹-Schule.«

»Was wollen Sie?«

»Frau Melnik?«

Die Tür blieb geschlossen, die Frau gab keine Antwort.

»Klara und Ja'akow haben gesagt, ich könnte mich mit Ihnen unterhalten.«

»Über welches Thema?«

»Darf ich reinkommen?«

Paulette Melnik öffnete die Tür, um Lisi zu betrachten, aber die Sicherheitskette ließ sie eingehängt. Ihre Haare waren immer noch rot, brannten wie Feuer über ihrem alten Gesicht, das von Misstrauen und Angst verzerrt war.

»Ich bereite eine Reportage über das neue Einkaufszentrum vor. Klara und Ja'akow haben mir erzählt, Sie seien eine Freundin von Betty Knut.«

»Sie ist vor fast dreißig Jahren gestorben.«

»Ich sammle Material über die *Letzte Gelegenheit*.«

»Ich habe keine Lust, das alles noch mal zu erzählen.«

»Hat schon mal jemand mit Ihnen über die *Letzte Gelegenheit* gesprochen?«

Die Tür wurde geschlossen, aber Lisi hörte keine Schritte. Die Frau blieb an der Tür stehen; vermutlich wollte sie hören, ob Lisi wegging.

»Frau Melnik!«, rief Lisi durch die geschlossene Tür. »Ich bitte Sie doch nur um zehn Minuten.«

Offenbar erschreckte Lisis laute Stimme die Frau, denn sie machte die Tür auf.

»Zehn Minuten«, sagte Paulette Melnik und ging voraus in ihr Wohnzimmer. Sie sah nicht aus wie jemand, dem dringende Angelegenheiten keine Zeit lassen. Die Läden waren geschlossen, dämmriges Licht erfüllte den Raum. An der Wand stand ein Büfett. Zwei seiner Fächer enthielten Bücher und Kunstkataloge, in einem anderen Fach stand ein silbernes Teeservice, daneben eine Reihe von Fotos in versilberten Rähmchen. Paulette Melnik machte das Licht nicht an und forderte Lisi auch nicht auf, sich zu setzen. Sie selbst setzte sich in einen kleinen Sessel neben dem runden Salontisch, auf dem eine alte Spitzendecke lag. Auf der Decke stand ein Aschenbecher voller schwarzer Zigarettenkippen. Die Frau sah aus, als säße sie auf einem Zahnarztstuhl. Lisi hatte sie als rothaarige, fröhliche und energische Person in Erinnerung, aber die Frau vor ihr war alt, blass und verängstigt. Lisi setzte sich in den alten Sessel und zog ihren Block heraus.

»Erinnern Sie sich noch an mich?«, fragte sie.

»Sie waren nicht meine Schülerin. Ich erinnere mich an alle meine Schüler«, sagte Paulette Melnik und steckte sich eine lange, schwarze Zigarette an. Der Rauch schwebte durch das Dämmerlicht wie ein staubiger Vorhang, der vom Wind bewegt wird. Sie sollte mal das Fenster aufmachen, dachte Lisi. Sogar die Wände riechen hier nach Rauch.

»Ich erinnere mich noch an Sie aus der Schule. Alle haben Sie Madame Paulette genannt. Ich habe Arabisch gelernt, bei Gavriel Weizman, aber ich kann französisch schreiben und lesen, weil in meiner Familie auch Französisch gesprochen wurde.

Klara und Ja'akow sind meine Verwandten. Haben sie Ihnen von mir erzählt?«

»Was wollen Sie, Lisi Badichi?«

»Haben Sie Betty Knut schon in Paris gekannt?«

»Schreiben Sie über Betty oder über die *Letzte Gelegenheit*?«

»Das ist doch das Gleiche, oder?«

Paulette Melnik warf einen Blick auf die Uhr an der Wand. Offenbar zählte sie die Minuten. Lisi schaute zu den Fotos auf dem Büfett hinüber. Auf einem, einem Familienfoto, sah man die junge Paulette zusammen mit einem Mann mit Fliege und einen Jungen in kurzen Hosen mit Aufschlägen und hohen Stiefeln. Auf einem anderen Bild stand ein Mann in Uniform aufrecht da und blickte mit ernstem Gesicht in die Kamera. Vielleicht Paulettes Vater. Im Hintergrund war ein Garten zu sehen, mit Teich und einem Gartenhäuschen, dessen Dach ein fröhliches Fähnchen zierte. Eine Reihe Tauben saß auf der Lehne einer barocken eisernen Bank. Auf einem anderen Foto lachte ein junger Mann in Jeans und einem weißen T-Shirt in die Kamera. Vermutlich ihr Sohn. Seltsam, plötzlich festzustellen, dass eine Französischlehrerin noch ein Leben außerhalb der Schule hatte. Madame Paulette bemerkte Lisis Blicke.

»Sie haben vorhin gesagt, dass schon mal jemand mit Ihnen über die *Letzte Gelegenheit* gesprochen hat. Wer war das?«

»Ich erinnere mich nicht. Es war vor einem oder zwei Jahren. Als man dort das neue Einkaufszentrum bauen wollte.«

»Einer von den Käufern?«

»Keine Ahnung.«

»Ein Mann oder eine Frau?«

»Ein Mann, glaube ich. Ich bin nicht sicher. Was spielt das für eine Rolle?«

Wieder betrachtete Lisi die Fotos auf dem Büfett. »Ihr Sohn?«, fragte sie.

Paulette Melnik sagte: »Die zehn Minuten sind vorbei«, stand auf und ging durch das Zimmer. Ihr französischer Akzent war plötzlich wieder stärker hörbar, und sie sah sehr angespannt aus. Lisi fragte sich, was ihr Angst machte.

»Leben Sie allein?«, fragte Lisi. Als sie keine Antwort bekam, versuchte sie es auf einem anderen Weg. »Wer ist das, Rodnizki?«

»Sie haben gesagt, dass Sie mir Fragen über Betty stellen wollen.« Wut verdrängte die Angst in der Stimme Paulette Melniks.

»Ich habe den Namen auf dem Briefkasten gesehen. Dort steht Melnik-Rodnizki.«

»Rodnizki war mein Mann. Er ist vor fünf Jahren gestorben.«

»Haben Sie sich ein Zimmer als abgedichteten Schutzraum hergerichtet? Alle Leute haben solche Angst vor diesem Krieg. Wer ist denn bei Ihnen, wenn es Alarm gibt? Leben Sie ganz allein?«

Plötzlich schien Paulette Melnik auch noch das letzte bisschen Kraft zu verlieren. Ihr Gesicht verfiel vor Lisis Augen, so wie welke Rosenblüten bei einer Berührung zerfallen. Paulette machte die Tür weit auf. Im Hinausgehen schob Lisi einen Fuß in die Tür.

»War Dwora Melnik eine Verwandte von Ihnen?«, fragte sie.

»Wer?«

»Dwora Melnik. Sie war eine Sängerin, die ...«

Lisi schaffte es nicht, ihren Satz zu Ende zu bringen. Ein kleiner Fuß in Hausschuhen trat gegen ihren großen. Dann ging die Tür zu. Lisi hörte, dass der Schlüssel umgedreht und die Sicherheitskette vorgelegt wurde. »Als wäre ich Saddam Hussein«, murmelte Lisi, als sie die Treppe hinunterlief.

An der Straßenecke kaufte sie in einem Lebensmittelladen eine Dose Cola und ein belegtes Fladenbrot, dann ging sie zurück zu der kleinen Anlage. Dort setzte sie sich neben eine Oma und einen Opa, die auf ein Baby im Kinderwagen und auf im Sandkasten spielende Zwillinge aufpassten.

Ihrer Meinung nach, sagte Lisi zu den beiden, sollten die Kindergärten geöffnet werden. Das halbe Land sei wie gelähmt wegen der geschlossenen Kindergärten. Nur wenige Firmen zeigten Verständnis für Eltern, die ihre Kinder nicht allein zu Hause lassen wollten. Und wer am meisten leide, seien die Frauen, die jungen Mütter. Sie seien zerrissen zwischen ihren kleinen Kindern, die zu Hause blieben, und einer drohenden Kündigung. Das sei wirklich nicht fair.

Die beiden Alten sagten, trotzdem seien die Kinder am wichtigsten. Wenn eine Rakete einschlage, sei eine Kindergärtnerin nicht in der Lage, für dreißig Kinder zu sorgen, auch drei Kindergärtnerinnen würden das nicht schaffen. Sie zum Beispiel – sie brauchten nach der Uhr anderthalb Minuten, um das Baby in den Schutzanzug zu stecken, den beiden Kindern die Schutzhauben und sich selbst die Gasmasken aufzusetzen. Dabei wären sie zusammen vier Erwachsene. Gemeinsam erzählten sie Lisi, wie der Kleine immer brülle, wenn man ihn in den Anzug stecke, und wie das Mädchen angefangen habe zu erbrechen, als man ihm zum ersten Mal die Schutzhaube aufgesetzt habe.

Heute hätten ihr Schwiegersohn und ihre Tochter zum ersten Mal wieder den Friseurladen aufgemacht, nachdem er eine Woche geschlossen war. Ihre andere Tochter sei nach Toronto gefahren, zu den Eltern ihres Mannes. Sie wüssten wirklich nicht, wer sich größere Sorgen mache: ihre Tochter in Toronto oder sie hier in Be'er Schewa. Die Kinder hätten aus dem Friseurladen angerufen und gesagt, sie hätten sogar was zu tun, ihre Kunden hätten sich sehr gefreut, dass sie aufgemacht hatten.

Das Wichtigste in diesem Krieg ist nicht Nachman Schaj, dachte Lisi, sondern das Telefon. Zu ihren Gesprächspartnern sagte sie, dass ihrer Meinung nach die alleinstehenden alten Leute am meisten zu bedauern seien. Ihre Nachbarin habe zwei Stunden länger die Gasmaske aufgehabt, nur weil sie nicht verstanden habe, dass sie sie wieder abnehmen könne. »Ich war gerade bei Madame Melnik, um nachzusehen, wie es ihr geht.

Sie ist eine Freundin meiner Tante. Aber sie war so misstrauisch mir gegenüber, dass ich es für besser hielt, wieder wegzugehen. Kennen Sie sie? Sie war Französischlehrerin in meiner alten Schule.«

Ja, die beiden kannten sie. Nicht gerade sehr gut, aber man grüße sich.

»Was ist mit ihrem Sohn?«, fragte Lisi. »Ist er nicht mehr zu Hause? Er lebt doch noch bei ihr, oder? Sie war allein, als ich sie besucht habe.«

Die Oma sagte, sie habe die Frau in der letzten Zeit wirklich kaum gesehen. Und auch den Sohn nicht. Vielleicht sei er nicht in Israel. Dabei sei dieser Sohn ihr Ein und Alles. Für ihn sei sie bereit, die Sterne vom Himmel zu holen. Er habe sie also hier allein gelassen, während des Krieges.

Lisi war sich nicht sicher, ob das Mitleid der Frau Paulette Melnik galt oder ihr selbst. »Sie ist vor fünf Jahren Witwe geworden«, sagte sie. »Hieß ihr Mann nicht Rodnizki?«

Ja, jetzt, wo Lisi das sage, meinte die alte Frau sich zu erinnern, dass er wirklich Rodnizki hieß. Der Sohn sei mit ihrer mittleren Tochter in die Schule gegangen. Ein paar Monate lang – oder waren es Jahre? – sei er dann in einem Internat gewesen, aber am Schluss nach Be'er Schewa zurückgekommen. Sie wisse allerdings nicht, ob er die Schule abgeschlossen habe. Ihre Mittlere wisse das bestimmt. Hieß er nicht Eli Rodnizki? Oder Avi Rodnizki? Nein, Chesi Rodnizki!

»Die Wohnung sieht verwahrlost aus«, sagte Lisi.

Chesi Rodnizki hatte also das Land verlassen, und seine alte Mutter saß allein da! Nie im Leben würde sie solche Söhne verstehen, sagte die Oma neben Lisi. Sie schüttelte den Kopf. »Ach ja, wir kennen viele solche.« Ihre Wangen röteten sich. Man sah ihr an, dass sie die Unterhaltung genoss. Madame Melnik habe doch bestimmt eine Pension von der Schule, zusätzlich zur staatlichen Altersversorgung. Im Lebensmittelgeschäft kaufe sie Seife und Zahnpasta aus dem Ausland und solche schwarzen Zigaretten, die bestimmt ein Vermögen kosten. Nein, sie mache nicht den Eindruck eines Sozialfalls. Madame Melniks Probleme seien nicht finanzieller Art. Vielleicht sei sie krank. Das Alter verändere die Menschen. Als sie hierhergezogen sei, habe die Melnik ein Problem mit dem Trinken gehabt, aber im Lauf der Jahre habe sich das gegeben. Jeden Sommer sei sie zur Erholung nach Zfat gefahren, und ihr Sohn kaufe sich jedes Jahr ein neues Auto, zuletzt ein amerikanisches.

Dann schrie die Frau plötzlich: »Li'ad!« Ein etwa achtjähriger Junge kam vom anderen Ende der Anlage angerannt. Schwarze Augen in einem strahlenden Gesicht. »Was für ein Auto hat er, der Sohn der Französischlehrerin?«

»Golf GTI, Kabriolett, warum?«, sagte Li'ad.

»Nun, was habe ich gesagt?«, fragte die Oma Lisi.

Li'ad demonstrierte sein Wissen. »Ein deutsches Auto.«

»Wann hergestellt?«, fragte Lisi.

Diese Frage ignorierte Li'ad. »Braunmetallic mit offenem Dach«, antwortete er.

»Ein Genie«, sagte Lisi zu den Großeltern. Beide nickten. Doch auf Lisis Frage, was der Sohn von Paulette Melnik denn arbeite, wussten sie keine Antwort.

Lisi aß den letzten Bissen ihres Fladenbrots, trank den letzten Schluck aus der Cola-Dose und stand auf. Sie schaute zum zweiten Stock des Hauses gegenüber und meinte, gerade noch einen schwarzen Schatten hinter dem Rolladen gesehen zu haben, der aber verschwand, als sie den Kopf hob.

* * *

Als sie sich dem *Mikado* näherte, hörte sie Klara und Ja'akow laut singen, zur Musik der Operette, die dem Laden den Namen gegeben hatte. Vermutlich kannten alle Ladenbesitzer um den Zentralen Busbahnhof herum die Melodien und das Libretto auswendig; jedenfalls saßen einige von ihnen mit geschlossenen Augen da und gaben sich der Musik hin. Wenn man wollte, könnte man ihnen den ganzen Laden ausräumen, dachte Lisi.

»Ihr solltet Radio hören und nicht Gilbert und Sullivan«, sagte Lisi, als sie den Laden betrat.

»Das Radio ist auf dem Warnkanal eingeschaltet. Wenn es Alarm gibt, hören wir das. Was ist los, Lisi?«

»Ich war bei Madame Paulette wegen meines Artikels über das neue Einkaufszentrum. Ich wollte etwas über Betty Knut und die *Letzte Gelegenheit* von ihr erfahren. Sie sieht schlecht aus. Einsam und verängstigt. Sie wollte mich nicht reinlassen, und als ich endlich drin war, hatte sie es eilig, mich wieder rauszuschmeißen. Irgendetwas dort stinkt.«

»Sie raucht sehr viel«, sagte Ja'akow.

»Es ist Krieg, Lisi. Die Leute haben Angst. Auch wir fürchten uns. Stimmt's, Ja'akow?«

»Ja, Klara.«

»Eine Frau aus El-Asasma hat die Gasmaske abgesetzt und festgestellt, dass ihr ein Bart gewachsen ist.«

»Tante Klara!«

»Du glaubst mir nicht?«, sagte Klara gekränkt. »Erinnerst du dich noch an den jungen Mann, der uns die organischen Haarpackungen verkauft hat? Der hat es mir selbst erzählt. Es ist eine Frau aus seiner Familie.«

»Das ist wegen der Federn im Filter«, sagte Onkel Ja'akow.

»In den Filtern sind keine Federn, Onkel Ja'akow«, protestierte Lisi.

»Natürlich sind welche drin. Wie könnten wir sonst atmen, wenn keine Federn drin wären?«

»Wieso heißt sie eigentlich Paulette Melnik und ihr Sohn Chesi Rodnizki?«

»Das ist der Name von ihrem Ehemann.«

»War der Sohn von ihm?«

»Nein, er war von ihr. Stimmt's, Ja'akow, der Sohn war von ihr.«

»Ja.«

»Warum heißt er dann nicht Melnik?«

»Ihr erster Ehemann ist im Krieg umgekommen. Jedenfalls sagt sie das. Betty hat mir unter dem Siegel der Verschwiegenheit mal erzählt, dass Madame Paulette während des Krieges als Kokosmädchen in einer Bar in Toulouse gearbeitet hat.«

»Kokosmädchen?«

»Sie hat getanzt, mit einer Blumenkrone auf dem Kopf und Kokosschalen in den Händen. Die Menschen haben alles Mögliche getan, um am Leben zu bleiben. Nach dem Krieg hat sie dann Pierre Rodnizki geheiratet, Pierre hat den Jungen adoptiert und ihm seinen Namen gegeben. Wir haben sie kennengelernt, als sie gerade nach Israel eingewandert waren. Der Junge war damals drei oder vier. Sie war verrückt vor Liebe zu diesem Kind.«

»Warum hat sie dann weiter den Namen Melnik behalten und der Junge den Namen Rodnizki?«

»Pierre hat ihn doch offiziell adoptiert.« Klara und Ja'akow verstanden offenbar nicht, was Lisi störte.

»Warum hat sie ihn in ein Internat geschickt?«

»Er ist nicht gut mit Rodnizki ausgekommen. Rodnizki hat gedacht, das Internat würde einen Mann aus ihm machen. Paulette hat ihn dann nach ein paar Monaten wieder nach Hause geholt. Es gab da auch irgendeine Geschichte mit einem Auto. Weißt du noch, um was es eigentlich ging, Ja'akow?«

»Er hat ein Auto gestohlen.«

»Wann?«, fragte Lisi.

»Er war noch ein Kind. Vierzehn oder fünfzehn. Ein Bubenstreich. Neben dem Arbeitsamt ist er ins Schleudern gekommen und ins Schaufenster vom rumänischen Grill gerast. Die Polizei hat ihn geschnappt, und Rodnizki entschied, dass der Junge Disziplin lernen müsse. Außerdem hat Paulette damals viel getrunken, und Rodnizki hat gesagt, sie habe einen schlechten Einfluss auf den Jungen. Er hat sie überredet, ihn ins Internat zu stecken. Sie war ganz krank vor Kummer. Als der Junge im Internat war, riss sie sich zusammen und hörte auf zu trinken. Sie hat aufgehört zu trinken und angefangen zu rauchen.«

»Haschisch?«

Klara warf Ja'akow einen hilflosen Blick zu.

»Wir nehmen an, dass Betty und Paulette Haschisch geraucht haben. Es war Ende der fünfziger Jahre. Die Leute wussten noch nichts von Drogen. Aber wir kannten den Geruch noch aus Ägypten, und er ist uns aufgefallen, wenn wir in die *Letzte Gelegenheit* gekommen sind. Wir haben es auch an ihrem Benehmen gemerkt. Die anderen Leute haben gemeint, sie seien betrunken gewesen, aber das war kein Alkohol. Sie waren Freundinnen, wirklich ein Herz und eine Seele. Eine solche Freundschaft findet man nirgends. Beide waren Pariserinnen, beide hatten den Krieg in Frankreich erlebt, beide waren Frauen aus der großen Welt, die sich entschlossen hatten, in der Wüste zu leben. Sie hatten eine eigene Sprache. Zwei gebildete Frauen, denen Musik und Literatur im Blut lag. Du weißt doch, wie die Leute hier sind, Lisi. Eine dünne Schicht Bildung über großen Löchern von Unwissenheit. Wenn du Gilbert und Sullivan erwähnst, fragen sie dich, in welchem Film die denn mitgespielt hätten. Betty und Paulette waren anders. Alle Leute schätzten Betty, aber Paulette hat sie geliebt, und Betty hat Paulette geliebt. Es gibt solche Wunder. Zwei Frauen, die sich in der Wüste wiederfinden.« Klara streichelte Schnaps und schaute Ja'akow an.

»Waren sie lesbisch?«

»Lisi!«

Klara und Ja'akow waren bis ins Innerste getroffen. Dass ihre Lisi ein solches Wort in ihrer Gegenwart benutzte! Noch dazu über wen!

»Wie alt ist Chesi?«

Nach Klaras und Ja'akows Berechnungen musste er ungefähr fünfundvierzig sein, und Paulette etwa fünf- oder sechsundsechzig.

»Wieso lebt er dann immer noch bei seiner Mutter?«, fragte Lisi.

»Vermutlich, weil er es da bequem hat. Sie kocht, wäscht und bügelt für ihn. Warum sollte er nicht bei ihr wohnen?«

»Normalerweise hat ein Mann von fünfundvierzig schon Frau und Kinder.«

»Jede Familie ist ein Rätsel, Lisi.« Für einen Moment flatterten Klaras Lider, als ihr Blick Ja'akow streifte, wie zwei Schmetterlinge, die über einer Blüte schweben und sie fast berühren, während ihre Hände damit fortfuhren, den auf ihren Schoß liegenden Schnaps zu streicheln.

»Paulette ist allein zu Hause, sie hat Angst«, sagte Lisi. »Vielleicht geht ihr mal zu ihr. Könnte sein, dass sie euch Dinge erzählt, die sie mir nicht sagen wollte.«

»In Ordnung, Lisi, wir werden zu ihr gehen.«

»Ich fahre euch hin.«

»Wir gehen erst nach Ladenschluss.«

»Ich rufe euch morgen früh an und erkundige mich, wie es war.«

»Wir können dich heute Abend anrufen.« Für Klara und Ja'akow war das Telefon ein absolut ehrfurchterweckendes Gerät, dessen Gebrauch eine gewisse Feierlichkeit und lange Vorbereitungen erforderte.

»Nein, nein, ich bin heute Abend nicht zu Hause. Ich möchte nachher noch bei Mama vorbeifahren und schauen, wie es ihr geht.«

Hätten sie gewusst, dass ich keineswegs die Absicht habe, heute Abend meine Mutter zu besuchen, hätten sie jetzt nicht gesagt, dass ich eine gute Tochter bin, dachte Lisi. Dabei wollte sie nur nicht, dass Rosi ihr Gespräch mit Klara und Ja'akow mithörte.

***

Als sie nach Hause kam, war es vier Uhr. Rosi saß vor dem stummen Fernseher und schaute sich eine Kindersendung an. In der Hand hielt er ihre Lieblingstasse. Plötzlich war Lisi klar, warum sie nie geheiratet hatte. Sie konnte die Tatsache nicht aushalten, dass jemand ihr Leben teilen sollte: in ihrem Sessel sitzen, ihren Fernseher benutzen, sich wie der Herr im Haus aufspielen, mit ihrer Tasse und ihrem Kaffee. Allein seine Anwesenheit an diesem Ort, wo alles durch ihrer Hände Arbeit erworben war, ärgerte sie. Die Vorstellung, dass jemand es wagte, ihr seine Freundschaft aufzudrängen, brachte sie auf die Palme. Mit zweiunddreißig hatte sie das Recht, selbst zu entscheiden, mit wem sie zusammen sein wollte oder nicht, mit wem sie bereit war, ihren Lebensraum zu teilen. Sie war eine selbständige Person, die arbeitete, um sich ihre Wünsche zu erfüllen, und der Gedanke, dass jemand gegen ihren Willen ihre selbstgezogenen Grenzen überschritten hatte, war ihr unerträglich. Plötzlich kam ihr das alles widernatürlich vor, eine Beschränkung der Freiheit, eine Verletzung der Menschenrechte.

Lisi reichte Rosi die Umschläge mit den Fotos, die Tüte mit den Kleidungsstücken und das Haarfärbemittel. Und sie teilte ihm mit, dass die Brille am nächsten Morgen fertig sein würde.

Rosi freute sich offenbar, dass endlich jemand da war, mit dem er reden konnte. Als sie in die Küche ging, um sich eine Tasse Kaffee zu kochen, folgte er ihr und berichtete ihr über den Fortgang der Kämpfe zwischen den Alliierten und dem Irak, und was Präsident Bush und General Schwarzkopf gesagt hatten.

»Du hast deinen Piepser zu Hause vergessen«, sagte er dann.

»Ich habe ihn nicht vergessen.«

»Arieli schickt dir eine Prämie wegen des Artikels über den Doppelmord, und Dahan möchte, dass du einen Artikel über die Flüchtlinge im *Ne'ot Midbar* schreibst.«

Lisi spülte ihre Lieblingstasse ab, auf der »Kaffee Mazot« stand. »Bitte benutze diese Tasse nicht«, wies sie Rosi an. »Das ist meine.« Sie goss sich Kaffee in die Tasse, ging ins Schlafzimmer, schloss die Tür hinter sich und legte sich aufs Bett.

Lisi wurde vom Läuten des Telefons geweckt. Im Zimmer herrschte Dämmerlicht, und ein Blick auf die Uhr zeigte ihr, dass es halb sieben war. Am anderen Ende der Leitung war Dorit, sie erzählte, Cement habe vom Armeesprecher die Erlaubnis bekommen, zu der Stelle zu fahren, wo die Rakete eingeschlagen war, aber er dürfe den Namen des Ortes nicht nennen. Dahan habe ihren Artikel über die Luftschutzorganisation an Tel Aviv weitergegeben, und Arieli habe entschieden, ihn in der überregionalen Ausgabe zu veröffentlichen. Allerdings habe er gesagt, die Überschrift »Moti, Moti, Moti« sei idiotisch. Am Schluss fragte sie: »Wann kommst du morgen?«

»Bleibt Cement noch da?«

»Er fährt vormittags nach Tel Aviv zurück.«

Lisi verabredete sich mit Dorit für zehn Uhr morgens vor dem Hotel *Ne'ot Midbar*. Dann lag sie im Bett und starrte das Fenster an. Ihr war klar, dass Rosi das Gespräch mitgehört hatte. Und sie hatte keine Lust, das Zimmer zu verlassen und ihn zu treffen.

»Lisi!« Rosi klopfte an die Tür ihres Schlafzimmers.

»Was ist?«

»Ich brauche dich.«

»Sonst noch was?«

»Stell dich doch nicht so an.«

Lisi erhob sich und machte die Tür auf.

»Komm, hilf mir beim Haarefärben. Ich brauche dich für den Hinterkopf.«

»Hast du die Gebrauchsanweisung gelesen?«

»Ja. Bring deine Uhr mit.«

Er brachte alles, was er benötigte, ins Badezimmer. In ihrer Cornflakes-Schüssel mischte er die Farbe und das Bleichmittel. Dann legte er sich ein Handtuch über die Schultern, stellte sich vor den Spiegel und verteilte den Farbbrei auf seinen Haaren. Lisi saß auf dem Stuhl und schaute ihm zu. Als er mit den Haaren über der Stirn und an den Schläfen fertig war, setzte er sich auf den Stuhl, und sie begann, die Haare an seinem Hinterkopf einzustreichen. Sein Nacken war braungebrannt und schmal wie der eines Knaben. Sie spürte die Wärme, die sein Körper ausstrahlte. Als sie mit den Haaren fertig war, bat er sie, auch seine Augenbrauen zu färben.

»Bist du sicher, dass das nötig ist?«, fragte sie. »Die Farbe könnte dir in die Augen tropfen.«

»Das wird sie schon nicht tun.«

Lisi holte ein Streichholz aus der Küche und tauchte es in die Farbe. Rosi machte die Augen zu. Sie hatte die linke Hand unter seinen Unterkiefer gelegt und hielt sein Gesicht fest, mit der rechten Hand strich sie Farbe auf seine Augenbrauen. Wie er so dasaß, mit geschlossenen Augen, ihr Handtuch über seinen Schultern, sah er aus wie ein kleiner Junge, den seine Mutter zum Friseur geschleppt hat. Als sie mit dem Färben fertig war, bückte sie sich und berührte seinen Mund mit ihren Lippen. Er riss die Augen auf, sprang vom Stuhl und zog sie an sich.

Kapitel 5

Ringgeschäfte

Etwas Großes lag auf Lisis Hüfte und erschwerte ihr das Atmen. Sie drehte sich auf die Seite, dann wurde sie von einem tiefen Seufzer geweckt. Rosi nahm seinen Arm weg und zog sich die Decke über die Schultern. Sein warmer Körper an ihr fühlte sich angenehm an, aber das Bett war zu schmal. Sie betrachtete seinen Kopf, der unter der Decke hervorlugte. Das Haarefärben hatte besser geklappt als erwartet. Rosis Schädel wurde nun von einem Schopf geziert, der die Farbe hellen Eigelbs hatte. Seine Haare schienen in dem dämmrigen Zimmer zu leuchten.

Was war geschehen? Jener plötzliche Kuss hatte Lisi selbst mehr verblüfft als Rosi. Sie hatte sich über ihn gebeugt, ohne dass sie vorher gewusst hatte, was sie tun würde. Und nachdem sie ihn geküsst hatte, konnte sie ihn schlecht mit züchtigem Getue zurückstoßen. Er umarmte sie, drängte sich an sie, streichelte ihren Rücken, ihre Brüste. Dabei passte er auf, dass sie nicht mit dem Haarfärbemittel in Berührung kam. Diese ungeschickten Manöver, zwischen Küssen und Umarmungen, brachten sie beide zum Lachen. Rosi schob Lisi aus dem Badezimmer, und sie, erregt und verwirrt, machte sich daran, das Abendessen zuzubereiten.

Im Schrank stand noch immer die Flasche 1991er Burgunder, die sie sich damals bei *Lubitsch-Weine* gekauft hatte, nachdem sie Adolam bei der letzten Bürgermeisterwahl entscheidend geschlagen hatte. Sie hatte sich selbst etwas Gutes von der Prämie gönnen wollen, die Arieli ihr geschickt hatte, statt das Geld ihren Schwestern zu geben. Lisi machte ein paar Dosen auf – ungarische Leberpastete, rumänische Paprikaschoten, holländischen Spargel – und schnitt dünne Scheiben Schwarzbrot ab. Dann legte sie eine Decke auf den Tisch im Wohnzimmer und stellte alles darauf.

»Hast du einen Fön?«, fragte Rosi, als er aus dem Badezimmer kam.

»Ich habe Toast gemacht, er wird kalt.«

»Ich würde gern sehen, wie die Farbe geworden ist.«

Sie gingen ins Badezimmer, und sie hielt ihm den Fön hin.

»Hilf mir.«

Er setzte sich auf den Hocker vor dem Schminktisch im Schlafzimmer, und sie stand über ihn gebeugt und trocknete ihm die Haare. Rosi setzte die Brille auf und betrachtete sich im Spiegel. Das Ergebnis war erstaunlich. Die Farben seines Gesichts wurden vor dem Hintergrund der blonden Haare und der hellen Augenbrauen weicher: Die dunklen Augen bekamen einen goldenen Ton, und die braune Haut schien heller zu werden. Rosi sah aus wie ein Norweger, der beim Skifahren braun geworden war.

»Nun, was meinst du?«

»Ein Paul Newman bist du nicht.«

Er zog sie aufs Bett, und bevor sie es kapierte und reagieren konnte, versuchte er ihr das Oberteil des Jogginganzugs über den Kopf zu ziehen. »Die Toasts«, protestierte sie unter dem Stoff. Er küsste ihre Brüste, murmelte, »ach, die Toasts«, seine Hände glitten über ihre Hüften und über ihren Rücken, während er mit dem Fuß seine Hose hinunterbugsierte. Lisi gelang es, das Oberteil von ihrem Kopf zu ziehen. Sie lachte und protestierte. Er unterdrückte ihr Wehren mit einem langen Kuss, und sie spürte ein heftiges Verlangen, ihn zu streicheln, seine warme Haut zu fühlen, die kräftigen Muskeln, das Klopfen seines Herzens, seine Männlichkeit, die ihr entgegendrängte. Sie war größer und breiter als er, und diese Fülle wurde nun zum Glück, das sie genoss.

Fast zwei Jahre war es her, seit sie das letzte Mal mit einem Mann geschlafen hatte. Sie hatte weiter die Pille genommen, wie jemand, der regelmäßig ein stillgelegtes Auto pflegt, damit es nicht rostet, obwohl sie sich immer mal wieder gefragt hatte, ob sie ihrem Körper mit dieser künstlichen Regulierung nicht schade. Dieser plötzliche Ausbruch ihrer Gefühle überraschte sie. Wenn sie früher mit Archimedes Levi geschlafen hatte, hatte sie immer das Vergnügen genossen, das sie ihm bereitete; jetzt war sie völlig auf das Vergnügen konzentriert, das Rosi ihr bot. Nach dem ersten überraschenden Ausbruch schien er sich zurückzuhalten, um ihr Zeit zu lassen, seinen Körper kennenzulernen, ihre Formen den seinen anzupassen, ihre Bewegungen auf seine abzustimmen, ihre Lust zu vergrößern. Als sie plötzlich aufschrie, umarmte er sie heftig, bis sie sich in seinen Armen beruhigte. Danach stützte sie die Ellbogen auf und betrachtete ihn, fuhr ihm mit dem Finger über das Gesicht, die weichen Haare, die Brust, die Schultern. Er griff nach ihrer Hand und küsste die Innenfläche, während er sie nachdenklich anschaute.

»Was ist?«, fragte sie.

»Benzi wird mich umbringen.«

»Zu Recht.«

»Er hat gesagt, du wärst eine unschuldige Frau, ohne Erfahrung mit Männern, und er hat mich davor gewarnt, etwas mit dir anzufangen.«

»Wie ist er nur auf diese Idee gekommen? Du hast doch einen guten Ruf.«

»Du auch.«

Sie lächelten sich im schwachen Licht an, das durch die Rollläden drang. Die Haut zwischen seinen Schultern und den Armen war weich und glatt wie Seide. Sie bückte sich, berührte sie mit den Lippen und ließ ihre Fingerspitzen von seiner behaarten Brust zum Bauch wandern.

Rosi lachte und schob sie weg. »Willst du mich umbringen?«

»Wieso, kann man jemanden zweimal umbringen? Komm essen.«

Als er den gedeckten Wohnzimmertisch sah, sagte er: »Du bist wirklich eine überraschende Person, Lisi Badichi.«

Zu ihrer Freude schwieg er beim Essen. Sie aßen langsam, genüsslich, tranken sich wortlos zu. Lisi bedauerte, dass sie keine Weinkelche besaß, und beschloss, welche zu kaufen, wenn dieser Krieg erst einmal vorbei wäre.

»Ein guter Wein«, sagte er, als er fertig gegessen hatte.

»Der beste«, bestätigte Lisi.

»Ich verstehe nicht viel davon, ich stamme vom Dorf.«

»Das habe ich schon gehört.«

Lisi trug das Geschirr in die Spüle. Als sie von der Küche zurückkam, sah sie, dass er es sich wieder in ihrem Bett bequem gemacht hatte.

»Ich bin nicht daran gewöhnt, mit Männern im selben Bett zu schlafen.«

»Dann wird es Zeit, dass du dich daran gewöhnst.«

»Ich werde nicht einschlafen können.«

»Doch, das wirst du.«

Als sie ins Bett stieg, nahm er sie in den Arm und zog die Decke über sie beide. Ihre Beine und ihr Rücken lagen bloß, sie zerrte an der Decke. Sie hörte ihn in der Dunkelheit lachen und schloss die Augen, als sie daran dachte, was zwischen ihnen vorgefallen war. Fühle ich mich vielleicht nur von älteren Männern angezogen?, überlegte sie. Sie versuchte sich an junge Männer zu erinnern, die ihr den Hof gemacht hatten. Ein Student, den sie kennengelernt hatte, als sie im *Kuckuck* aß. Ein Soldat. Und natürlich Adolam, den jede Zurückweisung immer heftiger anstachelte. Vor was fürchtete sie sich eigentlich bei jungen Männern? Vielleicht vor ihrer Unerfahrenheit, weil sie selbst so wenig Erfahrung besaß? Oder davor, wie sie sich danach verhalten könnten? Vor dem fast zwangsläufigen Gekrähe des durchschnittlichen israelischen Gockels? Rosi atmete ruhig und gleichmäßig. Ihr fiel ein Artikel ein, den sie gelesen hatte, über »Sex im abgedichteten Schutzraum«. Er war in der überregionalen *Zeit* erschienen; anscheinend galten die Gesetze vom Bezirk Tel Aviv nicht im Bezirk Be'er Schewa.

Leise verließ Lisi das Schlafzimmer und ging unter die Dusche. Dann kochte sie sich eine Tasse Kaffee und trank ihn, benommen vor sich hinstarrend, in der Küche. Die Liebesnacht hatte sie verwirrt. Sie wusste nicht, wie sie mit dem plötzlichen Ausbruch ihrer Triebe umgehen sollte. Sie wusste nicht, wie sie sich nun Rosi gegenüber verhalten sollte. Oder wie er sich ihr gegenüber verhalten würde. Sie dachte an Dorit, an Dahan, an Schibolet. An die Leichtigkeit, mit der sie von einem Bett ins andere hüpften und dann zur Arbeit kamen, als sei nichts passiert. Aber vielleicht sah das auch nur so aus, vielleicht war der gelassene Gesichtsausdruck nur eine Maske über der noch immer glühenden Haut.

Sie wollte Rosi jetzt nicht treffen. Auf Zehenspitzen schlich sie ins Schlafzimmer und holte ihre Kleider, die Ohrringe und ihr Schminkzeug. Unter der Decke lugte ein Büschel blonder Haare heraus, wie ein Büschel verdorrtes Gras, das aus einem weißen Felsen wuchs. Er würde nun anfangen, aus dem Haus zu gehen, und bald würde er aus ihrem Leben verschwinden. Sie zog sich im Badezimmer an, so wie sie es immer als Kind getan hatte.

Sie ließ die Umschläge mit den Fotos von der Beerdigung auf dem Wohnzimmertisch zurück. Darauf einen Zettel mit der Nachricht, dass sie die neue Brille später bringen würde und dass Rosi bitte das Bett machen solle. Darunter notierte sie noch, vielleicht um ihre Beziehung wieder zu normalisieren, wie viel Geld er ihr schuldete.

Lebensmittelgeschäft	*172 Schekel*
Kleidung	*340 Schekel*
Haarfarbe	*21 Schekel*
Brille	*200 Schekel*
Total	*733 Schekel*

Sie wusste, dass dieser Zettel etwas Abstoßendes und Hässliches hatte, aber sie fühlte sich sehr viel besser, als sie ihn geschrieben hatte und das Haus verließ.

Der Optiker hatte seinen Laden schon geöffnet. Sie holte die neue Brille ab, dann rief sie Benzi aus der Telefonzelle an und teilte ihm mit, dass sie ihn zwischen elf und zwölf besuchen würde. Sie wollte gerade in den Toyota steigen, da fiel ihr Blick auf ein Hemd in einem Schaufenster, mit Stehkragen, reine Baumwolle, hellblau. Das würde Rosi mit seinen blonden Haaren gut stehen, dachte sie, und betrat den Laden.

Als sie zu Hause ankam, saß Rosi im Wohnzimmer und betrachtete die Fotos von der Beerdigung.

»Was Interessantes?«, fragte Lisi.

»Außer dem Bezirkskommandanten und Polizisten der Polizeidirektion Süd habe ich auch noch den Kommandanten des Bezirks Dan entdeckt und diesen Offizier von der Landespolizeidirektion.«

»Es handelt sich schließlich um den Mord an einem Polizeioffizier!«

»Ja, ja.«

»Sie sind gekommen, um Inspektor Rosen die letzte Ehre zu erweisen.«

»Selbstverständlich.«

»Was stört dich denn?«, fragte Lisi.

»Die Verbindung zwischen dem Mord an Rosen und den Ermittlungen gegen Simon.«

»Die Verbindung ist doch klar, oder?«

»Mir schon. Aber den anderen?«

Diese Frage blieb in der Luft hängen. Lisi verstand nicht, was ihn störte. Er hielt nun ein Foto in der Fland, auf dem seine Schwestern Chassia und Ziona zu sehen waren, auf der Steinbank sitzend. Mit einer großen Bewegung raffte er die Fotos zusammen, schob sie in einen Umschlag und stand auf.

Lisi gab ihm die Brille und das Hemd. »Das Hemd ist ein Geschenk von mir«, sagte sie.

Er hob die Augenbrauen und lächelte sie erstaunt an, sagte aber nichts. Die blonden Haare, das blaue Hemd und die grauen Gläser in dem neuen Gestell verliehen ihm ein vollkommen anderes Aussehen.

»Wird man mich erkennen?«, fragte er.

»Du kannst ruhig aus dem Haus gehen. Kein Mensch wird dich erkennen.«

»Bist du sicher?«

»Ja, bin ich.«

»Als Erstes werde ich mir neue Papiere besorgen, dann gehe ich zur Bank. Du bist so materialistisch!«

»Ich bin deinetwegen im Minus.«

»Ich werde das Geld besorgen. Kann ich noch zwei, drei Tage hierbleiben?«

»Ja.«

»Wohin fährst du jetzt?«

»Zum *Ne'ot Midbar*. Ich soll einen Artikel über die Flüchtlinge aus dem Norden schreiben.«

»Kannst du mich am Einwohnermeldeamt absetzen?«

»Du willst jetzt weg?«

»Ja. Und ich fühle mich sicherer, wenn wir zusammen rausgehen.«

»Wenn dich jemand sieht und mich fragt, wer du bist, was soll ich dann sagen?«

Er lachte. »Dass ich ein Typ von der UNO bin. Kannst du mir ein paar Schekel leihen?«

Lisi fischte zwanzig Schekel heraus. Rosi schob den Schein in den Geldbeutel des unbekannten Toten, dann steckte er den Geldbeutel in die kleine schwarze Tasche. Ein Schauer lief über Lisis Rücken. Rosi schaute sie an, als wüsste er genau, was sie fühlte.

Sie gingen die Treppe hinunter und setzten sich in den Toyota, ohne dass zwischen ihnen ein Wort oder auch nur ein halbes Wort gefallen wäre. Und Lisi überlegte, ob wohl jemand gesehen hatte, dass sie mit diesem blonden Mann das Haus verließ.

***

Die Rasenflächen vor dem Hotel *Ne'ot Midbar* waren voller geflohener Familien aus Tel Aviv und Umgebung. Man konnte die Leute aus Tel Aviv an ihrer Schutzausrüstung und den laufenden Transistorgeräten leicht von den Einheimischen unterscheiden. Die Sonne brannte von einem hellen, fast weißen Himmel, versengte die Baumwipfel und die Menschen, wie in einem Stummfilm, in dem alle Bewegungen träge und übertrieben aussehen. Der Regen, der vor zwei Tagen gefallen war, hatte den Büscheln Wolfsmilch, die neben den Bänken wuchsen, kräftige Farben verliehen. Kupferne Kronen zierten die grünen Blätter, während die rötlichen in Purpur und Orange glänzten.

Dorit und Lisi suchten den Anlass zu diesem Artikel, nämlich Kubi Dahan, Dorits Cousin, der jahrelang Chefkoch des *Ne'ot Midbar* war. Vor einem Jahr war er in den Norden gezogen und hatte in Ramat Hascharon ein Restaurant eröffnet, *La Gioconda,* dessen Spezialität auf dem Feuer gegrilltes Fleisch war. Als er nun gebeten worden war, vorübergehend in die Küche des *Ne'ot Midbar* zurückzukehren, hatte er schnell zugegriffen. So hatte er einen sicheren Aufenthaltsort für seine Familie und diente zugleich dem Volk. »Der Lohn einer guten Tat«, erklärte er Lisi und Dorit. Somit habe ich auch schon eine Überschrift, dachte Lisi. Bei dem Gespräch mit ihm erfuhr sie, dass sich in dem Hotel eine Familie aus Ramat Gan aufhielt, deren Haus von einer SCUD-Rakete vollkommen zerstört worden war.

»Kennt ihr schon den neuesten Witz?«, fragte Jemima Schiwiti, die Frau, deren Haus zerstört worden war. »Eine SCUD trifft eine Patriot-Rakete am Himmel und fragt: Weißt du vielleicht, wo Ramat Gan liegt? Die Patriot sagt: Flieg einfach hinter mir her.« Jemima lachte mit Dorit und Lisi, dann fing sie plötzlich an zu weinen. »Ich weine nicht, ich weine nicht«, sagte sie zu ihrem Mann und ihren vier Kindern.

Der Vater, Elkana Schiwiti, erklärte den Kindern, ihre Mutter weine aus Freude.

Zu ihrem Glück hatten sie beschlossen, ein Wochenende in Be'er Schewa zu verbringen, so waren sie der Katastrophe entkommen. Schiwiti hatte den Essay, an dem er gerade arbeitete, mit nach Be'er Schewa gebracht, einfach so, weil er gehofft hatte, vielleicht spätabends eine oder zwei Stunden weiterschreiben zu können, und so hatte er diese seine Geistesfrucht gerettet. Im Safe seines Schwagers ruhten »Notizbuch von den Brücken« und »Beschleunigung des Landes«, außerdem sein unvollendeter Roman »Die quadratische Gleichung«. Deshalb müssten sie sich noch glücklich schätzen. Was waren schon Gegenstände? Er fuchtelte mit der Hand, räusperte sich. »Gegenstände ...« Er hielt inne, die Arme ausgestreckt wie ein Opernsänger, der die Welt umarmen möchte. Jemima sagte, sie würden am folgenden Tag in das Hotel von Kfar Makabia umziehen, wo alle Ausgebombten von Ramat Gan untergebracht seien. Wenn die Kindergärten und Schulen wieder geöffnet würden, könnten ihre Kinder dann ihre alten Freunde treffen, und Elkana könnte sich wieder seinen Arbeiten widmen.

»Und was ist mit Ihnen?«, erkundigte sich Lisi.

Jemima war Ingenieurin, doch sie hatte sich frei genommen, um eine Wohnung zu suchen sowie für die Behördengänge, die mit dem Wiederaufbau des Hauses zusammenhingen.

»Der Wiederaufbau des Hauses«, wiederholte Elkana und begann zu lachen. Irgendetwas an diesen Worten schien ihn zu erheitern. Sein Lachen begann wie ferner Donner und endete mit einem Hüsteln, das sich anhörte wie Weinen.

Dorit fotografierte Kubi und die Familie Schiwiti, dann machte sie sich mit Lisi auf zur Redaktion.

»Ist Cement nach Tel Aviv zurückgefahren?«, wollte Lisi wissen.

»Gestern. Hast du die *Zeit* gesehen?«

»Nein.«

»Ich habe ein Foto auf der ersten Seite.«

»Was?«

»Der Krater vom Raketeneinschlag.«

»Den hat man dich fotografieren lassen?«

»Doron hat eine Genehmigung beschafft.«

Doron. Noch mehr als die Tatsache, dass sie vom Militär keine Erlaubnis bekommen hatte, zur Einschlagstelle zu gehen, kränkte Lisi die Vertraulichkeit, mit der Dorit Cements Vornamen aussprach. Jeder wusste, wie sehr sie diesen Menschen verabscheute. Jedes Mal, wenn Arieli sie verletzen wollte, drohte er damit, Cement nach Be'er Schewa zu schicken. Nicht genug, dass er seine Drohung wahr gemacht hatte, nicht genug, dass Cement von der Armee die Erlaubnis bekommen hatte, um die sie sich vergeblich bemüht hatte, er hatte auch noch Dorit zu seiner Bundesgenossin gemacht. Sie, Lisi, hatte Dorit gehätschelt und ihr vom ersten Tag an geholfen, und das war also der Dank!

»Warst du krank?«, fragte Dorit.

»Nein.«

»Hast du einen Mann?«

»Wie kommst du denn auf so etwas?«

»Weiß ich nicht.«

Lisi erschrak. Stand es ihr etwa im Gesicht geschrieben? Sie ging in ihr Zimmer und schrieb sechshundert Wörter über den Dichter Schiwiti und seine Familie (»die kleine Rewit drückt die

Puppe ans Herz, die sie aus dem zerstörten Haus mitgebracht hat«) und über Kubi Dahan, den Chefkoch, der in seinen Heimatort zurückgekehrt war (»ich habe gefühlt, dass ich hier helfen kann«). Danach brachte sie ihren Bericht in die Druckerei, zusammen mit den Bildlegenden für Dorits Fotos.

* * *

Um halb zwölf betrat sie Benzis Zimmer. Als er hörte, dass Rosi aus dem Haus gegangen sei, sagte er nur: »Wurde auch Zeit.«

»Wie bekommt er neue Papiere?«

»Verlass dich auf Rosi.«

»Er schuldet mir siebenhundertdreiunddreißig Schekel. Was ist, wenn er sie mir nicht zurückgibt? Von wem bekomme ich dann mein Geld? Von dir?«

»Er hat Geld, Lisi.«

»Er ist tot.«

»Hat er die Fotos gesehen?«

»Ja.«

»Und was sagt er?«

»Er hat gesagt, dass der Kommandant des Bezirks Dan und der Offizier von der Landespolizeidirektion zur Beerdigung gekommen sind.«

»Was genau hat er gesagt?«

»Nur das. Es hat ihn beschäftigt.«

»Warum?«

»Er hat noch gemeint, dass sie vermutlich eine Beziehung zwischen dem Mord und den Ermittlungen gegen Simon herstellen. Ich habe ihm nichts von dem Foto gesagt, auf dem man

Mike Silcha aus der Aufbahrungshalle kommen sieht. Glaubst du, das hat etwas zu bedeuten?«

»Alles hat etwas zu bedeuten.«

»Er hat mit Rosi am Fall Simon gearbeitet, nicht wahr?«

»Ja.«

»Silcha weiß nicht, dass Rosi nicht umgekommen ist. Wäre es möglich, dass derjenige, der Rosi ›ermordet‹ hat, in irgendeiner Beziehung zu Silcha steht, ohne dass Rosi davon wusste?«

»Das kann ich mir kaum vorstellen. Silcha ist ein anständiger Polizist, erfahren und gescheit.«

»Es gibt zwei Möglichkeiten: Entweder ist Silcha doch nicht so anständig und hat Verbindung zu Simons Leuten aufgenommen, oder er ist wirklich sehr klug und hat gerochen, dass irgendetwas an der Geschichte mit Rosis Tod stinkt. Es könnte sein, dass er in die Aufbahrungshalle gegangen ist, um Fingerabdrücke von dem Toten zu nehmen. Wird es bei der Polizei irgendwo schriftlich festgehalten, wenn ein Polizist Fingerabdrücke identifizieren lässt?«

»Der Erkennungsdienst beschäftigt sich damit. Wie kommst du mit Rosi zurecht, Lisi?«

»Ich habe ihm geholfen, die Haare blond zu färben. Fahren wir jetzt in seine Wohnung?«

»Wir? Hast du ›wir‹ gesagt?«, fragte Benzi drohend.

Lisi erhob ihre Stimme. »Du hast es mir versprochen.«

Erst dann merkte sie, dass er sie nur ärgern wollte. Der »Kommissar« hatte zugestimmt, dass sie mit Benzi zur Tel Aviver Wohnung des Verstorbenen fuhr.

Bevor sie Be'er Schewa verließen, fuhren sie noch beim Autoverleih Alpha vorbei. Lisi überlegte die ganze Zeit, wie sie sich verhalten sollte, wenn sie zufällig Rosi auf der Straße trafen. Sollte sie so tun, als kenne sie ihn nicht? Schließlich wohnte dieser Mann, egal, wie er nun aussah, in ihrer Wohnung.

Dudis Mutter war nicht im Büro. Der Chef (»nennen Sie mich bitte Ascher«), ein etwa vierzigjähriger Mann, energisch und heiser, erwartete sie. Ein paar Männer vom Erkennungsdienst waren schon da und untersuchten den Suzuki, nahmen auch in ihm Fingerabdrücke, um sie mit anderen zu vergleichen. Wen sie suchten, sagten sie aber nicht. Wie der Kunde denn ausgesehen habe, fragten sie. Zu ihrem Glück hatte er ein gutes Gedächtnis. Zwischen fünfunddreißig und vierzig, nicht dick und nicht dünn, nicht groß und nicht klein, braune Augen, braune Haare, versteht was von Autos. Nach seiner Art zu sprechen ein wohlhabender Mann mit einem scharfen Verstand, aber ein bisschen ... na ja, nicht ganz astrein. Er hatte die Formulare selbst ausgefüllt, und es gab keine Möglichkeit, dass sie aus dem Büro hätten verschwinden können, alles wurde immer sofort abgelegt. Wenn sie verschwunden waren, gab es dafür nur eine Erklärung: Jemand hatte sie gestohlen. Wie und wann, das wusste er nicht. An der Tür hatte es keine Anzeichen eines gewaltsamen Eindringens gegeben, auch nicht an den Schubladen. Zu seinem Glück war am selben Tag seine Buchhalterin gekommen, um Rechnungen zu schreiben, und die Vermietung war in ihren Unterlagen vermerkt. Sonst hätte er gedacht, er sei vielleicht verrückt geworden, er habe sich das alles nur eingebildet. Aber das Datum war bei ihr angegeben, der 22. Januar. Und als Name des Kunden auch Melman – ohne Vornamen.

Der Mann zahlte hundert Schekel an und hinterließ eine Blankoanweisung seiner Kreditkarte. Es sei sehr selten, dass Kunden im Voraus bezahlten, noch dazu in bar. Er erinnerte sich noch genau an den Vorgang, weil er nämlich all seine Autos an die Flüchtlinge aus dem Norden vermietet hatte, an jenem Morgen hatte er nur noch diesen Suzuki. Er hatte gezögert, das Auto herzugeben, weil die Kupplung nicht in Ordnung war, und deshalb schlug er dem Mann vor, doch nachmittags oder am nächsten Morgen wiederzukommen, dann könne er ein besseres Auto haben. Aber der Mann sagte, er brauche den Wagen sofort. Als sie hinausgingen zu dem Auto, habe er sich gedacht, das könne er nicht verantworten, deshalb habe er zu dem Mann gesagt, die Kupplung sei ein bisschen locker, aber der Kunde habe gar nicht geantwortet. Als er das Auto nicht zurückbrachte, habe er Angst gehabt, es sei wegen der Kupplung etwas passiert, doch als er vier Tage lang nichts von dem Mann hörte, habe er etwas ganz anderes befürchtet. Was denn? Nun, eine Rakete zum Beispiel. Es komme zwar vor, dass Kunden die Autos nicht zurückbringen, aber dann gäben sie sie normalerweise bei einer anderen Zweigstelle ab. Zu seinem Glück habe er das Auto aber gefunden, als er abends auf dem Heimweg durch den Bezirk 3 ging. Es stimmte, dieser Hurensohn habe wohl wirklich die Unterlagen der Vermietung und den Durchschlag der Kreditkarte gestohlen, aber wenigstens sei ja das Auto nicht verloren gegangen.

Benzi bat den Mann, doch noch einmal genau nachzudenken, ob er sich nicht an ein besonderes Kennzeichen erinnere, irgendetwas, was mit diesem Kunden zusammenhing, aber

»Nennen-Sie-mich-Ascher« erinnerte sich an nichts Besonderes. Im Allgemeinen habe er ein gutes Gedächtnis, aber die Firma sei seit diesen Raketenangriffen ein wahres Irrenhaus geworden. Die Autos hätten noch nicht mal Zeit abzukühlen, bevor sie weitervermietet würden.

»Wenn Ihnen noch etwas einfällt, rufen Sie mich bitte an«, sagte Benzi.

»Hundertprozentig.«

»Wo genau haben Sie das Auto gefunden?«, fragte Lisi.

»Nicht weit von der Kreuzung. Neben dem Kiosk *Eis & Kaugummi*. Wissen Sie, wo das ist?«

Lisi machte den Mund auf, aber Benzi packte sie am Arm und zog sie hinaus, wobei er sich bei dem Mann bedankte.

Als sie wieder im Auto saßen, fragte Lisi Benzi, ob er denn verrückt geworden sei. Erinnerte er sich nicht daran, dass Rosi sich nach dem Mord mit ihm an diesem Kiosk verabredet hatte?

»Ich habe gewusst, dass der Alpha-Mann das Auto dort gefunden hat, noch bevor wir zu ihm gefahren sind. Er hat es den Leuten vom Erkennungsdienst gesagt.«

»Das bedeutet, dass derjenige, der das Auto mietete, Rosi verfolgt hat.«

»Daran habe ich auch schon gedacht.«

»Du hast daran gedacht? Und das ist alles? Da gibt es einen Menschen, dessen Identität wir nicht kennen, der aber genau weiß, dass Rosi nicht tot ist. Dieser Mann weiß, dass du Rosi in jener Nacht getroffen hast, und aller Wahrscheinlichkeit weiß er auch über mich Bescheid.«

»Ich habe kein Interesse daran, dass der Chef von Alpha anfängt herumzuposaunen, dass die Polizei herauszufinden versucht, wer der Mann ist, der das Auto gemietet hat.«

»Und wer bitte war eben bei ihm? Rotkäppchen und die Großmutter?«

»Wir haben mit keinem Wort angedeutet, dass es zwischen dem Mord und dem Auto einen Zusammenhang gibt. Du vergisst, dass bei der Polizei und überall sonst alle glauben, dass Rosi ermordet und begraben ist. Ich versuche, die Sache nicht hochkochen zu lassen. Lisi, du kannst unter einer Bedingung mit mir kommen: Wenn du den Mund hältst.«

»Das kannst du nicht verlangen. Ich soll dir helfen und zugleich den Mund halten. Wenn jemand Rosi verfolgt, dann weiß dieser jemand, dass Rosi lebt und man an seiner Stelle einen anderen begraben hat. Er weiß, dass du Rosi nach dem Mord getroffen hast. Und bei meinem sprichwörtlichen Glück weiß er bestimmt auch, dass Rosi sich in meiner Wohnung versteckt. Du hättest Rosi warnen müssen! Er hat heute das Haus verlassen.«

»Sag du es ihm.«

»Wenn er heute erkannt wird, bin auch ich in Gefahr.«

»Deswegen bitte ich dich ja, nicht auf eigene Faust zu ermitteln. Überlasse das mir. Du machst deine Arbeit, und ich mache meine.«

»Das sagst du jetzt, nachdem du den Wolf in meine Wohnung gebracht hast.«

»Den Wolf? Ist was passiert, Lisi?«

»Nein.«

»Warum hast du ihn dann ›den Wolf‹ genannt?«

»Benzi, du machst mich nervös.«

»War etwas zwischen euch?«

»Kommt drauf an, was du meinst.«

»Ich bringe ihn um!«

»Benzi!«

Schweigend fuhren sie weiter, jeder in seine eigenen Gedanken versunken. Plötzlich rief Benzi: »Hast du das gesehen?«

»Was?«, fragte Lisi.

»Die roten Blumen.«

»Wo?«

»Wieso hast du sie nicht gesehen? Ich fahre jetzt nicht mehr zurück. Dreh dich um. Siehst du die Akazie? Auf der Akazie ist eine Kletterpflanze mit roten Blüten. Ich kann mich gar nicht darüber beruhigen, wie viele Bäume und Felder wir unterwegs sehen. Schau doch nur dort, die Tamarisken! Als wir ins Land gekommen sind, haben mein Vater und mein älterer Bruder in den Pflanzungen gearbeitet. Pionierarbeit hat man das damals genannt. Alle haben behauptet, dass man damit nur Geld aus dem Fenster wirft. Dass im Negev nie im Leben etwas wachsen wird. Wenn ich jetzt dieses Grün sehe, steigen mir Tränen in die Augen. Leben in der Wüste, das ist es.«

Lisi traute ihren Ohren nicht. Sie schaute zurück und entdeckte einen mit Bäumen bedeckten Hügel, der ihr vorher nicht aufgefallen war. Am Straßenrand wuchsen Bäume mit dünnen, rosafarbenen Blüten und grauweißlichen Blättern. Waren das die Tamarisken?

»Wieso ist Tami Simons Mutter nicht zur Beerdigung gekommen?«, fragte Lisi den erregten Botaniker neben ihr. »Wenn ich mich nicht irre, ist Tami alle paar Monate zu ihr gefahren. Trotz der Scheidung und der Wiederheirat ihrer Mutter hatte sie eine gute Beziehung zu ihr.«

»Simon sagt, die Mutter sei krank und liege in der Klinik. Er wusste aber nicht, wo.«

»Habt ihr das nachgeprüft?«

»Sie war wirklich nicht zu Hause. Nachdem wir sie nicht fanden, haben wir die Athener Polizei um Hilfe gebeten. Die hat bestätigt, Madame Stefanopulos liege im Krankenhaus.«

»Und ihr Mann?«

»Ist in die Schweiz gefahren.«

»Er hat seine Frau, deren Tochter ermordet wurde, allein im Krankenhaus zurückgelassen?«

»Vielleicht liegt sie in einem Schweizer Krankenhaus.«

»Was heißt das, vielleicht?«

»Vielleicht. Krank zu sein ist kein Verbrechen, und wir wollen im Moment keinen Druck auf Simon ausüben. Der Mord an seiner Tochter hat ihn tief getroffen. Wir führen unsere Ermittlungen in aller Stille fort.«

»Was wisst ihr über seine Geschäfte?«

»Hat dir Rosi nichts davon erzählt?«

»Ein bisschen.«

Benzi konzentrierte sich aufs Fahren. Im Auto roch es nach Benzin, und Lisi machte das Fenster auf. Nach vielleicht zwei Kilometern sagte er plötzlich, als habe er einen Entschluss gefasst: »Aber nicht zum Zitieren. Verstanden, Lisi?«

»Nicht-zum-Zitieren ist sozusagen mein zweiter Name, Schätzchen.«

»Das Grundstück der *Letzten Gelegenheit* hat er zusammen mit ausländischen Geldanlegern erworben. Das meiste Geld kam von einer Firma, die in Vaduz eingetragen ist. An dieser Firma ist auch Panaiotis Stefanopulos beteiligt, der zweite Mann von Bilha Simon. Und Harry Dipl, der amerikanische Millionär. Stefanopulos und Simon waren zur gleichen Zeit als Diplomaten in Paris. Harry Dipl war amerikanischer Gesandter in Madrid und in Athen, vermutlich hat er dabei irgendwann Stefanopulos kennengelernt. Es ist nicht unwahrscheinlich, dass sich die Liebesgeschichte Bilha Simons zusammen mit den Geschäften ihres ersten Mannes mit ihrem zweiten entwickelte. Die Verbindung zwischen den beiden Diplomaten ist wohl damals in Paris entstanden, und sie war von Anfang an zwielichtig. Das würde jedenfalls erklären, warum Simon doch vergleichsweise gelassen darauf reagiert hat, dass seine Frau ihn betrog. Sie hatte etwas gegen ihn in der Hand. Simon macht nicht den Eindruck eines Mannes, der leicht auf etwas verzichtet, was ihm gehört. Seine Geschäfte sind umfangreich und kompliziert. Er hat immer seine guten Beziehungen mit den Sicherheitsbehörden gepflegt, und ein ansehnlicher Teil seiner Geschäfte hat mit den Einkäufen der Sicherheitsbehörden zu tun. Die Zusammenhänge zwischen seinen Geschäften und den Sicherheitsbehörden sind äußerst raffiniert. Auch wenn sich herausstellen sollte, dass sie nicht astrein sind, wird es schwer sein, ihn zu belangen. Das nationale Betrugsdezernat beschäftigt Juristen, Buchprüfer und Steuerfahnder, um sein Geschäftsgebaren zu untersuchen. Das ist auch der Grund, warum Rosi nicht mehr mitmachen wollte und sich lieber auf einen kleinen Ausschnitt konzentrierte.«

»Auf die Noten und die Bilder.«

»Er hat es dir also erzählt.«

»Er hat mir was erzählt, und ich ihm. Auch ich hatte einige Informationen.«

»Woher denn?«

»Von Klara und Ja'akow.«

Benzi fing an zu lachen. Es gab nur wenige Dinge, die Benzi zum Lachen brachten, aber wenn er lachte, wurde er zu einem großen Jungen: Sein Gesicht wurde rot, Tränen liefen ihm aus den Augen, und sein Lachen kam als Sopran aus seiner Kehle. Seine ganze Energie brach auf einmal aus ihm heraus, ohne dass er sie beherrschen konnte.

»Von Klara und Ja'akow erzähle ich dir später«, sagte Lisi. »Jetzt was anderes: Für jeden An- oder Verkauf von sicherheitsrelevanten Produkten braucht man doch eine Genehmigung von der Regierung, nicht wahr?«

»Was willst du damit sagen?«

»Dass es doch eine Kontrolle über Waffengeschäfte gibt.«

»Und weiter?«

»Hat Simon sicherheitsrelevante Produkte an arabische Länder verkauft?«

»Nicht direkt.«

»Was heißt das, nicht direkt.«

»Es ist kompliziert, Lisi.«

»Sei nicht so hochnäsig.«

»Ich bin nicht hochnäsig.«

»Hat Simon den Staat betrogen?«

»So ungefähr.«

»Wenn man weiß, dass er ›so ungefähr‹ den Staat betrogen hat, warum ist es dann so schwer, ›so ungefähr‹ die Hand auf ihn zu legen?«

»Es ist schwer. Es ist sogar schwer, das zu erklären.«

»Versuch's!«

Benzi stieß ein geräuschvolles Schnauben aus, dann fing er an zu reden, wobei er seine Finger zur Hilfe nahm, als versuche er, dadurch Ordnung herzustellen, indem er die Vorgänge einen nach dem anderen aufzählte.

»Eine türkische Firma, die sich mit landwirtschaftlicher Schädlingsbekämpfung beschäftigt, kaufte von einer griechischen Firma namens Argo fünf amerikanische Hubschrauber. Die türkische Firma brauchte Ersatzteile. Eclips, die englische Tochtergesellschaft der amerikanischen Herstellerfirma, verkaufte den Türken die Ersatzteile. Die Türken verkauften die Ersatzteile an Libyen. Zur gleichen Zeit investierte eine englische Firma Geld in eine israelische Computerfirma namens Gamazur. Diese sollte eine Steuerung entwickeln, abgestimmt auf die Computeranlagen in jenen Hubschraubern. Gamazur entwickelte also das Programm und verkaufte es den Briten, die gaben es an die Türken weiter. Nun hatten die Türken sowohl die Computer als auch das Programm, das sie an Libyen weitergaben. Keine der beteiligten Firmen hatte tatsächlich gegen das Gesetz verstoßen. Die griechische Firma Argo gehört Stefanopulos, die englische Firma Eclips ist eine Tochter einer amerikanischen Firma, die der Familie Dipl gehört, und die Verbindung mit Gamazur stellte Simon her. Die Gelder für diese Ringgeschäfte kamen von dieser Firma in Vaduz, die allen dreien gemeinsam gehört. Hast du's bis hierher verstanden?«

»So ungefähr.«

Benzi lachte, atmete tief auf und fuhr fort: »Die Griechen schöpften Verdacht gegen Stefanopulos, als er von seiner Athener Bank siebeneinhalb Millionen Dollar auf ein privates Konto einer ausländischen Bank überwies. Die Bank brauchte Unterstützung durch die griechische Staatsbank, und die Steuerbehörde fing an, sich für die Geschäfte von Stefanopulos zu interessieren.

Die Firma in Vaduz kaufte vor zwei Jahren ein großes New Yorker Hotel, und die Ironie des Schicksals wollte, dass sie zugleich Partnerin einer deutschen Firma ist, deren italienische Tochtergesellschaft im Irak eine Fabrik für Schädlingsbekämpfungsmittel baute, die in Wirklichkeit nichts anderes war als eine getarnte Giftgasfabrik. Wenn es bei uns die Todesstrafe gäbe, würde man Simon aufhängen.

Wir übergaben den Griechen das Material, das wir gegen Stefanopulos in der Hand hatten, und den Amerikanern das Material gegen Dipl. Vergiss nicht, es handelt sich um Leute, die in ihren Ländern zur gesellschaftlichen Elite gehören, und bei derartigen Ermittlungen ist die Polizei äußerst vorsichtig. Wir arbeiten zwar zusammen, aber die Sache geht nur sehr langsam voran. Das Einkaufszentrum in Be'er Schewa ist lediglich ein Tropfen im Meer von Simons Geschäften. Ich glaube, diese Aktivität dient nur als Aushängeschild, hinter dem er seine geheimen Geschäfte tätigt.«

»Jemand bei der Polizei hat ihn darüber informiert, dass gegen ihn Ermittlungen laufen.«

»Höchstwahrscheinlich.«

»Weiß man, wer es war?«

»Nein.«

»Verdächtigst du Silcha?«

»Ich glaube, dass Silcha anständig ist. Aber selbst wenn ich mich irre – er ist nicht fähig, derart komplizierte Geschäfte zu verstehen.«

»Du siehst nicht aus, als würdest du dir allzu große Sorgen machen.«

»Die Wahrheit ist: Wir hatten gar nichts dagegen, dass er von unseren Ermittlungen wegen des Einkaufszentrums erfuhr. Einerseits wollten wir ihn aus der Ruhe bringen und schauen, was er macht, und andererseits sollte er glauben, dass wir von seinen anderen Geschäften nichts wissen.«

»Glaubst du, dass die Noten und die Bilder mit Hilfe der Griechen und der Amerikaner verkauft wurden?«

»Wir wissen, dass es Louis Dipl war, Harrys Bruder, der sich an Sotheby's gewandt hat.«

»War Tami Simon der Kurier?«

»Das nehmen wir an.«

»Was ist in dieser Sache die Aufgabe ihres Bruders?«

»Er arbeitet bei seinem Vater. Ich habe allerdings keine Ahnung, wie viel er weiß und wie weit er überhaupt versteht, was vor sich geht.«

»Ich habe ihn um ein Foto von Tami gebeten, und er hat mich ›Abschaum‹ genannt.«

»Das macht ihn noch nicht zum Verbrecher. Was haben dir Klara und Ja'akow erzählt?«

Benzi hörte sich Lisis Geschichte an, und als sie fertig war, zwang er sie, ihm zu versprechen, dass sie keine Ermittlungen auf eigene Faust betreiben würde. Er erinnerte sie daran, dass sie damals die Aufklärung des Mordfalls Alexandra Hornstick fast das Leben gekostet habe; einen weiteren derartigen Vorfall wolle er sich nicht auf das Gewissen laden.

»Deine Mutter bringt mich um, wenn dir was geschieht. Du erfährst von mir die ganze Geschichte, Lisi, unter der Bedingung, dass du keine heimlichen Ermittlungen anstellst. Solltest du zufällig auf etwas stoßen, dann komm zu mir.«

Lisi versprach es. Ihrer Meinung nach hätte das »zufällig auf etwas stoßen« einer genaueren Definition bedurft.

Kapitel 6

Die Ochsen sind taub, und die Erde schweigt

Zum Glück war Frau Kurz zu Hause, aber sie wollte ihnen den Schlüssel zur Wohnung des verstorbenen Awner Rosen nicht geben. Das Gespräch mit ihr wurde über die Sicherheitskette hinweg geführt. Sie hatte die weinerliche Stimme eines Menschen, der daran gewöhnt ist, das, was er braucht, nur mit Jammern und Klagen zu bekommen. Woher konnte sie wissen, dass sie wirklich Polizisten waren? Vielleicht sagten sie nur, sie seien Polizisten. Benzi zeigte ihr seinen Ausweis, aber sie konnte ihn durch den schmalen Spalt nicht lesen. Benzi reichte ihr den Ausweis und sagte ihr, sie solle doch bei der Polizei anrufen, um sich zu versichern, dass er Polizist sei. Frau Kurz schloss die Tür, und sie hörten die sich entfernenden Schritte.

»Wenn sie uns brauchen, hängen die Leute an uns, als wäre jeder von uns der Messias höchstpersönlich«, flüsterte Benzi wütend, »aber wenn wir etwas brauchen, laufen die Leute weg wie vor einer Epidemie.«

»Daran seid ihr vielleicht schuld.«

»Fang du jetzt nicht auch noch an.«

Sie standen im Treppenhaus und drückten wieder und wieder auf den Lichtknopf, bis Frau Kurz endlich die Tür öffnete. Sie betrachtete sie mit trüben, ängstlichen Augen, während ihre Zunge unwillkürlich über ihre weißlichen, mit braunen Flecken bedeckten Lippen glitt, sodass sie an ein schleimiges Weichtier erinnerte, das aus einer Muschel schlüpft und wieder zurück. Es stellte sich heraus, dass sie sich nicht unbedingt auf die Polizei verließ. Vielmehr hatte sie Herrn Kurz angerufen und ihm alle Details vorgelesen, die auf dem Ausweis von Inspektor Ben-Zion Koresch angegeben waren, und Herr Kurz hatte ihr erlaubt, ihnen den Schlüssel zu geben. »Zweimal ist hier bei uns im letzten Jahr eingebrochen worden. Was hat es uns geholfen, dass ein Mitbewohner Polizist war? Die Polizei hat nichts rausbekommen.« Und misstrauisch fügte sie hinzu: »Wieso habt ihr eigentlich gewusst, dass wir Rosens Schlüssel haben?«

»Er war mein Freund und hat es mir gesagt«, erklärte Benzi.

»Herr Kurz will, dass ich euch den Schlüssel gebe und ihr ihn behaltet. Wir wollen die Verantwortung nicht.«

»Danke, Frau Kurz.«

Benzi öffnete Rosens Wohnung, während Frau Kurz noch in ihrer Tür stand und sie beobachtete. »Was wird jetzt aus der Wohnung?«, fragte sie.

»Wir prüfen, ob es ein Testament gibt.«

»Man hat ihn erschossen, nicht wahr?«

»Ja.«

»Und den Mörder noch nicht geschnappt.«

»Nein, noch nicht.«

»Man wird ihn auch nicht schnappen.«

Lisi und Benzi machten die Tür hinter sich zu und atmeten erleichtert auf.

»Was für ein Ekel!«, sagte Benzi. »Wenn ich wieder in Be'er Schewa bin, kaufe ich einen Blumenstrauß für deine Mutter.«

»Dann glaubt sie, dass du Georgette betrogen hast.«

Die Wohnung hatte drei Zimmer: ein Wohnzimmer, ein Schlafzimmer und ein Arbeitszimmer. Obwohl Lisi nicht wusste, was sie erwartet hatte, fühlte sie jetzt, wo sie hier stand, dass sie sich Rosis Wohnung genauso vorgestellt hatte. Nicht zu prächtig, nicht zu überfüllt, bequem und angenehm. Das Doppelbett im Schlafzimmer war nicht gemacht, und sie dachte an das letzte Treffen zwischen Rosi und Tami Simon. Hatten sie sich hier vergnügt, bevor sie nach Be'er Schewa gefahren waren? Wo schliefen sie miteinander, bei ihr oder bei ihm?

»Soll ich die Fenster aufmachen?«

»Nein.«

»Es ist stickig hier.«

»Nicht für Polizisten.«

Benzi setzte sich an den schwarzen Schreibtisch und begann, systematisch die Papiere durchzusehen. Lisi fragte sich, warum Rosi einer solchen Invasion in seine Wohnung zugestimmt hatte. Vermutlich hatte er keine Wahl, schließlich galt er ja als tot.

»Steh da nicht rum wie ein Klotz«, sagte Benzi. »Such.«

»Was denn?«

»Irgendetwas, was uns erklären könnte, warum die Simons oder egal wer Rosen ermorden wollten.«

Lisi betrat das Wohnzimmer. Hier gab es ein schwarzes Büfett mit einer Hausbar, einen Bücherschrank und eine Stereoanlage. Die Plattensammlung war fast zu groß. Klassische Musik, Opern und unter anderem Sinfonien von Skrjabin. Im Bücherschrank befanden sich nicht wenige Kunstbände. Bücher über das klassische Altertum, ein altes Album mit Werken der Impressionisten, amerikanische Malerei, drei Handbücher von Meyer in Zürich, die Einzelheiten über Verkäufe enthielten, zwei Bände »Index der Verkäufe von Kunstgegenständen« aus den Jahren 1984 und 1985 der Edition Hislop, die in England herausgekommen waren, ein deutsches Jahrbuch über Kunsthandel, das 1986 in München erschienen war, ein Malereilexikon, herausgegeben 1981 in den Vereinigten Staaten, einige Ausgaben der *Gazette,* einer Antiquitätenzeitschrift aus London, und einige Broschüren von Sotheby's, darunter ein Katalog über Verkäufe von 1988 und 1989. Alle Bücher sahen aus, als seien sie antiquarisch gekauft worden. Nur die Kataloge von Sotheby's waren neu. Sie notierte sich die Titel der Bücher in ihrem Notizbuch.

Einem Werbeprospekt entnahm sie, dass der Umsatz der Verkäufe in den Pariser Kunsthäusern im Jahr 1989 die Summe von vierhundertfünfundsiebzig Millionen Dollar erreicht hatte, und dass im vergangenen Jahr im Auktionshaus Christie's in London *Das Porträt des Doktor Gachet* von van Gogh für zweiundachtzigeinhalb Millionen Dollar verkauft worden war. Sie suchte im Meyer nach dem Stichwort Soutine und entdeckte, dass man vor dreizehn Jahren bei Christie's in New York ein Bild von ihm für hundertfünfzigtausend Dollar verkauft hatte, während das 1924 entstandene Bild *Der Mann im blauen Anzug* bei Sotheby's für siebenhunderttausend Dollar über den

Ladentisch ging. Diese Summen erstaunten Lisi. Man musste annehmen, dass diese Bilder heute viel mehr wert waren. Lisi fand unter Rosens Büchern auch den Ausstellungskatalog über Soutine, den sie in der Universitätsbibliothek Be'er Schewa gesehen hatte. Wieder blätterte sie den biografischen Teil durch. 1924 war ein Wendepunkt in Soutines Leben, und das war auch das Jahr, in dem er angefangen hatte, die Bilder, die er vier Jahre zuvor in Céret gemalt hatte, zu zerstören. Damals bekam der arme Soutine fünf Francs am Tag von seinem Mäzen Zborowski. Das Geld reichte kaum für Farben, jedenfalls war es nicht genug, um sich eine Wohnung zu mieten und Essen zu kaufen. Das Van-Gogh-Syndrom, das sich wiederholte. Jener van Gogh, den Soutine, wie im Malereilexikon stand, nicht besonders liebte, obwohl er ihm ziemlich ähnlich war.

Sowohl Rosen als auch Benzi gingen davon aus, dass die Bilder von Soutine von Israel aus nach New York gelangt waren. Diese Hypothese beruhte darauf, dass der Besitzer, Louis Dipl, der Bruder von Harry Dipl war, Schajke Simons Geschäftspartner. Aber stimmte diese Hypothese? Falls ja, wie waren die Bilder nach Israel gekommen? Wann? Und in wessen Besitz waren sie gewesen, bevor sie verkauft wurden? Die Ausgabejahre der Bücher in Rosis Bücherschrank verwirrten Lisi. Wann hatte er die Bücher gekauft? Erst nachdem sich Interpol an die israelische Polizei gewandt hatte? Eine Sache war jedenfalls klar: Rosi war ein gründlicher Untersuchungsbeamter. Unter den Büchern entdeckte Lisi schließlich auch Notenhefte von Skrjabin. Aller Wahrscheinlichkeit nach waren das die Werke, die Sotheby's in New York zur Begutachtung vorgelegt worden waren.

»Hast du was gefunden?«, rief Benzi aus dem Arbeitszimmer.

Sie ging zu ihm und berichtete, was die Untersuchung des Bücherschranks gebracht hatte. Benzi schrieb Details aus den Scheckheften ab. Auf Lisis Frage, warum er das tue, antwortete er, das wisse er bis jetzt auch noch nicht, aber wenn er wieder im Büro sei, werde er die Listen prüfen, vielleicht komme ja was raus dabei.

»Eines ist jedenfalls sicher, Rosi ist nicht auf die staatliche Altersversorgung angewiesen.«

»Was soll das heißen?«

»Es wurden enorme Summen bewegt.«

»Hat er aufgeschrieben, wozu?«

»Nur Anfangsbuchstaben. Ich werde es schon noch entziffern.«

»Frag ihn doch.«

»Nicht nötig. Er hat Grundstücke und Orangenplantagen in Kfar Ja'akow, die ihm viel Geld einbringen. Man hat dort landwirtschaftlichen Boden als Bauland freigegeben. Vermutlich hängt das damit zusammen.«

»Also, warum schreibst du das alles ab?«

»Vielleicht hat der Mord mit diesem Geld zu tun.«

»Warum sprichst du nicht mit ihm selbst darüber?«

»Ich will ihn lebend, Lisi. In diesem Moment habe ich zwei Klienten: die Polizei, die herausbekommen will, wer Rosi ermordet hat, und Rosi, der auch herauszubekommen versucht, wer Rosi ermordet hat. Ich muss zwischen diesen beiden hin- und hermanövrieren, ohne dass der eine etwas vom anderen weiß.

Wenn herauskommt, dass ich wusste, dass er lebt, und keine Mitteilung gemacht habe, sondern ihm hinter dem Rücken der Polizei auch noch geholfen habe, kann ich – im besten Fall! – anfangen, zusammen mit Klara und Ja'akow Trockenblumen zu verkaufen.«

»Hat er eine Wohnung in Be'er Schewa?«

»Ja.«

»Wo?«

»Bezirk H.«

»Warst du schon dort?«

»Der ›Kommissar‹ war dort.«

»Hat er was gefunden?«

»Nichts Wichtiges.«

»Was willst du, was ich machen soll?«

»Wühl weiter herum. Du bist doch neugierig, oder?«

Lisi ging wieder ins Wohnzimmer. Sie zog die Schubladen des Büfetts auf. Eine Tischdecke, Besteck aus Edelstahl in einer Pappschachtel. Das Besteck sah neu aus, die Schachtel alt. Korkenzieher und daneben alte Korken. Eine Flasche Wodka, eine Flasche Ouzo, Whisky in einer Plastikflasche, wie man sie in Flugzeugen verkauft, Weißwein vom Golan. Die Flaschen waren nicht angebrochen. Es sah nicht so aus, als wäre Rosi ein Trinker. In einer Schublade waren Fotos. Rosi, der Soldat, Rosi, der Polizist, Rosi auf einer Europareise, Familienfotos, auf denen sie seine Schwestern Chassia und Ziona als junge Mädchen und Rosi als Kind identifizierte. Ein netter, ernsthafter Junge, die Daumen in den Gürtel gesteckt wie ein kleiner Draufgänger, aber mit schüchtern zur Schulter geneigtem Kopf. Die Fotos lagen zerstreut zwischen Briefen, Notizbüchern und Heften. Ein unbehagliches Gefühl beschlich sie. Rosi wusste zwar von ihrem Vorhaben, in seine Wohnung zu gehen, trotzdem hatte dieser Besuch etwas an sich, was über das Normale hinausging. Dieses Wühlen wurde zu einem Eingriff in die Privatsphäre. Als wäre er wirklich gestorben. In der untersten Schublade lagen zwei Ölbilder in einfachen Holzrahmen. Auf dem einen war Moses mit den Gesetzestafeln zu sehen, auf dem zweiten drei Kühe in einem eingezäunten Hof. Neben einer der Kühe saß eine Melkerin mit dem Rücken zum Betrachter. Lisi erinnerte sich, dass Rosi gesagt hatte, er habe furchtbare Bilder von neueingewanderten Malern gekauft. Zweifellos diese Werke hier.

Als sie eines der Bilder hochhob, fiel ein Foto herunter, das vermutlich hinten im Rahmen gesteckt hatte. Drei Männer in Militäruniform, und zwischen ihnen eine blonde, hochgewachsene Frau, die in die Kamera lachte. Ihre nackten Schultern waren nach vorn geneigt, rund wie Äpfel über den Schulterknochen, gebückt, wie zu große Frauen es tun, eine Bewegung, die Lisi sehr vertraut war. Eine dünne Haarsträhne zog einen Streifen von der Stirn über das eine Auge bis zu dem offenen Mund. Bilha Simon. Lisi forschte im Gesicht der Mutter nach den Zügen der Tochter. Bilha hatte sich bei Schajke Simon eingehängt, der starr in seiner Uniform dastand und mit zusammengekniffenen Augen und zusammengekniffenem Mund misstrauisch in die grelle Sonne lächelte. Auf Bilhas Hüfte, versteckt wie eine dunkle Muschel in einem hellen Wasserfall aus Seide, ruhte die Hand des Mannes, der zu ihrer Rechten stand, und Lisi fragte sich, ob das wohl Panaiotis Stefanopulos war. Die Augen des dritten Mannes waren hochgezogen, sein Mund geöffnet, vermutlich sagte er gerade etwas, als das Foto gemacht worden war. Vielleicht genau das, was Bilha Simon zum Lachen brachte. Die Hauptdarsteller, dachte Lisi. Das Foto war an einem Morgen oder Nachmittag aufgenommen worden, und das grelle Licht verschärfte die fast arrogante Selbstsicherheit der Fotografierten. Etwas Geschlossenes, Undurchlässiges lag über der kleinen Gruppe. Sie waren eine »Clique«. Lisi fragte sich, ob zu dem Zeitpunkt, als das Foto entstanden war, der Keim zu der zukünftigen Firma, die von den dreien gegründet werden würde, insgeheim schon gelegt war. Plötzlich verstand sie, warum Rosi dieses Bild aus Tamis Wohnung geklaut hatte. Dies war der harte Kern. Der Panzer, den es zu knacken galt. Der Schlüssel zu dem, was nun »der Fall Simon« genannt wurde. Etwas am Gesicht Bilhas kam ihr bekannt vor. Lisi wusste, dass sie diese Frau nie getroffen hatte, trotzdem weckte etwas an diesem Bild ihre Erinnerung, stieg auf und verschwand wieder, irgendein verschwommenes Bild, das einfach nicht klarer wurde. Lisi steckte das Foto in ihre Handtasche. Sie hatte vor, es Rosi zu geben.

Unter den Bildern fand Lisi die Blätter eines Notizbuchs. Auf dem ersten Blatt stand »Knut, David«, und darunter hatte jemand, vermutlich Rosi, mit kleinen Buchstaben den Lebenslauf des Dichters notiert. Geboren 1900 in Bessarabien, kam 1919 nach Paris, ab 1940 im Untergrund, zwei Jahre später in die Schweiz geflohen, unterstützte die jüdische Untergrundbewegung in Palästina, die in Europa gegen die Briten arbeitete, wanderte 1949 in Israel ein, wo er 1955 starb. In Frankreich veröffentlichte er fünf Gedichtbände und ein Buch über den dortigen jüdischen Widerstand. Seine Frau Iren-Ariadne Skrjabin wurde mit einem Koffer voller Sprengstoff erwischt und von den Nazis ermordet. Wohnte in Bizaron B, einem Stadtteil von Tel Aviv, versorgte einen Garten. Auf einem zweiten Blatt standen die Titel von Gedichten, die Übersetzungen und die Orte ihrer Veröffentlichung. Zwei Gedichte waren ganz abgeschrieben.

»Was ist das?«

Benzi stand neben ihr und betrachtete die kleinen Blätter in ihrer Hand. Sie hielt sie ihm wortlos hin.

»Wer ist das?«, fragte er.

»Ein Dichter, der mit der Tochter Skrjabins verheiratet war, ist nach dem Unabhängigkeitskrieg hier eingewandert. Der Vater von Betty Knut, der Besitzerin der *Letzten Gelegenheit* in Be'er Schewa.«

»Hast du eine Ahnung, wo er diese Details gesammelt hat?«

»Sieht aus, als stammten sie aus einem Archiv. Entweder von einer Universität oder vom Archiv des Schriftstellerverbands.«

»Bist du bereit, das nachzuprüfen?«

»Wozu?«

»Was weiß ich? Gar nichts weiß ich!« Benzi sah verwirrt und wütend aus.

»Wo ist das, Bizaron?«

»Ein Viertel von Tel Aviv. Nicht weit von Elijahu. Warum?«

»Dort ist die Wohnung Knuts, des Vaters.«

»Lebt er noch?«

»Ist vor sechsunddreißig Jahren gestorben.«

Lisi zeigte Benzi das Foto der Diplomatengruppe. »Wenn

Rosi diese Leute aus ihrer Ruhe aufgescheucht hat, so besaßen sie die Macht und die Mittel, ihn zu töten«, sagte sie.

»Oder ihn zu kaufen.«

»Ist es das, was du glaubst?«

»Nein. Ich sage nur, dass es für solche Leute vernünftiger ist, jemanden, der sie stört, zu kaufen, statt ihn umzubringen. Und du vergisst, dass es Simons Tochter ist, die ermordet wurde. Ich muss mit Rosi reden. Ich finde keinen Hinweis auf irgendjemanden, der den Wunsch gehabt haben könnte, ihn umzubringen. Sag ihm, dass ich mit ihm reden möchte.«

»In Ordnung.«

»Leg alles wieder zurück an seinen Ort.«

Sie warfen einen letzten Blick auf die Küche und das Badezimmer. Zwei weiße Bademäntel hingen auf Bügeln an der Badezimmertür, und an einem Haken neben dem Waschbecken hing eine rosafarbene Duschhaube aus Nylon. Lisi empfand Eifersucht, obwohl sie wusste, dass es albern war, auf eine tote Frau eifersüchtig zu sein.

»Ich habe Hunger«, sagte Benzi. »Komm, wir gehen essen.«

»Wohin?«

»Nach Jaffa.«

»Warum ausgerechnet nach Jaffa?«

»Nach dem Essen besuchen wir den Laden von Tami Simon.«

***

Die Straßen waren fast menschenleer. Es war erst Viertel nach eins, aber die Leute beeilten sich, ihre Angelegenheiten zu Ende zu bringen, um nur ja vor Anbruch der Dunkelheit nach Hause zurückzukehren, zu ihren abgedichteten Schutzräumen. In dem Restaurant neben dem Hafen wurden sie mit offen gezeigter Freude empfangen. Sie waren die einzigen Gäste, nicht nur in diesem Lokal, sondern fast im ganzen Hafen. Sie bestellten Tchina, Fisch, Salat und Bier. Lisi fiel ein, dass sie noch nie allein mit ihrem Schwager ausgegangen war. Benzi sah besorgt aus, aber die guten Fische und das Bier trieben eine angenehme Röte in sein gebräuntes Gesicht.

»Schmeckt's?«, fragte er plötzlich mit breitem Lächeln.

»Ja«, antwortete sie. »Ich hatte großen Hunger.«

»Du musst regelmäßiger essen, Lisi«, sagte er und beugte sich zu ihr. »Besonders jemand, der ein so ungeregeltes Leben führt wie du, muss auf regelmäßige Mahlzeiten achten.«

»Du solltest meinen Kühlschrank mal sehen! Rosi hat mich gezwungen, Essen heimzubringen.«

»Pssst!«

Sie bemerkte die beiden Polizisten erst, als sie schon direkt neben ihr standen. Beide hatten einen kleinen Bauch, und beide trugen Pilotenbrillen. Und beide waren sie Benzi im Rang gleich: Inspektoren. Jetzt wurde ihr klar, warum Benzi plötzlich so freundlich geworden war. Nun tat er verwirrt, als sei er auf frischer Tat ertappt worden.

»Hallo, Benzi.«

»Hallo, Itamar, hallo, David.«

»Was machst du hier in der Gegend?«

»Ich arbeite.«

Die beiden grinsten hinterhältig. Männer!, dachte Lisi.

»Wie geht's Georgette und den Kindern?«

»Beim ersten Alarm haben wir vergessen, der Kleinen den Stöpsel von der Maske zu nehmen, sie ist fast erstickt.«

»O weh!«, stieß Lisi aus.

»Inzwischen sind wir geschickter. Wir brauchen genau vierzig Sekunden, bis wir im Schutzraum sind, das nasse Handtuch vor die Türritzen gelegt und die Masken aufgesetzt haben.«

»Also wirklich, Benzi, ihr wohnt doch im Bezirk 6!«, sagte Itamar. »Wenn ich in Be'er Schewa wohnen würde, würde ich keine Gasmaske aufsetzen. Und ich würde meine Familie von dem ganzen Theater befreien.«

»Ich gehe kein Risiko ein. Tatsache ist, dass gestern eine SCUD in unserem Bezirk niedergegangen ist. Wollt ihr euch nicht zu uns setzen?«

»Nein, nein. Man hat uns einen Tisch an Bord reserviert.«

»Habt ihr einen Platz bestellt?«

»Ja.«

»Ein Glück für euch.«

Die beiden brachen in Gelächter aus, und Benzi stimmte ein. Auf dem Schiff, das an der Mole lag, standen Tische mit roten Decken, darauf Kerzen in Flaschen, doch weit und breit war kein Gast zu sehen.

»Darf ich euch meine Schwägerin Lisi vorstellen. Lisi Badichi. Georgettes kleine Schwester.«

»Was, es gibt noch andere Schwestern?«, staunte David.

Vermutlich würde man nie vergessen, dass Benzi erst mit Chawazelet verheiratet gewesen war, bevor er Georgette geehelicht hatte, ihre Schwester. Der Frauentausch, der damals zwischen den beiden Schwägern und Schwägerinnen stattgefunden hatte, hatte ihnen den Ruf von Frauenhelden eingebracht. Aber keiner wusste so gut wie Lisi, wie weit dieses Image von der Realität entfernt war.

Nachdem sie türkischen Kaffee aus kleinen Kupfertässchen getrunken hatten, zog Benzi seinen Geldbeutel.

»Ich bezahle mein Essen selbst«, protestierte Lisi.

»Kommt nicht in Frage.«

»Benzi!«

»Hör auf. Die beiden Eulen schauen zu uns herüber.«

Tamis Geschäft, *Simon und Melachi,* befand sich im Bejt Scha'ul, zwischen einem kleinen Arbeiterlokal und einem Laden, in dem Tischdecken und alte Vorhänge verkauft wurden. Ein etwa fünfzigjähriger Mann, klein und stark, mit einem breiten, lebhaften und klugen Gesicht, rieb auf dem Bürgersteig mit einem eingeölten Lappen das Gerippe eines Stuhls, dessen Sitzfläche fehlte.

»Sind Sie der Inhaber?«, fragte Benzi den Mann.

Dieser ließ den Lappen von dem Stuhl sinken und drehte sich mit einem offenen Lächeln zu ihnen um. »Was kann ich für Sie tun?«

»Macht es Ihnen was aus, wenn wir uns ein bisschen in dem Laden umsehen?«

»Was suchen Sie denn?«

»Ich suche einen Stuhl für einen Schminktisch«, sagte Lisi und beschloss, falls sie einen hübschen, nicht zu teuren Stuhl in dem Laden fände, ihn tatsächlich zu kaufen. Als sie in ihre Wohnung eingezogen war, hatte sie nur das Allernotwendigste gekauft, und bisher hatte sie noch nie das Bedürfnis nach einer Veränderung verspürt. In den letzten Tagen hatte sie allerdings begonnen, ihre Wohnung mit Rosis Augen zu betrachten. Die armselige Möblierung des Wohnzimmers, die Farbe, die von den Küchenstühlen abblätterte, die elektrischen Steckdosen, die auseinanderfielen. Als sie Rosis Haare gewaschen hatte, hatte sie bemerkt, wie klein und unbequem der Stuhl an ihrem Schminktisch war.

Melachi forderte sie zum Eintreten auf und sagte, wenn sie etwas entdeckten, was ihnen gefalle, sollten sie es einfach sagen. Der Laden befand sich in einem schmalen, langen Gebäude, und die kleine Eingangstür täuschte über seine tatsächliche Größe hinweg. Drinnen hielten sich keine Käufer auf, er war leer wie die ganze Straße. Der Mann kümmerte sich wieder um den Stuhl, und Benzi und Lisi liefen zwischen den Möbelstücken umher. Als Lisi vor einem Stuhl mit breitem Sitz und einer geflochtenen Lehne stehen blieb, blickte Melachi mit den geschärften Sinnen eines erfolgreichen Verkäufers zu ihr herüber und meinte, ein solcher Stuhl eigne sich durchaus für einen Schminktisch. Er sei nicht zu hoch, sondern sehr bequem, und obwohl er fast hundert Jahre alt sei, werde er noch weitere hundert Jahre aushalten, und selbst dann sei er nicht unmodern.

»Was für ein Stuhl ist das?«

»Amerikanischer Sheraton, Mahagoni.« Melachi hob den Stuhl hoch und drehte ihn um. »Sowohl das Holz als auch das Flechtwerk sind in gutem Zustand. Wenn Ihnen die Polsterung nicht gefällt, kann man sie ändern. Dieser Stuhl ist Teil einer Garnitur. Hier.« Er deutete auf zwei Sessel und einen Wohnzimmertisch. »Die Geschäfte gehen jetzt so schlecht, dass ich bereit bin, den Stuhl einzeln zu verkaufen. Sie können ihn preiswert haben. Zweihundertfünfzig Schekel. Vor dem Krieg hätte ich ihn nicht unter vierhundert abgegeben, und vor allem hätte ich die Garnitur nicht auseinandergenommen. Aber der Markt ist tot. Schon vor dem Krieg war der Markt tot. Und auch nach dem Krieg wird er tot sein. Es lohnt sich für Sie. Sie werden zufrieden sein. Im ganzen Land gibt es keinen solchen Stuhl. Auf mein Ehrenwort.«

»Woher haben Sie ihn?«

»Ich habe ihn in Paris gekauft, bei einer Antiquitätenmesse. Aber die Garnitur stammt aus Amerika.«

»Was ist der Unterschied?«

Menasche Melachi sah aus wie jemand, dem es Vergnügen macht, über seine Möbelstücke zu sprechen. Er schien sich zu freuen, dass in der Langeweile des Krieges plötzlich Kunden auftauchten.

»Der ursprüngliche Sheraton ist englisch, und er ist ein bisschen prächtiger. Auch einfache, angenehme Linien, aber trotzdem sind die Ornamente anders. Sachverständige können sie unterscheiden. Vielleicht möchten Sie die ganze Garnitur. Sie werden keine ihresgleichen finden. Sie ist etwas Besonderes. Ich wollte sie an Touristen verkaufen, denn in Amerika sucht man zur Zeit die amerikanischen Stile und ist bereit, viel Geld dafür zu bezahlen. Vor zwanzig Jahren haben die reichen Amerikaner noch englische Möbel gekauft, aber in der letzten Zeit haben sie sich für amerikanische entschieden. Wenn sie so etwas bei mir sehen, werden sie verrückt. Aber jetzt kommen keine Touristen.

Alles liegt am Boden. Sie könnten die Hälfte bar bezahlen und den Rest in Raten.«

»Nein, nein, ich wollte nur einen Stuhl.« Die Garnitur gefiel Lisi gut, und sie hatte Angst, dass sie sich zum Kauf verführen lassen könnte. Dabei hatte sie noch nicht mal einen Stuhl gewollt, bevor sie dieses Geschäft betreten hatte. »Ein Stuhl für einen Schminktisch« war das Erste gewesen, was ihr eingefallen war.

»Wie viele Jahre sind Sie schon im Geschäft?«, erkundigte sich Benzi.

»Oha!«, rief Melachi und hob die Hand. »Fünf Jahre bin ich schon in diesem Laden. Und davor hatte ich zwanzig Jahre lang einen Laden in der Rabbi Chanina. Wissen Sie, wo das Fischgeschäft von Bezalel Abu ist? Dort.«

»Warum sind Sie dort weggegangen?«

»Der Laden hier ist größer.«

»Haben Sie Partner?«

»Was?«

»Draußen steht Melachi und Simon.«

»Ich hatte eine Partnerin.«

»Sie sind Melachi.«

»Ja, ich bin Melachi.« Man sah dem Mann an, dass er keine Lust hatte, über seine Partnerin zu reden.

»Haben Sie die Partnerschaft aufgelöst?«

»So ähnlich. Also was ist mit dem Stuhl? Was sagen Sie?« Mit diesen Worten wandte er sich wieder an Lisi.

Lisi drehte sich zu Benzi und sagte, als erinnere sie sich gerade daran: »Tami Simon hatte ein Geschäft für antike Möbel in Jaffa. War Tami Simon Ihre Partnerin? Die junge Frau, die in Be'er Schewa ermordet worden ist?«

Melachi blies die Backen auf und stieß langsam die Luft aus. Er ging wieder hinaus vor den Laden und widmete sich dem Stuhl. Lisi und Benzi folgten ihm. Er sah wütend aus.

»Ihr wollt nach Tami fragen, also fragt nach Tami. Da muss man einem Menschen doch nicht den Kopf vollreden mit Stühlen und solchem Blödsinn. Jeden Tag kommen irgendwelche Leute und verhören mich wegen Tami. Ich weiß nichts. Ich habe es schon tausendmal gesagt. Ich weiß nichts. Lasst mich doch in Ruhe.«

»Wer hat Sie ausgefragt?«

»Die Polizei. Mit Uniform und ohne. Gestern war ihr Bruder da. Er hat auch gefragt. Sie war ein prima Mädchen. Klug, schön, gebildet. Ich habe gern mit ihr gearbeitet. Es ist eine Katastrophe für mich, diese schreckliche Sache, die ihr passiert ist. Eine Katastrophe! Ich sage ja nicht, Gott behüte, dass es für ihre Familie nicht auch eine Katastrophe ist, und was Tami selbst betrifft, erst recht. Eine junge Frau. Hatte das ganze Leben noch vor sich. Aber ich sehe es auch von meinem Standpunkt aus. Wo kann ich jetzt wieder jemanden wie Tami finden? Ich habe keine Kraft, mit all dem noch mal von vorn anzufangen. Sie ist mit mir zu Messen gefahren, hat alle Geheimnisse gelernt.«

»Welche Geheimnisse?«

»Die Geheimnisse des Berufs.«

»Wie was, zum Beispiel?«

»Warum soll ich anfangen, Ihnen den Kopf mit den Geheimnissen unseres Berufs vollzuquatschen?«

»Es hört sich interessant an.«

»Es ist wirklich interessant. Wollen Sie eine Tasse Kaffee?«

»Warum nicht.«

Melachi goss Kaffee in drei nicht besonders saubere Glastässchen. Dann setzte er sich in einen Sheraton-Sessel, Benzi auf den zweiten, und Lisi setzte sich auf den Schminkstuhl mit der geflochtenen Lehne.

»Was muss man wissen, wenn man mit antiken Möbeln handeln will?«, fragte Lisi und blickte Melachi mit unschuldigen Augen an.

»Oha!« Wieder stieß Melachi diesen Ruf aus, diesmal begleitet von einem Handwinken. »Es ist uferlos, was man alles wissen muss. Sogar die Messen und Auktionen sind eine Wissenschaft für sich. Ein professioneller Händler muss zur richtigen Messe zum richtigen Zeitpunkt kommen. Schon um vier Uhr morgens, wenn dir die Ohren vor Kälte abfrieren, um unter den Ersten zu sein. Dich beim Zollagenten eintragen und eine Nummer von ihm bekommen, Ware aussuchen, die zu dir passt, und dein Schildchen auf die Möbelstücke kleben, bevor dir andere zuvorkommen. Der Handel mit Antiquitäten ist ein Beruf, wo es nach Treu und Glauben geht. Wie bei Edelsteinen. Wenn du einen Zettel mit deinem Zeichen auf ein Möbelstück geklebt hast, wird das geachtet, als hättest du mit Scheck bezahlt. Und wenn was nicht in Ordnung ist, schickst du das Möbelstück zurück, und es wird repariert oder ausgetauscht, ohne dass jemand an der Wahrheit deiner Worte zweifelt.

Tami hat mir sehr geholfen. Sie konnte Fremdsprachen und wusste, wie man mit Leuten umgeht. Sie war eine Frau mit

Niveau. Sie hat den Beruf wirklich geliebt, ging in ihm auf. Jeder, der sich mit antiken Möbeln abgibt, wird süchtig danach. Wir waren ein Herz und eine Seele, Tami und ich. Und wir hatten eine gute Arbeitsteilung. In den beiden letzten Jahren habe ich fast aufgehört, ins Ausland zu fahren. In Frankreich finden vier-, fünfmal im Jahr Messen statt, und in Dänemark laufen Auktionen das ganze Jahr über. Man muss die Kataloge wälzen, eine Nummer bekommen, angeben, was man haben möchte. Es geht da um sehr viele Reisen, von denen jede einzelne mindestens eine Woche dauert. Wenn man keinen Container voll bekommt, hat sich die Reise nicht gelohnt. Füllt man ihn mit Möbelstücken, die man dann nicht verkaufen kann, hat sich die Reise ebenfalls nicht gelohnt. Wir haben es aufgeteilt: Tami war der Außenminister und ich der Innenminister. Ich hatte die Nase voll vom Reisen, und sie hatte keine Geduld für Kunden. Sie wissen ja, wie das bei uns ist. Sagt man fünfhundert, antwortet der andere zweihundert. Alle sind davon überzeugt, dass man sie betrügen will. Wir haben uns für feste Preise entschlossen, um diesem Feilschen zu entgehen. Wir haben ein Schild ins Schaufenster gestellt: Feste Preise. Viel geholfen hat es nicht. Es interessiert niemanden. Man ignoriert das einfach.«

Melachi hatte offenbar vergessen, dass er vorhin selbst einen billigeren Preis vorgeschlagen hatte.

»Was wollte ihr Bruder?«, fragte Benzi, den der Vortrag über antike Möbel allmählich langweilte.

»Er hat Fragen gestellt. Sie wollen herausbekommen, warum sie ermordet worden ist. Ich habe ihm gesagt, was ich auch zu den Polizisten gesagt habe: Niemand mordet wegen antiker Möbel. Bei mir brauchen Sie nicht zu suchen.«

»Wohin ist sie gefahren?«

»Nach Paris, nach Kopenhagen und nach Helsingør in Dänemark. Dort hat man uns schon gekannt. Man wusste, für welche Richtung wir uns interessieren. Hier in Israel geht Rokoko und Barock nicht so gut. Die Wohnungen sind nicht dafür gebaut. Die Vergoldungen gehen in der Hitze und bei der Feuchtigkeit und dem Salz in der Luft kaputt. Louis Quinze haben wir auch nicht gebraucht. Das sind im Allgemeinen schwere Möbel. Israelische Hausfrauen prüfen immer nach, ob sie ein Möbelstück auch wegrücken können, wenn sie den Boden putzen. Und wenn es zu viele Verzierungen hat, fürchten sie das Abstauben. Bei uns geht am besten Empire und Regency. Aber manchmal haben wir uns auch verführen lassen und ein besonderes, teures Stück gekauft, bei dem wir wussten, dass wir jahrelang auf einen passenden Kunden warten müssten. Ich habe Tami beigebracht, dass dies eine lohnende Geldanlage ist, und im Laufe der Zeit hat sie gemerkt, dass ich recht hatte.« Melachi schwieg plötzlich. Er hatte offenbar das Gefühl, zu viel geredet zu haben.

»Haben Sie auch Möbel in Israel gekauft?«

»Natürlich. Wenn alte deutsche Juden gestorben sind und ihre Kinder die Möbel nicht wollten. Auch Möbel, die man hier in den vierziger und fünfziger Jahren gemacht hat, bringen jetzt gute Preise.«

»Haben Sie im Ausland Möbel verkauft, die Sie hier in Israel eingekauft hatten?«

»Sehr wenig. Es lohnt sich nicht, einen halbleeren Container zu schicken. Aber einmal hatten wir zwei Schreibtische aus der Zeit Louis Quinze, eine wunderbare Arbeit von Eban, der den Titel ›Hofschreinermeister‹ führen durfte. Tami hatte in Paris eine Frau aus Athen getroffen, die solch einen Schreibtisch suchte. Wir haben ihn ihr von hier aus geschickt. Das war vor zwei Jahren. Vor zwei Monaten hat sie uns einen Brief geschrieben, ob wir vielleicht noch so einen Schreibtisch hätten. Wir haben ihr auch den zweiten geschickt.«

»Wie denn?«

»Mit dem Schiff. Wir haben es noch vor Ausbruch des Krieges geschafft.«

»Hat sie das Geld durch eine Bank überwiesen?«

»Beim ersten Mal ist Tami mit dem Schreibtisch gefahren und hat das Geld mitgebracht. Beim zweiten Mal hat sie jemanden gefunden, der mit dem Schreibtisch fuhr.«

»Warum? Muss man einen Schreibtisch begleiten?«

»Nein, aber es geht um ein teures und einzigartiges Stück. Wir wollten nichts riskieren, es lohnte die Ausgabe.«

»Wer ist mit dem Schreibtisch gefahren?«

»Tami hat das organisiert.«

»Woher wissen Sie, dass der Schreibtisch in Athen angekommen ist?«

»Warum sollte er nicht angekommen sein? Ich habe nichts davon gelesen, dass ein Schiff untergegangen wäre.«

»Haben Sie das Geld bekommen?«

»Noch nicht. Soll ich sagen, dass ich mir keine Sorgen mache? Ich mache mir Sorgen. Tami hat sich um alles gekümmert. Ich hatte keinen Grund, mir die Details aufzuschreiben. Der

Name der Kundin steht in Tamis Unterlagen, der Name des Kuriers auch. Ich habe ihrem Bruder gesagt, dass ich ihre Papiere brauche, und er hat versprochen, sie vorbeizubringen. Aber ich glaube nicht, dass sie das vor Ablauf der dreißig Trauertage machen.«

»Haben Sie diesen Kurier gesehen?«

»Er ist hierhergekommen, als wir den Schreibtisch verpackt haben. Ich glaube, er war ein Freund von Tami aus Be'er Schewa. Mir hat er nicht besonders gut gefallen, aber sie hat gesagt, dass sie sich auf ihn verlässt.«

»Was hat Ihnen an ihm nicht gefallen?«

»Keine Ahnung. Ich habe eine Nase für Menschen. Der Typ kam mir zweifelhaft vor. Einer von den stillen Gewalttätern. Verrückte Augen.«

»Von Drogen?«

»Drogen? Darauf bin ich noch nicht gekommen. Aber wenn ich es mir jetzt überlege ... Ja, es könnte sein, dass er drogenabhängig war. Aber kein vernachlässigter Mensch. So einer mit Stil.«

»Warum sagen Sie das?«

»Keine Ahnung. Ich habe ihn mir nicht so genau betrachtet, um die Wahrheit zu sagen. Er hatte ein neues Auto, so ein deutsches, mit einem Dach zum Öffnen. Hagar vom Gardinengeschäft hat ihn gefragt, was das für ein Auto sei. Ich glaube, sie wollte was mit ihm anfangen.«

»Und was hat er gesagt?«, fragte Benzi.

»Weiß nicht. Golf und noch was.«

»Ein Golf GTI? Farbe Braunmetallic?«, fragte Lisi.

»Braunmetallic? Kann sein. Ja, es war vielleicht braunmetallic. Vielleicht erinnert sich Hagar daran.«

»Hat er sich mit ihr verabredet?«, fragte Benzi.

»Mit Hagar? Nein. Sie hat versucht, nett zu ihm zu sein, und er hat zu ihr gesagt: Lass mich in Ruhe. Zu meiner Zeit hat man zu Mädchen nicht so gesprochen. Und Hagar ist wirklich eine nette Frau. Ich habe mich für ihn geschämt, und für sie auch.«

»Hieß er Chesi?«, fragte Lisi.

»Ja! Chesi! So hieß er. Ich habe mich versucht zu erinnern. Kennen Sie ihn?«

»Nein.«

»Wer ist das, Lisi?«, fragte Benzi.

»Ich weiß es nicht.« Lisi lachte. »Ich war vor ein paar Tagen im *Kuckuck* und habe jemanden am Nachbartisch sagen hören, dass Chesi einen Golf GTI gekauft hat. Ein Kabriolett, braun-metallic, und dass es eigentlich an der Zeit wäre, von den Deutschen nichts mehr zu kaufen. Wegen all der Sachen, auch Rüstungsgüter, die deutsche Firmen an den Irak geliefert haben. Das ist mir in Erinnerung geblieben. Also, Herr Melachi, wie viel wollen Sie für diesen Stuhl?«

»Ich habe gewusst, dass Sie ihn kaufen, wenn Sie erst mal eine Weile drauf gesessen haben!« Melachis Gesicht leuchtete auf. »Sie kaufen etwas Gutes, merken Sie sich das. Und wenn Sie auf mich hören, nehmen Sie ein Darlehen auf und kaufen sich die ganze Garnitur.«

»Kein Darlehen«, sagte Benzi.

»Zweihundertfünfzig Schekel. Glauben Sie mir, das ist fast

umsonst. Wenn wir keinen Krieg hätten, würde ich ihn für vierhundert verkaufen. Ich nehme hier eine Garnitur auseinander.«

»Kann ich Ihnen einen Scheck auf den nächsten Ersten ausstellen?«

Melachi stimmte seufzend zu. Dann half er ihnen, den Stuhl im Streifenwagen zu verstauen, und bevor er die Tür zumachte, bat er sie, ihm Bescheid zu sagen, falls sie etwas über diesen Chesi erfahren würden. Er lächelte sie freundlich an, und als Benzi anfuhr, schlug er mit der Faust auf die Kühlerhaube und rief: »Ihre Frau hat einen guten Geschmack.«

Benzi murmelte etwas, und Lisi war froh, dass Melachi ihn nicht verstanden hatte. Dann fragte er sie nach diesem Chesi; er glaubte ihr das Gerede über das Restaurant nicht. Lisi erzählte ihm von Chesi Rodnizki, dem Sohn von Paulette Melnik, was Benzi schrecklich wütend machte. Wieder einmal fragte sich Lisi, auf welche geheimnisvolle Weise es ihre Schwester Georgette schaffte, Ben-Zion Koresch in einen sanften, stillen Mann zu verwandeln.

»Ich kann so nicht arbeiten!«, tobte er gerade. »Ich hätte mir von diesem Melachi die Warenausgangsbücher geben lassen müssen und die Rechnungen. Ich hätte die Verkaufsbedingungen prüfen müssen und die Liefertermine und was sonst noch so dazugehört.«

»Gibt es denn niemanden, der dir helfen könnte? Ich verstehe diese Geheimhaltung nicht, Benzi. Schließlich habt ihr schon vor Rosis angeblicher Ermordung angefangen, wegen Simon Nachforschungen anzustellen.«

»Das ist es ja gerade! Ich muss doch herausbekommen, wer bei der Polizei für Rosis ›Tod‹ verantwortlich ist.«

»Wir kommen immer wieder auf denselben Punkt, Benzi, Schätzchen«, seufzte Lisi.

»Was für einen?«, fragte Benzi.

»Die Beziehung zwischen dem Verkauf der Noten und der Bilder und den Geschäften der Familie Simon. Wenn wir beweisen können, dass die Bilder mit Unterstützung Tami Simons nach New York gelangt sind, können wir auch beweisen, dass es außer der offenen Verbindung zwischen Familie Simon und Familie Dipl noch andere Beziehungen gab. Tatsache ist, dass der Mann, der Nachforschungen über diese anderen Beziehungen anstellte, ›ermordet‹ worden ist.«

»Wieso *wir*? Lisi, wie oft soll ich dir noch sagen, dass du mit diesen Untersuchungen nichts zu tun hast! Ich werde dir die Geschichte geben. Das habe ich versprochen, und ich werde mein Versprechen halten. Aber bis dahin stellst du keine Nachforschungen an. Hast du mich verstanden?«

Benzis Drohungen ließen Lisi ungerührt.

»Es gibt nicht viele Golf GTI. Bestimmt findest du heraus, dass dieses Auto auf Chesi Rodnizki zugelassen ist.«

Benzi schwieg. Seine Augen waren auf die leere Straße geheftet.

»Nehmen wir mal an, die Bilder von Soutine haben Melnik gehört«, fuhr Lisi unbeirrt fort. »Wenn sie an Dipl in New York über seinen griechischen Partner verkauft worden sind, können sowohl Tami als auch Chesi involviert gewesen sein. Möglicherweise war Chesi der Mann, der die Bilder aus Israel herausgeschafft hat. Tami hat sie in dem Schreibtisch hinausgeschmuggelt, den Chesi nach Athen begleitet hat. Vielleicht befindet er sich jetzt noch in Athen.«

»Vielleicht, vielleicht«, sagte Benzi wütend. »Ich muss mit dieser Paulette Melnik reden.«

»Sie wirkte sehr verschreckt. Wenn du zu ihr gehst, bekommt sie noch mehr Angst.«

»Du wirst die Untersuchung nicht an meiner Stelle führen.«

»Sogar mit mir hat sie nicht reden wollen. Und mit mir reden alle, Benzi. Ich erschrecke niemanden. Du weißt ja, wie das ist. Eine große junge Frau mit großen Füßen und langen Ohrringen, die ein bisschen wie eine Kuh aussieht, das ist nicht bedrohlich.«

»Du bist eine tolle Person, Lisi!«, protestierte Benzi. »Du bist schön und intelligent, warum sprichst du so über dich selbst?«

»Danke, Benzi, Schätzchen. Auch du bist schön und intelligent.«

»Du wirst nicht mit ihr sprechen, Lisi.«

»Gib mir noch einen Tag.«

»Ich habe dir einen Tag gegeben! Einen ganzen Tag lang hast du von diesem Chesi Rodnizki gewusst und mir keinen Ton gesagt! Wenn er irgendwie was mit dem Mord zu tun hat, seid ihr beide in Gefahr, du und Rosi.«

»Ich habe Klara und Ja'akow gebeten, seine Mutter zu besuchen. Wenn wir in Be'er Schewa sind, lass uns bei ihnen vorbeischauen. Vielleicht haben sie etwas erfahren. Sie wird nicht mit dir sprechen, Benzi.«

»Es wird spät. Ich wollte über Aschkelon fahren, beim *Escopia* vorbei.«

»Ich kenne den Besitzer.«

»Gibt es jemanden, den du nicht kennst, Lisi?«, fragte er verärgert.

»Dich!« Sie beugte sich zu ihm und hauchte ihm einen Kuss auf die Wange.

»Lass mich in Ruhe!«, brüllte er und fuchtelte mit den Händen über dem Lenkrad. Lisi lachte und lehnte sich zurück.

* * *

Als sie im *Escopia* ankamen, war es schon halb vier. Statt der Tradeskantie, die in einem Topf neben dem Eingang gestanden hatte, wuchs dort jetzt etwas, was aussah wie eine gelbe Artischocke. Der ganze Garten war mit Kreuzkraut bedeckt. Armand vernachlässigte weiterhin die Vorderseite seines Restaurants. Das Klingeln an der Tür hallte durch das ganze Haus. Im Speisesaal war kein Gast zu sehen. Armand Silberman kam aus der Küche, und als er Lisi erkannte, begrüßte er sie herzlich, als hätte sie erst gestern sein Lokal besucht.

Lisi machte Armand Silberman und Ben-Zion Koresch miteinander bekannt, und Armand meinte, die Polizei sei schon bei ihm gewesen. Tami Simon habe ihrem Vater mitgeteilt, dass sie auf dem Heimweg beim *Escopia* vorbeifahren würde; Herr Simon habe das den Polizisten gesagt, und diese seien gekommen und hätten ihn verhört. Eigentlich habe er nichts zu sagen. Frau Simon und Herr Rosen seien seine Gäste gewesen. Wenn sie von Tel Aviv nach Be'er Schewa zurückgefahren seien, hätten sie manchmal bei ihm zu Abend gegessen. Lisi fühlte sich direkt erleichtert, dass er darüber lamentierte, was für ein Unglück das alles sei. Die Polizisten hätten ihn gefragt, wann die beiden bei ihm gewesen seien. Frau Simon habe telefonisch einen Tisch bestellt und gesagt, sie würden gegen sieben kommen. Er könne sich an das Gespräch erinnern, weil wegen des Krieges ja niemand abends zum Essen kam. Er habe ihr gesagt, dass er keinen abgedichteten Schutzraum habe, und sie habe geantwortet, das würde sie nicht stören. Sie seien um Viertel vor sieben eingetroffen. Interessierten sich Lisi und Benzi auch dafür, was sie aßen? Benzi meinte, das interessiere sie nicht.

»Tami Simon hat einen Tisch für zwei bestellt?«

»Ja.«

»Sie haben niemanden erwartet?«

»Ich glaube, nicht.«

»Sie sind sich nicht sicher?«

»Sie sagten mir nicht, dass sie jemanden erwarten würden.«

»Hatten sie es eilig?«

»Nein.«

»Blieben sie länger als üblich?«

»Crêpe Suzette braucht seine Zeit. Sie wussten, dass es eine Weile dauern würde.«

»Und nach der Crêpe Suzette sind sie gefahren?«

»Nein, sie haben noch Kaffee getrunken. Und Armagnac. Nein, nur Frau Simon hat Armagnac getrunken. Herr Rosen hat noch einen Kaffee genommen.«

»Gibt es hier ein Telefon?«

»Ja.« Armand deutete zum schnurlosen Telefon, das auf dem Tisch neben der Küche lag.

»Haben sie es während des Abendessens benutzt?«

»Ja.«

»Wer von beiden?«

»Frau Simon, glaube ich.«

»Sie glauben es?«

»Ja.«

»Mit wem hat sie gesprochen?«

»Das weiß ich nicht.« Armand sah gekränkt aus. Verdächtigten sie ihn etwa, die Gespräche seiner Gäste abzuhören?

»Haben Sie nichts gehört?«

»Nein.«

»Woher wissen Sie dann, dass Frau Simon telefoniert hat?«

»Man hat sie ans Telefon gerufen.«

Lisi bemerkte das Zittern, das über Benzis Gesicht lief. Sie wollte ihm einen Hinweis geben, ja nicht seine Stimme zu erheben, aber er schaute nicht zu ihr herüber. Sein Blick war auf Armands Gesicht gerichtet, seine Stimme sehr ruhig.

»Wer wollte sie sprechen?«

»Ich weiß es nicht.«

»Ein Mann oder eine Frau?«

»Ein Mann.«

»Um wie viel Uhr?«

»Um Viertel vor acht.«

»Woher wissen Sie, dass es Viertel vor acht war?«

»Ich bereitete den Kaffee zu und schaute auf die Uhr. Ich wollte wissen, ob ich es schaffen würde, die Acht-Uhr-Nachrichten zu hören. In diesem Moment klingelte das Telefon.«

»Was sagte dieser Mann am Telefon?«

»Er fragte, ob er mit dem *Escopia* verbunden sei. Ich sagte: Ja.

Da fragte er: Ist Tami Simon noch dort? Ich sagte: Ja. Da fragte er, ob es möglich sei, sie ans Telefon zu rufen. Ich sagte, das sei möglich, und brachte das Telefon zu ihrem Tisch. Frau Simon nahm es und sagte: Hallo!, und ich ging zurück in die Küche. Als ich den Kaffee brachte, lag das Telefon schon auf dem Tisch.«

»Was haben sie gesagt, als Sie ihnen das Telefon brachten?«

»Nichts.«

»Sie waren nicht erstaunt, dass jemand sie im Restaurant anrief?«

»Nein.«

»War das schon früher mal passiert, dass sie hier im Restaurant angerufen wurden?«

»Nein.«

»Sahen sie aus, als würden sie auf diesen Anruf warten?«

»Nein.«

»Und trotzdem wunderten sie sich nicht, dass jemand sie im Restaurant anrief.«

»Nein.«

Benzi betrachtete Armand, und Lisi brauchte nicht besonders viel Fantasie, um seine Gedanken zu erraten.

»Erinnern Sie sich an nichts mehr, was Sie mir gern sagen würden?«

Armand betrachtete Benzi mit diesem flackernden, fernen Blick, den Lisi schon kannte. Der Hauch eines Lächelns erschien auf seinen Lippen. »Ich glaube, Ihre Schwester Marie Koresch lernte auf dem französischen Lyzeum mit meiner Schwester Mercedes.«

»Sie haben auch nach dem Lyzeum noch Kontakt miteinander«, nickte Benzi. »Eine Zeit lang haben sie sich mit Sozialarbeit beschäftigt und Mädchen auf dem Dorf im Gebrauch von Nähmaschinen unterrichtet. Wie geht es ihr?«

»Gott sei gelobt. Sie hat einen tunesischen Arzt geheiratet. Sie leben in Italien. Drei Töchter und zwei Söhne. Vier Enkelkinder. Und Marie?«

»Wohnt in Haifa. Vor ungefähr zehn Jahren ist sie Witwe geworden. Zwei Töchter und zwei Söhne. Fünf Enkel. Der Älteste ist gerade zur Armee gekommen. Lisi ist meine Schwägerin. Die kleine Schwester von meiner Frau.«

Lisi war vollkommen überrascht! Nichts am Verhalten der beiden hatte daraufhingedeutet, dass einer den anderen erkannt hatte. Und nun, da das Berufliche erledigt war, wandten sie sich Erinnerungen zu.

»Darf ich euch etwas anbieten? Ein Tom Collins, Frau Lisi?«

Mindestens zwei Jahre war sie nicht mehr in diesem Lokal gewesen, und er erinnerte sich noch, was sie damals getrunken hatte! Sie warf Benzi einen fragenden Blick zu.

»Ein andermal«, sagte Benzi. »Ich möchte noch vor Einbruch der Dunkelheit in Be'er Schewa ankommen. Aber trotzdem, danke.«

Armand Silberman, der Restaurantbesitzer, und Ben-Zion Koresch, der Polizist, verabschiedeten sich mit einem Lächeln, ohne sich die Hände zu reichen.

***

»Sein Vater hatte ein großes Textilhaus«, sagte Benzi, als sie schon im Auto saßen. »Seine Onkel saßen in Manchester und schickten von dort Ware an die *Galerie Silberman*. Alle Juden haben bei ihnen ihre Stoffe gekauft. Damals hat man noch alles schneidern lassen.«

»Wie kannst du dich daran erinnern?«

»Ich war neun, als wir nach Israel gekommen sind. Warum sollte ich mich nicht daran erinnern können? Wieso kennt er dich eigentlich?«

»Vom Restaurant.« Lisi beschloss, nicht zu erzählen, dass sie mit Archimedes öfter das Lokal besucht hatte. »Glaubst du, dass er weiß, wer Tami angerufen hat?«

»Nein. Er weiß es nicht. Er hat keinen Grund, irgendetwas zu verbergen. Wenn sie noch leben würde, wäre er ihr gegenüber verpflichtet; aber sie ist tot.«

»Jemand wusste, dass sie dort waren. Keiner von der Familie. Die Familie hat nachts im *Escopia* angerufen, nach der Entwarnung, als sie anfingen, sich Sorgen zu machen. Wäre es jemand von der Familie gewesen, hätten sie es gesagt. Vielleicht haben sie auf jemanden gewartet, und dieser Jemand hat ihnen mitgeteilt, dass er nicht kommen könne. Vielleicht hat er ihnen gesagt, er würde sie später treffen, bei Tami zu Hause; und vielleicht hat er das wirklich getan.«

Benzi hielt bei der Polizeistation an und trug den Schminkstuhl von seinem Auto zu dem von Lisi. »Erzähle Rosi, was wir gemacht haben«, sagte er, als er sich von ihr verabschiedete. »Und sag ihm, dass ich ihn unbedingt treffen muss.«

***

Lisi setzte sich in ihren Toyota und fuhr zum Busbahnhof, zum Laden von Klara und Ja'akow. Es waren nur wenige Leute zu sehen, die sich beeilten, einen letzten Autobus zu erwischen, bevor die Sonne unterging und die SCUDs kamen.

Klara und Ja'akow tanzten mit geschlossenen Augen. Ja'akow trug seinen dunklen, dreiteiligen Anzug, und sein Kopf reichte bis an Klaras Brust. Seine Augen blitzten sichelförmig unter den gebogenen Lidern, glänzend wie Perlmuttknöpfe auf einem schwarzen Kleid. Beide sangen zusammen mit dem Chor »Bon giorno, signorina ... Cavalleria gondolieri ...« Schnaps stand auf dem Boden und maunzte. Lisi überlegte, dass die Nachbarn in den angrenzenden Läden bestimmt erleichtert aufatmeten, dass endlich einmal eine andere Musik aus dem *Mikado* kam.

»Was ist das?«, fragte Lisi.

»Gilbert und Sullivan«, antwortete Klara in gekränktem Ton. Konnte Lisi ernsthaft glauben, dass sie ihren geliebten Gilbert und Sullivan untreu wurden?

»Aber nicht aus *Mikado*«, sagte Lisi.

»*The Gondoliers*. Der arme Gilbert. Was für ein Schicksal! Ertrunken, nachdem er über die Gondolieri geschrieben hat. Wusstest du, dass er ertrunken ist?«

»Nein.«

»Er ist ins Wasser gesprungen, um eine junge Frau zu retten«, seufzte Klara. »Was für ein Mensch! Das Schicksal! Sie hat er gerettet, aber er selbst ist dabei ertrunken.« Klara schwieg, ließ ihren Worten Zeit, sich in Lisis Herz zu senken.

»Ich war mit Benzi in Aschkelon, im Restaurant von Armand Silberman. Es hat sich herausgestellt, dass seine Schwester Mercedes mit Benzis Schwester Marie das Gymnasium besucht hat.«

»Der arme Doktor Julien Levy, der Ehemann von Mercedes, er hat sich im Zweiten Weltkrieg freiwillig zur Armee des freien Frankreich gemeldet, wurde verwundet und bekam einen Orden von de Gaulle.«

»Und warum ist er dann arm?«

»In der Zeit, in der er im Krieg war, hat Mercedes jeden Abend La Cucaracha im *Gropi* getanzt.«

»Sie hatten im Garten Bäume, auf denen Tierköpfe wuchsen.«

»Onkel Ja'akow!«

»Sie haben ausgesehen wie Granatapfelbäume, aber statt Granatäpfel sind Köpfe an ihnen gewachsen.« Ja'akow schwieg. Wenn man ihm nicht glaubte, was hatte es dann für einen Sinn weiterzureden?

Klara kam ihm zu Hilfe. »Frag Armand Silberman«, sagte sie.

»In Ordnung.«

»Alle wussten es, Lisi«, sagte Klara. »Doktor Levy hatte diese Bäume gepflanzt, bevor er in den Krieg zog, damit sie auf Mercedes aufpassten. Er brachte Lemuren aus der Sahara und setzte sie auf die Bäume. Lemuren stinken sehr und schreien die ganze Nacht. Niemand hat gewagt, sich ihrem Haus zu nähern, wegen der Lemuren. Deshalb hat Mercedes angefangen, zum *Gropi* zu gehen.«

»Wart ihr bei Paulette Melnik?«

Klara und Ja'akow schauten sich an und seufzten. Paulette hatte sie erst nicht reingelassen. Sie hatte durch das Guckloch geschaut und Klara gefragt, wen sie bei sich habe. Und Klara hatte Ja'akow hochheben müssen, damit Paulette sah, dass es Ja'akow war, und die Tür aufmachte. Sie sah furchtbar aus. Dürr, blass und zu Tode erschreckt. Erst hatten sie gedacht, sie würde sich vor den SCUDs fürchten, dann hätten sie aber gemerkt, dass diese nicht der Grund waren. Sie hatte keinen abgedichteten Schutzraum, und wenn Alarm war, setzte sie keine Gasmaske auf. Nach Klaras und Ja'akows Meinung hatte jemand ihren Sohn entführt und verlangte Lösegeld, und sie saß zu Hause und wartete auf den Anruf der Entführer.

»Hat sie gesagt, dass man ihren Sohn entführt hat?«

»Nein.«

»Wie kommt ihr denn dann darauf?«

»Wir haben sie gefragt, wer während des Alarms bei ihr ist, und sie hat gesagt, niemand. Wo ist Chesi, haben wir gefragt. Sie hat angefangen zu weinen und keine Antwort gegeben. Wir haben sie eingeladen, bis zum Ende des Krieges bei uns zu wohnen, aber sie hat gesagt, das ginge nicht. Sie müsste daheim sein. Ja'akow ist hinuntergegangen zum Lebensmittelgeschäft und hat frische Milch und Zigaretten gebracht. Dieser Chesi war schon immer ein fauler Apfel gewesen. Sie hat ihn verwöhnt, weil er keinen Vater hatte, aber er hat ihr nur Schwierigkeiten gemacht.«

»Was für Schwierigkeiten?«

»Er war immer verrückt nach Autos. Das haben wir dir doch erzählt, nicht wahr? Als er vierzehn war, hat er ein Auto geklaut, und die Polizei hat ihn erwischt. Dann, als sie ihn ins

Internat geschickt hatte, klaute er einen Traktor und fuhr damit zum Meer. Also hat man ihn aus dem Internat rausgeworfen. Dann, bei der Armee, hat er angefangen, Drogen zu nehmen. Er hat ihren Schmuck verscherbelt, um sich Drogen zu kaufen. Er hat ihren Fernseher und den Plattenspieler verkauft. Und dann hatte er einen Gebrauchtwagenhandel und fing an, ins Ausland zu fahren und alle paar Monate sein Auto zu wechseln. Ja'akow und ich glauben, dass er Drogen geschmuggelt hat. Es ist möglich, dass er von Drogenhändlern gekidnappt wurde.«

»Vielleicht ist er im Ausland. Viele Leute sind ins Ausland gefahren, als die ersten Raketen kamen.«

»Wenn er im Ausland wäre, hätte sie es gewusst. Bei allen Schwierigkeiten, die er ihr machte, hatte er doch immer eine innige Beziehung zu ihr. Bis heute schläft er mit ihr im selben Zimmer. Nie hatte er Freundinnen. Ein schlechter Junge, aber ein Mamasöhnchen. Es kann einfach nicht sein, dass er sie mitten im Krieg im Stich lässt, ohne wenigstens anzurufen. Er ist verschwunden, Lisi.«

»Warum gibt sie denn keine Vermisstenanzeige bei der Polizei auf?«

»Paulette Melnik ist eine kluge Frau. Sie hegt in Bezug auf ihren Sohn keine Illusionen. Sie weiß, dass er ein Verbrecher ist. Wenn er in Schwierigkeiten steckt, kann es ihm nur schaden, wenn sie zur Polizei geht.«

»Möglicherweise hat sie kein Geld, um das Lösegeld zu bezahlen.«

»Ja'akow hat sie sehr vorsichtig gefragt, ob sie etwas brauche.

Sie hat geantwortet, sie hätte keine Zigaretten mehr, und er ist hinuntergegangen und hat welche geholt. Sie raucht schwarze Mentholzigaretten. Er hat ihr auch Milch gebracht, obwohl sie nicht darum gebeten hatte. Nein, das Lösegeld ist nicht das Problem. Paulette hat immer Geld gehabt. Sie lebt nicht von ihrer Pension, das ist sicher.«

»Ich habe gehört, dass Chesi für die ermordete Tami Simon gearbeitet hat.«

»Sie hatte in Jaffa ein Geschäft für antike Möbel, nicht wahr?«

»Ja.«

»Was hätte er für sie tun können?«

»Er hat ihr bei Sendungen ins Ausland geholfen.«

»Bestimmt hat er die Möbel benutzt, um Drogen zu schmuggeln. Schade um die Ärmste. Gott segne die arme Frau und die armen Eltern.«

»Ihre Mutter ist noch nicht mal zu ihrer Beerdigung gekommen.«

»Der griechische König Konstantin I. war verheiratet mit der Schwester von Kaiser Wilhelm II.«, sagte Klara.

Lisi schwieg. Sie wusste, dass diese Bemerkung nur eine Einleitung war. Klara und Ja'akow waren Monarchisten, verehrten die Angehörigen der Königshäuser dieser Welt und sorgten sich vor allem um jene, die ein hartes Schicksal getrennt hatte. Sie verfolgten ihren Lebensweg, interessierten sich für ihre Gesundheit, für ihre Reisen, für Hochzeiten und Beerdigungen. »Der zweite Mann von Bilha Simon, Panaiotis Stefanopulos, war der Sohn von einer Cousine Konstantins. Tami Simon seligen Angedenkens war eine Verwandte des griechischen Königs.« Klara stieß einen dramatischen Seufzer aus. »Sein Vater wurde zu Kriegsbeginn getötet, und am Ende des Krieges wurde Konstantin verjagt.«

»Von welchem Krieg?«

»Vom Ersten Weltkrieg.«

»Wieso wisst ihr das?«

»Die Ochsen sind taub, Lisi, und die Erde schweigt.«

Alle drei schwiegen und ließen Klaras kluge Worte in sich nachhallen.

»Ich habe einen Stuhl für meinen Schminktisch gekauft, er ist hundert Jahre alt«, sagte Lisi.

»Oh, Lisi!« Klara sprang auf und vergaß dabei Schnaps, der auf ihrem Schoß gelegen hatte. »Fast hätte ich vergessen, dass ich dir eine Körperlotion zubereitet habe. Eine natürliche Creme. Gemacht aus Quitten und Bienenwachs. Man cremt sich nach dem Baden damit ein.«

Fast immer erwartete Lisi ein Geschenk, das dazu bestimmt war, ihre Weiblichkeit zu fördern. Klara teilte mit ihr kleine Geheimnisse von Frau zu Frau – Parfüms, Salben, ein ganzes System von Verführungen, die den Mann betören sollten, den das Schicksal ihr bestimmt hatte. Lisi wagte nicht, Klara zu erzählen, dass sie all diese Geschenke nicht benutzte.

»Diese Creme hat man speziell für Popeja hergestellt, die Frau Kaiser Neros. Ich habe sie von Madeleine Elimelech bekommen. Erinnerst du dich an Madeleine Elimelech?«

Lisi erinnerte sich an Madeleine Elimelech. Sie hatte einen Kurzwarenladen neben der Kneipe mit Jerusalemer Spezialitäten, gegenüber der staatlichen Gesellschaft zur Vergabe von Baugrundstücken.

Lisi öffnete die kleine Flasche und musste ihren Hustenreiz unterdrücken, so sehr stank es. Ihre Augen brannten und füllten sich mit Tränen. Klara deutete sie als Zeichen des Dankes. Sie küsste Lisi und sagte leise, vielleicht damit Ja'akow es nicht hörte: »Madeleine hat gesagt, dass auch Nero diese Creme benutzt hat.«

Kapitel 7

Entenjagd

Die Tür zu den Markowitz' im dritten Stock stand offen, und die Kinder der Flüchtlinge jagten die Treppe hinunter, gefolgt von ihrem Vater. Man musste schon ein sehr edelmütiges Herz haben, um eine vierköpfige Familie aufzunehmen! dachte Lisi. Man brauchte ja schon ein edelmütiges Herz, um auch nur einen einzigen Flüchtling aufzunehmen!

Sie steckte den Schlüssel ins Schloss, und plötzlich fiel ihr ein, dass sie vergessen hatte, Rosi einen Schlüssel zu geben. Ein unbehagliches Gefühl beschlich sie. Wartete er in ihrer Wohnung auf sie? Wollte sie ihn vorfinden? Würde sie sich jemals daran gewöhnen können, dass ein fremder Mensch neben ihr lag, wenn sie morgens die Augen aufmachte, oder abends, bevor sie einschlief? Sie fühlte, dass sie nicht bereit war, sich diesen Fragen zu stellen, und überlegte, ob sie überhaupt je in der Lage wäre, mit jemandem zusammenzuleben, egal mit wem. Es überraschte sie, dass sie überhaupt an so etwas dachte. Seit sie erwachsen war, lebte sie nach ihren eigenen Parametern: Arbeit, Wohnung, soziale Kontakte. Ihre Familie füllte die Spalte, die »sozialen Kontakten« vorbehalten war. Nun wurde sie von den

Umständen gezwungen, mit einem fremden Mann zusammenzuleben. Allein die Tatsache, dass sie sich diesen Umständen gefügt hatte, war für sie etwas Neues. Ihr kam es vor, als lasse sie zum ersten Mal in ihrem Erwachsenenleben zu, dass sie eine passive Rolle übernahm.

Rosi saß vor dem Fernseher. Im Gegensatz zu den vergangenen Tagen hatte er den Apparat nicht besonders leise gestellt. Vermutlich verlieh ihm seine neue Identität Sicherheit. Sie hatte die blonden Haare und die neue Brille vergessen und erschrak im ersten Moment. Ein Fremder schaute sie an, ein Fremder nahm seinen Platz ein. Er hatte das neue Hemd ausgezogen und trug einen grünen Trainingsanzug, den sie nicht kannte, und seine Füße steckten in grauen Turnschuhen. Mit den gelben Haaren und dem grünen Trainingsanzug sah er aus wie eine Narzisse. Auf dem Bildschirm waren amerikanische Kampfhubschrauber zu sehen, die mit Hilfe von Laser und Infrarot ganze Reihen von Lastwagen in die Luft jagten. Ein amerikanischer Pilot lachte in die Kamera. »In dem Moment, wo sie auf der Straße sind, trifft sie nichts so genau wie die Apachi. Es ist wirklich eine Entenjagd.«

»Es wird in ein, zwei Tagen zu Ende sein«, sagte Rosi zu Lisi.

»Die Wüstenoffensive?«

»Ja.«

»Ich habe vergessen, dir einen Schlüssel zu geben.«

»Ich habe den Reserveschlüssel in der Küchenschublade gefunden. Was ist das?«, fragte er.

»Ein Stuhl für meinen Schminktisch. Amerikanisches Sheraton. Eine Antiquität.«

»Aus Tamis Laden?«

»Ja.«

»Herzlichen Glückwunsch.«

»Danke.«

Sie trug den Stuhl ins Schlafzimmer, zog die Schuhe aus und legte sich aufs Bett. Sie hatte einen langen, ereignisreichen Tag hinter sich, ihr Kopf drehte sich, ihr Körper war schwach. Sie fühlte sich wie eine Ente unter den Apachi.

Rosi kam mit einer Tasse heißen Kakaos herein, die er auf die Kommode stellte, und setzte sich zu ihr aufs Bett.

»Du könntest anklopfen, bevor du hereinkommst.«

Rosi lächelte und klopfte an die Seitenwand der Kommode.

»Müde?«

»Ja.«

»Du hast deinen Piepser zu Hause vergessen.«

»Ich habe ihn nicht vergessen.«

»Arieli hat dich gesucht, Dahan ebenfalls.«

Der Kakao war kochend heiß, und sie trank ihn in kleinen Schlucken. Sie hatte keine Lust zu sprechen, wollte allein sein, wollte die Augen zumachen und einschlafen und dann aufwachen und feststellen, dass dieser Eindringling aus ihrem Leben verschwunden war. Sie fühlte sich ausgebrannt.

Lisi nahm das Telefon und rief Dahan an.

»Lisi, Süße«, brüllte Dahan in ihr Ohr, »wohin warst du denn verschwunden?«

»Ich war nicht verschwunden.«

»Dorit hat gesagt, du hättest etwas.«

»Was willst du?«

»Polliker, der Sänger, tritt im *Forum* auf.«

»Wann?«

»Um neun.«

»Heute Abend?«

»Ich habe Dorit deine Einladung gegeben. Sie wird um halb neun am Eingang auf dich warten. Freddy Smama, mein Freund, der die Karten verkauft – erinnerst du dich an ihn? –, hat gesagt, dass Polliker zusammen mit acht Leuten kommt, und er wird dafür sorgen, dass du sprechen kannst, mit wem du willst. Und Lisi, Süße, bring in deinem Artikel auch was über das *Forum*. Es ist die erste öffentliche Veranstaltung seit Kriegsbeginn. Alle Veranstaltungsräume im ganzen Land sind noch geschlossen. Das *Forum* ist der einzige geöffnete Ort. Neunhundert Karten sind verkauft worden. Ich gehe davon aus, dass du deinen Artikel auch bei der überregionalen Ausgabe loswirst.«

»In Ordnung.«

»Dorit erwartet dich beim Künstlereingang.«

»In Ordnung. Hast du eine Ahnung, was Arieli von mir wollte?«

»Hat er dich angerufen?«

»Ja.«

»Wo warst du den ganzen Tag?«

»Ich habe Backgammon gespielt.«

Sie legte den Hörer auf und schob Rosi von sich, der während ihres Gesprächs mit Dahan ihre Schultern, den Hals und den Rücken massiert hatte. Rosi nahm ihre Hände, hielt sie fest und verhinderte, dass sie sich aus seinem Griff befreite. Genau das, was mir jetzt noch gefehlt hat, dachte sie wütend, Gymnastik! Als sie protestieren wollte, schloss er ihre Lippen mit seinem Mund. Seine Lippen waren warm und weich, so ganz anders als die Hände, die sie wie Zangen festhielten. Der Geruch nach Kakao mischte sich mit dem Duft seines Körpers. Sie dachte an die beiden Bademäntel in seiner Wohnung und überlegte, dass er eigentlich keine besonders große Trauer über den Tod seiner Freundin zeigte. Er streckte sich neben ihr auf dem Bett aus, sein Mund immer noch auf ihrem, während er mit einer Hand ihre Brüste streichelte und mit der anderen den Reißverschluss ihrer Hose aufzog. Sie spürte die Wärme, die sich auf ihrem Körper ausbreitete, und dachte, im Bezirk Be'er Schewa gibt es also doch ein Sexualleben.

»Endlich lächelst du«, murmelte er und streichelte mit den Lippen ihren Hals bis zu der Vertiefung zwischen ihren Brüsten. »Wie zornig du immer bist, Lisi.«

Lisi gab keine Antwort. Sie konzentrierte sich auf das, was mit ihrem Körper geschah, auf die Spannung, die ihren Körper hart werden ließ. Wie leicht er es geschafft hatte, ihre Sinne zu entflammen. Sie hörte die kleinen Seufzer, die sie ausstieß, bemühte sich nicht zu schreien, nicht zu beißen, nicht zu kratzen, und wunderte sich darüber, dass es genau das war, was sie eigentlich tun wollte. Er küsste ihre Brustwarzen, die sich aufrichteten, seine Zunge folgte seinen Händen, sein Körper spielte mit ihrem. »Schrei!«, flüsterte er. »Schrei doch!« Hinterher wusste sie nicht mehr, ob sie wirklich geschrien oder es sich nur vorgestellt hatte.

»Nicht bewegen«, sagte er, als er aufstand. Wohin sollte ich denn gehen?, überlegte sie. Er zog die Trainingshose an, verließ das Zimmer und kam mit einer brennenden Zigarette und einer

Tasse zurück, die ihm als Aschenbecher diente. Er setzte sich neben sie auf das Bett und rauchte ruhig. Die Muskeln an seinen Schultern spannten sich jedes Mal an, wenn er die Zigarette zum Mund führte, ein fast unsichtbares Vibrieren von Haut und Bewegung.

»Warst du in deiner Wohnung?«, fragte sie.

»Nein, warum?«

»Wegen des Trainingsanzugs und der Turnschuhe.«

»Ich habe sie gekauft. Ich habe mich nicht getraut, in meine Wohnung zu gehen.«

»Wo wohnst du hier?«

»Im Bezirk H. Kennst du die drei hohen Häuser? Ich wohne in dem an der Straße.«

»Du bist mein zweiter Mann.« Dem Vorfall mit Hornstick gab sie keinen Platz in ihrem Liebesleben.

»Was ist passiert?«

»Aufgehört.«

»Wann?«

»Vor zwei Jahren.«

»Und seither hast du keinen anderen gehabt?«

»Nein.«

Er rauchte schweigend, und sie wagte nicht, ihn anzuschauen. Aus ganzem Herzen hoffte sie, dass er nichts sagen und keine Fragen stellen würde, dass er klug oder sensibel genug wäre, keine witzige Bemerkung zu machen. Sie beschloss, ihm jetzt noch nichts über ihren Besuch in seiner Tel Aviver Wohnung zu erzählen.

»Gehst du heute Abend weg?«, fragte er schließlich.

»Ja. Ich muss um halb neun am *Forum* sein. Ein Auftritt von Polliker.«

»Gibt es keinen anderen, der das tun kann?«

»Nein, keinen.«

»Ist es wichtig?«

»Nein.«

»Warum gehst du dann hin?«

»Weil das mein Job ist.«

»Kannst du Dorit nicht bitten, zu fotografieren und was dazu zu schreiben?«

»Nein.« Allein der Gedanke verwirrte sie. Arbeit war etwas, was man zu tun hatte; darüber dachte man gar nicht nach. »Ich muss in einer Stunde los.«

Rosi stand auf. An der Tür drehte er sich um und schaute sie an.

»Bist du da, wenn ich zurückkomme?«, fragte sie und wunderte sich selbst über diese Frage.

»Möchtest du, dass ich da bin?«

Lisi zögerte. Ihr Körper, ihr großer, voller Körper, der noch immer vor Erregung zitterte, antwortete mit Ja, doch lange Jahre der Einsamkeit und Selbständigkeit warnten sie davor, eine Verpflichtung einzugehen.

»Weck mich um acht«, sagte sie und zog sich die Decke über den Kopf.

Das *Forum* war ursprünglich eine Lagerhalle gewesen, etwas außerhalb der Stadt gelegen. Als Lisi aus dem Auto stieg, bemerkte sie Dorit, die einen jungen Mann vor dem Hintergrund der Wüste fotografierte. Er hatte das Gesicht zum Mond gehoben und spielte auf einer Flöte. An einen Baum gelehnt, der aussah wie Benzis Tamariske, stand Dorits derzeitiger Freund. Über einer Schulter hatte er die große Fototasche hängen, über der anderen ihre beiden Gasmasken, und Lisi fiel ein, dass sie vergessen hatte, ihre Gasmaske mitzunehmen. »Ich komme auch gleich«, sagte Dorit, als Lisi das Haus betrat.

Sie ging hinter die Bühne. In einem der Zimmer fand sie ein Telefon und rief Arieli an.

»Danke, dass Sie sich melden.« Sein Ton war sarkastisch.

»Ich arbeite an dem Doppelmord. Niemand hier weiß das, und ich möchte auch nicht, dass es jemand erfährt. In der Redaktion weiß ebenfalls niemand davon. Ich brauche noch ein paar Tage.« Sie sprach schnell und betete insgeheim, dass die Telefonistin der Tel Aviver Redaktion nicht mithörte.

»Möchten Sie unbezahlten Urlaub?«

»Ich mache die laufende Arbeit.«

»Haben Sie die *Post* gesehen?«

»Nein.«

»Ausschreitungen im Gefängnis von Be'er Schewa. Man wechselt den Direktor aus. Adolam hat geschrieben, der Kommandant hätte ein Verhältnis mit der geschiedenen Frau eines Gefangenen. Drei Spalten.«

»Es tut mir leid.«

»Es tut Ihnen leid?«

»Ja, aber ich werde bald einen Knüller haben.«

»Es ist mir scheißegal, was Sie haben werden! Ich weiß, was Sie jetzt nicht haben. Sie haben die Geschichte nicht, die heute in der *Post* erschienen ist.«

»Soll ich ein Follow-up schicken?«

»Damit wir in der *Zeit* von übermorgen das bringen, was in der *Post* von heute steht?«

Arieli knallte den Hörer auf. Sie hasste ihn, seine unflätigen Ausdrücke, die Art, wie er mit ihr sprach, die ständige Notwendigkeit, seinen Schlägen auszuweichen. Wenn er ihr nur alle Jubeljahre mal ein freundliches Wort gegönnt hätte, würde sie ihm verzeihen, aber Arieli benutzte immer nur die Peitsche.

»Was ist los?«, fragte Dorit.

»Hast du mein Gespräch belauscht?«

»Wo denkst du hin! Ich bin gerade hereingekommen.« Dorit betrachtete erschrocken Lisis Gesichtsausdruck.

»Arieli«, sagte Lisi.

»Komm, schau mal.«

Die große Lagerhalle hatte sich mit Hunderten begeisterter junger Leute gefüllt, die schon anfingen zu singen, noch bevor das Konzert begann. Die Mitglieder der Band saßen bereits auf der Bühne, stimmten ihre Instrumente und richteten die Mikrofone. Vollkommen konzentriert auf die Klänge, die sie hervorbrachten, ignorierten sie die Erregung, die den Zuschauerraum überschwemmte, eine Erregung, die nichts mehr mit dem Krieg zu tun hatte. Oder vielleicht doch. Vielleicht war das Gebrüll der Jugendlichen Ausdruck ihres Bedürfnisses zu leben und zu singen, zu lieben und zu tanzen, trotz der abgedichteten Schutzräume und trotz der SCUDs. Vielleicht war es ein Ausgleich für das, was sie versäumten, wenn sie sangen: »Such mich nicht unendlich viele Jahre, der Tag wird sowieso noch kommen«, mit glänzenden Augen und mit brennenden Kerzen, und: »Nicht weit von hier tobt ein wilder Krieg«, ein Lied, das eine bohrende Aktualität bekommen hatte im Angesicht chemischer Bomben, biologischer, atomarer. Vielleicht war es ja auch versteckte Panik, die diese verschwitzten Jugendlichen dazu trieb, sich hier eng zusammenzudrängen und sich der Musik und dem Gesang hinzugeben, während zu ihren Füßen, in Griffweite, die Gasmasken lagen.

Lisi sprach mit den Musikern, mit dem Sänger, mit dem Besitzer des *Forum* und zwei jungen Mädchen, die mit israelischen Fähnchen winkten. »Zwei Aufnahmen im Breitformat, einmal die Musiker und einmal das Publikum, und ein Hochformat von Polliker«, wies sie Dorit an.

»Fährst du zurück zur Redaktion?«

»Ja. Und du bleibst hier?«

»Klar!«

Adolam packte sie am Arm, als sie sich zwischen den engen Reihen zum Ausgang drängte.

»Wohin, Lisi?«

»Nimm deine Hand weg.«

»Komm, setz dich neben mich.«

»Ich gehe.«

»Es steht nirgendwo geschrieben, dass wir bei unserer Arbeit nicht unseren Spaß haben dürfen.«

»Mit dir?«

»Besser als nichts, oder?«

»Nein.«

»Wir haben Krieg, Lisi, und morgen kann es uns erwischen. Unser Körper wird vom Senfgas verbrannt sein. Komm, Lisi, leg doch einmal im Leben deinen Panzer ab. Ich habe dich noch nie singen hören.«

»Das wirst du auch nicht hören.«

»Wenn es Alarm gibt, werde ich einen Knüller haben, und du nicht.«

Der große, überfüllte und tosende Schuppen erinnerte jetzt an einen Bahnhof, und im Hintergrund waren Pfiffe zu hören und Schreie. Lisi wandte sich von Adolam ab. Über den Krach hinweg nahm sie seine Stimme wahr, die ihr nachschrie: »Ich bin verrückt nach dir, Lisi!«

Sie führte die laute Begeisterung im Saal auf das jugendliche Alter des Publikums zurück. Auch Dorits Gesicht war rot vor Erregung, aber Adolam war nur zwei Jahre jünger, und trotzdem zögerte er nicht, seinen Gefühlen freien Lauf zu lassen. Vielleicht liegt es an meiner Erziehung, dachte sie. Immer wachsam sein, immer am Ball, erst die Pflicht und dann, am Schluss der Karriereleiter, vielleicht mal überlegen, was mir selbst guttut.

Lisi fuhr zur Redaktion, tippte neunhundert Wörter für die Lokalausgabe und dreihundert für die überregionale. Ein Blick auf die Uhr verriet ihr, dass es Mitternacht war. »Nach Hause, Cinderella«, sagte sie laut zu sich. Als sie den Raum verließ, schien ihr, als habe sie ein Flüstern gehört. Sie klopfte an die Labortür und rief: »Dorit?«, bekam aber keine Antwort. Die verschlossenen Türen, die vom Flur abgingen, machten ihr plötzlich ein bisschen Angst. Sie hatte das Gefühl, dass sich noch jemand außer ihr in der Redaktion befand und sich in einem der Zimmer versteckte. Sie machte das Licht aus und schloss die Eingangstür ab. Als sie in ihren Toyota stieg, fiel ihr ein, dass ihr Auto schon repariert war. Morgen früh würde sie zur Werkstatt fahren und es abholen. Sie würde versuchen, mit einem vordatierten Scheck zu bezahlen. Scheiß-Rosi. Scheiß-Benzi. Scheiß-Arieli. Die Lust zu singen und sich zu freuen, die sie im *Forum* gesehen hatte, bedrückte sie. Diesen Teil ihres Lebens hatte sie bereits versäumt.

* * *

Zu Hause fand sie Rosi schlafend vor, in ihrem Bett. Das Zimmer stank nach Zigarettenqualm. Offensichtlich hatte er aus der Küche einen Stuhl für Zeitungen und den Aschenbecher geholt. Er fängt an, sich einzurichten, dachte sie bitter. Auf der Kommode lagen Geldscheine. Sieben Hunderter und drei Zwanziger. Er bezahlt zurück, was er mir schuldet, dachte sie, mit Zins und Zinseszins. Die Berührung der Geldscheine weckte Widerwillen in ihr; sie stanken nach Buhlerlohn. Lisi nahm sieben Schekel aus ihrer Handtasche und legte sie auf den Stuhl neben ihm. Dann trug sie die Aschenbechertasse aus dem Zimmer, öffnete das Fenster und schlüpfte ins Bett. Wenn sie noch eine zweite Zudecke hätte, würde sie sich auf das Sofa im Wohnzimmer legen. Seine Füße waren warm, und sie schreckte zurück, als ihre Beine die seinen berührten. Rosi zerrte an der Decke und legte den Arm um ihre Hüften. Als sie ihm den Rücken zudrehte, küsste er die Vertiefung zwischen ihren Schultern. Lisi lag bewegungslos da, mit angehaltenem Atem, und hoffte, er würde wieder einschlafen.

Sie fragte sich, wo er das Geld aufgetrieben hatte. Schließlich hatte er selbst gesagt, Tote hätten kein Bankkonto. Gab es außer ihr und Benzi vielleicht noch jemanden, der wusste, dass Rosi am Leben war, jemand, der ihm das Geld geliehen hatte? Die Hand, die ihre Hüfte streichelte, und die Atemzüge an ihrem Nacken waren vermutlich schuld daran, dass sie nicht einschlafen konnte. Fast eine Woche war seit der Mordnacht vergangen, und noch tappten sie im Dunkeln. Wer war der Tote? Warum hatte er Rosi umbringen wollen? Warum hatte er Tami umgebracht? Das Motiv. In Kriminalromanen gab es immer ein Motiv. Was trieb Mister X zu dem schlimmsten aller Verbrechen, zu dem einzigen, bei dem es kein Zurück gab? Warum hasste er Tami und Rosi so sehr, dass er sie vom Erdboden verschwinden lassen wollte? Wodurch bedrohten sie ihn? War es Eifersucht? Ein Gefühl sagte ihr, dass zwischen Rosi und Tami keine Liebesbeziehung bestanden hatte. Sex zwischen zwei erwachsenen Menschen, das war es gewesen. Ähnlich der Beziehung zwischen ihr und Rosi. Hatte es jemanden gegeben, der Tami so sehr liebte, dass es für ihn nur eine Antwort auf das gab, was in seinen Augen ein Betrug war? Oder war es ein Betrug ganz anderer Art? Durch was hatte Tami Mister X in Gefahr gebracht? Was wusste sie über ihn? Was war so gefährlich für ihn? Und warum zählte er Rosi zu den Leuten, die ihn in Gefahr brachten? Oder war vielleicht Rosi das Ziel und Tami nur das unschuldige Opfer? Zwei Dinge verbanden Tami mit Rosi: einmal die Ermittlungen hinsichtlich der Geschäfte Simons und das Schmuggeln der Bilder und der Noten, dann ihr romantisches Verhältnis. Eines der beiden Dinge war wohl das Motiv zu dem Mord.

Und wer war der Mann, der nun schon fast eine ganze Woche auf dem Friedhof lag, ohne dass ihn jemand suchte? War er vielleicht ein Flüchtling aus dem Tel Aviver Bezirk, der zu seiner Nachbarin, seinen Freunden, seinem Chef gesagt hatte, dass er wegfahre, in die Gegend von Be'er Schewa, sodass niemand sich erkundigte, was aus ihm geworden war? Schließlich gab es so viele Mittel, Leichen zu identifizieren. Fingerabdrücke, Blutgruppe, Haare, Zahnfüllungen. Alle bei der Polizei waren sicher gewesen, dass es sich um Rosi handelte, und es war ihnen nicht eingefallen, die Leiche zu untersuchen. Aber den Tatort hatten sie bestimmt nach etwas abgesucht, was sie auf die Spur des Mörders bringen könnte.

Hatten sie wirklich nicht das Geringste gefunden, nichts, was man als Anfang eines Fadens bezeichnen könnte? Aber vielleicht hatte man den Untersuchungsbeamten die Laborergebnisse bereits mitgeteilt, und nur sie hatte nichts erfahren. Die ganze polizeiliche Elite war bei Rosis und Tamis Beerdigung gewesen. Der Mord an einem Polizisten war kein Verbrechen, das die Polizei auf die leichte Schulter nahm. Aber Benzi hatte ihr gegenüber kein Wort über die polizeilichen Ermittlungen verloren. Benzi war Rosis Freund, und der Mord war in seinem Zuständigkeitsbereich geschehen. Schwer vorstellbar, dass eine Untersuchung ohne Benzis Wissen stattfand. Trotzdem. Sie kannte Benzi. Wenn er mit dieser Untersuchung beschäftigt wäre, hätte er sie daran gehindert, einen Fuß ins Polizeigebäude zu setzen. Als man ihn bei der Untersuchung nicht einbezog, hatte er beschlossen, auf eigene Faust Nachforschungen anzustellen, ohne dass seine Vorgesetzten davon erfuhren. Das war auch der Grund dafür, warum er sie um ihre Hilfe gebeten hatte. Er wusste, dass er sich auf sie verlassen konnte. Er wusste, dass sie keine Freundinnen oder Freunde hatte, die mal »auf einen Sprung« vorbeikamen, dass ihre Arbeit ihr eine gewisse Mobilität verschaffte, dass sie sich nie verplappern würde und dass ihr Beruf sie darauf trainiert hatte, wie ein Blutegel an einem Thema haften zu bleiben. Was er nicht berücksichtigt hatte, war die Tatsache, dass ihr Nachforschungsobjekt mit ihr schlafen würde. Oder sie mit ihm. Lisi richtete sich auf und warf einen Blick auf die Leuchtziffern der Uhr. Viertel nach zwei. Morgen würde sie ebenfalls eine Leiche sein.

»Wie spät ist es?«, fragte Rosi. Er schlief nicht!

»Viertel nach zwei. Was für eine Blutgruppe hast du?«

»Null. Warum?«

»Die Spurensicherung hat sicher alle Spuren am Ort des Verbrechens untersucht. Haare, Blut, Patronenhülsen und so weiter. Vielleicht kriegen sie die Identität des Ermordeten aufgrund seiner Blutgruppe heraus. Hast du keine Vermutung, wer es sein könnte?«

»Ich zerbreche mir schon seit fast einer Woche den Kopf. Ich grüble und grüble. Was war in Tel Aviv?«

Lisi erzählte ihm von dem Besuch in seiner Wohnung und in Tamis Geschäft. Er war beunruhigt wegen der beiden Polizisten, die sie zufällig getroffen hatten, fragte, wie sie hießen und wie sie aussahen und woher sie gekommen und wohin sie gegangen waren. Und ob Benzi vielleicht bei ihnen Verdacht erregt hatte. Sie erzählte ihm, dass das Auto von Tamis Kurier das gleiche Modell war wie das von Chesi Rodnizki und dass Benzi versprochen hatte, sowohl die Autonummer als auch den Fahrzeughalter herauszubekommen. Außerdem wolle er noch einmal zu dem Haus auf dem Hügel gehen und versuchen, die Belege zu finden, die mit dem Transport des Schreibtischs nach Griechenland zu tun hatten.

»Es wäre gut, wenn er einen Durchsuchungsbefehl bekommen könnte. Ohne Durchsuchungsbefehl werden sie ihn nicht im Haus herumstöbern lassen.«

»Glaubst du, dass die Bilder und die Noten mit diesem Schreibtisch geschickt worden sind?«

»Könnte sein.«

»Hast du Tamis Mutter kennengelernt?«

»Nein.«

»Hast du eine Erklärung dafür, dass sie nicht zur Beerdigung ihrer Tochter gekommen ist?«

»Nein.«

»Hatten die beiden ein gutes Verhältnis?«

»Ja. Tami ist gern nach Athen gefahren. Dort wurde sie sehr verwöhnt. Ein großes Haus mit Köchen und Dienstmädchen und Gärtner und Chauffeuren. Manchmal haben sie sich auch in Paris getroffen. Haben Kleider gekauft. Sind ins Theater gegangen. Ich glaube, sie waren gern zusammen.«

»Stefanopulos ist mit dem griechischen König verwandt.«

»Wer sagt das?«

»Klara.«

Er lachte leise, sein Atem strich durch ihre Haare.

»Sie hätte die Noten in ihren Koffer packen können. Wer wäre darauf gekommen, dass es die Originalnoten von Skrjabin sind?«

»Vielleicht hat sie das auch getan. Über die Noten und die Bilder habe ich nicht mit Tami gesprochen, Lisi.«

»Wer mordet wegen Noten oder Bildern?«

»Niemand.«

»Vielleicht ist der Mörder jemand, der in Tami verliebt war. Kann doch sein, dass er sie und ihren Liebhaber aus Eifersucht ermordet hat.«

»Das kann nicht sein. Solch einen Menschen gab es nicht.«

»Wer ist ihr Erbe?«

Rosi umarmte sie und drehte sie zu sich um. Bis jetzt hatte er in ihre Haare und gegen ihren Rücken gesprochen.

»Du findest mich zum Lachen?«, fragte Lisi.

»Ja.«

»Es muss ein Motiv geben. Geld könnte ein Motiv sein. Jedenfalls ist es das in sehr vielen Fällen.«

»Was für einen Erben sollte es geben bei einer fünfunddreißigjährigen Frau ohne Mann und ohne Kinder?«

»Warum denn sonst? Warum?«

»Schlaf jetzt, Lisi.«

Es war fünf vor drei. Lisi stand auf, packte ihr Kissen und ging ins Wohnzimmer. Dort legte sie sich auf das Sofa und deckte ihre Beine mit der Militärdecke zu.

»Komm zurück ins Bett. Sei doch nicht so dumm.«

Sie gab ihm keine Antwort.

»Dann lass mich auf dem Sofa schlafen.« Er nahm ihr die Decke von den Beinen und zog sie so lange am Arm, bis sie aufstand und ins Schlafzimmer zurückging. Ihr Bett war groß, warm und leer.

Lisi brachte den Toyota zu Alpha zurück und fuhr mit einem Taxi zur Werkstatt. Ihr Justy war in der schmalen Straße vor der

Werkstatt geparkt. Bebo sagte, die Kupplungsscheiben seien abgerieben gewesen, er habe sie ersetzen müssen, außerdem habe er ihr den Vergaser repariert. Er zeigte ihr die Kupplungsscheiben und wo genau sie abgerieben waren. Lisi und Bebo waren alte Schauspieler in einem Stück, das nach festen Regeln gespielt wurde. Bebo nannte die Namen von Autoteilen und erklärte, was an ihnen kaputt war und was unbedingt repariert werden musste. Lisi glaubte ihm kein Wort. Bebo wusste, dass sie ihm nicht glaubte. Lisi fragte, wie viel. Bebo sagte es. Lisi erstickte fast.

Vor fünf Jahren hatte Lisi einen Kurs mitgemacht, bei dem sie den Aufbau eines Motors kennengelernt hatte. Aus dieser Zeit war ihr ein Buch geblieben, außerdem das Wissen, wie man den Ölstand kontrollierte und mit Hilfe von Kabeln und einem anderen Auto den Motor zum Laufen brachte. Und sie wusste, dass Bebo in dem Moment, in dem sie seine Werkstatt betrat, ihr das Fell über die Ohren ziehen würde. Außerdem würde er ihr erklären, was er alles für sie tat, weil er sie so schätzte, wie eine Schwester sozusagen.

Als sie Bebos kleines Büro verließ, sah sie im Hof ein nicht besonders großes Auto, braun und voller Dreckspritzer, auf dem neben den Scheinwerfern die Buchstaben GTI prangten. Sie kehrte zum Büro zurück und fragte Bebo, wem das Auto gehörte.

»Kennst du Chesi Rodnizki? Er hat diesen Gebrauchtwagenhandel. Sein Auto ist stehen geblieben, ungefähr vor einer Woche. Er hat angerufen, dass wir es abholen sollen. Den Schlüssel hat er unter der Fußmatte gelassen. Wir haben das Auto hergebracht, haben es repariert – und nun ist der Kerl nicht da. Ich habe schon x-mal angerufen, kriege aber nur seine Mutter an den Apparat; und die sagt, sie würde es ihm ausrichten. Der Teufel weiß, wo er steckt.«

»Was war mit dem Auto?«

»Du wirst es nicht glauben. Man hat ihm den Unterbrecherkontakt geklaut.«

»Vielleicht hat er ihn selbst ausgebaut.«

»Was redest du da! Warum sollte er den Unterbrecherkontakt herausnehmen? Wenn das Ding fehlt, bewegt sich das Auto nicht mehr. Er wusste nicht, was los war. Er hat nachgeschaut, aber nichts gefunden.«

»Gab es irgendwelche Anzeichen, dass das Auto aufgebrochen wurde?«

»Nichts, gar nichts. Verlass dich drauf, derjenige, der Rodnizki diesen Streich gespielt hat, wusste, was er tat. Man muss die Tür aufbekommen, die Motorhaube öffnen, den Verteilerkopf abmachen, den Unterbrecherkontakt herausnehmen, den Verteilerkopf wieder aufsetzen. Man hat nichts gesehen. Sogar wir mussten eine Zeit lang suchen, bis wir den Fehler gefunden hatten.«

»Kostet so ein Unterbrecherkontakt viel Geld?«

»Aber nein. Vierundzwanzig Schekel, mehr nicht. Wer klaut schon den Unterbrecherkontakt von einem Golf GTI? Dieses Auto ist fast achtzigtausend Schekel wert. Lass dich vom Aussehen nicht täuschen. Es wirkt solide und brav, aber unter der Haube hat es einen wahren Tiger, sage ich dir: hundertsechzig PS. Das ist kein Spielzeug, das man einfach liegen lässt und vergisst. Allmählich glaube ich, dass er vielleicht von einer Rakete getroffen worden ist oder so.«

»Wann hat er bei euch angerufen?«

»Warum willst du das wissen?«

»Ich könnte in den Krankenhäusern nachfragen. Herausbekommen, was mit ihm geschehen ist.«

Bebo schaute in seinem Computer nach und fand die Antwort sofort. »Am Zweiundzwanzigsten dieses Monats. Um neun Uhr morgens.«

»Kann ich mal telefonieren?«

»Bitte.«

Lisi rief Benzi an. Sie teilte ihm mit, dass der Golf GTI von Chesi Rodnizki am Morgen des Zweiundzwanzigsten dieses Monats in Bebos Werkstatt gebracht worden sei. Vermutlich als Folge eines Sabotageaktes. Das Auto sei noch immer in der Werkstatt, sein Besitzer verschwunden. Benzi bat sie, Bebo zu sagen, dass er gleich komme, und befahl ihr, die Werkstatt zu verlassen. Als sie zu protestieren versuchte, brüllte er: »Jetzt halte dein großes Mundwerk und tu, was man dir sagt!«

***

Die Bremse war hart, und auch das Lenkrad benahm sich anders als früher, doch Lisi genoss die Fahrt mit ihrem Justy. Spätestens bei ihrer Ankunft in Tel Aviv würde sie sich an das neue Verhalten des Autos gewöhnt haben. Auf der Straße herrschte reger Verkehr, die Flüchtlinge aus dem Bezirk A fuhren zu ihren Arbeitsplätzen. Auf vielen Autos sah man Aufkleber mit »Ich bleibe in Tel Aviv«, »Ich lebe hier«, »Israel lebt«, »Ich bin Patriot«. Die Patrioten hatten israelische Fähnchen auf ihre Autofenster geklebt. In Tel Aviv selbst war es ruhiger als sonst. Obwohl bisher keine Rakete tagsüber eingeschlagen war, trugen fast alle Fußgänger ihre Gasmasken mit sich.

* * *

Im Archiv des Schriftstellerverbands fanden sie sofort die kleine Mappe über David Knut. Die Bibliothekarin sagte zu Lisi, hier würde nur Material über israelische Literatur gesammelt, und da Knut nicht hebräisch geschrieben habe, gebe es nur wenig Material über ihn. In der Kartei waren alle Artikel aufgezählt, die in israelischen Zeitungen über ihn erschienen waren. Außerdem waren die Titel seiner Gedichte erwähnt und die Namen ihrer Übersetzer. Die Liste war sehr ehrenhaft: Schlonsky, Alterman, Leah Goldberg, Chalpi. Vermutlich galt er als guter Dichter. Einige Artikel waren nach seinem Tod erschienen und befassten sich mit seiner Biografie. Lisi kopierte den Inhalt der Kartei und den Inhalt der Zeitungsausschnitte aus der Mappe in ihr Notizbuch. Die Daten waren identisch mit der Liste, die sie bei Rosi gefunden hatte. Es war klar, dass er sein Material von hier hatte, und Lisi war froh, dass sie nicht zuerst zur Universitätsbibliothek gegangen war. Als sie ihr Notizbuch einsteckte, war es schon zwölf Uhr. Sie ging hinunter in die *Bücherei,* das Restaurant im Keller des Schriftstellerverbands, und bestellte sich Spinatpasteten und Filterkaffee.

Wenn die Noten Skrjabins von Israel aus nach Amerika gelangt waren, so war es gut möglich, dass dies mit den Geschäften Schajke Simons zu tun hatte. Schajke Simon hatte die *Letzte Gelegenheit* gekauft. Die *Letzte Gelegenheit* hatte vorher Betty Knut gehört, der Enkelin Skrjabins. Was bedeutete das? Schajke Simon verkaufte Skrjabins Noten. Und was die Bilder Soutines betraf: Paulette Melnik war eine Verwandte von Dwora Melnik, der Frau, die Soutine eine Tochter geboren hatte. Paulette Melnik war die beste Freundin von Betty Knut gewesen. War es da nicht logisch anzunehmen, dass Paulette die Soutines an denjenigen verkaufte, der die Noten erworben hatte? Nein, an diesen Thesen war überhaupt nichts logisch. Lisi überlegte hin und her und hoffte auf eine plötzliche Erleuchtung, doch einstweilen tappte sie noch im Dunkeln.

Als sie die *Bücherei* verließ, entdeckte sie Mike Silcha, der gerade die Treppen zum Gebäude des Schriftstellerverbands hinaufstieg. Er trug die alte Ledertasche in der Hand, die ihr von früher vertraut war, und erinnerte hier, an diesem fremden Ort, noch stärker an einen Religionslehrer als sonst. Benzi hatte gesagt, Mike Silcha sei nicht in die Untersuchung des Doppelmordes involviert. War es möglich, dass er ebenfalls als »Partisan« arbeitete? Aber für wen? Sie dachte an die beiden Polizisten, die in der Kneipe in Jaffa aufgetaucht waren, und an den besorgten Ton Rosis, als er sie nach ihnen ausgefragt hatte. Dachte er etwa, dass die Polizei ihre eigenen Leute beschattete? Lisi hatte keinen Zweifel daran, was Silcha hier suchte. Die Sekretärin im Archiv würde sehr überrascht darüber sein, dass an einem Vormittag zwei Personen sich nach David Knut erkundigten. Bestimmt würde sie eine entsprechende Bemerkung machen. Lisi beschloss, schnell wegzugehen.

Der Mann im Kiosk der staatlichen Lotteriegesellschaft beschrieb ihr den Weg nach Bizaron B.

***

Bizaron B war eine Siedlung mit ein- und zweistöckigen Häusern am Stadtrand von Tel Aviv. In der Zeit der großen Einwanderungswelle gebaut, hatten die Häuser im Lauf der Jahre eine gewisse Individualität erworben. Die Wohlhabenderen unter den Bewohnern hatten die Außenwände mit behauenen Steinen verkleidet, ein Stockwerk aufgesetzt, den Zaun erhöht und eine Solaranlage auf dem Dach installiert. In einigen Gärten befanden sich Taubenschläge, und in den kleinen Höfen wuchsen Granatapfel- und Zitronenbäume. Rosa-hellblaue Blumen zierten eintönige Rasenflächen. Lisi kannte diese Blumen, sie wuchsen wild im Hof der Strickwarenfabrik, in der ihre Mutter arbeitete.

Lisi ging von Haus zu Haus und fragte nach Knut. Die jüngeren Leute schickten sie zu den Kaufleuten, die Kaufleute zu den älteren Bewohnern. Doch als sie erwähnte, es seien fünfunddreißig Jahre vergangen, seit der Mann hier gewohnt hatte, erntete sie misstrauische Blicke. Eine Frau erkundigte sich, ob sie vom Finanzamt komme, eine andere sagte, es habe bestimmt etwas mit der Baugenehmigung zu tun, und schnell verbreitete sich im Viertel das Gerücht, die Stadtverwaltung habe jemanden geschickt, um die SCUD-Schäden zu beurteilen. Mütter, die in der Allee auf Bänken saßen, rafften ihre Kinder und deren Schutzanzüge zusammen und eilten ihr entgegen, um noch mit ihr zu sprechen, bevor sie wieder verschwand. Hier im Viertel waren zwar keine Raketen niedergegangen, aber die eine hatte eine Mutter, die in Ramat Gan wohnte, die andere eine Schwiegermutter in Petach Tikwa, und es fiel ihnen nicht im Traum ein, die günstige Gelegenheit zu verpassen, die sich ihnen da bot. Lisi fragte nach dem ältesten Bewohner der Siedlung, und so brachten sie sie zum Haus des Rabbiners.

Der Rabbiner Raffael Klein, ein kleiner, cholerischer Mann, der sich ein Wolltuch um den Kopf gewickelt hatte, öffnete eine kleine Blechschachtel, die früher zur Aufbewahrung von Tabak gedient hatte, und nahm ein Bonbon heraus. Dann zog er eine Wolljacke an, setzte einen Hut auf, griff nach seinem Stock und machte sich bereit, ihr David Knuts Haus zu zeigen. Natürlich kannte er ihn. Seit 1948 wohnte der Rabbiner hier. Vor seiner Pensionierung war er Hebräischlehrer in Eschta'ol gewesen. Kannte sie Eschta'ol? Er war immer nur zum Wochenende nach Hause gekommen. Er wohnte schon länger hier als Knut. Knut hatte eine Tochter, »wie ein gerader Rauch, wie ein Duft von Myrrhe, Weihrauch und allerlei Gewürz des Krämers«, aber eine Gastwirtin, Gott bewahre uns davor. Er selbst war Soldat im Ersten Weltkrieg gewesen. Von daher das Hinken. Ob sie seinen Orden sehen wolle. Nein? Auch Knut war Soldat gewesen. Im französischen Untergrund, im Zweiten Weltkrieg. Sie hatten zusammen Schach gespielt, er und Knut. Ein großer Schweiger, dieser Knut – sprach Jiddisch und Russisch, schrieb Französisch, und sein Garten, ach, sein Garten, »Narde und Safran, Kalmus und Zimt, mit allerlei Weihrauchsträuchern, Myrrhe und Aloe, mit allen feinen Gewürzen«. Er sang das Bibelzitat mit einem Akzent, bei dem sich Jiddisch und Ungarisch mischten, und fragte, ob sie verstanden habe.

»Das Hohelied«, sagte Lisi.

»Erinnern Sie mich daran, dass ich Ihnen die Medaille zeige. Wie heißen Sie eigentlich?«

»Lisi Badichi. Ich komme aus Be'er Schewa. Ich möchte einen Artikel über Knut schreiben.«

»Mein Bruder Elijahu war Rabbiner in Be'er Schewa. Haben Sie ihn gekannt?«

»Nein.«

»Schade. Ben Gurion hat gesagt, man soll in den Negev ziehen, also ist mein Bruder Elijahu in den Negev gezogen. Meine Schwester Chana landete im Wadi Saliv. Mit sieben Kindern war sie hier im Land angekommen. Chana und ihre sieben Söhne. Sie war die Frau eines Rabbiners gewesen. Sprach Jiddisch und ein bisschen Ungarisch. Zu Hause waren die Deutschen gekommen, um die Juden zu holen. Wo kann eine jüdische Frau sieben kleine Kinder verstecken? Wo würde man sie nicht suchen? Ha? Chana hat die sieben kleinen Kinder genommen, ging in ein Büro der Gestapo und stellte sich als Köchin vor. Man hat sie angestellt. Ihr Mann und ihr ältester Sohn wurden in ein Arbeitslager geschickt und kamen nicht zurück, aber sie hat ihre sieben kleinen Kinder gerettet, die noch bei ihr zu Hause geblieben waren. Es steht geschrieben: »Einen Gürtel gibt sie dem Händler.« Meine Schwester, die Rabbinerin, gab dem Händler ein Schwein. Ha? Was sagen Sie dazu? Nach dem Krieg hat man sie zum Wadi Saliv gebracht, und sie war glücklich. Glücklich!«

Als sie zu Knuts Haus kamen, blieb Raffael am Tor stehen und spähte in den Garten. Mit dem Kopf erreichte er knapp den Rand der Mauer, während Lisi leicht die Laterne berühren konnte. Im Garten wuchs Kreuzkraut, und aus früheren Glanzzeiten war ein Zitronenbaum übriggeblieben, an dem ein paar Früchte hingen. An der Häuserwand lehnte eine Holzleiter, die bis zum Dach reichte. Am Rand des Hofs befand sich ein Bretterschuppen, der schon bessere Tage gesehen hatte.

Lisi öffnete das Tor, die verrosteten Angeln quietschten laut. Eine Frau blickte aus dem Fenster, auf einen Stapel Decken gelehnt, die sie zum Lüften herausgehängt hatte.

»Wollen Sie was?«, rief sie zu ihnen herüber.

»Perlen vor die Säue geworfen«, flüsterte Rabbiner Klein. Plötzlich schien er zornig, und er weigerte sich, sie hineinzubegleiten. Hatte sie erwartet, Knut und seine Tochter zu treffen, die zwischen Narde- und Safranbeeten herumspazierten? Lisi dankte und versprach ihm, ihn später zu besuchen und sich die Medaille zu betrachten. Er ging, ohne sich umzuschauen.

Kapitel 8

Private Ermittlungen

Towa Harari hatte vor etwa zwei Jahren zum ersten Mal von Knut gehört. Seit Knut in diesem Haus gewohnt hatte, waren sie die vierten Besitzer. Fünfzehn Jahre lebte sie jetzt hier, und sie verstand die ganze Geschichte mit Knut nicht, es interessierte sie auch nicht, wer Knut war. Was für Geschichten die Leute immer erzählten! Einmal war einer gekommen und hatte gesagt, er habe gehört, das Haus sei zu verkaufen, dann wieder hatte einer vorgegeben, er müsse die Wasserleitung kontrollieren, vor zwei Tagen lief eine Frau hier herum und sagte, ihre Eltern hätten früher mal hier gewohnt, und vor zwei Stunden war jemand vom Grundbuchamt hier.

»Groß und dünn, mit Glatze, einer alten Ledertasche und einer tiefen Stimme?«
»Genau. Ist der wirklich vom Grundbuchamt?«
»Ja.«
»Sind Sie auch vom Grundbuchamt?«
»Ja.«
»Zwei an einem Vormittag. Habt ihr nichts zu tun dort?«
»Ich verstehe es auch nicht.«

Towa Hararis Stimme erhob sich: »Aber was sucht ihr denn? Ich kann Ihnen die Unterlagen zeigen. Es ist alles beim Grundbuchamt aufgeschrieben. Wir haben unsere Hypothek bis zur letzten Pruta abbezahlt. Man könnte fast glauben, in unserem Garten hätte man eine Ölquelle entdeckt.«

»Es handelt sich um reine Formalitäten, Sie brauchen sich keine Sorgen zu machen. Ich brauche nur zehn Minuten.«

Lisi trat ins Haus und ging von Zimmer zu Zimmer. Towa Harari folgte ihr und entschuldigte sich für die Unordnung. Die großen Kinder hätten die Kleinen gerade in den Park gebracht, und sie selbst wolle sich ihnen anschließen. Aber bis sie alle Schutzhauben und die Gasmasken und das Mineralwasser zusammengesucht hätte – eigentlich bräuchte sie einen Träger. Sie zittere bei dem Gedanken, dass es Alarm geben könnte, solange sie dort allein seien. Die Idee des Erziehungsministeriums, die Kinder in die Schule zu schicken, sei wirklich schlecht. Von ihr aus könne das Erziehungsministerium die Schulen und Kindergärten ruhig öffnen, sie würde ihre Kinder nicht gehen lassen. Wenn es Alarm gebe, könne kein Lehrer auf der ganzen Welt die Verantwortung für vierzig Kinder übernehmen. Im Klassenzimmer ihres Kleinen gebe es eine ganze Wand nur aus Glas. Wenn da eine Rakete runterfiele, würde das ganze Glas zerbersten. Sollten die Kinder ruhig den Unterricht versäumen! Was brachte man ihnen in der Schule schon groß bei!

Die kleinen Zimmer waren voller Möbel, die man zusammenklappen und damit verkleinern konnte, oder Gegenstände, die eine Doppelfunktion erfüllten. Betten wurden zu Sofas, Sofas zu Sesseln, Tische zu Wandbrettern, ein Radio war zugleich Plattenspieler, ein Wasserkessel eine Uhr. Lisi bat um eine Leiter und stieg auf den Dachboden hinauf. Dort fand sie einen Babystuhl, einen großen Styroporbehälter, eine Dose Wandfarbe, einen Koffer voller alter Vorhänge, einen Picknickkorb in einer Plastiktüte, Schuhspanner, einen Haufen alter Fliesen.

Sie ging auch in den Schuppen im Hof. Gartenmöbel, ein zusammengeklappter Sonnenschirm, ein aufgerollter Gummischlauch, Rechen, Spaten, Schaufel, Regalbretter mit leeren Bierflaschen. An eine der Wände hatte jemand mit einem Kohlestift ein Gefäß gemalt, eine Art Krug, verziert mit einem Gesicht mit auffallenden Augen. Unter diesem Krug war ein Davidstern gemalt. Das Bild war im Lauf der Zeit verblichen und von Kratzern und Flecken bedeckt. Neben dem Schuppen stand ein Schrank, ein Meter auf ein Meter groß, voller Plastiktüten und Lappen.

»Hat die Frau, die vor zwei Tagen da war, gesagt, wie sie heißt?«

»Nein. Keine Ahnung. Ich will ihren Namen auch gar nicht wissen. Sonst kommt sie womöglich noch an und behauptet, das Haus gehöre gar nicht mir, sondern ihren Eltern.«

»War sie alt oder jung?«

»Was weiß ich? Ungefähr sechzig, fünfundsechzig. Hat mit französischem Akzent gesprochen.«

»Rothaarig?«

»Ja! War sie bei euch?« Jetzt war Towa Harari wirklich erschrocken.

»Sie brauchen sich keine Sorgen zu machen, Frau Harari. Die Unterlagen sind in Ordnung. Ich erinnere mich einfach an sie.

Vermutlich war sie wirklich nur gekommen, um das Haus zu sehen, in dem ihre Eltern gewohnt haben.«

»Sie hat was im Schuppen gesucht.«

»Und nicht gefunden?«

»Nein. Und sie war sicher gewesen, es zu finden. Sie konnte sich gar nicht beruhigen. Sie hat mich gefragt, ob ich nichts im Schuppen gefunden hätte. Sie hat gefragt, wer ihn aufgemacht hätte. Ob vor ein oder zwei Wochen jemand drin gewesen wäre. Was denkt sie sich? Wir gehen alle im Schuppen ein und aus. Sie haben ja selbst gesehen, was da drin ist.«

»Gehören die Sachen im Schuppen Ihnen, oder waren sie schon drin, als Sie das Haus gekauft haben?«

»Natürlich gehören sie uns. Nur die Regale waren schon drin, als wir das Haus gekauft haben.«

»Wer war noch da? Vielleicht erinnern Sie sich?«

»Was weiß denn ich? Irgendein junger Mann ist vor ungefähr zwei Jahren hier gewesen. Vielleicht ist es auch länger her. Mein Mann war zu Hause und hat mit ihm gesprochen. Ich hatte Angst, er wäre ein Dieb, aber mein Mann hat gesagt, dass er nicht so aussieht. Als er hörte, dass das Haus nicht zu verkaufen war, wollte er es sehen, vielleicht würde er ja in der Gegend etwas Ähnliches finden. Unser Viertel ist jetzt in Mode gekommen. Viele jüngere Leute suchen hier Häuser. Es ist in der Stadt und trotzdem wie im Dorf. Tagsüber schließt hier niemand die Haustür ab. Bis heute wissen wir nicht, wer recht gehabt hat, ich oder mein Mann. Etwa zwei Wochen, nachdem der junge Mann hier gewesen war, wurde bei uns eingebrochen.«

»Was wurde gestohlen?«

»Nichts. Können Sie sich das vorstellen?«

»Was hat man bei der Polizei gesagt?«

»Wir sind gar nicht hingegangen. Was hätten wir sagen können? Es gab noch nicht mal Spuren. Wir haben es nur daran gemerkt, dass irgendwelche Sachen nicht an ihrem Platz waren, Kleinigkeiten. Sie wissen ja, wie das ist.«

Lisi wusste nicht, wie das war, aber sie nickte Towa Harari zu und sagte noch einmal beruhigend, sie brauche sich keine Sorgen zu machen. Der Piepser in ihrer Handtasche begann zu piepsen, und Lisi nahm ihn heraus. Auf dem kleinen Display stand geschrieben: Arieli anrufen.

»Man lässt Ihnen keine Ruhe, nicht wahr?«, sagte Frau Harari mitfühlend. »Ich habe Ihnen noch nicht mal ein Glas Wasser angeboten.«

Lisi verabschiedete sich von Towa Harari und machte das kleine Tor hinter sich zu. Draußen, neben der niedrigen Mauer, sah sie eine dünne, braune Zigarettenkippe. Sie hob sie auf und steckte sie in ihre Tasche. Falls sie einen Beweis brauchte, dass es sich bei der Frau, die vor zwei Tagen hier aufgetaucht war, um Paulette Melnik handelte, dann hatte sie ihn soeben gefunden. Sie dachte an das, was Benzi ihr einmal gesagt hatte: nämlich dass Verbrecher Spuren für die Polizei zurücklassen, um der Gerechtigkeit die Chance zum Sieg zu geben. Wenn die Polizei nicht in der Lage war, diese Spuren zu entdecken, sahen sie darin ein Zeichen des Himmels, das sie von der Verantwortung für ihre Tat befreite. War Paulette Melnik eine Verbrecherin? Sie sah eher aus wie ein Opfer. Egal, Tatsache war, dass Silcha Paulette Melniks Zigarettenkippe nicht entdeckt hatte, sie aber wohl. Es war zu vermuten, dass ihn seine Ermittlungen im Zusammenhang mit der *Letzten Gelegenheit* und Skrjabin hierhergeführt hatten und dass er nichts von der Melnik wusste. Aber wenn er im Auftrag der Polizei hergekommen war, warum hatte er sich dann als Angestellter des Grundbuchamtes ausgegeben? Irgendetwas war faul im Lande Silcha. Auch im Lande Badichi war etwas faul. Sie verbarg sich hinter einer Maske aus Lügen und Täuschungen und verfing sich in dem Netz, das sie selbst gesponnen hatte. Nach all ihren Bemühungen wurde das Bild immer verschwommener, und die wenigen Konturen, die sie zu sehen gemeint hatte, als sie begann, sich um das Leben und den Tod Awner Rosens zu kümmern, waren verschwunden. Lisi beschloss, lieber gleich zur Redaktion zu fahren, statt Arieli anzurufen.

***

Arieli war in einer Redaktionssitzung. Lisi ging in die Kantine und bestellte Kaffee und ein Brötchen. Drei junge Leute an einem Nachbartisch diskutierten darüber, ob es besser sei, die Beilage mit einem Artikel über die Republikanische Garde zu beginnen, die Elitetruppe der irakischen Armee, oder über die Affäre zwischen Peter Arnett, dem Reporter des CNN in Irak, und Kimberley Moore, der englischen Fernsehsprecherin. Sie verhöhnten und beschimpften einander in einer unflätigen Sprache.

An einem anderen Tisch hielt ein alter, magerer Reporter, dem ein großer Kropf unter dem Kinn wuchs und wie ein leerer Sack fast über seine rote Fliege hing, einen etwa dreißigjährigen

Mann an einem Hemdknopf und erklärte ihm mit einem sehr geduldigen und selbstzufriedenen Lächeln, dass eine Division keine vier Brigaden habe. Der Knopf hing an einem einzigen Faden, und Lisi beobachtete gespannt die Finger, die ihn umklammert hielten: Sie erwartete jeden Augenblick, dass er sich löste. Der Jüngere hatte ein schmales, scharf geschnittenes Gesicht und lange Haare, die mit einem blauen Bürogummi zusammengehalten wurden. Immer wieder irrte der Blick seiner schwarzen, funkelnden Augen hilfesuchend durch die volle Kantine. Plötzlich schaute er Lisi an und sagte: »Ich komme gleich zu dir.« Lisi schluckte ihr Brötchen runter und antwortete, sie habe es aber ein bisschen eilig. Der Alte ließ den Knopf des Reporters los, mit einem wissenden Lächeln auf den Lippen, und ging zu dem Tisch der jungen Leute hinüber.

»Uff, was für ein Schlag!« Der Knopfbesitzer setzte sich neben Lisi und begann zu lachen. »Du hast schnell reagiert! Toll! Diese beknackten Pensionäre.«

»Wir werden alle mal Pensionäre.«

»Bist du die neue Sekretärin von Schamgar?«

»Hmmm.«

»Er hat mich fast umgebracht. Was kann ich denn dafür, dass bei der Republikanischen Garde eine Division vier Brigaden hat? Ein Irrenhaus. Ein Tipp, als Zeichen der Dankbarkeit. Doron Cement wird bestimmt aus dir herauskriegen wollen, was Schamgar bringen will, um ihm den Stoff zu klauen. Cement versucht, Schamgars Job zu kriegen. Erzähle ihm nichts. Aber greife ihn auch nicht an. Die vorige Sekretärin ist weggegangen, weil Cement ihr das Leben schwergemacht hat. Er hat Faxe geklaut, hat Nachrichten verschlampt und Computereinträge versaut. Er ist ein Scheißer, wie er im Buche steht. Bye.«

»Bye – und vielen Dank«, sagte Lisi. Sie hörte auf zu kauen und lächelte den jungen Mann an. Ein Feind Cements konnte kein schlechter Mensch sein. »Danke.«

***

Arielis Sekretärin sagte zu Lisi, sie könne eintreten. Zwei Journalisten standen im Zimmer und berieten sich mit Arieli, ob sie die Nachricht, die über eine Agentur gekommen war, gegen die des Washingtoner Korrespondenten austauschen sollten. Arieli grüßte Lisi nicht, bot ihr keinen Platz an und stellte sie nicht den beiden Journalisten vor. Er hörte ihnen mit einem sauren Gesicht zu, brummte: »Die Nachricht von unserem Korrespondenten«, und trat hinter seinen Schreibtisch. Offensichtlich hielt er die Audienz für beendet. Die beiden verließen das Zimmer, und Lisi stellte zu ihrer Freude fest, dass Arielis Verhalten ihr gegenüber sich in nichts von dem unterschied, das er anderen Angestellten der Zeitung entgegenbrachte.

»Ja, Badichi?«, sagte er fragend, während er in den Unterlagen auf seinem Schreibtisch wühlte.

»Ich brauche eine Viertelstunde.«

»Sprechen Sie.«

»Sie müssen mir versprechen, dass das, was ich Ihnen sagen werde, nicht aus diesem Zimmer dringt.«

»Badichi!«

»Ich kann nichts sagen, wenn Sie es nicht versprechen.«

»Erpressung?«

Lisi stand auf, nahm ihre Tasche und wandte sich zur Tür.

»Badichi!«

»Versprechen Sie es.«

»Was ist das hier, ein Kindergarten? Ich verspreche es, ich verspreche es ja.«

Lisi setzte sich wieder hin und begann, Arieli die Ereignisse der Reihe nach zu erzählen, von dem Moment an, als sie Awner Rosen in ihrer Wohnung vorgefunden hatte, bis zu diesem Moment. Arieli sah aus wie jemand, der unter Bauchschmerzen leidet.

»Man nutzt Sie aus«, sagte er, als sie fertig war.

»Ich nutze auch aus.«

»Es gibt zwei Möglichkeiten: Entweder Sie haben die große Geschichte, oder Sie werden eine Leiche. Vertrauen Sie Ihrem Schwager?«

»Ja. Er ist ein aufrichtiger, kluger und hartnäckiger Polizist.«

»Wenn er hinter dem Rücken der Polizei arbeitet, ist er nicht ganz so anständig, so aufrichtig und so klug, wie Sie zu glauben scheinen. Wo liegt Rosens Interesse?«

»Herauszufinden, wer Tami Simon umgebracht hat und versucht hat, auch ihn zu ermorden.«

»Muss er dafür untertauchen?«

»Er hat Angst, die Polizei einzubeziehen, denn er hegt den Verdacht, jemand von der Polizei habe die Familie Simon über die Ermittlungen informiert, und dadurch sei es zu dem Mord gekommen.«

»Warum sollte Simon seine Tochter umbringen wollen?«

»Die Frage ist, ob der Mord etwas mit den Ermittlungen gegen Simon zu tun hat oder mit dem Verkauf der Noten und der Bilder. Vielleicht muss man die beiden Dinge getrennt betrachten.«

»Unmöglich. Sie haben gesagt, dass diese Sachen mit Hilfe von Simons Geschäftsbeziehungen verkauft worden sind. Es ist also logischer, dass der Mord etwas mit den Waffengeschäften zu tun hat. Die große Geschichte ist Simon.«

»Warum?«

»Freundschaft als oberster Wert. Über dem Gesetz, über der Moral, über den Gesetzen einer normalen Regierung. Über allen Militärlieferanten, Politikern und Geschäftsleuten, die ihre Macht aus der Schwäche der Regierung beziehen. Konzentrieren Sie sich auf den Mord, Badichi.«

Arielis Bemerkungen beleuchteten die Vorfälle aus einem anderen Blickwinkel. Er hatte die Probleme, die mit der ganzen Geschichte verknüpft waren, noch schärfer formuliert.

»Ginzburg kennt Frau Simon noch aus der Zeit, als sie ein Kind war. Ginzburg kennt jeden aus der Zeit, als er ein Kind war«, sagte Arieli. Er nahm den Hörer vom Telefon, wählte und teilte Ginzburg mit, dass er ihm Lisi Badichi schicke, die Reporterin der *Zeit im Süden*.

Der Journalist mit dem Knopf machte die Tür auf. »Nicht jetzt«, wehrte Arieli ab. Der junge Mann warf Lisi einen überraschten Blick zu, bevor er hinausging.

»Wollen Sie Rückendeckung?«, fragte Arieli.

»Ja. Ich erledige weiter die anfallenden Arbeiten, weil niemand erfahren soll, dass ich eigentlich etwas anderes mache, aber das ist es, worauf ich mich im Moment konzentriere.«

»Verstricken Sie sich nicht zu sehr.«

»Ich bin schon verstrickt.«

»Der Fall Hernschlag hat mir gereicht.«

»Hornstick.«

»Sie haben es mit Mördern zu tun. Nicht mit dem Rabbi von Lubowitz. Vergessen Sie das nicht.«

»In Ordnung.«

»Und übertreten Sie das Gesetz nicht. Ich kann Ihnen nicht helfen, wenn Sie gegen das Gesetz handeln.«

»In Ordnung.«

Arielis Oberlippe kräuselte sich. Er sah aus wie ein Schlafender, der versucht, eine kleine Spinne wegzubekommen, die unter seiner Nase vorbeikriecht. Für den Bruchteil einer Sekunde erschien die Andeutung eines Lächelns auf seinem Gesicht. Lisi stand auf und verließ das Zimmer. Sie fühlte sich ausgelaugt.

***

»Warum hast du gesagt, du wärst die neue Sekretärin von Schamgar?«, fragte der Knopfbesitzer, der am Tisch von Arielis Sekretärin saß.

»Du hast das gesagt, nicht ich.«

»Warum hast du mich nicht korrigiert?«

Lisi zuckte mit den Schultern. Immer dachten alle, sie sei die Sekretärin, die Kellnerin, die Verkäuferin. Sie machte sich nie die Mühe, den Irrtum klarzustellen. Wenn sie sagen würde, dass sie aus Be'er Schewa war, dann würde sie sich wie durch die Berührung mit einem Zauberstab in einen Kürbis verwandeln. Be'er Schewa? Gab es so einen Ort überhaupt?

»Du bist die Frau aus Be'er Schewa, die dieser Richter umzubringen versucht hat.«

Sie arbeitete schon seit zehn Jahren für die *Zeit,* hatte mit eigenen Händen die Lokalausgabe aufgebaut, berichtete über das Militär, die Polizei, die Stadtverwaltung, die Arbeiter, die Künstler – aber alles, woran man sich erinnerte, war Hornstick. Sogar Arieli war ausgerechnet Hornstick eingefallen.

»Und wer bist du?«, fragte Lisi.

»Eran Fischer.« Er sagte seinen Namen wie jemand, der sich wundert, dass es irgendeinen Menschen auf der Welt gab, der seine Identität nicht kannte. Ihr ausdrucksloses Gesicht enttäuschte ihn. »Unser brillanter Korrespondent bei der Knesset! Die große Hoffnung der *Zeit*! Die heißeste Entdeckung des israelischen Journalismus! Der hochbegabte und großartige Kerl, der dich zum Mittagessen einlädt!«

»Danke. Ich muss zurück nach Be'er Schewa.«

»Du verpasst die Gelegenheit deines Lebens.«

»Ich weiß.«

»Um sechs nach dem Krieg? Abgemacht? Versprichst du's?«

»Abgemacht. Wo sitzt Ginzburg?«

»Komm, ich bring dich hin.«

Eran Fischer ging vor ihr her, sein kleiner Pferdeschwanz tanzte auf seinem schmalen Nacken. Vor Ginzburgs Zimmer deutete er nur kurz auf die Tür und verschwand sofort. Sie öffnete die Tür und verstand sofort den Grund. Ginzburg war der Alte mit der roten Fliege.

Arieli hatte recht; Ginzburg kannte jeden Menschen aus der Zeit, als er noch ein Kind gewesen war. Er hatte ein gutes

Gedächtnis, und er war sehr stolz darauf. Die Art, wie er seine Geschichten erzählte, war allerdings ermüdend. Seine Worte schienen sich in einem Irrgarten zu bewegen, in dem er immer wieder zu seinem Ausgangspunkt zurückkehrte und sich erneut auf den Weg zur Mitte machte, auf der verzweifelten Suche nach der rettenden Öffnung.

Bilha Hacohen kannte er natürlich seit ihrer Geburt. Auch ihren Vater und ihren Großvater hatte er gut gekannt, war ein alter Pionier gewesen, der Großvater. Hatte für die Gesellschaft Ge'ula gearbeitet, die den Boden für die kooperativen landwirtschaftlichen Siedlungen kaufte, dann für die Gesellschaft zur Entwicklung Tel Avivs, die den Boden für den Hafen und Machlul A gekauft hatte.

Nachdem er sich von den öffentlichen Tätigkeiten zurückgezogen hatte, gründete er ein Fuhrunternehmen. Anfangs besaß er Pferde und Wagen, dann Lastautos. Er vergrößerte das Geschäft und gründete eine Import-Export-Firma, ein Bauunternehmen in Be'er Schewa. Ein reicher Mann. Er hatte drei Söhne und drei Töchter. Bilhas Vater Uri Hacohen war der jüngste der Söhne. Der Großvater beteiligte die Jungen an seinen Geschäften, den Mädchen gab er eine dicke Mitgift, das war's. Der Kampf um das Erbe begann noch zu Lebzeiten des Großvaters. Schließlich wurde der Besitz durch das Gericht aufgeteilt.

Uri Hacohen bekam die Baufirma. Bilha wurde wie eine Prinzessin erzogen. In den Sommerferien wurde sie nach Brighton geschickt, und nach Beendigung des Gymnasiums fuhr sie für ein Jahr nach Lausanne, um den letzten Schliff zu bekommen. Nach ihrer Rückkehr ging sie zum Militär.

Schajke Simon lernte sie kennen, als sie während ihrer Militärzeit beim Waffenstillstandsrat ihren Dienst versah. Alle schönen Mädchen heirateten damals Armeeoffiziere. Das war die Elite. Schajke Simon wurde eine große Zukunft vorausgesagt. Man glaubte, er würde es einmal zum Generalstabschef bringen. Aber er hatte einen schlechten Charakter. Versuchte mehr zu schlucken, als er verdauen konnte. Egal, wie viel er bekam, er wollte immer mehr. Zertrampelte den, der ihm im Weg stand. »Man sagt, Bilha habe Schajke geholfen, vorwärtszukommen, wenn Sie verstehen, was damit gemeint ist.«

Lisi sagte zu Ginzburg, sie verstehe, was damit gemeint sei.

Auch die Ernennung in Paris hatte er Bilha zu verdanken. Sie war schön, leidenschaftlich, sehr charmant, sprach mehrere Sprachen. Sie verfügte über gute Beziehungen zu den höchsten Kreisen. Wenn es nach ihr gegangen wäre, hätte sie sich gleich nach diesem Straucheln im Sechstagekrieg von Schajke getrennt.

»Heutzutage trennt man sich ja schnell«, meinte Ginzburg. »In unserer Generation war das ein Makel. Der Mann mochte ein Dieb sein, ein Schwächling, ein Betrüger, ein Geschlechtskranker – scheiden ließ man sich nicht. Die Eltern drohten Bilha mit Enterbung, wenn sie sich scheiden ließe. Als sie dann nach Paris fuhren, verliebte sie sich in Stefanopulos, den griechischen Attaché, und kehrte nicht mehr nach Israel zurück. Er hatte genug Geld, sodass sie die Drohungen ihrer Eltern ignorieren konnte. Die Kinder fuhren mit ihrem Vater zurück. Schajke Simon machte es wie der alte Hacohen: Den Sohn nahm er in die Firma auf, die Tochter bekam eine Aussteuer. Zu seinem Pech schaffte er es nicht, sie zu verheiraten.«

»Wie ist die Beziehung zwischen Bilha und Schajke heute?«, fragte Lisi.

»Sie haben immer eine gute Beziehung gepflegt, wegen der Kinder. Außerdem gab es da noch die gemeinsamen Geschäfte von Stefanopulos und Simon. Aller Wahrscheinlichkeit nach war Bilha diejenige, die darauf geachtet hat.«

»Was für ein Interesse hatte sie an Geschäftsbeziehungen zwischen ihrem ersten und ihrem zweiten Mann?«

»Geld. Sie wollte die Zukunft der Kinder sichern.«

»Trotz allem, was sie von ihm wusste?«

»In jeder Zeitung finden Sie einen Bericht über jemanden, der gestohlen hat, gemordet, betrogen, einschließlich der Behauptung, der Partner oder die Partnerin habe keine Ahnung von allem gehabt. Bilha Stefanopulos half Schajke Simon, seine Geschäfte zu erweitern, und sie ging wohl davon aus, dass er dankbar sein würde. Ich bin sicher, dass er nachts wach liegt und an einem Plan bastelt, wie er Stefanopulos und Bilha erledigen kann. Er ist einfach nicht der Typ Mann, der zur Tagesordnung übergeht, wenn seine Frau ihn verlässt. Er ist bereit, sein Leben im Gefängnis zu verbringen, wenn er sich nur rächen kann.«

»Meinen Sie das wirklich?«

»Ich bin sicher. Verlangen Sie im Archiv die Unterlagen zu Jeschajahu Simon.«

»Ich habe genug Material. Vielen Dank.«

»Sind Sie die Tochter von Beton-Badichi?«

»Nein, die Tochter von Strickwaren-Badichi.«

Lisi lächelte, als sie Ginzburgs Zimmer verließ. »Strickwaren-Badichi« hörte sich gut an. Fast so gut wie »Beton-Badichi«.

»Bist du am Leben geblieben?« Eran Fischer wartete am anderen Ende des Korridors auf sie. Vermutlich hatte er Angst, Ginzburgs Zimmer zu nahe zu kommen. Er begleitete sie zu ihrem Auto und verabschiedete sich von ihr, wobei er sie an ihre Verabredung erinnerte.

Lisi beobachtete im Rückspiegel die Gestalt, die langsam kleiner wurde. Würde er sich wirklich nach dem Krieg mit ihr in Verbindung setzen, oder war das nur so eine Tel Aviver Art der Anmache, abgewetzt wie die Jeans, die er trug, eine Anmache, die er in unzähligen Pubs bei unzähligen Mädchen probierte?

***

In Be'er Schewa fuhr sie zum *Blauen Pelikan,* rief von dort Benzi an und bat ihn zu kommen. Im Lokal war es ruhig. Das Einzige, was sich bewegte, war das Bild auf dem Fernsehschirm. Die rot-weiß karierten Tischdecken waren sauber, und die Bügelfalten taten den Augen weh. Der Barmann sagte, die Geschäfte seien im Arsch. Alle Studenten seien nach Hause gefahren, und sie würden schon um vier zumachen. Die größten Helden seien plötzlich jiddische Mammes geworden. Die einzige Hoffnung seien die Patrioten. Und die Amerikaner. Die verstanden es zu trinken. Nicht wie die Israelis. Auf den Spuren der Amerikaner würden die schönen Frauen kommen, und daraufhin würden auch die großen Helden auftauchen, die sich jetzt noch in der Armee versteckten.

Der leere *Pelikan* erschreckte Benzi. Lisi nahm seine Hand in ihre, lächelte ihn an und sagte: »Ich habe ein Geschenk für dich, Benzi, Schätzchen.«

»Georgette wird dir die Augen auskratzen.« Er warf ihr einen wütenden Blick zu und entzog ihr seine Hand. Dann bestellte er zwei Tassen Kaffee und wartete, bis der Barmann zu seinem Platz hinter der Theke zurückgekehrt war.

Lisi zog den Zigarettenstummel aus ihrer Tasche und hielt ihn Benzi hin. »Paulette Melnik raucht diese Zigaretten«, sagte sie. »Ich habe das in Bizaron B gefunden, in dem Haus, in dem vor fünfunddreißig Jahren David Knut gewohnt hat, der Vater Betty Knuts. Die Bilder und die Noten sind vor über dreißig Jahren verschwunden. Es ist fast sicher, dass die Noten Paulette gehört haben und die Bilder Betty. Wir wissen nicht, wo die Noten und die Bilder in den ganzen Jahren waren. Aber wir wissen, dass sie verkauft wurden, nachdem Simon die *Letzte Gelegenheit* gekauft hat. Betty Knut und Paulette Melnik waren Freundinnen. Die Noten und die Bilder können in der *Letzten Gelegenheit* gewesen sein oder bei Paulette Melnik oder an jedem anderen Ort, der etwas mit diesen beiden Frauen zu tun hatte. Ich bin zu dem Haus gefahren, in dem David Knut gelebt hat. Dort gibt es keinerlei Spuren. Aber bevor ich zu diesem Haus kam, war Mike Silcha dort ...«

»Heute?«

»Ja, heute.«

»Hast du ihn gesehen?«

»Ich habe ihn gesehen, er mich nicht. Er hat zu Towa Harari, der jetzigen Hausbesitzerin, gesagt, er sei vom Grundbuchamt, deshalb – lach nicht – habe ich gesagt, ich wäre auch vom Grundbuchamt. Frau Harari hat erzählt, vor zwei Tagen sei eine Frau bei ihr gewesen, die behauptet habe, ihre Eltern hätten früher einmal in diesem Haus gelebt. Die Beschreibung passt auf Paulette Melnik. Sie suchte etwas im Schuppen, der dort im Hof steht, und regte sich sehr auf, als sie es nicht fand. Vor zwei Jahren hat sich dort ein junger Mann mit der Ausrede herumgetrieben, er wolle ein Haus in der Gegend kaufen. Zwei Wochen später ist bei den Hararis eingebrochen worden. Sie haben es nicht der Polizei gemeldet, weil nichts gestohlen worden ist.«

»Bist du sicher, dass Silcha dich nicht gesehen hat?«, fragte Benzi.

»Ich bin zweimal über ihn gestolpert. Einmal, als er zum Archiv des Schriftstellerverbands ging. Er ist genau in dem Moment die Treppe hinaufgegangen, als ich aus dem Restaurant gekommen bin. Ich habe ihn noch rechtzeitig gesehen, sodass ich mich verstecken konnte. Frau Harari hat gesagt, er sei zwei Stunden vor mir bei ihr gewesen. Hast du herausgefunden, was er in der Aufbahrungshalle gemacht hat?«

»Nein, ich traue mich nicht, beim Erkennungsdienst nachzufragen. Ich habe Schoschis Listen durchgesehen, aber er hat ihn nicht erwähnt. Woher weißt du, dass diese Zigarettenkippe von Paulette Melnik stammt?«

»Ich habe gesehen, dass sie solche Zigaretten raucht, mein lieber Watson.«

»Wo hast du sie gefunden?«

»Direkt neben dem Tor, vor dem Grundstück. Frau Harari hat gesagt, Paulette Melnik sei vor zwei Tagen bei ihr gewesen.«

»Wusste sie ihren Namen?«

»Nein. Warst du inzwischen bei ihr?«

»Ja. Das Auto auf Bepos Hof gehört wirklich Chesi Rodnizki.

Die Ermittlungen wegen der Bilder und der Noten werden fortgeführt. Ich habe dem ›Kommissar‹ erzählt, dass der Mann, der Tami Simon begleitete, als sie zum letzten Mal in ihrem Antiquitätengeschäft in Jaffa war, ein solches Auto besaß, und dass dieser Mann verschwunden zu sein scheint. Ich bat um Erlaubnis, von diesem Punkt aus Nachforschungen zu betreiben, und ich habe sie auch bekommen.«

»Ist das gut oder schlecht?«

»Es gibt eine Grenze für das, was ich aus eigenen Stücken tun kann, ohne dass ich von meinen Vorgesetzten gedeckt bin. Er hat mir Arkadi Katz aufgehalst, einen Untersuchungsbeamten, der mit Rosi an dem Fall Simon gearbeitet hat. Wir haben einen Durchsuchungsbefehl erhalten und gingen damit zu Frau Melnik. Wir fanden eine vollkommen verschreckte Frau vor. Ich sagte, wir hätten Chesis Auto in einer Werkstatt gefunden, wo es schon seit dem Morgen des Zweiundzwanzigsten stehe, dem Tag, an dem Tami Simon und Awner Rosen ermordet wurden. Ich sagte ihr auch, so ein Auto sei neben Tami Simons Antiquitätengeschäft in Jaffa gesehen worden, aber sie sagte, sie habe nicht gewusst, dass er mit ihr gearbeitet habe. Sie brach zusammen und fing an zu weinen. Sie sagte, sie wisse nichts von seinen Geschäften und habe auch keine Ahnung, wo er sich aufhalte.«

»Glaubst du ihr?«

»Weiß nicht. Sie macht sich über ihren Sohn keine großen Illusionen. Aber er hängt sehr an ihr. Zweimal war sie gezwungen, irgendetwas zu verkaufen, um ihn aus irgendeinem Schlamassel zu helfen. Sie hat ihren ganzen Schmuck verkauft. Auch ihren Fernseher und das Radio.«

»Drogen.«

»Ja.«

»Ja'akow und Klara sagen, Paulette und Betty hätten Drogen geraucht.«

»Bei der engen Beziehung zwischen ihr und ihrem Sohn ist es einfach nicht logisch, dass er verschwindet, ohne sich bei ihr zu melden, noch dazu im Krieg.«

»Ist er der Mörder, der ermordet wurde?«

»Ja.«

»Benzi! Warum hast du mir das nicht gesagt?«

»Jetzt habe ich es dir ja gesagt.«

»Bist du sicher?«

»Als er das erste Mal verhaftet wurde, hat man seine Fingerabdrücke genommen. Vermutlich um ihn zu erschrecken. Wir haben sie mit den Fingerabdrücken des Mannes verglichen, der zusammen mit Tami Simon ermordet wurde. Sie sind identisch.«

»Aber Rosen hat ihn gekannt!«

»Tami und Rosi kamen während des Alarms zu Hause an, ungefähr um halb acht. Es war schon dunkel …«

»Es gibt dort Straßenlaternen.«

»Ich war gestern spätabends dort. Es kann sich jemand zwischen den Bäumen verstecken, ohne dass ihn die Opfer von der Straße sehen. Vor allen Dingen dann, wenn sie nicht damit rechnen, dass ihnen jemand auflauert. Chesi wartete unter den Bäumen auf sie. Tami stieg aus, um das Tor zu öffnen, sie sah ihn, und er schoss auf sie. Rosi hörte das Schießen und zielte automatisch in die Richtung, von wo es kam. Der Angreifer wurde von Rosis Schuss getroffen und lag in der Dunkelheit zwischen den Bäumen. Rosi nahm an, er selbst sei das Ziel der Schüsse gewesen. Er meinte, jemand von der Polizei habe die Simons darüber informiert, dass er gegen sie ermittelte. Er überlegte blitzschnell. Wenn es ihm gelang, die Identität des Toten zu verschleiern, sodass die Simons und ihre Zuträger glaubten, er sei tot, könnte er seine Ermittlungen fortsetzen. Rosi sieht schlecht, er hört übrigens auch nicht gut. Vermutlich hat er in der Dunkelheit Chesi, als er dort im Dreck lag, wirklich nicht erkannt. Vielleicht kam er einfach nicht auf die Idee, es könnte sich um Chesi handeln. Bis jetzt bin ich von der Annahme ausgegangen, dass der Mörder es nicht auf Tami abgesehen hatte. Dass Rosi das Ziel war. Der Mörder rechnete damit, dass die beiden mit Tamis Auto kommen würden und es also Rosi wäre, der aussteigt und das Tor aufmacht. Doch sie kamen in Rosis Peugeot. Rosi fuhr, und Tami stieg aus, um das Tor zu öffnen. Sie sah den Mörder und erkannte ihn, und er beschloss, auch sie zu erschießen.«

»Was meinst du damit, du wärst bis jetzt von dieser Annahme ausgegangen?«

»Irgendetwas stimmt nicht.«

»Woher wusste Chesi, wann sie zu Hause ankommen würden?«

»Ich nehme an – aber auch das ist eine Annahme, die ich nicht beweisen kann –, dass der Mann, der Tami und Rosi im *Escopia* angerufen hat, Chesi war. Vielleicht waren sie im *Escopia* verabredet, und er hat angerufen, um zu sagen, dass sein Auto kaputt sei und er deshalb nicht kommen könne.«

»Er hat den Suzuki gemietet.«

»Ich weiß. Aber der Besitzer von Alpha hat gesagt, dass die Kupplung kaputt war. Vielleicht hatte er das herausgefunden und beschlossen, nicht nach Aschkelon zu fahren. Statt Tami im *Escopia* zu treffen, lauerte er ihr zu Hause auf.«

»Und wenn der Suzuki nicht kaputt gewesen wäre, hätte er sie in Aschkelon umgebracht?«

»Keine Ahnung. Vielleicht. Frag Rosi, wer Tami im *Escopia* angerufen hat. Ich bin fast sicher, dass die Antwort, die du bekommen wirst, meine Vermutungen bestätigt. Es fällt mir schwer zu glauben, dass die Familie Simon Chesi Rodnizki geschickt hat, um Awner Rosen zu ermorden. Wenn sie die Auftraggeber gewesen wären, hätte er nicht auf Tami geschossen. Wir müssen alles ganz neu durchdenken.

Es gibt zwei Möglichkeiten. Die erste ist, dass Chesi von Leuten angeheuert worden war, die Rosi aus dem Weg räumen wollten, und er gezwungen war, Tami zu erschießen, weil sie ihn erkannt hatte. In diesem Fall war es nicht die Familie Simon, die sich an Chesi gewandt hatte, sondern jemand anderer in ihrem Auftrag. Hätten Simon oder sein Sohn sich die Dienste Chesis gekauft, hätte er Tami nicht umgebracht. Die zweite Möglichkeit ist, dass er vorhatte, Tami zu töten, und Rosi ebenfalls umbringen wollte, weil er zufällig anwesend war und ihn hätte identifizieren können. Hält man das für möglich, muss man herausfinden, warum. Was für ein Interesse hatte Chesi Rodnizki daran, Tami Simon und auch Rosi zu ermorden? Das Motiv, Lisi! Was hat ihn dazu getrieben?«

»Habt ihr die Blutgruppe des Toten festgestellt?«

»A.«

»Auf den Kleidungsstücken, die Rosi dir gegeben hat, waren doch bestimmt Blutflecken.«

»Ich kann sie nicht dem kriminaltechnischen Labor übergeben. Was soll ich sagen, woher ich sie habe?«

»Blut der Blutgruppe A muss sich doch auch im Auto befinden.«

»Natürlich. Rosi hat Chesi doch ins Auto gesetzt. Sag Rosi, dass ich ihn treffen muss. Je schneller, desto besser.«

»Wo? Wann?«

»Sag ihm, ich hätte die Zustimmung zu weiteren Ermittlungen bekommen, und dass Arkadi Katz für mich arbeitet. Die Identität des Toten sei klar. Sag ihm, dass es Rodnizki ist. Und sag ihm auch, dass wir vermutlich von einer falschen Annahme ausgegangen sind. Er wird dir sagen, wo und wann ich ihn treffen kann.«

Benzi sah bedrückt aus. Er strich mit dem Daumennagel über die lange Bügelfalte auf der Tischdecke. Er wusste ebensogut wie Lisi, dass diese neue Entdeckung die Ermittlungen nur noch verkomplizierten.

»Du kannst deine Privatermittlungen nicht einfach weiterführen, Benzi. Wenn du noch länger geheim hältst, dass er lebt, könntest du deinen Posten bei der Polizei verlieren.«

»Ich weiß. Aber was soll ich tun?«

»Rosi überreden, aus dem Untergrund aufzutauchen.«

»Und damit zugeben, dass ich ihm geholfen habe unterzutauchen?«

»Wenigstens musst du dann nicht allein weiterarbeiten.«

»Ich bin nicht sicher, dass Rosi das gern hört.«

»Aber was kannst du tun?«

»Nichts.«

»Weiß Paulette Melnik, dass ihr Sohn derjenige ist, der mit Tami beerdigt wurde?«

»Nein. Wenn ich ihr das erzähle, muss ich ja aufdecken, dass Rosi lebt.«

»Wer weiß sonst noch, dass die Fingerabdrücke die von Chesi Rodnizki sind?«

»Keine Ahnung.«

»Was hat Paulette Melnik euch erzählt?«

»Ihren Lebenslauf.«

»Passt irgendwas zusammen?«

»Na und ob!«

»Erzähl!«

»Nicht jetzt, Lisi. Ich muss ins Büro zurück.«

»Benzi! Du kannst mich nicht einfach benutzen, wenn es dir bequem ist, und mich wegwerfen, wenn es dir nicht passt.«

»Wer wirft dich denn weg?«, schrie Benzi laut und sprang auf. Der Barmann starrte zu ihnen herüber.

»Arieli will unbedingt, dass ich mit dem Distriktkommandeur rede.«

»Arieli will! Hast du es ihm etwa erzählt?«

»Er weiß schließlich, dass ich an einem Artikel über den Doppelmord arbeite. Noch eine Tasse Kaffee, Benzi, Schätzchen?«

»Hör auf mit dem Schätzchen!«

»Schön, ich möchte auch noch eine.« Lisi lächelte den Barmann überaus freundlich an und bestellte noch zwei Tassen Kaffee. Benzi setzte sich wieder hin und betrachtete sie, als würde er ernsthaft überlegen, ob er sie lieber ertränken oder verbrennen wollte. Sie war froh, dass er nicht ihr Vorgesetzter war. Schweigend warteten sie auf den Kaffee. Lisi betrachtete Benzi und stellte fest, dass seine Haare anfingen, grau zu werden. Er hatte die Lippen fest zusammengepresst, und tiefe Falten zogen sich zu seinen Mundwinkeln. Sie musste an Arielis Bemerkung denken: »Wenn er hinter dem Rücken der Polizei arbeitet, ist er nicht ganz so anständig, so aufrichtig und so klug.« Sie glaubte an Benzi, glaubte an seine Anständigkeit und Ehrenhaftigkeit. Aber schließlich war es auch schon vorgekommen, dass ein anständiger Mensch andere anständige Menschen aus irgendwelchen geheimen Grundsätzen wie Gerechtigkeit und Treue verletzte.

»Schade um die Zeit, Benzi, Schätzchen.«

»Was willst du?«

»Paulette Melniks Geschichte.«

Der Barmann brachte den Kaffee, stellte die Tassen auf den Tisch, ohne sie anzuschauen, und zog sich sofort hinter die Theke zurück.

»Trink deinen Kaffee. Wir fahren zu meinem Büro, und ich gebe dir die Kassette.«

»Hast du euer Gespräch aufgenommen?«

»Ja. Ich habe eine Kopie für Arkadi gemacht. Ich gebe dir seine Kassette. Morgen bringst du sie zurück.«

»Kann Rosi sie mit mir zusammen anhören?«

»Selbstverständlich. Es ist wichtig, dass er sie hört.«

Kapitel 9

Das Kokosmädchen

Lisi sagte Rosi, dass der Mann, der ihm nach dem Leben getrachtet habe, Chesi Rodnizki gewesen sei. Sie erzählte ihm von ihren Besuchen im Archiv des Schriftstellerverbands und in Bizaron und teilte ihm mit, dass Benzi ihn treffen wolle. Ihren Besuch bei Arieli erwähnte sie nicht. Rosi bestätigte, dass es Chesi Rodnizki gewesen war, der Tami im *Escopia* angerufen hatte. Bisher habe er Chesis Anruf keine besondere Bedeutung beigemessen. Denn warum sollte Chesi Rodnizki ihn oder Tami töten wollen? Das sei unlogisch.

Tami hatte Chesi von Zeit zu Zeit um Hilfe gebeten, wenn sie einen Container durch den Zoll bringen wollte. Am fraglichen Tag war Chesi am Hafen von Aschdod gewesen und hatte mit Tami verabredet, sie im *Escopia* zu treffen, um ihr die Papiere zu übergeben. Sie wollte nicht, dass er zu ihr nach Hause kam, denn ihr Vater verabscheute Chesi. Er hielt ihn für einen üblen Burschen und drängte sie, die Beziehungen zu ihm abzubrechen. Aber Tami war eine selbständige Frau, war auch deshalb ins Antiquitätengeschäft eingestiegen, um von ihrem Vater unabhängig zu werden. Es fiel ihr also nicht ein, sich von Chesi zu trennen. Für ihre Geschäfte war Chesi der richtige Mann am richtigen Ort. Er besaß ausgezeichnete Beziehungen zur Zollbehörde, und er stand ihr immer zur Verfügung. Sie wollte gar nicht wissen, wie er es schaffte, mit den Behörden klarzukommen, die eine Freigabe der Waren verzögern konnten. Einer der Gründe, weshalb Tami vor ihrer Rückkehr nach Be'er Schewa im *Escopia* essen wollte, war die Verabredung mit Chesi gewesen. Doch um halb acht oder kurz danach hatte Chesi angerufen und gesagt, dass er nicht kommen könne, weil sein Auto kaputt sei. Tami sagte, sie würde ihn am nächsten Tag anrufen und einen Treffpunkt in der Stadt mit ihm ausmachen. Doch für Tami hatte es kein Morgen gegeben.

»Sehnst du dich nach ihr?«, fragte Lisi.

»Sprechen wir nicht darüber.« Er senkte die Lider, wie um eine Tür zu schließen, durch die sie einen Blick in seine Seele werfen könnte.

»Wie lange wart ihr befreundet?«

»Wollen wir uns das Band anhören?«

Sie saßen einander am Küchentisch gegenüber. Der Stapel Zeitungen auf dem Sofa war ihr beim Heimkommen sofort aufgefallen. Nun fragte sie Rosi, was er den ganzen Tag gemacht habe, und er sagte, er sei nach Tel Aviv gefahren. Als sie ihn fragte, wie, lachte er und antwortete: »Mit dem Autobus.« Sie beschwerte sich, weil er ihr nichts von seiner geplanten Fahrt gesagt hatte, sie hätte ihn doch im Auto mitnehmen können. Doch er sagte, er habe sich erst zu der Fahrt entschlossen, nachdem er sich von ihr getrennt hatte. Und als sie ihn fragte, was er in Tel Aviv gemacht habe, antwortete er: »Erledigungen.« Diese sparsame Antwort hatte etwas Entschiedenes, Verletzendes. Als würde sie sich unnötig in seine Angelegenheiten einmischen. Die Tatsache, dass sie ihn über jeden ihrer Schritte informierte, über die meisten, die sie seinetwegen unternahm, verpflichtete ihn vermutlich nicht, das Gleiche zu tun.

Während sie sich duschte, bereitete Rosi das Abendessen vor. Er hatte bereits gelernt, dass es, wenn er sich auf sie verließ, keine Mahlzeit geben würde. Er stellte gute Sachen auf den Tisch: geräucherten Fisch, Tomatenscheiben in Olivenöl und mit schwarzem Pfeffer, Avocado mit Zitronensaft, Ziegenkäse, schwarze Oliven und frisches Bauernbrot. Er hatte es geschafft, die Pfeffermühle zu reparieren, die seit Jahren schon kaputt im Schrank gestanden hatte. Sie aßen schweigend, und Lisi dachte, dass sie wie ein altes Ehepaar da in der Küche saßen und aßen, ohne ein Wort miteinander zu wechseln. Was ihre Mutter bei diesem idealen Anblick wohl sagen würde?

»Bist du überrascht, dass es Chesi Rodnizki war?«, fragte sie.

»Eigentlich nicht. Obwohl ich es mir nicht vorgestellt hätte. Es ist schwer, das zu verdauen. Aber richtig überrascht bin ich nicht. Ich weiß, dass er ein paarmal mit dem Gesetz in Konflikt gekommen ist. Und dass er Drogen nahm, war allgemein bekannt. Ein Borderliner. Kein richtiger Verbrecher. Er muss einen sehr guten Grund gehabt haben, dass er Tami töten wollte, und bei dieser feierlichen Gelegenheit auch mich. Mord ist bei Leuten wie Chesi Rodnizki ein Akt der Verzweiflung. Sie brauchen ein wirklich starkes Motiv oder ganz massiven Druck. Und was die passende Gelegenheit betraf, das war kein Problem. Er wusste, wo wir waren, und er wusste, wann wir kommen würden. Oder wenigstens – wann Tami kommen würde. Die Leute vom Erkennungsdienst haben die Reifen des Suzuki untersucht?«

»Keine Ahnung.«

»Am Mordtag war schönes Wetter. Klar und trocken. Aber in der Nacht davor hatte es geregnet. Bestimmt haben sie die Reifen untersucht. Man kann die Reifenspuren mit den Reifen des Suzuki vergleichen.«

»Erinnerst du dich nicht an den Suzuki?«

»Nein. Soweit ich mich erinnere, stand kein Suzuki an der Straße. Auch kein anderes Auto. Die Autos von Simon und Oded stehen normalerweise vor der Haustür. Aber sogar an die erinnere ich mich nicht. Alles ist innerhalb von Sekunden geschehen. Und ich habe mich sehr beeilt, dort wegzukommen.«

»Während der Trauertage standen dort sehr viele Autos, bestimmt ist nirgendwo eine Spur zurückgeblieben. Außerdem gehört der Suzuki einem Autoverleih. Das Auto ist seit dem Mord bestimmt schon durch mehrere Hände gegangen. Ganz abgesehen davon, dass sie das Auto waschen, bevor der nächste Kunde es bekommt.«

»Vielleicht wollte Chesi eine alte Rechnung mit Tami begleichen und hat nur deshalb auf mich geschossen, weil ich zufällig dabei war. Wenn Chesi ihr Kurier war, der Mann, der sich während des Transports um die Möbel kümmerte, kann es leicht sein, dass er noch etwas ganz anderes schmuggelte, egal, ob auf seine Initiative oder auf ihre. Vielleicht war er auch derjenige, der das Geld von einem Land ins andere brachte. Aller Wahrscheinlichkeit nach bekamen Tami und Melachi einen Teil des Geldes offiziell, den anderen unter der Hand. Es war gut möglich, dass Chesi derjenige war, der sich um die Geldschieberei kümmerte, und dafür eine Provision kassierte. Vielleicht hat er versucht, Tami zu erpressen, und sie wollte ihm kein Geld geben. Oder er hat Gelder zurückbehalten, die ihr gehörten, und sie drohte ihm. Tami war eine harte Geschäftsfrau und fürchtete sich vor niemandem. Wenn er versucht hat, sie zu erpressen, reagierte sie bestimmt entsprechend. Sag Benzi, er soll noch mal in das Geschäft gehen und mit Melachi reden. Er soll ihn fragen, ob sie das Geld für den Schreibtisch schon bekommen haben. Melachi wird Angst haben, wegen des Zolls und der Ausfuhrgenehmigung. Man muss ihm klarmachen, dass die Ermittlungen sich nur auf den Mord beziehen.«

»Das ist kompliziert, nicht wahr?«, fragte Lisi leise. Die Tatsache, dass die Identität des Ermordeten beziehungsweise des Mörders nun bekannt war, hatte alles noch schwieriger gemacht. Viele Details schossen ihr durch den Kopf, ein ganzes Durcheinander von Informationen, die sie in den letzten Tagen gesammelt hatte. Noch immer gab es keine logische Verknüpfung zwischen den verschiedenen Fakten.

»Es gibt eine Stufe der Ermittlungen, auf der sich alles zu einem Brei vermischt und man weder Hände noch Füße erkennt. Und dann, plötzlich, ohne irgendeinen erkennbaren Grund, entdeckt man das Ende eines Fadens, das Knäuel entwirrt sich, und alles rutscht an seinen Platz.«

»Du liebst deine Arbeit, Rosi, nicht wahr?«, fragte Lisi.

»Ich liebe den Prozess des Entzifferns. Es gibt ein Rätsel, und man muss es lösen. Wer am klügsten ist, löst es am schnellsten. Ich genieße es, der Schnellste zu sein.«

»Morgen ist der letzte der sieben Trauertage.«

»Ich kann dir versprechen, dass meine Schwestern in dieser Woche keinen einzigen Arbeitstag versäumt haben«, meinte Rosi. »Sogar als unser Vater gestorben ist, haben sie weitergearbeitet. Damals hatten wir noch einen Kuhstall.«

»Wie alt warst du, als er gestorben ist?«

»Acht.«

»Ein Kind.«

»Ja.«

»Und deine Mutter?«

»Meine Mutter ist ein Jahr später gestorben. Sie hat sich zu Tode gehungert.«

»Du hörst dich an, als ob du eine Wut hättest.«

»Inzwischen nicht mehr.«

»Also haben dich deine Schwestern aufgezogen.«

»Sie und ihre Ehemänner. Die Höfe sind ihr ganzes Leben. Ich war für sie eine Last, die vom Himmel auf sie gefallen ist. Wäre ich ein Pferd oder eine Kuh gewesen, wäre ich wenigstens für etwas nützlich gewesen. Aber ein Kind? Sie zogen sich aus der Affäre, indem sie mich als billige Arbeitskraft benutzten. Ich stand um vier Uhr morgens auf, zum Melken, und dann habe ich auf dem Hof geholfen, bis es Zeit war, in die Schule zu gehen. Dort bin ich oft eingeschlafen, so müde war ich. Meine Lehrer haben sich zu Hause über mich beschwert, und das hat den Ärger meiner Schwestern nur noch größer gemacht. Zu meinem Glück konnten sie mich nicht enteignen, denn es gab ein ordentliches Testament. Wenn sie gekonnt hätten, hätten sie bestimmt auch das getan.«

»Haben sie keine eigenen Kinder?«

»Doch.«

»Du hast keine Beziehung zu ihnen?«

»Nein.«

»Benzi hat zwei Töchter und Ilan auch zwei. Ich bin verrückt nach ihnen.«

»Das ist eine Frage der Hormone.«

»Liebe ist eine Frage der Hormone?«

»Selbstverständlich.«

Lisis gekränkter Gesichtsausdruck brachte ihn zum Lachen. Er klatschte sich auf die Schenkel. »Los! Hören wir uns jetzt Madame Paulette an!«

Das Band drehte sich und ließ ein schabendes Geräusch hören.

»Hört sich an wie eine Kreuzotter«, sagte Lisi und lachte.

»Eine Kreuzotter gibt keine Töne von sich«, meinte Rosi.

Plötzlich war Benzis Stimme zu hören, autoritär und dramatisch: »Eins – zwei – drei. Heute ist der 27. Januar 1991. Die Aufnehmenden sind Inspektor Ben-Zion Koresch und Hauptwachtmeister Arkadi Katz, hier in der Wohnung von Frau Paulette Melnik-Rodnizki, in der Schalaf-Straße 16a in Be'er Schewa.«

Wieder gab das Gerät nur ein Schaben von sich. Benzi prüfte vermutlich, ob das Band funktionierte. Dann war abgehacktes Atmen zu hören, ein unterdrücktes Husten, Räuspern, ein paar Schluchzer. Paulette weinte. Lisi und Rosi vermieden es, einander anzuschauen. Es machte sie verlegen, Paulettes Weinen zu hören, das Leid eines Menschen, der nicht wusste, dass seine Worte auch noch von anderen gehört werden würden.

»Wann haben Sie Chesi zum letzten Mal gesehen?«

»Am letzten Dienstag.«

»Um wie viel Uhr?«

»Morgens. Um halb neun oder neun, ich weiß es nicht mehr genau.«

»Wohin ist er gegangen?«

»Zu Auto-City, seiner Firma. Er hat eine Gebrauchtwagenfirma.«

»Danach haben Sie ihn nicht mehr gesehen?«

»Nein. Danach habe ich ihn nicht mehr gesehen.«

Ihr französischer Akzent war auf dem Band noch stärker zu hören. Die Wörter waren abgehackt, fast konnte man sich einbilden, die Buchstaben H und CH zu sehen, die von ihren Lippen verschluckt wurden.

»Hat er was gesagt? Wohin er ging, wann er vorhatte zurückzukommen?«

»Er hat gesagt, dass er abends heimkommen würde.«

»Eine Uhrzeit hat er nicht gesagt?«

»Nein. Ich habe ihn gebeten, nicht zu spät zu kommen. Beim ersten Alarm war er nicht zu Hause, und ich habe mir große Sorgen gemacht. Um mich selbst habe ich mich gar nicht gesorgt. Ich habe Kriege hinter mir. Aber ich wollte, dass Chesi heimkam, bevor es dunkel wurde. Er sagte, er sei verabredet, aber er würde nicht zu spät nach Hause kommen.«

Paulette schwieg, und wieder war das hüstelnde Geräusch zu hören, ein Zeichen, dass sie weinte.

»Hat er gesagt, mit wem er verabredet war?«

»Nein. Ich habe gedacht, es gehe um Geschäfte.«

»Hat er telefoniert?«

»Wann?«

»Bevor er wegging.«

»Nein.«

»Hat er etwas mitgenommen? Eine Tasche? Kleidung?«

»Nein.«

»Nachdem er nicht zurückgekommen ist, haben Sie bestimmt im Haus nach irgendeinem Hinweis gesucht, wohin er gegangen sein könnte. Haben Sie etwas gefunden, Frau Melnik? Ein Notizbuch, ein Tagebuch, einen Zettel, eine Telefonnummer? Gibt es vielleicht etwas, was im Haus sein müsste, was Sie aber nicht gefunden haben?«

»Das Notizbuch mit den Telefonnummern und sein Tagebuch hat er immer bei sich gehabt.«

»Erinnern Sie sich, was er angehabt hat?«

»Ja, ich weiß es noch. Er trug einen beigen Samtblazer und ein schwarzes Trikothemd. Ich sagte ihm noch, dass das nicht passte. Er lachte und meinte, das passe schon zusammen, das sei sexy.« Wieder weinte Paulette.

»Es fehlt also gar nichts im Haus?«

»Was denn?«

»Besaß er einen Revolver, Frau Melnik?«

»Einen Revolver?«

»Ja, einen Revolver. Beantworten Sie meine Frage, ob er einen Revolver besaß. Das ist sehr leicht nachzuprüfen. Für einen Revolver braucht man eine Erlaubnis. Die Waffe hat eine Nummer, und jeder Verkauf wird registriert. Hatte er einen Revolver, Frau Melnik?«

»Ja. Er hat ihn vor ein paar Jahren gekauft. Nachdem er mit seinem *business* angefangen hatte, mit den Gebrauchtwagen. Es haben sich alle möglichen zweifelhaften Typen auf dem Gelände rumgetrieben.«

»Vielleicht Drogenhändler?«

»Drogenhändler?«

»Drogenhändler.« Benzis Stimme klang plötzlich sehr energisch.

»Ich weiß es nicht.«

Benzi zögerte. Fast hörte man auf dem Band, wie seine grauen Zellen arbeiteten. »Wann haben Sie Betty Knut kennengelernt?«, fragte er.

»Betty Knut?«

»Frau Melnik! Wir versuchen, Ihnen zu helfen. Sie tun sich selbst keinen Gefallen, wenn Sie jede meiner Fragen mit einer Frage beantworten.«

»Ich verstehe nicht …«

»Antworten Sie, bitte antworten Sie ganz einfach, Frau Melnik. Wann haben Sie Betty Knut kennengelernt?«

»Ich habe sie zum ersten Mal in Toulouse getroffen, 1940.«

»Erzählen Sie.«

»Was?«

»Alles, Frau Melnik, alles. Wir wissen von den Noten Skrjabins und von den Bildern Soutines.«

Paulette stieß einen Ton aus, der sich anhörte, als würde eine Klappe zufallen. Dann kam ein Rascheln, das vielleicht ihr Zögern ausdrückte, und nach dieser Unterbrechung begann sie zu sprechen. Ihre Stimme war nun sicherer. Als sei sie zu dem Schluss gekommen, dass sie nichts zu verlieren hatte.

»Ich bin im Mai 1940 nach Toulouse gekommen. Einen Monat bevor die Deutschen Paris besetzten. Ich war damals sechzehn. Meine Eltern dachten, wir hätten bessere Überlebenschancen, wenn sich die Familie aufteile. Interessiert Sie das?«

»Ja.«

»Mein Bruder fuhr nach Nizza, meine Eltern nach Besançon, ich nach Toulouse. Nach dem Krieg erfuhr ich, dass sich meine Eltern und mein Bruder in Drancy getroffen haben, dem Ort, wo man die Juden gesammelt hat. Von dort wurden sie in die Todeslager geschickt. Ich bin mit dem Fahrrad von Paris nach Toulouse gefahren. Sechs Millionen Franzosen waren damals unterwegs. Auf der Flucht vor den Deutschen. In Toulouse kannte ich niemanden. Es war ein sehr kalter Winter. Ich fand ein Zimmer bei einem Konditor. Ich habe für meine Miete in der Bäckerei gearbeitet. Ich sagte ihm, mein Vater sei an der Front und meine Mutter gestorben. Die Bäckereien waren nur drei Tage in der Woche geöffnet, denn es gab nicht genug Mehl, Fett und Zucker. Ich habe den Leuten auch im Haushalt geholfen. Ich war jung, schön und allein. Der Sohn des Konditors lud mich zum Tanzen ein. Es gab kein Essen, es gab kein Benzin, und wir tanzten. Ich tanzte sehr gern. Ich sang auch sehr gern. Und ich trank auch gern. Im Café, in das wir jeden Sonntag gingen, traf ich Betty Knut, die so alt war wie ich. Betty begriff sofort, dass ich Jüdin war, und lud mich zu sich nach Hause ein. Sie lebte bei ihren Eltern, die den jüdischen Untergrund in Toulouse organisierten. Zwischen uns entstand eine tiefe Freundschaft, die anhielt, bis Betty starb. Eine Freundschaft der Art, wie man sie nur einmal im Leben findet, und selbst dann nur durch ein Wunder. Jemand im Himmel hatte aufgeschrieben, dass wir Freundinnen werden würden. Sie war der wunderbarste Mensch, den ich je getroffen habe, eine originelle und einzigartige Person.

Betty war seit ihrem fünfzehnten Lebensjahr in der Résistance. Eines Tages fragte sie mich, ob ich bereit wäre, im *Jockey Club* zu tanzen. Das war das Lokal, in dem sich die deutschen Offiziere vergnügten. Sie sagte, sie glaube genau wie Sartre, dass die Freiheit im Handeln liege.« Paulette lachte plötzlich. »Von Sartre hatte ich damals noch nichts gehört, aber ich stimmte zu. Ich bekam eine Kopfbedeckung aus Straußenfedern, Strumpfbänder in der Farbe der Trikolore und in die Hände Kokosschalen, die mit Erdnüssen gefüllt waren. Ich war ›la demoiselle au cocos‹, das Kokosmädchen. Das war 1941. Wenn ich etwas hörte, was dem Widerstand nützte, gab ich es weiter. Es gab Leute, die mich auf der Straße anspuckten. Sie wussten nicht, dass mich die Résistance in den *Jockey Club* gebracht hatte.

Nach drei Jahren schloss sich Betty der französischen Armee als Armeeschreiberin an, trat auf eine Mine und verletzte sich am Kopf. Ich nutzte meine Beziehungen aus. Ich tat alles mögliche, was brave Mädchen nicht tun, Monsieur Koresch, und organisierte für sie Penicillin und auch Morphium. Damals brauchte man viel Geld und gute Beziehungen, um solche Sachen zu organisieren. Nach dem Krieg bekam Betty eine Medaille und einen Orden von der französischen Regierung. Sie sorgte dafür, dass auch ich eine Medaille bekam. Ich habe sie die ganze Zeit getragen, damit die Leute, die mich während des

Krieges angespuckt haben, sie sehen konnten und mir nicht die Haare abrasierten.

Nach dem Krieg kehrten wir nach Paris zurück. Sie mit Splittern im Kopf, ich mit einem Baby im Bauch. Meine Eltern und mein Bruder kehrten nicht zurück. Ich erinnerte mich daran, dass mein Vater einen Cousin hatte, Mischa Jacob, der auf dem Montparnasse ein Geschäft für Bilderrahmen gehabt hatte. Ich ging ihn suchen, aber die Concierge sagte, Mischa und seine Familie seien noch nicht zurückgekommen. Sie schickte mich zu einer Verwandten, von der ich gar nichts gewusst hatte: Dwora Melnik. Dwora war damals ungefähr fünfzig und hatte es geschafft, Auschwitz zu überleben. Ihre Tochter kam nicht zurück. Ich war im Alter dieser Tochter. Und damit sind wir nun bei Soutine.«

Lange Zeit war das Gerät still, dann hörte man Arkadi fragen: »Soll ich Ihnen ein Glas Wasser bringen, Frau Melnik?« Und Paulette Melnik antwortete: »Ich koche einen Kaffee.« Das Band drehte sich noch eine Weile. Man hörte das leise Schaben, dann einen leichten Schlag. Lisi drehte das Band um. Paulette Melniks erste Worte waren offenbar nicht aufgenommen worden, denn das Band begann mitten im Satz:

»… und bis zum Ende seines Lebens hat Soutine Aimée nicht als seine Tochter anerkannt. Wer sie jedoch anerkannte und sie unterstützte, war Leopold Zborowski. Zborowski war ein polnischer Adliger, ein Dichter und Kunsthändler, den Soutine durch Modigliani kennengelernt hatte. Er besaß eine Galerie in der Rue de Seine und wusste, dass das Mädchen von Soutine war. Dwora wagte nicht, mit einer unehelichen Tochter nach Wilna zurückzukehren. Wegen des Babys konnte sie auch ihre Studien am Konservatorium nicht fortsetzen, und sie konnte auch nicht arbeiten. Von Zeit zu Zeit erwähnten dies russische Emigranten Zborowski gegenüber, und dieser schickte ihr dann ein paar Francs.

Zu jener Zeit, wir sprechen von den Jahren 1925 und 1926, geschahen zwei Dinge. Soutine fing an, Bilder zu verkaufen, und Soutine fing an, Bilder zu zerstören. Er zerstörte die Bilder, die er 1920 in Céret gemalt hatte. Dwora erzählte mir, er habe in Céret damals in nur einem Jahr über zweihundert Bilder gemalt. Sein ganzes weiteres Leben suchte er diese Bilder, um sie zu zerstören. Er war besessen. Zborowski versuchte sie zu retten; alle Bilder, die er retten konnte, brachte er zum Restaurator Jacques. Als Soutine ein solches restauriertes Bild in einem Schaufenster entdeckte, platzte er vor Wut und drohte Zborowski mit einem Prozess. Er war ein harter Mann, dieser Soutine. Nicht freundlich. Zborowski beschloss, Ruhe zu geben, und weil er die Bilder ohnehin nicht verkaufen konnte, schenkte er sie Dwora. Vier Stück. Und jedes Mal, wenn Dwora Geld brauchte, gab sie eines ihrem Cousin Mischa Jacob, damit er es für sie verkaufte.

Als Dwora Melnik aus Auschwitz zurückkam, holte Mischa Jacobs Concierge ein Paket aus dem Keller und überreichte es ihr. Auf dem Paket standen ihr Name und der Name ihrer Tochter. ›Madame Dwora und Mademoiselle Aimée Melnik‹. Es stellte sich heraus, dass Mischa kein einziges Bild verkauft hatte, sondern Dwora Geld aus seiner eigenen Tasche gegeben und die Bilder für sie aufgehoben hatte. Bevor man Mischa und seine

Familie nach Drancy deportierte, vertraute er das Paket mit den Bildern der Concierge an, für den Fall, dass Dwora oder ihre Tochter nach dem Krieg zurückkehren würden.«

Ein schmatzendes Geräusch war zu hören, vermutlich trank Paulette Melnik einen Schluck Kaffee. Dann seufzte sie und fuhr mit ihrem Bericht fort:

»Dwora Melnik war der Meinung, die Vorsehung hätte mich zu ihr geschickt. Eine Wiederholung des Schicksals, das ihr selbst auferlegt war. Noch eine Melnik, die schwanger geworden war, ohne verheiratet zu sein. Ich wohnte bei ihr bis zu Chesis Geburt. Als er ein halbes Jahr alt war, gab sie mir das Paket mit den vier Bildern von Soutine und drängte mich, nach Israel auszuwandern. ›Hier hast du nichts verloren‹, sagte sie. ›Wenn du nach Israel kommst, sag, du wärst Witwe. Sag, der Vater des Kindes wäre umgekommen. Such dir einen guten Mann und heirate ihn.‹ Und das ist es, was ich getan habe, jawohl. Bis zu seinem letzten Tag hat Pierre Rodnizki nicht gewusst, dass Chesi ein uneheliches Kind war. Ich habe ihn im Einwanderungslager getroffen, in Atlit. Er hat Chesi offiziell adoptiert. Zwei Jahre arbeitete Rodnizki in Sdom, dann sind wir nach Be'er Schewa gezogen.

In Be'er Schewa traf ich Betty wieder. Die Freundschaft zwischen uns lebte wieder auf und wurde sogar noch tiefer. Be'er Schewa war zu klein für Betty; das ganze Land war zu klein für sie. Sie war eine Intellektuelle von der Art, wie sie im Frankreich der Nachkriegszeit aufblühten. Sie kannte Camus und Sartre und Simone de Beauvoir, sie hatte mit ihnen im *Dome* und im *Café de Flore* gesessen, sie hatte ihre Bücher und ihre Aufsätze gelesen, war mit ihnen ins Theater, zu Veranstaltungen und Demonstrationen gegangen. Wer in Israel wusste schon, dass die *Letzte Gelegenheit* der Titel eines Buchs von Sartre war? Oder dass Molotow ihr Cousin war? Sie erstaunte jeden, den sie traf. Ihre Bildung, ihre Lebensart, ihre Denkweise. Damals gab es ja noch keine Hippies. Aber die Beziehung zwischen mir und Betty war nicht intellektuell. Wir tranken zusammen, wir tanzten zusammen, Bacchanale à la Be'er Schewa.«

Benzis Stimme war zu hören. »Drogen?«, fragte er.

»Auch Drogen. Betty war drogenabhängig wegen ihrer Kopfschmerzen. Sie gaben ihr manchmal ein bisschen Ruhe.«

»Und Sie?«

»… wir waren Freundinnen, nicht? Chesi wuchs heran und geriet in Schwierigkeiten. Aber ich wusste immer, dass ich eine eiserne Reserve habe.«

»Was?«

»Eine Reserve so stark wie Eisen.«

»Was für eine Reserve?« Plötzlich verlor Benzi die Geduld.

»Die Soutine-Bilder, Monsieur Koresch. Wenn ich, Gott behüte, ihn einmal retten müsste, könnte ich ein Bild verkaufen. Als er sechzehn war und mit diesen Gangstern Schwierigkeiten hatte, Drogenhändlern. Sie haben ihn beschuldigt, er hätte eine Sendung gestohlen. Ich wusste nichts davon, bis einer von ihnen zu mir in die Schule kam und drohte, wenn Chesi die Drogen nicht zurückgebe oder sie bezahle, würde ich seinen Kopf finden. Chesi hat natürlich alles abgeleugnet. Er hat behauptet, irgendwelche anderen Gangster wären über ihn hergefallen. Aber ich konnte kein Risiko eingehen. Ich hatte Angst, dass er im schlimmsten Fall im Gefängnis landen würde, und im besten

Fall würde Rodnizki ihn aus dem Haus werfen. Ich versprach dem Gangster, das Geld zu besorgen.«

»Erinnern Sie sich an seinen Namen?«, fragte Benzi.

Paulette gab keine Antwort, und Lisi stellte sich den Blick vor, mit dem sie Benzi anschaute.

»Der Maler Kikouin war damals in Israel. Kikouin hatte zusammen mit Soutine studiert, noch in Wilna. Danach hatten sie sich in Paris wieder getroffen. Eh bien! Kikouin war vor seiner Frau geflohen und mit seiner Freundin nach Israel gekommen. Betty kannte ihn noch vom Montparnasse. Er hatte von dem Mädchen die Nase voll und wollte zurück nach Frankreich. Betty hat ein Zusammentreffen zwischen ihm und mir arrangiert. Er war einverstanden, die *Bank in Vence* mitzunehmen. Er hatte viele Bilder in seinem Gepäck. Er legte mein Bild zwischen seine. Das Bild wurde für zweiundsechzigtausend Francs in Paris verkauft. Vor vier Jahren erzielte es in New York dreihunderttausend Dollar.« Paulette lachte plötzlich heiser, ein Lachen, das in Husten überging. Ein leichtes Knacken war zu hören, dann ein tiefes Einatmen. Paulette hatte sich eine Zigarette angesteckt.

»Ich habe dem Gangster das Geld gegeben, das er verlangte. Chesi hat mich gefragt, woher ich es hatte, und ich hatte Angst, dass er die Bilder selbst verkaufen würde, wenn er von ihnen wüsste. Ich sagte ihm also, ich hätte ohne Rodnizkis Wissen ein Darlehen aufgenommen. Er musste mir schwören, dass er nie etwas über die Drogen und über das Geld sagen würde. Ich überlegte mir, dass ich wegen Chesi die Bilder aus dem Haus schaffen musste. Ein Bild hing bei uns im Wohnzimmer. Der

Blumenstrauß mit Huhn. Das ließ ich hängen, aber die beiden anderen Bilder, die ich in einem Koffer aufhob, brachte ich zu Betty. Wir hatten keine Geheimnisse voreinander. Sie wusste alles über Chesi.

›Wenn mir etwas passiert‹, sagte ich zu Betty, ›dann werden diese Bilder meinen Sohn retten.‹ Erst war sie wütend. ›Er zerfleischt dir Jahr um Jahr die Leber im Leib, so wie der Adler dem Prometheus‹, sagte sie. ›Du musst für dich selbst sorgen, nicht für Chesi.‹ Ich beharrte darauf, dass er mein Sohn sei und ich ihn liebe, auch wenn er mir die Leber zerfleische. Plötzlich lachte sie. Ich verstand nicht, warum sie lachte. Es stellte sich heraus, dass auch sie eine ›eiserne Reserve‹ hatte. Zwei Etüden, handgeschrieben von Skrjabin, die sie von ihrer Mutter geerbt hatte. Es war ihr gelungen, sie die ganzen Jahre über aufzuheben. ›Wenn mir etwas passiert‹, äffte sie mich nach, ›werden diese Noten meine Kinder retten.‹ Wir hoben unsere Gläser und tranken. Wir tranken im Gedenken an Dwora Melnik und im Gedenken an Iren Skrjabin. Wir weinten, wir lachten, und wir schworen uns gegenseitig wie zwei Musketiere ... Betty ...«
Paulette rauchte offenbar einen Moment lang schweigend. Ihre tiefen Züge waren auf dem Band zu hören, dann auch das Ausatmen.

»Wissen Sie etwas über diese Noten, Frau Melnik?«

»Ja. Es waren zwei Werke. Einmal die Partitur der dritten Sinfonie, und das zweite eine Etüde für Klavier. Betty sagte, Skrjabin habe diese Sinfonie geschrieben, als er und seine Familie in der Schweiz waren. Er nannte sie *Das göttliche Poem.* Er teilte Bettys Großmutter mit, dass er vorhabe, sie und ihre vier Kinder zu verlassen, weil er sich in eine junge Pianistin verliebt habe. Vera, als Trennungsgeschenk, schrieb für ihn *Das göttliche Poem* ab. Das Original blieb bei ihr. Sie gab die Noten Iren, und von Iren gingen sie auf Betty über. Er war verrückt, dieser Skrjabin. Er glaubte daran, dass die Kunst die Welt heilen könne. *Das göttliche Poem* ist eine Art Hymnus an die Kunst.«

Das Band ließ ein Schnurren hören, drehte sich noch ein bisschen, knackte und blieb schließlich stehen. Lisi stand aus dem Sessel auf und streckte sich.

»Willst du einen Kaffee?«

»Gibt es noch ein Band?«

»Ja.« Sie nahm ein weiteres Band aus ihrer Handtasche.

»Dann will ich Kaffee.«

»Aber hör es nicht ohne mich ab.«

»In Ordnung.«

Rosi stand auf, streckte die Arme nach der Seite, dann nach hinten, begleitet von einem tiefen Seufzer, dann beugte er sich vor und berührte mit den Fingerspitzen den Boden. Lisi bemerkte, dass seine Haare heller waren als vorher, fast weiß, und fragte sich, ob das Haarefärben zu seinen »Erledigungen« in Tel Aviv gehört hatte. Die Warnsirenen heulten auf, noch bevor das Wasser kochte. Lisi machte den elektrischen Kochtopf aus und rannte ins Badezimmer. Das Telefon fing in dem Moment an zu klingeln, als sie die Tür hinter sich schloss. Ihre Mutter, natürlich. Sie machte ein Handtuch nass und legte es auf die Schwelle, Rosi befestigte das Klebeband um die Tür. Lisi setzte sich auf den einzigen Stuhl und zog ihre Gasmaske über. Die Maske drückte an ihrem Kinn, während an der Stirn ein breiter Streifen freiblieb. Sie zerrte an dem weichen Stirngurt, aber die Maske passte sich nicht richtig an.

»Sitz ruhig.«

Diesmal hatte auch Rosi eine Maske aufgesetzt, und sie fragte sich, wo er sie wohl herhatte. Er löste ihre Maske, setzte sie ihr gerade aufs Gesicht und zog dann die Gurte straff. Lisi fiel ein, dass sie vergessen hatte, das Radio mitzubringen. Sie sprang auf, schob mit dem Fuß das Handtuch weg und rannte ins Schlafzimmer. Als sie ins Badezimmer zurückkam, saß Rosi auf ihrem Stuhl.

»Steh auf.«

Auch durch die Maske sah sie, dass er lachte. Er legte das Handtuch wieder an seinen Platz und klebte das Band erneut um die Tür fest. Aus dem Radio kamen die bekannten Worte: »Raketenangriff auf Israel«, dann die erfolgte Mahnung, einen kühlen Kopf zu bewahren und die Kinder und die alten Leute zu beruhigen. Lisi dachte, dass sich nicht nur Kinder und Alte bei Alarm aufregten, es gab auch alleinstehende Frauen, die panisch reagierten, ja sogar panische Faustkämpfer und Karatemeister. Nun wiederholten verschiedene Rundfunksprecher die Anweisungen in mehreren Sprachen. Lisi wartete auf die Anweisung auf Amharisch, und als sie kam, versuchte sie, einzelne Wörter zu erkennen. Dann übernahm der Sprecher, der auf Hebräisch moderierte, wieder das Mikrofon und drückte die Hoffnung aus, dass Nachman Schaj, der Armeesprecher, sich bald einschalten würde, um alle zu informieren, was und wo etwas passiert sei.

»Die Mami des Staates«, sagte Rosi. Seine Stimme klang

dumpf und hohl, als spräche er aus einem Kessel. Er setzte sich auf Lisi.

»Runter!«, sagte Lisi und schob ihn weg. Rosi stolperte und setzte sich dann auf den Fußboden. Er betrachtete sie durch die Plastikbrille und sah seltsam unfreundlich aus. Das Badezimmer wurde eng und stickig.

Lisi musste an die Romantik denken, die das Leben für sie bereithielt: in einem Badezimmer sitzen, zusammen mit einem Mann, der eine Gasmaske aufhatte. Schon vor Jahren hatte sie auf die Träume verzichtet, die viele Frauen selbst dann noch hegten, als sie sich als albern erwiesen hatten. Als sie dreizehn oder vierzehn gewesen war, hatte sie Vorstellungen gehabt, die aus Filmen oder aus Romanen stammten: zarte, zerbrechliche Frauen mit blassen Gesichtern und schmalen Hüften, die in die Arme braungebrannter, starker Männer sanken, Männer, die, schnell wie der Sturmwind, auf Pferden ritten. Und während die Mädchen um sie herum ihre ersten Beziehungen begannen, stand sie an nebligen Abenden unter einer Gaslampe, die einen trüben Lichtschein auf die Straße warf, hob das Gesicht mit den Augen, in denen Tränen standen, die aber nie fließen wollten, zu einem Mann, der sie mit einem Blick anschaute, in dem bengalisches Feuer brannte. Es war ihr angenehmer, von dem Mann mit dem bengalischen Feuer in den Augen zu träumen, als sich selbst in Gesellschaft eines der Jungen zu sehen, die sie kannte. Mit fünfzehn war sie schon größer als alle Jungen in der Schule, ihre Kleider waren zu kurz und zu eng, und ihre schweren Glieder bereiteten ihr Unbehagen. Sie akzeptierte, was das Leben ihr anbot, doch es gab Momente, wie diesen zum Beispiel, in denen sie dachte, ihr gebühre vielleicht doch ein bisschen mehr als ein Mann, der sich im Badezimmer auf ihre Knie setzte.

»Die fünf Minuten sind um«, sagte sie zu Rosi und stand auf. Die Luft im Badezimmer wurde immer stickiger.

»Warten wir die Ansage ab.«

»Der Alarm gilt für fünf Minuten.«

»Warten wir noch.«

»Wenn wir keine Explosion gehört haben, ist es ein Zeichen, dass in unserem Bezirk keine Rakete gefallen ist.«

»Bei Gas hört man keine Explosion.«

Plötzlich fiel Lisi der vorige Alarm ein. Sie nahm die Maske ab, verließ das Badezimmer und ging zum Telefon. Benzi war nicht in seinem Büro, aber zu ihrem Glück hatte Malka Spätdienst. Nein, sagte sie beruhigend zu Lisi, es sei keine Rakete im Bezirk 6 heruntergefallen. In der Nähe der Küste habe eine eingeschlagen. Man könne den abgedichteten Schutzraum verlassen. Lisi rief ihre Mutter an und gab ihr die gute Nachricht weiter. Ihre Mutter meinte, sie rufe gleich Schmuel und Schuschu und Margalit an. Seit Kriegsbeginn hatte sie die Beziehung mit Familienmitgliedern erneuert, mit denen sie vorher zwanzig Jahre lang nicht gesprochen hatte. Die wenige Kraft, die ihr nach einem Tag in der Fabrik noch blieb, widmete sie im Allgemeinen ihren Töchtern, ihren geliebten Enkelinnen und ihrem unaufhörlichen Zorn auf ihre Schwiegersöhne. Das Einzige, was sie außerdem noch interessierte, war der Wasserstand des Sees Genezareth, um den sie sich kümmerte wie um einen kranken Verwandten. Das war bisher ihre Welt gewesen. Doch die Raketen hatten bei ihr das Gefühl einer Stammesältesten geweckt.

Seit Ausbruch des Krieges trug sie ein Kopftuch, gleichsam das Banner des Generalstabschefs. In ihrem Kopf war die Karte des Landes ausgebreitet, und vor ihren Augen standen, einer nach dem anderen, alle Familienangehörigen, ihr Fleisch und Blut, von Kiriat Schmona bis Mizpe Ramon. Sie erinnerte sich an alle, sorgte sich um alle, sprach mit allen und war überzeugt, dass der große Stamm der Badichi aus dem Wissen, die große Mutter lasse ihn nicht im Stich, ein Gefühl der Sicherheit schöpfte. Das Telefon war für sie wie die Fahne, die ein Soldat auf die eroberte Festung setzt. Mit seiner Hilfe leistete sie ihren Beitrag zur nationalen Moral.

Der Radiosprecher hatte vermutlich für den Bezirk 6 Entwarnung gegeben, denn Rosi kam nun aus dem Badezimmer. Sein Gesicht war undurchdringlich.

»Wir werden noch einen Stuhl ins Badezimmer stellen«, sagte Lisi, um ihn zu versöhnen, aber er hatte offenbar keinen Sinn für Humor. »Die Amerikaner haben verkündet, sie hätten fast alle Raketenabschussbasen der Iraker vernichtet. Aber jeden Tag wachsen neue Abschussbasen aus dem Boden«, fuhr sie fort, wie um etwas von ihrer Schuld auf die Amerikaner abzuwälzen. Und weil er nicht antwortete, verkündete sie: »Ich mache jetzt Kaffee.« Soll er doch den Mund halten, wenn er das wollte! Sie war einverstanden gewesen, ihm Unterschlupf zu gewähren, aber deswegen brauchte sie ihn noch lange nicht zu unterhalten.

Während das Wasser kochte, rief sie beim Zivilschutz an und sprach mit dem Adjutanten des Stabsfeldwebels. Selbstverständlich war die Einheit zur Abwehr konventioneller und unkonventioneller Waffen in voller Einsatzbereitschaft gewesen. Sie waren sozusagen vierundzwanzig Stunden am Tag einsatzbereit. Nur der Koch war desertiert. Seine Frau hatte Wehen bekommen, genau als der Alarm anfing. Bingo, dachte Lisi.

Sie rief Dorit an und verabredete sich mit ihr für neun Uhr morgens vor der Entbindungsstation des Krankenhauses Soroka.

»Der Koch wird seinen Sohn ›Aktion Kreuzotter‹ nennen«, meinte Dorit lachend.

»Oder ›Aktion Wüstenwind‹«, sagte Lisi.

»Und wenn es eine Tochter wird?«

»Die Parole des Zivilschutzes ist ›Verbrannte Erde‹.«

»Hoffen wir also für den Koch, dass es eine Tochter wird. Ist jemand bei dir, Lisi?«

»Niemand. Warum?«

»Du atmest so seltsam.«

Das Wasser kochte, und Lisi bereitete Kaffee. Rosi stellte den Fernseher an. Eine offenbar leidende Sängerin wand sich in Schmerzen, während sie Verzweiflungsschreie ausstieß.

»Hören wir uns weiter die Aufnahme an?«, fragte Rosi, als sie eine Tasse Kaffee vor ihn hinstellte. Er machte den Fernseher aus, und sie setzten sich wieder an den Tisch, so wie vorhin.

***

»Zweites Band, Seite A.« Das war Benzis Stimme. »Fortsetzung Frau Paulette Melnik.« Vermutlich wollte er das Wort »Ermittlung« nicht aussprechen.

»Alors … Betty hatte einen Freund, einen rumänischen Schreiner. Sehr dumm und sehr begabt. Betty bestellte bei diesem Schreiner einen Holzkoffer, etwa ein Meter auf einen Meter, ungefähr zehn Zentimeter tief und innen mit Metall ausgeschlagen. Kupfer oder Aluminium. Der Koffer hatte zwei Schlüssel, einen für mich und einen für Betty. In diesem Koffer verstauten wir die beiden Skrjabins und die drei Soutines.«

»Es waren Ihnen also drei Bilder geblieben.«

»Stimmt, Monsieur Koresch.« Ihrer Stimme war ein Lächeln anzuhören. Ja, das waren wohl der Ton und das Lächeln, mit denen sie früher ihre Schüler gelobt hatte. Ein Bild, *Blumenstrauß mit Huhn*, hing in unserem Wohnzimmer. Das Bild war nicht sehr groß. Fünfunddreißig auf fünfundvierzig. Niemand außer Betty wusste, dass es sich um ein teures Bild handelte. Zu Rodnizki hatte ich gesagt, ich hätte es in Tel Aviv gekauft, beim Autobusbahnhof.« Paulette lachte.

»Es ist nicht mehr da.«

»Nein. Ich erzähle es gleich.«

»In Ordnung. Kommen wir wieder zum Koffer.«

»Der Koffer. Eh bien!« Sie stieß einen Ton aus, der sich anhörte, als käme er aus dem Schornstein einer alten Lokomotive. »Betty stellte den Koffer auf den Dachboden der *Letzten Gelegenheit*. Aber damals war sie schon sehr krank. Ihre Kopfschmerzen wurden immer schlimmer. Auch Leon war nicht mehr gesund. Eines Tages sagte sie zu mir, sie glaube, sie würde bald sterben, ich solle kommen und den Koffer holen. Ich wollte nicht. Ich hatte Angst, sowohl wegen Rodnizki als auch wegen Chesi.

Habe ich schon gesagt, dass Betty Frösche fing? Ja, sie hat damit Geld verdient, dass sie Frösche für medizinische Institute fing. Es gab Abende, wo alle Gäste der Bar mit ihr loszogen.

Manchmal, *pour épater la bourgeoisie,* um die Bourgeoisie zu schockieren, war sie dabei nackt.

Betty packte den Koffer und die Schachtel mit den Fröschen in ihren Jeep, und wir beide fuhren, zusammen mit dem rumänischen Schreiner, zum Haus von David Knut in Bizaron. Die Frösche haben einen Mordslärm gemacht, und wir haben auf der ganzen Fahrt gelacht. In dem Haus lebte irgendein Verwandter. Knut war ein paar Jahre zuvor gestorben. Betty sagte zu dem Verwandten, der Koffer gehöre zum Labor des medizinischen Instituts und sie wolle ihn im Schuppen lassen. Bitte, warum nicht, sagte der Verwandte. Nur wenige Leute schafften es, Betty etwas abzuschlagen.

Der Schreiner baute eine doppelte Wand in den Schuppen ein. Im unteren Teil der Wand gab es eine Stelle, wenn man da drauf drückte, ging die Wand auf. Das hört sich kompliziert an, aber in Wirklichkeit war es sehr einfach. Es war nichts anderes als ein Brett, das oben aufging, wenn man unten drauf drückte. In diese doppelte Wand stellten wir den Koffer mit den Noten und den Bildern. Betty schickte den Schreiner nach Hause, und wir beide blieben da und strichen die Wände des Schuppens weiß an, damit kein Unterschied zwischen unserer Holzwand und den anderen Wänden zu sehen war.

Als wir fertig waren, nahm Betty einen Kohlestift und malte etwas auf die Doppelwand, eine Art Orgel, darauf ein Menschenkopf und eine Sonne und ein Davidsstern. Es war die Replik des Bildes, das vorn auf der Partitur des *Prometheus* war, der Sinfonie Skrjabins.

Betty erklärte, nach Skrjabins Theorie habe jeder Ton eine

andere Farbe. Er habe eine Orgel geplant, die nicht nur Töne, sondern auch Farben produzieren könne. Er war ein großer Mystiker und glaubte, das Ende unserer Welt sei nahe. Und nach dem Ende unserer Welt werde ein neuer Mensch geboren, der sich in Liebe mit einem geheimnisvollen, weltumfassenden Geist verbinde. Skrjabin war überzeugt, er selbst sei der Prophet dieses Geistes.

Er träumte davon, dass die Leute den *Prometheus* hören sollten, während gleichzeitig die Orgel Farben hervorbrachte und die Luft mit Weihrauch erfüllte. Heute macht man solche Sachen, nicht wahr? Ich glaube, er war manisch-depressiv. Schon damals hielt man ihn für verrückt. Ein Genie, aber verrückt.

Nun, wegen dieser Ideen malte er damals auf die Partitur in der Manier der Art nouveau diese Orgel, darauf das Gesicht des Prometheus und über die Orgel eine Sonne und darunter einen Davidsstern. Betty malte den Davidsstern genau auf die Stelle, wo man drauf drücken musste, um die Wand zu öffnen.

Betty sagte zu ihrem Verwandten, sie habe die doppelte Wand wegen der Schlangen gemacht, die sie für das medizinische Institut fange. Er war erschrocken und fragte, ob sie nicht entwischen könnten, und sie versprach ihm, er habe nichts zu befürchten. Er solle nur aufpassen, dass niemand die Wand aufmachte. Sein Gesichtsausdruck verriet uns, dass er dies nie tun würde, er würde sogar die Schuppentür nicht mehr aufmachen. Nach ungefähr einem Jahr verkaufte der Verwandte das Haus, und nach zwei Jahren starb Betty.

Ich fuhr nach Bizaron und stellte fest, dass die neuen Bewohner den Schuppen benutzten. Der Schuppen füllte sich mit allem möglichen Gerümpel, und mir war klar, dass nichts Besseres passieren konnte.«

»Hatten Sie irgendeine Beziehung zu Bettys Verwandtem?«

»Nein. Ich habe keine Ahnung, was aus ihm geworden ist. Ich hatte auch keine Angst vor ihm. Er glaubte wirklich, Betty habe die doppelte Wand wegen der Schlangen gebaut.«

»Was ist mit dem rumänischen Schreiner?«

»Der rumänische Schreiner fuhr ein paar Monate, nachdem er den Safe gebaut hatte, nach Amerika.«

»Woher wussten Sie das?«

»Von Betty. Sie hat es mir gesagt. Sie haben ihn nicht gekannt, Monsieur Koresch. Aber ich. Es war schwer zu glauben, dass ein Jude so dumm sein konnte. Betty behauptete, seine Dummheit habe schon die Stufe der Genialität erreicht. Aber er war sehr anständig und sehr begabt, was seine Arbeit betraf.

Ich ließ den Koffer im Schuppen, denn ich hatte keine Wahl. Ich hatte zu viel Angst, ihn nach Hause zu bringen. Alle paar Monate fuhr ich nach Bizaron, um zu sehen, ob man, Gott behüte, den Schuppen nicht abgerissen hatte. Um nachzuschauen, ob er noch stand.

Vor drei Jahren fasste die Polizei Chesi mit Drogen. Chesi schwor mir, andere hätten ihm die Drogen nur zugesteckt, aber ich wusste, dass er mich anlog. Die Polizei kam zu uns und durchsuchte die Wohnung, sie nahmen die Möbel auseinander, die Kissen, suchte in der Küche, im Badezimmer. Aber sie fanden nichts. Chesi war fünfzehn Tage in Haft.

Ich sagte mir: Paulette, *ma chérie,* wozu hast du diese Bilder aufgehoben? Um deinen Sohn zu retten, oder?

In einer Galerie in Tel Aviv fand ich ein Kunstjahrbuch. Das ist ein Buch, das jedes Jahr in München herauskommt und die Preise von Bildern angibt. Ich fand dort ein Bild von Soutine in der Größe wie meines, das im selben Jahr in New York für neunzigtausend Dollar verkauft worden war. Ich brauchte das Geld schnell, aber ich wusste nicht, wer in Israel so viel Geld hatte. Ich hatte Angst, mich an Museen oder Galerien zu wenden, sie würden mir Fragen stellen. Ich wollte nicht, dass man etwas von meinen Soutines erfuhr. Ich erkundigte mich nach dem besten Rechtsanwalt von Be'er Schewa. Man sagte, das sei Ben-Basat. Ich ging zu ihm und bat ihn, sich um Chesi zu kümmern. Er würde bekommen, was er verlangte, sagte ich, ich wüsste nur nicht, wie schnell. Ich fragte ihn, wer der reichste Mann in Be'er Schewa sei. Er sagte, das sei Schajke Simon. Simon hatte gerade die *Letzte Gelegenheit* gekauft, und ich hielt das für einen Wink des Schicksals. Ich brachte das Bild zu Simon.«

»Nach Hause?«

»Ja. Ich sagte ihm, ich brauchte das Geld schnell. In New York sei der Wert des Bildes neunzigtausend Dollar, aber ich sei bereit, es ihm für sechzigtausend zu geben, wenn ich das Geld sofort bekäme. Er bat um ein paar Tage Frist, um die Echtheit des Bildes zu prüfen. Ich sagte, diese Zeit hätte ich nicht. Er gab mir fünftausend Dollar a conto und einen Schuldschein. Er sagte, er wolle das Bild zur Untersuchung schicken. Wenn es echt sei, werde er mir so viel bezahlen, wie es nach Ansicht der Sachverständigen wert sei, aber nicht mehr als fünfzigtausend Dollar. Sollte sich herausstellen, dass es eine Fälschung sei, müsse ich ihm die fünftausend Dollar zurückgeben.«

»Haben Sie diesen Schuldschein hier?«

»Nein. Ich hatte Angst, Chesi könnte ihn finden. Gleich nachdem ich Simons Büro verlassen hatte, warf ich ihn in den nächsten Mülleimer.«

»Das war ein Risiko, Frau Melnik.«

»Herr Simon wusste nicht, dass ich ihn weggeworfen hatte.«

»Hat er nicht gefragt, wie Sie zu diesem Bild gekommen sind?«

»Doch, hat er. Ich sagte, ich hätte es geerbt. Was die Wahrheit war.«

»War noch jemand bei diesem Gespräch anwesend?«

»Sein Sohn und seine Tochter. Sowohl Tami als auch Oded waren meine Schüler im Gymnasium gewesen. Beide sprachen französisch, weil sie ein paar Jahre in Paris gelebt hatten. Der Vater war dort Attaché gewesen. Bon!« Wieder war zu hören, wie Paulette die Luft ausstieß. »Ich holte Chesi gegen Kaution aus dem Gefängnis. Und der Rechtsanwalt schaffte es, die Anklage von Drogenhandel auf Drogengebrauch abzumildern. Aber ihr habt ihn beobachtet, und er war sehr nervös.«

»Wer ist ›ihr‹?«, fragte Benzi.

»Die Polizei! Alle nasenlang wurde sein Auto kontrolliert, sein *business,* unsere Wohnung! Sehr höflich, *très poli,* aber sie haben keine Ruhe gegeben.«

»Wer? Wer hat kontrolliert?«

»Sie wollen den Namen des Polizisten wissen?«

»Ja, Frau Melnik. Den Namen des Polizisten.«

»Einer war ziemlich groß, mit einer Glatze. Und der andere so mittelgroß, mit einer Brille.«

»Haben sie ihre Namen gesagt?«

»Ja, aber ich erinnere mich nicht mehr.«

»Mike Silcha?«

»Kann sein.«

»Awner Rosen?«

»Kann sein.«

»Lesen Sie Zeitungen, Frau Melnik?«

»Zeitungen?«

»Zeitungen! Zeitungen!« Benzi wurde gereizt.

»Ich lese Zeitungen.«

»Haben Sie letzte Woche Zeitungen gelesen?«

»Nein, in der letzten Woche nicht. In der letzten Woche habe ich das Haus nicht verlassen.« Ihre Stimme verebbte plötzlich, vermutlich erinnerte sie sich an den Anlass für dieses Gespräch.

»Was geschah mit dem Bild, das Sie Simon verkauft haben?«

»Etwa ein halbes Jahr später rief er mich an und bestellte mich zu sich. Als ich sein Büro betrat, überreichte er mir einen Scheck über fünfzigtausend Dollar. Fünf-zig-tau-send Dol-lar!« Die Verwunderung über die Höhe der Summe war ihrer Stimme immer noch anzuhören.

»Was hat er gesagt?«

»Er habe das Bild prüfen lassen. Es sei echt. Er kaufe es.«

»Haben Sie den Scheck auf Ihrem Konto eingezahlt?«

»Ja.«

»Haben Sie ein gemeinsames Konto mit Chesi?«

»Nein. Chesi hat ein eigenes Konto.«

»Bei welcher Bank?«

»Bei der Nationalbank. Die Filiale neben dem Busbahnhof.«

»Was hat Simon mit dem Bild gemacht?«

»Ich habe ihn nicht gefragt. Ich stand unter Schock. Noch nie im Leben hatte ich so viel Geld gehabt. Vielleicht hat er es in seinem Wohnzimmer aufgehängt.«

»Ich weiß es nicht.«

»Ich weiß es auch nicht.«

»Warum haben Sie gesagt, er habe es dort aufgehängt?«

»Keine Ahnung. Ich glaube, Chesi hat so etwas gesagt.«

»Dass Simon das Bild von Ihnen in seinem Wohnzimmer aufgehängt hat?«

»Ja.« Sie atmete tief, verwirrt und erstaunt.

»Woher hat er das gewusst?«

»Er hat es vermutlich gesehen.«

»Sie haben Chesi gesagt, dass Sie das Bild von Soutine an Simon verkauft haben?«

»Ja. Ich musste ihm erklären, woher ich das Geld für die Kaution und für den Rechtsanwalt hatte. Ich habe ihm gesagt, ich hätte für das Bild fünftausend Dollar bekommen, Er hat gelacht. Er meinte, das sei viel Geld für ein wertloses Bild. Er glaubte, ich sei sehr schlau gewesen und hätte Simon reingelegt. Ja, es war Chesi, der mir gesagt hat, er habe das Bild in Simons Wohnzimmer hängen sehen.«

»Was hatte Chesi bei Simon zu tun?«

»Er war mit Tami befreundet. Manchmal hat sie ihn angerufen. Manchmal haben sie sich getroffen.«

»Wo haben sie sich kennengelernt?«

»Be'er Schewa ist eine kleine Stadt, Monsieur Koresch. Und

die Mädchen haben Chesi schon immer gemocht. Er ist ein schöner Mensch, und wenn er will, hat er sehr viel Charme.« Das Wort »Charme« ging erneut in Schluchzen unter.

»Seit wann waren sie befreundet?«

»Das weiß ich nicht.«

»Wann hat sie ihn das erste Mal angerufen?«

»Ich erinnere mich nicht.«

»Bevor Sie Simon das Bild verkauft haben oder danach?«

»Vielleicht danach.«

»Hat Tami Simon mit Ihnen über das Bild gesprochen?«

»Ein einziges Mal. Sie rief an, weil sie Chesi suchte. Ich bat sie, ihrem Vater einen schönen Gruß auszurichten, und sie fragte mich, ob ich noch ein Bild hätte. Ich sagte Nein.«

»Wann war das?«

Das Band rauschte einen Moment. »Nachdem Simon mir die fünfzigtausend Dollar bezahlt hatte. Ungefähr zweieinhalb Jahre später. Vielleicht zwei.«

»Hat Chesi nicht gewusst, dass Sie fünfzigtausend Dollar bekommen haben?«

»Nein.«

»Könnte es sein, dass Tami es ihm erzählt hat?«

»Das kann nicht sein.«

»Sind Sie sicher?«

»Sicher.«

»Warum?«

»Weil Chesi Drogen nimmt, Monsieur Koresch. Sie wissen nicht, was das ist. Ich weiß es. Wer Drogen nimmt, hat keinen Vater und keine Mutter und keinen Gott im Herzen. Würde

Chesi glauben, dass ich Geld habe, hätte er es mir abgenommen. Er weiß es nicht.«

»Woher hatte er das Geld für die Drogen?«

»Er hat doch den Gebrauchtwagenhandel und macht alle möglichen Geschäfte, von denen ich lieber nichts wissen will. Hätte ich Druck auf ihn ausgeübt, wäre er ausgezogen. Ich wollte, dass er bleibt. So konnte ich auf ihn aufpassen. Zumindest habe ich das gedacht.«

»Woher wussten Sie, dass er Geld hatte?«

»Die Drogen! Und er hat jedes Jahr ein neues Auto gekauft. Er hat schon immer Autos geliebt. Und vor ungefähr zwei Wochen hat er eine Reise nach Europa gemacht.«

»Wann ist er gefahren?«

»Am 2. Januar, mit dem Schiff. Und er ist mit der El-Al am 10. zurückgekommen. Er hatte Angst, dass der Krieg ausbrechen könnte und er in Athen festsäße. Die europäischen Fluggesellschaften sind schon nicht mehr nach Israel geflogen.«

»Ist er sofort nach Hause gekommen?«

»Selbstverständlich. Wohin hätte er gehen sollen?«

»Als er nach Hause kam, hat er dann Tami Simon angerufen?«

»Ja. Noch am selben Abend. Ihr Bruder Oded hat gesagt, sie sei in ihrer Wohnung in Tel Aviv, und hat Chesi die Nummer gegeben. Chesi hat sie dort angerufen und ihr gesagt, es sei alles in Ordnung. Er habe der Dame den Sekretär übergeben. Sie sagte, sie werde am folgenden Tag nach Be'er Schewa kommen, und sie haben sich verabredet.«

»Wo?«

»Was heißt, wo?«

»Wo haben sie sich verabredet?«

»Vielleicht bei ihr zu Hause, ich weiß es nicht. Ich habe es nicht gehört. Ich weiß nur, dass sie sich am nächsten Tag treffen wollten.«

»Und was war?«

»Nichts. Was sollte sein?«

»Wie war Chesi? Wie hat er sich benommen? Versuchen Sie, sich daran zu erinnern.«

»Das brauche ich nicht zu versuchen. Ich erinnere mich ganz genau. Er war *high*, er war fröhlich, er lachte über alles, er rollte sich vor Lachen auf dem Teppich. Erst habe ich gedacht, er wäre so fröhlich, weil er wieder zu Hause war, dann habe ich den Geruch bemerkt. Vermutlich hat er sich eine große Portion Stoff aus Athen mitgebracht. Ich bekam Angst, es könnte ihm was passieren. Ich sah, dass er langsam völlig entgleiste. Und ich fing an, mit ihm über einen Entzug zu sprechen. In Frankreich gibt es so ein Dorf, wo man eine Therapie machen kann. Ich sagte Chesi, ich sei bereit, jeden Preis zu bezahlen, wenn er nur verspreche, einen Entzug zu machen. Nach zwei Tagen war seine Ration offenbar zu Ende, denn er fing an, nervös zu werden. Ich sah, dass er in eine Krise geriet. Ich sagte, ich würde ihm Stoff besorgen, falls er mir verspreche, einen Entzug zu machen. Es fiel mir sehr schwer, Monsieur Koresch. Er sagte, er brauche mich nicht. Ich redete und weinte und schrie und flehte. Ich sagte, das sei seine letzte Chance. Wenn ich erst tot sei, könne ich ihm nicht mehr helfen, dann werde er im Morast versinken. Man werde seine Leiche finden und ihn nicht erkennen. Man werde ihn ohne Namen begraben. Am Schluss brach er zusammen und sagte, er sei bereit, darüber nachzudenken. Ich fühlte, dass ich den Moment nicht versäumen durfte. Man muss das Eisen schmieden, solange es heiß ist, nicht wahr? Ich sagte, ich würde für uns Flugtickets kaufen, für ihn und für mich, und wir würden zusammen in jenes französische Dorf reisen. Ich dachte, am Anfang würde man mir vielleicht erlauben, bei ihm zu bleiben. Er fragte natürlich, woher ich das Geld hätte. Und ich sagte, ich würde ein Darlehen aufnehmen. Am letzten Dienstag dann hat Chesi das Haus verlassen ...«

»Ja?«

»Ich habe ihn seither nicht mehr gesehen.«

Paulette schwieg, und Benzi und Arkadi schwiegen auch. Dann sagte sie so leise, dass man sie fast nicht verstand: »Ich hätte ihn nicht drängen dürfen, Monsieur Koresch.«

»Machen Sie sich keine Vorwürfe, Frau Melnik. Es liegt nicht an Ihnen, dass er nicht zurückgekehrt ist.« Benzis Stimme klang ruhig und weich.

»Warum sonst? Wo ist er?«

»Um wie viel Uhr hat er das Haus verlassen?«

»Das habe ich doch schon gesagt, wie immer. Ungefähr um neun. Vielleicht ein bisschen früher.«

»Ist er im Lauf des Tages noch einmal heimgekommen?«

»Das weiß ich nicht. An jenem Morgen bin ich nach Bizaron gefahren, zu Knuts Haus.«

»Wann haben Sie das Haus verlassen?«

»Ungefähr um neun, kurz nachdem Chesi weggegangen war. Ich habe ihm nicht gesagt, dass ich nach Tel Aviv wollte.«

»Haben Sie ihn getroffen, als Sie zurückkamen?«

»Nein. Ich bin etwa um drei wieder heimgekommen. Er hat später angerufen und gesagt, dass sein Auto kaputtgegangen sei und dass er abends kommen werde.«

»Wann hat er angerufen?«

»Ich bin um drei zurückgekommen. Ich habe mich geduscht, mir eine Tasse Kaffee gekocht und mich ein wenig hingelegt. Er muss sich so um vier Uhr herum gemeldet haben.«

»Von wo aus hat er angerufen?«

»Das hat er nicht gesagt. Ich habe gedacht, von seiner Firma.«

»Warum haben Sie das gedacht?«

»Weiß ich nicht. Dort war er im Allgemeinen.«

»Haben Sie etwas im Hintergrund gehört? Irgendein Geräusch? Versuchen Sie sich zu erinnern.«

»Nein, nichts Besonderes. Ich erinnere mich an kein Geräusch. Wenn er vom Firmengelände anruft, hört man immer Lärm, Autos, Rufe. Die Tür dort steht immer offen, und man hört den Lärm vom Hof. Ich bin an diesen Lärm gewöhnt. Ich hatte keinen Grund, auf irgendwelche Geräusche zu achten.«

»Über was haben Sie gesprochen?«

»Ich habe ihn gebeten, nicht so spät zu kommen. Er sagte, es werde etwa neun Uhr werden. Vielleicht etwas früher, vielleicht etwas später. Aber er ist nicht gekommen.«

»Sie haben ihn seither nicht mehr gesehen?«

»Nein. Ich habe auf ihn gewartet. Er hat immer zu Hause geschlafen. Er konnte woanders nicht einschlafen. Bis er ins Internat kam, hat er bei mir im Zimmer geschlafen. Erst als er aus dem Internat zurückkam, hat Rodnizki gesagt, er dürfe jetzt nicht mehr in unserem Zimmer schlafen.«

»Das heißt, dass Sie am Dienstag um vier Uhr nachmittags zum letzten Mal mit ihm gesprochen haben?«

»Ja.«

»Niemand hat ihn hier gesucht?«

»Nein.«

»Haben Sie jemanden gefragt, wo er sein könnte?«

»Am Freitagmorgen habe ich bei seiner Firma angerufen. Und am Sonntag in Tami Simons Laden in Jaffa. In Jaffa wusste man gar nicht, über wen ich spreche. Am Dienstag habe ich im Krankenhaus angerufen. Dort kannten sie keinen Chesi Rodnizki. Bei der Polizei wollte ich mich nicht melden. Ich hatte Angst, er sei vielleicht in irgendetwas verwickelt.«

»Kann es sein, dass er Ihnen vielleicht nach Bizaron gefolgt ist?«

»Nein. Er weiß nichts von Bizaron. Er hatte keinen Grund anzunehmen, dass ich dorthin fuhr. Als er das Haus verließ, war ich noch nicht mal angezogen.«

»Was war in Bizaron?«

»In Knuts Haus wohnen Leute, die ich schon öfter gesehen habe. Sie kennen mich nicht, aber ich kenne sie. Die Frau war ganz hysterisch wegen des Krieges. Ich habe zu ihr gesagt, meine Eltern hätten mal in diesem Haus gewohnt, und dann bat ich sie um die Erlaubnis, mich ein bisschen umzuschauen. Sie war nicht sehr nett. Ich fragte, was aus dem Grapefruitbaum hinter dem Haus geworden sei, und da glaubte sie wohl, dass meine Eltern wirklich mal da gewohnt hätten, und beruhigte sich ein bisschen. Ihre beiden Kinder saßen gerade in der Badewanne, und sie wollte zu ihnen zurück. Sie sagte, seit dem Krieg wasche sie die Kinder morgens statt abends. Sie ging also ins Haus und ich in den Schuppen. Es war das erste Mal seit vielen Jahren, dass ich den Schuppen betrat. Immer hatte ich ihn nur von außen betrachtet. Die Wände waren schmutzig, aber die *Prometheus*-Zeichnung war noch zu sehen. Natürlich war sie im Lauf der Jahre nachgedunkelt und schmutzig geworden, aber man hatte sie nicht übermalt. Ich drückte auf den Davidsstern, genau wie ich mich erinnerte, und der obere Teil der Wand ging auf. Der Safe war leer.«

Paulette schwieg. Die Stille dauerte diesmal sehr lange. Benzi und Arkadi beschlossen offenbar, geduldig abzuwarten und Frau Melnik nicht mit überflüssigen Fragen zu bedrängen.

»Leer«, wiederholte sie so erstaunt, als habe sie den ersten Schreck noch nicht überwunden. »Ich habe die Wand wieder zugemacht und stand da und starrte sie an, als wäre ich betrunken. Ich verließ den Schuppen und fragte die Frau noch nicht einmal, ob sie etwas darüber wusste. Was hätte ich auch fragen sollen? Wenn sie von dem Safe gewusst hätte, hätte sie mich nicht allein in den Hof gelassen. Sie sah auch nicht aus wie jemand, der in Schuppenwänden nach etwas sucht. Warum sollte sie auch?

Wer das getan hatte, musste gewusst haben, was er suchte und wo er zu suchen hatte. Ich dachte, Chesi hätte vielleicht doch etwas über Simons Bild erfahren, wie viel es wirklich wert war. Vielleicht habe ich mich geirrt, vielleicht hat er mich mal nach Bizaron verfolgt und dann die Bilder und die Noten herausgeholt. Bettys Verwandter hatte das Haus verkauft, als Betty noch lebte. Und Leon, ihr Mann, ist kurz nach ihr gestorben. Es war ein Geheimnis zwischen mir und Betty gewesen. Niemand hatte davon gewusst, nur wir zwei. Ich fühlte mich furchtbar. Nicht meinetwegen, sondern wegen Betty. Es hatte zwischen uns eine Art heiliger Allianz gegeben. Eine dreifache Allianz. Sie rettete mir das Leben, als sie aus mir das Kokosmädchen machte; und nach dem Krieg rettete sie meine Ehre, indem sie dafür sorgte, dass ich eine Medaille bekam; hier in Be'er Schewa hat sie meine Seele gerettet. Aber als sie mir etwas Wertvolles anvertraute, habe ich, ihre beste Freundin, versagt. Niemanden habe ich je so geliebt wie sie. Ich wollte sterben. Ich wartete darauf, dass Chesi zurückkam. Ich bringe ihn um, dachte ich. Ich bringe ihn eigenhändig um. Aber Chesi kam nicht zurück. Meine eiserne Reserve ist weg, und Chesi ist auch weg.«

Die letzten Sätze waren nur ein Flüstern. Als habe sie Angst, sie würden, laut ausgesprochen, zu einer unumstößlichen Tatsache werden.

»Erinnern Sie sich noch, was für Bilder es waren? Hatten sie einen Titel?«

»Ja. Beide waren Ölbilder. Das eine hieß *Stubenmädchen in rotem Hemd* und war vielleicht fünfzig auf fünfzig groß, das andere, *Sessel mit Hund*, vielleicht siebzig auf achtzig Zentimeter.«

»Was war noch drin außer dem *Prometheus*?«

»Eine Etüde für Klavier. Ich weiß nicht genau, welche. Aber Betty sagte, Isadora Duncan habe zu dieser Etüde eine Choreographie gemacht.«

»Isa-wer?«

»Die Tänzerin!«

»Haben Sie ein Foto von Chesi, Frau Melnik?«

Ein Stuhlrücken war zu hören, ein Schlurfen, eine Tür wurde aufgemacht. Benzi und Arkadi sprachen nicht miteinander, als sie das Zimmer verlassen hatte.

***

Lisi schaute Rosi an. »Hast du den Soutine in Simons Wohnzimmer gesehen?«

»Ich glaube, ja.«

»Du glaubst?«

»Wieso wundert dich das?«

»Du hast doch in deiner Wohnung das ganze Material über Soutine.«

»Was für Material?«

»Die Bücher, die Kataloge …«

»Hast du in meinen Schubladen rumgewühlt?«

»Ich habe nicht gewühlt. Du weißt doch, dass Benzi und ich in deine Wohnung gefahren sind.«

»Ich wollte, dass Benzi die Wohnung abschließt, damit meine Schwestern nicht anfangen, in meinen Schränken herumzusuchen. Ich habe gedacht, dass Benzi vielleicht etwas entdecken würde, das uns hilft, diesen Mord aufzuklären. Ich habe dir nicht erlaubt, in meinen Schubladen zu wühlen.«

»Ich habe nicht gewühlt, ich habe mich umgeschaut.«

»Umgeschaut! Was würdest du sagen, wenn ich in deinen Schubladen wühlen würde? Ich habe ein Privatleben!«

»Ich habe gedacht … es tut mir leid.«

»Es tut dir leid.«

»Was ich fragen wollte … Nachdem du so viel Material über Soutine hattest, hast du das Bild doch bestimmt gleich erkannt, als du es in Simons Wohnzimmer gesehen hast.«

»Woher hätte ich wissen sollen, dass es sich um Melniks Soutine handelt?«

»Tami wusste es.«

»Sie hat mir nicht gesagt, dass ihr Vater ein Bild von Paulette Melnik gekauft hat. Warum hätte sie es mir erzählen sollen?«

»Hast du nicht gefragt?«

»Nein. Wenn du bei jemandem ein Bild an der Wand hängen siehst, fragst du dann, von wem er es gekauft hat?«

* * *

Auf dem Band waren Schritte zu hören. Lisi versuchte sich Paulettes Gesichtsausdruck vorzustellen, mit dem sie den beiden Polizisten Chesis Foto hinhielt.

»Wir werden Ihnen das Foto zurückgeben, Frau Melnik.«

»In Ordnung.« Ihre Stimme klang beherrscht. Sie hatte sich offenbar zu der Einsicht durchgerungen, dass dieses Foto bei der Suche nach ihrem Sohn helfen könnte, nach ihrem Sohn, der vielleicht nie wieder zurückkehrte.

»Wir haben einen Durchsuchungsbefehl, Frau Melnik.«

Benzi drückte wohl auf den Aufnahmeknopf, denn es war ein Klicken zu hören, und es klang, als falle eine Bohne auf einen Teller.

Kapitel 10

Auto City

Als Lisi aufwachte, war Rosi schon nicht mehr da. Sie fühlte seine Abwesenheit, noch bevor sie ihre Schlafzimmertür öffnete. Die Stille in der Wohnung war anders, als hätte sich der Luftdruck geändert, als wäre ein Gegenstand bewegt worden und hätte die gewohnte Ordnung der Dinge zerstört. Seine Sachen lagen an den Stellen, an die er sie im Lauf der letzten Woche schon gewohnheitsmäßig gelegt hatte. Der Jogginganzug hing zusammengefaltet über dem Stuhl neben dem Sofa, der Stapel Zeitungen lag auf dem Tisch, sein Waschzeug war im Badezimmer. Und trotzdem hatte sie das Gefühl, dass er nicht zurückkehren würde. Sie verspürte eine gewisse Enttäuschung. Er hatte von ihr bekommen, was er bekommen wollte, nicht weniger und nicht mehr: Unterschlupf und Geheimhaltung. Was zwischen ihnen im Bett vorgefallen war, war nicht vorhersehbar gewesen. Sie fühlte sich nicht ausgenutzt, denn es war zu einem großen Teil auf ihre Initiative hin geschehen. Das Leben unter einem Dach, das zufällige Berühren eines fremden Körpers, die Intimität, zu der sie die kleine Wohnung zwang, das Geheimnis, das sie teilten – das alles hatte dazu beigetragen. Wenn etwas sie überrascht hatte, dann die Kraft, die aus ihr herausgebrochen war, die Kraft ihres großen Körpers, seine plötzlichen Forderungen, von denen sie nichts geahnt hatte.

Sie fragte sich, wohin er gegangen sein mochte, wo er in den Stunden war, die sie nicht zusammen verbracht hatten. Sie hatte ihn an allem, was sie tat, beteiligt, er hingegen sie nur bei wenigem. Er hatte den Kopf zur Seite geneigt und ihr aufmerksam zugehört, während er ihr das Profil mit dem zugekniffenen Auge zuwandte, eine Angewohnheit, die vermutlich auf seine leichte Schwerhörigkeit und Kurzsichtigkeit zurückzuführen war. Von Anfang an hatte sie gewusst, dass er früher oder später zu den Lebenden zurückkehren müsste, aber ohne es sich einzugestehen, war sie davon ausgegangen, dass er sie an seinen Plänen beteiligen würde.

Irgendetwas kitzelte ihr Gedächtnis, Worte, die jemand in den letzten Tagen zu ihr gesagt hatte. Ein bedeutungsvoller Satz. Sie versuchte sich zu erinnern, während sie sich anzog und Kaffee kochte und in Gedanken die Leute durchging, die sie getroffen hatte. Vielleicht etwas, was ihr der Rabbiner Klein gesagt hatte? Sie musste lächeln, als ihr der kleine Jude einfiel, der ihr aus seiner alten Tabakdose ein Bonbon angeboten hatte. Er hatte mit ihr über David Knut gesprochen, über seinen Bruder und seine Schwester. Was war wichtig an dem, was er gesagt hatte? Vielleicht war es ja auch jemand anderer gewesen.

***

Dorit erwartete sie am Eingang zur Geburtshilfeabteilung. Die große Fototasche über der Schulter, den Motorradhelm in der

Hand. Ihr kleines Gesicht war blasser als sonst, und Lisi musste sich beherrschen, um nicht zu fragen, was los sei. Lisi erkundigte sich bei der Krankenschwester am Empfang nach ihrer Schwester und erfuhr, dass Chawazelet erst um zwölf mit ihrer Schicht beginnen würde.

»Sie sind ihre Schwester von der *Zeit im Süden,* nicht wahr?«, fragte die Krankenschwester. Sie hatte eine raue, aber angenehme Stimme. Bestimmt schreit sie viel, hat aber ein gutes Herz, dachte Lisi.

»Ja. Lisi Badichi.«

»Die ganze Abteilung isst die Sesamplätzchen von Ihrer Mutter. Seit der Krieg angefangen hat, schickt sie uns Tonnen von Sesamplätzchen.«

»Beschäftigungstherapie.«

»Sie wird in das *Guinnessbuch der Rekorde* kommen als die Frau, die während des Golfkriegs die meisten Sesamplätzchen gebacken hat«, meinte die Schwester und lachte. Lisi wusste nicht, ob sie belustigt oder beleidigt sein sollte.

»Das ist Dorit Dahan, unsere Fotografin.«

»Die Tochter von …?«, fragte die Krankenschwester.

»Ja«, sagte Dorit.

Die Krankenschwester war etwa fünfundvierzig Jahre alt, mit grauen Strähnen in den braunen Locken, graugrünen Augen und einem kleinen Mund. Ihre Oberlippe sah aus wie zwei Blütenblätter einer roten Geranie, fein und genau gezeichnet. Dorit nahm es immer übel, wenn gutaussehende Frauen aller Altersstufen wissen wollten, ob sie die »Tochter von …« sei. In den Monaten, seit sie angefangen hatte zu arbeiten, musste sie entdecken, dass das Jagdgebiet ihres Vaters sehr ausgedehnt war.

»Wie läuft die Abteilung während des Krieges?«, fragte Lisi.

Die Schwester lachte. »Wir haben den Krieg schon im August angefangen. Als der Irak den ›heiligen Krieg‹ gegen Amerika und Israel verkündet hat, waren wir einfach nur besorgt, aber als es dann hieß, dass Gasmasken verteilt würden und die Luftwaffe in Bereitschaft stehe, haben auch wir mit unseren Vorbereitungen angefangen.«

»Wer ist ›wir‹?«

»Die Schwestern der Abteilung.«

»Habt ihr keine Anweisungen vom Zivilschutz und vom Gesundheitsministerium bekommen?«

»Doch, doch. Aber es gab noch keine Schutzanzüge für die Kleinen, und wir wussten nicht, was wir mit den Babys anfangen sollten. Unsere größte Sorge waren die chemischen Waffen. Wie sollten wir uns verhalten? Sollten wir zuerst die Gasmasken aufsetzen und dann die Kleinen in Schutzanzüge schieben oder umgekehrt? Und das Stillen. Dürften Mütter nach einem Angriff mit chemischen Waffen stillen? Dürfte man die Väter in die Abteilung hereinlassen, wenn es draußen einen Angriff gegeben hatte? Und was war, wenn die Geburt im Krankenwagen oder im Haus der Gebärenden mitten in einem Angriff begann? Haben Sie die Reinigungsanlagen unten im Hof gesehen?«

»Ja.«

»Wir waren ratlos. Sollte man die Gebärenden schon im Hof ausziehen? Und was passiert, wenn das Baby mitten im Waschen herauskommt? Soll es dann auch von den Reinigungsanlagen abgespült werden? Und was sollten wir machen, wenn mitten in einer Geburt Alarm gegeben wurde? Setzt man der Gebärenden dann eine ABC-Maske auf und macht weiter? Was passiert mit einer Gebärenden, die sich Atropin gespritzt hat? Lauter Fragen.«

»Und die Antworten?«

Die Schwester lachte. »Ich weiß sie nicht.«

»Wie heißen Sie?«

»Naʾomi Schuwal.«

»Hebamme?«

»Ja.«

»Wie lange arbeiten Sie schon in der Abteilung für Geburtshilfe?«

»Zwölf Jahre. Bald dreizehn.«

»Wo waren Sie davor?«

»In Sade Asanja. Ich war das zweite Kind, das dort geboren wurde. Übrigens, Schibolet kenne ich, seit sie auf der Welt ist. Arbeitet sie noch bei euch?«

»Ja. Sind Sie damit einverstanden, dass ich Sie in meinem Artikel zitiere?«

»Nichts dagegen ...«

»Darf Dorit Sie fotografieren?«

»Warum nicht?«

Naʾomi Schuwal lachte, und Dorit fotografierte. Lisi fragte sich, ob sie wohl eine Rüge bekam, wenn alles, was sie gesagt hatte, in der Zeitung erschien. Sie machte allerdings den Eindruck, als sei ihr das egal.

»Haben Sie eine junge Mutter da, deren Mann Motti heißt

und beim Zivilschutz ist? Ihre Wehen haben während des Alarms eingesetzt. Ich hätte sie gern gesehen.«

»Schoschana Liwne. Sie ist mit ihrer Mutter hergekommen. Sie haben kein Taxi bekommen können, deshalb ist sie selbst gefahren. Unterwegs ist ihr die Fruchtblase geplatzt. Sie war prima, diese Frau. Aber die Mutter! Wir hatten es gerade geschafft, die Mutter zu beruhigen, da kam der Mann. Was macht er beim Zivilschutz?«

»Er ist Koch.«

Na'omi lachte wieder. Diesmal konnte sie sich kaum fassen. »Ich habe gedacht, er trage die Verantwortung für den gesamten Zivilschutz im Bezirk 6.«

»In gewisser Hinsicht stimmt das ja. Was haben sie denn bekommen?«

»Einen Sohn. Nach drei Töchtern. Seine Majestät ist in Tränen ausgebrochen vor Freude. Manchmal hätte ich nicht übel Lust, diese Väter zu erwürgen.«

* * *

Seine Majestät saß neben dem Bett, in Uniform, und neben ihm standen seine Schwiegermutter und die drei Töchter. Als Lisi erklärte, beim Zivilschutz habe man ihr erzählt, dass seine Frau kurz vor Beginn der »Operation Wüstensturm« Wehen bekommen habe, war er sehr gerührt und meinte, alle dort seien gute Freunde. »Wir beim Zivilschutz waren früher immer unwichtig«, sagte er. »Aber seit wir für die Aufrechterhaltung der Ordnung bei Angriffen zuständig sind, hat unsere Einheit einen gewissen Stolz entwickelt. Wir waren die Ersten, die einberufen wurden, und wir werden wohl auch die Letzten sein, die man wieder nach Hause lässt. Auch was das Budget betrifft, waren wir immer die Letzten. Aber jetzt! Können Sie sich das vorstellen? Hörst du, Schoschana? Man hat uns für den Reservedienst sogar Offiziere von den Fallschirmspringern zugeteilt.«

Eine Überschrift habe ich schon, dachte Lisi: »Fallschirmspringer zum Zivilschutz eingezogen.« Soweit sie sich erinnern konnte, war diese Nachricht noch nirgendwo erschienen. Sie überlegte, ob sie sie auch an die überregionale *Zeit* schicken sollte, allerdings konnte die Zensur dann die Nachricht kippen. Würde sie sie nur in der *Zeit im Süden* veröffentlichen, konnte die überregionale Ausgabe sie einfach abschreiben, die Quelle wäre dann die Lokalausgabe. Sie musste sich mit Arieli beraten. Seit sie ihn in seinem Büro besucht hatte, hatte sie nicht mehr mit ihm gesprochen.

Schoschana Liwne zeigte sich von der Nachricht, dass Fallschirmspringer zum Zivilschutz eingezogen worden waren, nicht besonders beeindruckt. Sie sagte, die Geburt sei sehr leicht gewesen, die vierte Geburt sei immer leicht, das wisse man ja. Und die Behandlung hier sei wirklich super, absolute Spitze. Auch ihre drei Töchter waren im Soroka geboren. Sie glaube an dieses Krankenhaus, mehr als an jedes andere. Und dass man Motti für eine Nacht freigegeben habe, das habe ihr besonders gutgetan. Sie habe Angst gehabt, er werde nicht freibekommen.

»Wie werden Sie den Jungen nennen?«

»Ich wollte ihn eigentlich ›Schalom‹ nennen«, sagte Motti, »gerade weil er im Krieg geboren ist. Frieden, der Name ist symbolisch. Aber die Mädchen waren dagegen. Deshalb haben wir beschlossen, ihn ›Gil‹ zu nennen, Freude. Dass wir ab jetzt nur Freude erleben sollen.«

»Amen«, sagte Schoschanas Mutter. Sie erklärte, sie sei nicht wegen der SCUDs aus dem Bezirk A hiergekommen, sondern weil ihre Tochter ihr Kind bekommen sollte. Keine SCUD habe es geschafft, sie aus ihrem Haus zu vertreiben, und ihr Mann sei da noch sturer. Er habe gesagt: Wir erinnern uns doch genau daran, was man damals über die Leute von Kiriat Schmona gesagt hat, als sie vor den Katjuschas geflohen sind, die aus dem Libanon abgeschossen wurden. Man lasse sein Haus nicht im Stich, egal, was komme. Ihr Mann habe sogar einen Aufkleber mit »Ich bleibe in Tel Aviv« aufs Auto geklebt. Ihr Mann behaupte, der sicherste Platz sei im Auge eines Hurrikans. Ja, das sage er. Und wenn sie keine Tochter im neunten Monat gehabt hätte – mit drei kleinen Mädchen, die allein zu Hause blieben, weil ihr Mann zum Reservedienst eingezogen war, hätte sie ihr Haus nie verlassen. Im Leben nicht.

Lisi fiel plötzlich ein, an was sie sich an diesem Morgen zu erinnern versucht hatte. Rabbiner Klein hatte gesagt, seine Schwester habe ihre Kinder dadurch gerettet, dass sie mit ihnen in die Höhle des Löwen gegangen sei. Lisi notierte sich diese Worte in ihren Block, in der Hoffnung, dass sie später verstand, was an ihnen wichtig war. Irgendwo in einer Windung ihres Gehirns versteckte sich die Bedeutung dieser Worte.

Schwester Na'omi war nicht bereit, den Kleinen aus dem Säuglingszimmer zu holen. Dorit fotografierte Schoschana Liwne und ihren Ehemann zusammen mit den drei Mädchen und der Schwiegermutter. Danach fotografierte sie noch durch das Fenster des Säuglingszimmers Schwester Na'omi Schuwal mit dem Baby Gil. Lisi gratulierte allen, dann ging sie. Dorit folgte ihr, düster und schweigend.

»Bist du wütend auf mich?«, fragte Lisi, als sie zum Parkplatz kamen.

»Nein, wieso denn!«

»Also, was ist passiert?«

»Nichts Besonderes.« Ihr kleines blasses Gesicht verzog sich. »Kuti sagt, die Iraker hätten drei Regimenter mit SCUDs und mindestens dreißig stationäre Abschussrampen. Kuti sagt, sie hätten mindestens sechshundert Raketen. Sie hätten Atomwaffen und biologische Waffen.«

»Woher weiß er das?«

»Er ist beim Nachrichtendienst.«

»Er erzählt dir, was er beim Nachrichtendienst erfährt?«

»Nun, es ist eine Tatsache.«

»Hast du Angst?«

»Natürlich habe ich Angst. Das ist doch erschreckend, oder nicht?«

»Was weiß ich?«

»Er ist heute Morgen nach Los Angeles geflogen. Seit Amerika in den Krieg eingetreten ist, wollten seine Eltern, dass er zurückkommt.«

»Sie leben in Los Angeles?«

»Ja.«

»Hat er eine Befreiung von der Armee bekommen?«

»Ja.«

»Wenn man ihn hat gehen lassen, dann ist die Situation nicht ganz so schlimm, oder?«

»Was soll er denn hier? Passiv herumsitzen?«

»Hat er das gesagt?«

»Ja.«

»Machst du dir was aus ihm?«

»Weiß nicht.«

»Wann kommt er zurück?«

»Weiß nicht.«

»Was hat er gesagt?«

»Ich habe nicht gefragt.«

»Ist das der junge Mann, der mit dir im *Forum* war?«

»Ja. Sie haben das Foto vom *Forum* aus der Lokalausgabe in die überregionale übernommen.« Dorits Augen strahlten plötzlich, und Lisi entschied, dass die Lage doch nicht ganz so verzweifelt war.

Plötzlich fiel ihr das Foto von Bilha und den drei Attachés ein, das sie aus Rosis Wohnung mitgenommen hatte. Sie holte es aus der Tasche und zeigte es Dorit. »Es erinnert mich an etwas, ohne dass ich darauf komme, was es ist.«

Dorit betrachtete das Foto mit ausdruckslosem Gesicht.

Es war klar, dass sie die Menschen auf dem Foto nicht kannte. Dann zuckte sie mit den Schultern und gab Lisi das Foto zurück.

»Los, fahren wir zur Redaktion«, sagte Lisi.

***

Lisi schrieb achthundert Wörter über Motti vom Zivilschutz, über seine Frau, das Baby mit dem symbolischen Namen »Gil«

und über die Großmutter, die aus dem Bezirk A nach Be'er Schewa gekommen war. Weitere sechshundert Wörter schrieb sie über Na'omi Schuwal, die Hebamme, die nur Fragen hatte. Die Artikel hatten die doppelte Länge dessen, was man ihr an normalen Tagen zugestanden hätte. Da sie wegen Rosi nicht mit voller Kraft hatte arbeiten können, litt die Lokalausgabe an Materialmangel.

Sie rief Arieli an und fragte ihn, ob sie ihm eine Nachricht darüber schicken solle, dass Fallschirmspringer zum Zivilschutz eingezogen wurden.

»Und was geben Sie dafür als Quelle an?«, fragte Arieli.

»Ein Informant beim Zivilschutz.«

»Der Koch?« Arieli war so freundlich wie immer.

»Ich bringe es in der *Zeit im Süden,* und ihr fragt den Armeesprecher um Erlaubnis.«

»Veröffentlichen Sie erst mal gar nichts. Ich werde Cement bitten, dass er die Sache untersucht.«

»Wenn er anfängt zu fragen, werden sie es ableugnen.«

»Wenn sie es ableugnen, werden wir es nicht bringen.« Arieli knallte den Hörer auf.

Geschieht mir recht, dachte Lisi. Ich und meine Fragen. Da hatte ich einen Knüller, und nun darf ich ihn Cement überlassen.

Als sie hinunterging in die Druckerei, fand sie dort Dorit. Schoschana Liwne sah auf dem Foto klein und anrührend aus. Dorit hatte es geschafft, in dieses Familienfoto die eigene Angst hineinzulegen. Im Gegensatz dazu wirkte Na'omi mit dem Kind auf dem Arm wie ein Stabsfeldwebel beim Austeilen von Bettzeug.

Dorit legte einen Kontaktabzug vor Lisi auf den Tisch. Mit dem Fingernagel berührte sie die kleinen Fotos. Lisi erkannte auf einem die Schwestern Awner Rosens, die auf dem Friedhof auf einer Bank saßen.

»Was ist?«, fragte Lisi.

Dorit lächelte, wobei sie eine Reihe weißer Zähne entblößte. Ihr Gesicht strahlte plötzlich. Sie lächelt zu selten, schoss es Lisi durch den Kopf.

»Die Frau auf deinem Foto. Die mit den drei Musketieren.«

»Wo?«

»Hier.«

Dorit berührte mit dem Fingernagel den Kopf einer Frau, die neben Chassia und Ziona saß. Zusammengesunken, die Hände auf dem Schoß gefaltet. Sogar auf dem Kontaktabzug konnte man jeden Fingerknöchel erkennen. Den Kopf hatte sie mit einem Tuch bedeckt, und ihre Augen versteckten sich hinter einer großen Brille. Lisi konnte Bilha Stefanopulos nicht erkennen, doch sie verließ sich auf Dorits scharfe Augen. Nun verstand sie auch, warum ihr etwas auf dem Foto der Frau mit den drei Musketieren bekannt vorgekommen war. Sie hatte die Frau bereits vorher gesehen, auf Dorits Fotos. Bilha Stefanopulos war also doch zur Beerdigung ihrer Tochter gekommen. Auf der Beerdigung selbst hatte sie keinen Kontakt zu Schajke oder Oded aufgenommen, aber die beiden hatten sie bestimmt gesehen. Sie wussten, dass sie da war. Lisi erinnerte sich daran, wie Rosi das Foto mit seinen trauernden Schwestern betrachtet hatte. Ob er Bilha erkannt hatte? Immerhin hatte er ein Foto von ihr in seiner Wohnung gehabt.

»Kannst du mir eine Vergrößerung von diesem Foto machen?«

»Bis wann?«

»Bis gestern. Wie hast du sie eigentlich erkannt?«

Dorit zuckte mit den Schultern. »Mir kam es vor, als hätte ich sie schon einmal gesehen. Nicht sie selbst, sondern ein Foto von ihr. Aber auf dem Foto, an das ich mich vage erinnerte, sah sie anders aus. Nicht stehend. Sitzend. Und wieder zusammen mit anderen Menschen. Langsam hat es sich dann geklärt. Und am Schluss ist es mir eingefallen.«

»Alle Achtung, Dorit«, sagte Lisi bewundernd.

* * *

»Ich gehe runter zum Kiosk, willst du ein Sandwich?«, fragte Schibolet.

»Mit Thunfisch«, sagte Lisi.

»Mit Ei oder mit Tomate?«

»Mit Ei. Ich soll dir übrigens einen schönen Gruß von Naomi Schuwal sagen. Ich habe sie im Krankenhaus getroffen, und sie hat mir erzählt, dass sie aus dem Kibbuz Sade Asanja stammt.«

»Sie war das zweite Kind, das bei uns zur Welt kam. Sie hat den Sohn von Gabrielow geheiratet. Erinnerst du dich an ihn?«

»Ja.«

»Dann hat sie ihn und ihre beiden Kinder verlassen und ist nach Be'er Schewa gezogen, zu einem Mann, der vorher bei uns im Kibbuz war, ein Mitglied vom Naturschutz, und schon vor einer Weile weggegangen war. Möchtest du auch eine Cola?«

»Nein, danke.«

»Wenn ich zurückkomme, mache ich dir einen Kaffee.«
»In Ordnung.«

Schibolet lächelte Lisi zu. Die Welt fing wieder an, sich in ihren normalen Bahnen zu bewegen, wenn Lisi ein Thunfischsandwich vom Kiosk haben wollte.

Noch eine Woche mit Rosi, und ich hätte mich an geregeltes Essen gewöhnt, dachte Lisi. Sie fragte sich, wohin er wohl gegangen war. Plötzlich war ihr auch klar, warum sie das Gefühl gehabt hatte, er würde nicht zurückkehren. Seine Schutzausrüstung war nicht mehr in der Wohnung. Ihre Augen hatten das Fehlen registriert, die Nachricht jedoch nicht an das Gehirn weitergegeben. Lisi blickte durch das staubige Fenster und versuchte, ein bisschen Ordnung in die Ereignisse der letzten Woche zu bringen. Dann legte sie sich einen Bogen Papier zurecht und begann zu schreiben:

1. Ungefähr 1960 hat Chesi Rodnizki Schwierigkeiten mit Gangstern, die behaupten, er habe ihnen Drogen gestohlen.

2. Paulette Melnik verkauft die *Bank in Vence* von Soutine mit Hilfe Kikouins, der gerade Israel besucht. Das Bild wird für 62 000 französische Francs verkauft. Paulette bezahlt die Gangster und sagt zu Chesi, sie habe ein Darlehen aufgenommen.

3. Irgendwann Anfang der sechziger Jahre verstecken Betty Knut und Paulette Melnik die Noten Skrjabins und die Bilder Soutines im Schuppen von David Knuts Haus in Bizaron B.

4. 1987 kauft Schajke Simon die *Letzte Gelegenheit.*

5. 1988 gerät Chesi Rodnizki in Schwierigkeiten mit der Polizei, wegen Drogen, Autodiebstahl u.ä. Nach Paulette Melniks

Angaben haben Mike Silcha und Awner Rosen mit den Ermittlungen zu tun.

6. Paulette Melnik sichert sich die Dienste des Rechtsanwalts Ben-Basat, danach bietet sie Schajke Simon die *Blumenvase mit Huhn* von Soutine für 50000 Dollar an. Das Bild hing bis dahin in ihrem Wohnzimmer an der Wand. Sie bekommt 5000 Dollar a conto, den Rest der Summe nach einem halben Jahr.

7. Tami Simon verkauft einen alten Schreibtisch an ihre Mutter Bilha Stefanopulos. (Kontrollieren, ob Bilha mit dem Griechen verheiratet ist.) Tami fährt mit dem Schreibtisch nach Athen.

8. 1989 oder 1990 wendet sich ein amerikanischer Sammler, ein Millionär mit Namen Louis Dipl, an die Firma Sotheby's in New York, um handgeschriebene Noten des russischen Komponisten Skrjabin prüfen zu lassen. Einige Zeit später bittet er um die Überprüfung von zwei Bildern des Malers Soutine.

9. Sotheby's wendet sich insgeheim an Interpol. Die Interpol gelangt zu der Annahme, die Bilder und die Noten seien aus Israel nach New York gelangt. 1990 beginnt die israelische Polizei mit geheimen Ermittlungen. Die geschäftlichen Verbindungen zwischen dem Israeli Simon, dem Amerikaner Dipl und dem Griechen Stefanopulos werden aufgedeckt. Die Ermittlungen gehen in zwei Richtungen: Welches sind die internationalen Geschäfte der Firma Schesek, Israel, und wo waren die Bilder und die Noten, bevor sie das Land verließen? Mit der Ermittlung wegen der Geschäfte ist das nationale Betrugsdezernat betraut. Die Ermittlungen, die den Verkauf der Kunstwerke

betreffen, werden von Awner Rosen, Mike Silcha und Arkadi Katz geführt.

10. Schajke Simon erfährt von den Ermittlungen gegen ihn. Es besteht ein Verdacht, dass sein Informant ein Polizist ist, der mit den Ermittlungen zu tun hat.

11. Die Polizei verdächtigt Chesi Rodnizki, den Sohn von Paulette Melnik, des Drogenhandels und des Verkaufs gestohlener Fahrzeuge.

12. Am 2. Januar 1991 fährt Chesi Rodnizki in Tami Simons Auftrag mit dem Schiff nach Athen. Er hat einen antiken Schreibtisch dabei, der aller Wahrscheinlichkeit nach an ihre Mutter verkauft wurde. Chesi kommt am 10. Januar nach Israel zurück, und seine Mutter Paulette presst ihm das Versprechen ab, in Frankreich einen Drogenentzug zu machen.

13. Nach Aussage Paulette Melniks trifft sich Chesi Rodnizki mit Tami Simon, vermutlich in Be'er Schewa.

14. Am 14. oder 15. Januar besucht Chesi Rodnizki das Antiquitätengeschäft Tami Simons in Jaffa. Ihr Partner Melachi identifiziert Chesi aufgrund seines Autos.

15. In der Nacht vom 21. auf den 22. Januar macht sich jemand an Chesi Rodnizkis Golf GTI zu schaffen.

16. Am Dienstag, dem 22. Januar, um neun Uhr morgens, bleibt Chesis Auto neben dem Soroka-Krankenhaus stehen. Chesi Rodnizki sagt in Bebos Werkstatt Bescheid. Vom Soroka wird das Auto zur Werkstatt abgeschleppt.

17. Am selben Morgen mietet Chesi einen Suzuki von der Autoverleihfirma Alpha.

18. Zwischen dem 22. und dem 24. werden aus dem Büro der

Firma Alpha die Unterlagen über diese Vermietung an Chesi gestohlen. Die Buchhalterin von Alpha hat den Namen des Kunden notiert: Melman. Ascher, der Boss von Alpha, entdeckt den Suzuki, den er »Melman« vermietet hat, in der Nähe des Kiosks *Eis & Kaugummi*.

19. Am Dienstag, dem 22. Januar, um zehn Uhr morgens, fährt Paulette Melnik nach Bizaron B, um die Bilder aus dem Schuppen zu holen. Sie entdeckt, dass der Safe leer ist.

20. Um vier Uhr nachmittags ruft Chesi seine Mutter Paulette an und erzählt ihr, sein Auto sei kaputt und er komme etwa um neun Uhr abends nach Hause.

21. Um Viertel vor acht Uhr abends ruft Chesi im Restaurant *Escopia* in Aschkelon an und teilt Tami Simon mit, dass er sie nicht im Restaurant treffen könne. Sie verabreden sich für den nächsten Morgen.

22. Tami Simon und Awner Rosen kommen beim »Haus auf dem Hügel« in Omer an, ungefähr um halb neun Uhr abends. Sie fahren in Rosens Peugeot 504. Zwischen den Bäumen wartet ein Angreifer auf sie und schießt auf sie. Tami ist auf der Stelle tot. Rosen zielt auf den Angreifer und tötet ihn. Rosen verbindet den Angriff mit der undichten Stelle in der Polizei, was die Ermittlungen gegen Simon betrifft. Rosen schießt in das Gesicht des Angreifers, um dessen Identität zu verwischen, und tauscht mit ihm die Kleidung. Der Doppelmord geschah während des Alarms, zwischen 20.30 Uhr und 21.10 Uhr.

23. Rosen lässt den Peugeot vor Simons Haus stehen, rennt Richtung Stadt und ruft Ben-Zion Koresch an, von einer öffentlichen Telefonzelle neben dem Kiosk *Eis & Kaugummi*. Rosen

fordert Koresch auf, ihm zu helfen. Ben-Zion Koresch versteckt Rosen in seinem Luftschutzkeller und gibt ihm Kleidung und Essen.

24. Am Mittwoch, dem 23. Januar, findet die Beerdigung von Tami Simon und »Awner Rosen« statt.

25. Lisi findet Awner Rosen in ihrer Wohnung vor, als sie abends aus der Redaktion nach Hause kommt. Benzi Koresch hat ihn bei ihr versteckt.

26. Lisi findet den Golf GTI von Chesi Rodnizki in Bebos Werkstatt.

27. Benzi entdeckt anhand der Fingerabdrücke, dass es sich bei dem Toten um Chesi Rodnizki handelt.

28. Am Dienstag, dem 29. Januar, verlässt Awner Rosen sein Versteck in Lisi Badichis Wohnung.

Lisi betrachtete erstaunt den letzten Punkt ihrer Liste. Nur eine Woche war vergangen, seit der »Verstorbene« in ihrer Wohnung aufgetaucht war. Sie wusste nicht, warum er bei ihr Unterschlupf gesucht und warum er sie verlassen hatte. Hatte er erreicht, was er erreichen wollte? Hatte es ihm genutzt, dass sie ihn versteckt hatte? Und was hatte ihn dazu bewogen, ihre Höhle zu verlassen? Hatte er auf der Kassette von Paulette Melniks Vernehmung etwas gehört, was ihr entgangen war?

Sie kritzelte den Namen Melnik unten auf das Blatt, immer wieder, als hoffe sie, die Buchstaben könnten ihr etwas verraten. Sie verband die einzelnen Buchstaben, zog den Stift über das Papier, probierte Unterschriften aus. Die Buchstaben verloren ihre Eigentümlichkeit, wurden zu Schraffierungen, mit Auf- und

Abstieg, jedoch ohne Trennung und Ende. Der Name, der am Schluss entstand, war »Melman«. Der Name, der auf den Unterlagen von Alpha stand, war nicht Melman, sondern Melnik. Der Kunde hatte einen Blankoschein seiner Kreditkarte unterschrieben. Die Buchhalterin hatte den Namen von der Unterschrift abgeschrieben, nicht von dem, was auf der Kreditkarte gedruckt stand, und sie hatte wohl den Eindruck gehabt, der Name sei »Melman«.

Doch warum sollte Rodnizki mit »Melnik« unterschreiben?

Wenn er fürchtete, die Verbindung zwischen dem Mord und dem Leihwagen könnte herauskommen, und deshalb mit einem anderen Namen unterschreiben wollte, dann musste er doch wissen, dass der Name Melnik unweigerlich auf seine Spur führen würde. Es gab keinen logischen Grund, ausgerechnet diesen Namen zu wählen. Eigentlich war es auch unlogisch, ein Auto zu mieten. Warum sollte ein Mann, der einen Hof voller Gebrauchtwagen zum Verkauf hat, sich bei einem Autoverleih ein Auto mieten?

Lisi beschloss, Benzi anzurufen. Sie wusste, dass er sich nicht gern mit ihr am Telefon unterhielt, aber sie hoffte, dass niemand das Gespräch mithören würde.

»Hi, Benzi, Schätzchen«, begrüßte sie ihren Schwager. »Wie geht es dir? Hast du gerade viel zu tun?«

»Ziemlich.«

»War Mama während des Alarms bei euch?«

»Nein. Sie war bei Chawazelet. Hat sie dich nicht angerufen?«

»Doch, hat sie. Ich glaube, sie möchte zu mir ziehen, damit ich nicht so allein bin.«

»Ja?«

»Ich schaffe es nicht, sie davon zu überzeugen, dass es mir nichts ausmacht, allein zu sein.«

»Möchtest du, dass ich mit ihr spreche?«

»Nicht nötig. Vielleicht bringe ich sie heute Abend zu mir. Dann wird sie schon sehen, dass sie sich keine Sorgen zu machen braucht.«

»Möchtest du, dass sie zu dir kommt?«

»Nein, ich möchte es nicht. Sie möchte es. Vielleicht hole ich sie für einen Abend, damit sie sich beruhigt.«

Benzi schwieg. Da er eigentlich immer sehr laut sprach, hatte sein Schweigen etwas Bedrohliches. Benzi konnte systematisch, gründlich und hartnäckig nachdenken, aber er besaß wenig Fantasie. Er war bei seinen Ermittlungen so erfolgreich, weil er nicht zu faul war, ein Band zehn- und zwanzigmal abzuhören, in Papieren zu blättern, bis sie ihm unter den Fingern zerbröselten, und einen Verdächtigen so lange zu verhören, bis er ihm fast die Seele aus dem Leib gefragt hatte. Soweit Lisi wusste, hatte er noch nie die Hand gegen jemanden erhoben, einschließlich seiner Kinder. Er fragte einfach immer weiter, bis er die Wahrheit heraushatte.

»Bist du allein zu Hause, Lisi?«, fragte er schließlich.

»Ja.«

»Seit wann?«

»Seit heute morgen. Ich könnte auf einen Sprung bei dir vorbeikommen.«

»Ich bin sehr beschäftigt.«

»Wann hast du frei?«

»Um zwölf.«

»Kann ich kommen?«

»Ja. Ich denke mir, dass du dich nach dem Stand der Ermittlungen erkundigen willst.«

»Ja.«

»Ich werde mit deiner Mutter reden.«

»Danke, Benzi, Schätzchen.«

»Bitte, Lisi.«

* * *

Als Lisi an die Labortür klopfte, kam Dorit zu ihr heraus und drückte ihr einen Umschlag mit zwei Vergrößerungen in die Hand. Auf einem saß Bilha Stefanopulos auf der Bank, neben den beiden Schwestern von Rosi. Auf dem zweiten Bild war nur ihr Kopf zu sehen. Wegen der starken Vergrößerung war das Porträt etwas verschwommen, dennoch gab es keinen Zweifel daran, dass diese Frau Bilha Stefanopulos war, dieselbe Frau wie auf dem Foto mit den drei uniformierten Männern.

»Du bist wirklich einzigartig«, sagte Lisi. Sie beugte sich zu Dorit und drückte ihr zu ihrem eigenen Erstaunen einen Kuss auf die Wange.

Auto City, das Grundstück, auf dem sich Chesi Rodnizkis Gebrauchtwagenhandel befand, erstreckte sich zwischen dem Car Center, einer Werkstatt, die sich auf Autolackierungen spezialisiert hatte, und dem Car King, der sich ebenfalls dem Verkauf gebrauchter Autos widmete. Auf dem Tor war in ganzer Breite hingesprüht: »Kommt zum Gasfestival in Bagdad.«

Die meisten Autos auf Rodnizkis Grundstück waren Japaner: Toyota, Mitsubishi, Suzuki, aber es gab auch einige Chevrolets und Buicks, drei Fiat Uno und zwei Renault 9. Ein etwa fünfzigjähriger Mann trat aus der Baracke: rote, ergrauende Schaflocken, ein dicker Bauch unter dem zu kurzen Trikot, eine Brille mit dicken Gläsern und ein besorgtes Gesicht.

»Hi, Püppchen!«, sagte er mit einem Akzent, der sowohl jiddisch als auch amerikanisch war. »Wos ken I do for you?«

Lisi musste jedes Mal gegen einen Wutanfall kämpfen, wenn jemand sie mit »Püppchen« oder »Kleine« ansprach. »Ich möchte mit Chesi Rodnizki sprechen«, sagte sie.

»Sie suchen also Chesi Rodnizki?«, sagte er mit einem bitteren Auflachen. »Listen, Püppchen, wenn Sie ihn finden, sagen Sie ihm doch, dass Mikie ihn ebenfalls sucht.«

»Wer ist das, Mikie?«

»Wer das ist? Ich bin Mikie.«

»Sind Sie sein Partner?«

»Für Sie bin ich sein Partner. Wollen Sie ein Auto kaufen?«

»Ich heiße Lisi Badichi. Ich bin Reporterin bei der *Zeit im Süden*. Ich versuche, Chesi Rodnizki zu finden.«

»Ich wünschte, ich könnte Ihnen helfen, Püppchen. Gehört die Klapperkiste da draußen Ihnen?«

»Der Justy, ja. Ich arbeite an einem Bericht über den Doppelmord an Tami Simon und diesem Polizisten Awner Rosen.«

»Oj wej zu majne juren!«

»Wann haben Sie ihn zuletzt gesehen?«

»Chesi?« Mikie machte plötzlich ein erschrockenes Gesicht. Als gebe der Ton ihrer Frage Chesis Verschwinden etwas Endgültiges. »Wann ich ihn gesehen habe? Let me say, wart a minutkele. In meinem Kopf ist alles durcheinander wegen dem Krieg, wegen der farkakte milchume. Glauben Sie, dass ihm etwas passiert ist?«

»Ich weiß es nicht.«

»Hier war schon ein Polizist, der hat mich auch nach ihm gefragt.«

»Wer? Wie hieß er?«

»Woß wejß ich? A farkakter Polizist! Chesis Auto war kaputtgegangen. Am Dienstagmorgen hat er angerufen und gesagt, sein Auto wäre kaputt und er würde es zu Bebos Werkstatt bringen. Danach würde er herkommen. Er ist gekommen, als ich meinen Lunch gegessen habe, ungefähr um zwölf.«

»Sie haben ihn um zwölf gesehen?«

»Das habe ich doch gesagt, oder?«

»Bis wann ist er geblieben?«

»Eine halbe Stunde? Es gab keine Arbeit. Sie haben es gesehen, nicht? Keine Käufer. Wer kauft Autos mitten in di farkakte milchume?«

»Wohin ist er gegangen?«

»Woß wejß ich, wohin er gegangen ist? Er ist gegangen!«

»Kam er mit einem Mietwagen her?«

»Mietwagen?«

»Sein Auto war doch kaputt.«

»Ach so! Nein, er kam im Taxi.«

»Hat der Taxifahrer auf ihn gewartet?«

»Nein. Er hat ihn nur gebracht.«

»Und als er ging, hat er ein Taxi bestellt?«

»Warum sollte er ein Taxi bestellen?«

»Er hatte kein Auto.«

Mikies Antworten begannen Lisi nervös zu machen, und sie musste sich beherrschen, um ihm nicht ebenfalls mit Fragen zu antworten.

»Ach so. Nein. Er hat den Chevrolet Impala genommen. Wir haben einen alten Chevrolet Impala, super erhalten, a real baby, den dort, den hat er genommen. In der Werkstatt hatten sie ihm gesagt, sein Auto sei vielleicht bis abends oder bis zum Morgen fertig. Also hat er den Chevrolet genommen, bis zum nächsten Morgen. Als ich morgens zum Grundstück kam, stand der Chevrolet schon an seinem Platz.«

»Sie haben ihn nicht gesehen, als er den Chevrolet zurückbrachte?«

»Das habe ich doch gesagt, Püppchen.«

»Wann sind Sie heimgegangen?«

»Seit di farkakte milchume angefangen hat, gehe ich jeden Tag um drei Uhr nach Hause. Es gibt keine Käufer, es gibt keine Verkäufer. Das *business* ist im Arsch. Um drei bin ich gegangen. Als ich ging, war Chesi noch nicht zurück.«

»Kann es sein, dass er den Chevrolet schon am Dienstag zurückgebracht hat?«

»Kann sein. Ich habe ihn nicht gesehen.«

»Haben Sie am Mittwoch gearbeitet?«

»Oj, was für ein Haufen Fragen, Püppchen. Noch mehr Fragen als der farkakte Polizist. *Ja,* Püppchen, ich habe am Mittwoch gearbeitet. Was heißt gearbeitet? Ich bin zum Grundstück gekommen und habe hier rumgehockt wie ein Idiot.«

»Sind außer diesem Polizisten noch andere Beamte hiergewesen?«

»Wann?«

»Hatte Chesi Probleme mit der Polizei?«

»Wenn er das hat, *is none of my business*.«

»Sind Polizisten hierhergekommen?«

»Hierher, dorthin. Zu mir sind sie nicht gekommen. Was Mikie nicht weiß, macht ihn nicht heiß.«

»Einen Teil seiner dunklen Geschäfte hat er hier gemacht, vom Grundstück aus.«

»Wer sagt das?«

»Ich.«

»Nonsens. Wenn er hier auf dem Grundstück *monkey business* gemacht hätte, hätte ich ihn sofort verlassen.«

»Vielleicht in der Nacht? Vielleicht nachdem Sie heimgegangen waren?«

»Püppchen, ich habe es schon gesagt, was Mikie nicht weiß, macht Mikie nicht heiß.«

»Um wie viel Uhr sind Sie am Mittwoch hergekommen?«

»Um sieben. Wie jeden Tag. Mikic ist jeden Tag um sieben auf dem Grundstück. Milchume oder keine milchume. Chesi ist am Mittwoch nicht gekommen. Bestimmt war er am Dienstagabend oder in der Nacht da. Chesi steht morgens nicht so früh auf. Er schläft gern lange. Kommt um acht, neun. Oder gar nicht.«

»Gehört ihm das Grundstück?«

»Wir sind Partner.«

»Wie teilt sich die Partnerschaft auf?«

»Ist das alles für Ihre Story in der Zeitung?«

»Beim Autoverleih Alpha hat man gesagt, Chesi Rodnizki hätte am Dienstag, dem 22. Januar, ein Auto gemietet.«

»Blödsinn. Warum sollte er ein Auto mieten, wenn hier dreißig Autos rumstehen, die er benutzen kann? Ich habe Ihnen doch gesagt, er hat den Chevrolet genommen. Er kann doch nicht mit einem Hintern in zwei Autos sitzen.«

»Arbeitet ihr immer mit Bebos Werkstatt zusammen?«

»Nicht immer. Nur manchmal. Ich bin ein guter Mechaniker. Blecharbeiten und Farbe machen wir bei unseren Nachbarn, dem Car Center. Nur wenn es wirklich große Probleme gibt, gehen wir zu Bebo.«

»Warum hat Chesi nicht Sie gebeten, sein Auto zu reparieren?«

»Bebo ist Fachmann für Volkswagen, und Chesis Golf ist von Volkswagen. Bestimmt ist er deshalb zu Bebo gegangen.«

»Seit wann sind Sie Chesis Partner?«

»An Pessach werden es neun Jahre.«

»Sind Sie zufrieden mit der Partnerschaft?«

»Es gibt *ups and downs*.«

»Wie teilen Sie die Arbeit untereinander auf?«

»Hören Sie mal, Püppchen, was ist das hier? Schreiben Sie etwa meine Lebensgeschichte?«

»Wie ist Ihr Familienname?«

»Amiran. Mikie Amiran. Schreiben Sie in Ihrem Journal, dass Mikie Amiran, der vor zwanzig Jahren bei den Marines war, sagt, dass General Norman Schwarzkopf und seine halbe Million Soldaten am Golf Frikadellen aus Saddam Hussein machen werden. Wann erscheint Ihre Geschichte im Journal?«

»In ein paar Tagen. Vielen Dank, Mikie.«

»Gern geschehen, Püppchen.«

Lisi verließ das Grundstück und überquerte die Grenze zum feindlichen Lager. An der niedrigen Mauer von Car King stand in schwarzen Buchstaben: »Los, Saddam, gib endlich Gas!« Auf dem Grundstück saß eine etwa vierzigjährige Frau auf einem alten Küchenstuhl in der Tür zu einer Asbestbaracke, die aussah wie ein Zwilling der Baracke von Auto City. Sie hieß Chawiwa Berner, und sie hatte kein einziges gutes Wort über ihre Nachbarn auf der anderen Seite der Mauer zu sagen. Ihrer Meinung nach war Chesi der Halsabschneider und Mikie der Mechaniker. Chesi hatte die Anzeigen in den Zeitungen verfolgt, Verkäufer angerufen und sich ihnen als Kunde vorgestellt. Ob sie was mit dem Car Center zu tun hatten. Mit diesen Moskauern? Da sei Gott vor! Sie machten immer viel Theater. Erste Schätzung. Zweite Schätzung. Dritte Schätzung. Die Fehler, die sie an Autos feststellten, waren nicht von dieser Welt. Bis sie endlich mit der richtigen Schätzung rausrückten. Außerdem, wenn Chesi und Mikie ein Auto verkauften, manipulierten sie den Kilometerstand und nahmen Ersatzteile von anderen Autos. Chawiwa Berner hatte mit eigenen Augen gesehen, wie Mikie sich als potentieller Kunde ausgegeben hatte und tat, als interessiere er sich für ein Auto, das irgendein naiver Kunde kaufen wollte, und so den Preis für den Wagen erhöhte. Lisis Frage, ob sie bei Auto City auch gestohlene Autos verkauften, beantwortete sie mit einem entschiedenen »Nein«.

Chawiwa Berner erinnerte sich nicht, ob sie Chesi am Dienstag, dem 22. Januar, gesehen hatte. Sie hatte jedenfalls nicht bemerkt, wie er mit dem Taxi ankam, und auch nicht, wie er mit dem Chevrolet wegfuhr. Vielleicht konnte sich ihr Mann erinnern. Sie arbeiteten hier zusammen, aber seit Anfang des Krieges arbeiteten sie abwechselnd, ein Tag sie, ein Tag er, damit jemand zu Hause bei den Kindern war für den Fall, dass es Alarm gab. Am 22. Januar haben sie die Schulen geschlossen, nicht wahr? Natürlich, da hatten sie gar nicht erst aufgemacht. Sie und ihr Mann waren an diesem Tag zu Hause geblieben und hatten mit Nylon den Notausgang ihres Luftschutzraums abgedichtet. Ihr Mann hatte sowohl einen Bart als auch Asthma, deshalb hatten sie beschlossen, nicht in einem abgedichteten Zimmer zu sitzen, sondern hinunter in den Luftschutzraum zu gehen. Sie wohnten in einem Haus, das einen vorschriftsmäßigen Luftschutzraum besaß. Sie sagte, Lisi solle in ihrem Artikel schreiben, es sei eine Unverschämtheit, dass der Zivilschutz keine Gasmasken an Bartträger verteilt habe. Wenn es darum ging, das Vaterland zu verteidigen, war Schamajs Bart sehr gut, aber wenn das Vaterland Schamaj schützen sollte, war er es da plötzlich nicht mehr?

Kapitel 11

Das Lied des Henkers

Benzis Tisch war sauber und leer. Als sie in sein Zimmer trat, saß er da und starrte vor sich hin.

»Rosi ist weg?«, fragte er Lisi.

»Guten Tag, Benzi.«

»Guten Tag, Lisi. Nun?«

Lisi hob ihre Tasche vom Boden auf und wandte sich der Tür zu.

»Lisi!«, schrie er hinter ihrem Rücken. Seine Stimme brachte die dicken Mauern des Polizeigebäudes zum Beben.

»Schrei mich nicht an«, sagte sie ruhig. »Wage es nicht, mich anzuschreien. Ich bin keiner von deinen Untergebenen. Ich habe dich gefragt, ob ich kommen könnte. Ich bin gekommen, weil du mich eingeladen hast. Also rede gefälligst höflich mit mir.«

»Setz dich.« Er wartete, bis sie sich wieder gesetzt hatte, dann fragte er: »Rosi ist weg?«

»Ja. Als ich morgens aufstand, war er nicht mehr da. Er hat mir nicht gesagt, dass er vorhatte zu gehen. Seine Kleider und sein Waschzeug sind nach wie vor in meiner Wohnung; seine Gasmaske hat er mitgenommen.«

»Wann bist du aufgestanden?«

»Um halb acht. Es kann sein, dass ich mich irre. Aber mein Gefühl sagt mir, dass er nicht zurückkommt. Hat er mit dir gesprochen?«

»Nein. Aber der einzige Ort, wo er mich anrufen kann, ist bei mir zu Hause, und da war ich noch nicht. Habt ihr die Bänder abgehört?«

»Ja.«

»Was hat er gesagt?«

»Über das Band gar nichts. Wir hatten eine kleine Diskussion wegen des Bildes, das Paulette Melnik an Simon verkauft hat. Ich habe ihn gefragt, ob er wusste, dass sie es Simon verkauft hat ...«

»Was?«

»Du schreist schon wieder.«

»Fahr fort.«

»Ich sagte zu Rosi, dass er dem Material über Soutine in seiner Tel Aviver Wohnung zufolge das Bild in Simons Wohnung erkannt haben müsste. Daraufhin hat er mich beschuldigt, in seinen Schubladen herumgewühlt zu haben. Er wollte, dass seine Wohnung verschlossen wird, damit seine Schwestern nicht in seinen Sachen herumstöbern, nicht, dass ich in seinen Schubladen wühle. Das hat ihn geärgert. Ich komme jetzt direkt von Chesi Rodnizkis Grundstück.«

»Ich habe dir doch gesagt, du sollst nicht auf eigene Faust ermitteln.« Benzi bekam vor Anstrengung, nur ja nicht zu laut zu sprechen, ein rotes Gesicht.

»Ich sammle Material für die Zeitung, Benzi, Schätzchen.«

»Und?«

»Chesi hat kein Auto bei Alpha gemietet. Nachdem er seinen Golf zu Bebo gebracht hatte, nahm er ein Taxi und fuhr damit zur Firma, direkt bis zum Grundstück. Er nahm von seinen Gebrauchtwagen einen alten Chevrolet Impala, dieses Auto wollte er benutzen, bis sein Golf repariert sein würde. Mikie Amiran, Chesis Partner, behauptet, es sei völlig unlogisch, dass Chesi ein Auto mietet, wenn er so viele zur Verfügung hat. Und ich glaube, er hat recht. Ich habe den Namen Melnik immer wieder auf ein Stück Papier geschrieben, und schau mal, was rausgekommen ist.« Lisi nahm das Blatt mit ihren Kritzeleien aus der Tasche, deutete auf das Wort, das sie meinte, und sagte: »Melman. Die Buchhalterin von Alpha hat den Namen von der Unterschrift abgeschrieben, nicht vom Aufdruck auf der Kreditkarte.«

»Oder jemand hat Melniks Kreditkarte benutzt und mit einem Melnik unterschrieben, das aussieht wie Melman.«

»Glaubst du?«

»Was weiß ich? Ich kann nur raten. Woher soll ich wissen, ob die Buchhalterin die Unterschrift abgeschrieben hat oder das Gedruckte? Wenn wir sie fragen, wird sie sagen, sie habe den gedruckten Namen abgeschrieben. Wenn sie zugäbe, die Unterschrift abgeschrieben zu haben, würde das ja heißen, dass sie bei ihrer Arbeit geschlampt hätte.«

Lisi legte das Blatt, auf dem sie den ganzen Verlauf der »Geschichte der Bilder und der Noten« aufgeschrieben hatte, vor Benzi hin. Benzi las ihre Liste langsam durch, dann noch einmal. Als er endlich den Kopf hob, sagte sie: »Die Frage ist, wer hat das Auto bei Alpha gemietet. Wenn es Chesi war –

und aller Wahrscheinlichkeit nach war er es nicht –, hätte er nicht mit dem Namen Melnik unterschrieben. Wenn er einen falschen Namen benutzen wollte, um die Spur des Kunden zu verwischen, hätte er sich nicht als Melnik ausgegeben. Nach Angaben der Leute bei Alpha brach der Mann, der das Auto gemietet hat, im Büro ein und stahl die Unterlagen, die mit dem Verleih des Suzuki zu tun hatten. Offenbar, damit die Angestellten, wenn sie sich überhaupt erinnerten, den Namen Melnik angaben. Hast du dir von Paulette ein Foto Chesis geben lassen?«

»Worauf willst du hinaus?«

»Hat Ascher von Alpha ihn identifiziert?«

»Ja.«

»Ja?«

»Wir haben ihm Chesis Foto gezeigt und ihn gefragt, ob er ihn kenne. Er hat Ja gesagt. Er kenne ihn. Das sei Chesi Rodnizki von Auto City. Wir haben ihn weiter gefragt, ob dies der Mann sei, der am 22. Januar den Suzuki gemietet habe, und er sagte nein, ausgeschlossen. Chesi kenne er. Der sei es bestimmt nicht gewesen.«

»Also, warum wolltest du mich durcheinanderbringen?«

»Ich wollte dich nicht durcheinanderbringen. Du bist mit logischen Überlegungen zu einer Schlussfolgerung gekommen, die sich als richtig erwiesen hat.«

»Dass jemand den Eindruck erwecken wollte, der Automieter sei Chesi gewesen.«

»Nur dass dieser Jemand nicht wusste, dass Ascher Chesi kannte. Übrigens, Melachi, Tami Simons Partner, identifizierte den Mann auf dem Foto als den, der am 14. oder 15. bei Tami im Laden war.«

»Hast du dir die Kassetten von Paulette Melnik noch einmal angehört?«

»Ich habe sie mir schon fünfmal angehört.«

»Es gibt da etwas, wozu man eine Frage stellen müsste.«

»Nur eine?«

»Das Problem ist, dass wir auf diese Frage nie eine Antwort bekommen werden.«

»Nun?«

»Chesi traf Tami am 11. Januar, einen Tag nachdem er aus Griechenland zurückgekommen war. Ein paar Tage später traf er sie wieder, in ihrem Laden in Jaffa. Am 22. hat sich Tami mit ihm im *Escopia* verabredet. Aber dann traf er sie, vermutlich wegen seines kaputten Autos, am selben Tag vor dem Haus auf dem Hügel. Für die Begleitung des Schreibtischs hatte sie ihm den Flug und eine Woche Aufenthalt in Griechenland bezahlt. Aller Wahrscheinlichkeit nach hat sie ihm auch eine gewisse Geldsumme für seine Mühe gegeben. Aber dafür hätte es gereicht, ihn einmal zu treffen. Nehmen wir mal an, Chesi versuchte, noch weitere Summen von ihr zu erpressen. Das würde zu ihm passen. Er brauchte dringend Geld wegen seiner Drogen.

Das würde seinen Wunsch erklären, sie zu treffen. Aber warum war sie einverstanden, ihn zu sehen?«

»Glaubst du wirklich, dass er versucht hat, sie zu erpressen?«

»Wenn er für sie etwas in dem Schreibtisch geschmuggelt

hat, oder wenn er für sie Geld geschmuggelt hat, dann passt es zu ihm, sie zu erpressen. Die Frage ist, ob Rosi von alldem wusste. Ob die Beziehung zwischen ihr und Rosi so war, dass sie ihm von Chesis Erpressungsversuchen erzählt hat.«

»Falls es solche Erpressungsversuche gegeben hat«, meinte Benzi.

»Könnte es sein, dass Rosi es wusste und dir nichts davon sagte?«

»Das ist möglich. Ich kann aber Rosi nicht fragen, solange er sich nicht mit mir in Verbindung setzt. Und Chesi oder Tami kann ich nicht fragen, weil sie mir keine Antwort geben können.«

»Was habt ihr in der Wohnung von Paulette Melnik gefunden? Du hattest auch für Simons Haus einen Durchsuchungsbefehl, nicht wahr?«

Benzi lachte plötzlich und nickte mit dem Kopf wie eine Marionette.

»Vielleicht wechselst du den Job und fängst bei der Polizei an«, sagte er und lächelte sie an.

»Was soll das heißen?«

»Du bist schlauer, als du aussiehst, Lisi.«

»Sag das nicht. Ich hasse diesen Satz. Sehe ich etwa so bescheuert aus?«

»Genug, genug. Das war ein Kompliment. In Paulette Melniks Wohnung haben wir unter Chesis Papieren Scheckhefte gefunden, die Fahrkarte nach Griechenland, Belege von einem Mietwagen. Er hat sich in Athen von Hertz ein Auto gemietet und es in Zürich zurückgegeben. Dann ist er mit der Swiss Air von Zürich nach Athen geflogen und mit der El-Al von Athen nach Israel. Jemand von uns prüft gerade, ob er oder Tami Bankkonten in Zürich haben. Davon geht man eigentlich aus, und vermutlich wird es sich auch bestätigen.«

»Wird eine Schweizer Bank bereit sein, derartige Informationen zu geben?«

»Da die Kundin gestorben ist, hoffen wir es. Ich nehme an, dass zwischen diesen Bankkonten – sofern es sie gibt – und den Firmen, mit denen Simon etwas zu tun hat, eine Beziehung besteht. Glücklicherweise haben wir bei dieser Sache Rückendeckung von Interpol.«

»Rosi hat gesagt, dass Tami Simon ihre Firma gegründet hat, um nicht von ihrem Vater abhängig zu sein.«

»Unter Tamis Papieren, die wir im Laden, in ihrer Tel Aviver Wohnung und ihrer Wohnung in Be'er Schewa gefunden haben, haben wir die Versandpapiere für den Schreibtisch und alte Flugtickets entdeckt. Es gibt eine Verbindung zwischen dem Verkauf der Kunstgegenstände und den Fahrten ins Ausland, das steht zweifellos fest. Es gibt auch eine chronologische Ordnung: Der erste Schreibtisch ist geliefert worden, und danach kam die Anfrage Dipls an Sotheby's in New York. Nach dem Okay von Sotheby's flog Tami mit der El-Al nach Athen. Von Athen flog sie nach Zürich, wo sie zwei Tage blieb, dann kehrte sie nach Athen zurück und flog von dort schließlich mit der El-Al wieder heim.

Chesis Strecke war genauso: Schreibtisch, Athen, Zürich, Athen, Israel. Es kann sein, dass Simon zu dieser Zeit schon wusste, dass die Polizei gegen ihn ermittelte. Vermutlich hat er seine Tochter gewarnt, woraufhin sie beschloss, nicht selbst zu fahren, sondern die Dienste Chesis in Anspruch zu nehmen. Auf Chesis Bankkonto in Be'er Schewa fanden wir eine Einzahlung von zweitausend Schekel am Zwölften dieses Monats. Diese Summe hat er bar eingezahlt. Er hat zwei Bankkonten, ein Geschäftskonto auf den Namen Auto City und ein privates. Chesi hantierte mit großen Summen wegen seines Gebrauchtwagenhandels. Einen beträchtlichen Teil des Geldes bekam er in bar, die Leute versuchen ja, das Finanzamt zu betrügen. Wir prüfen noch, ob eine Beziehung zwischen diesen zweitausend Schekel und dem Gebrauchtwagenhandel besteht. Ich nehme an, wir finden heraus, dass er dieses Geld von Tami bekam. Möglicherweise hat er, nachdem er die erste Summe bekommen hat, beschlossen, sie zu erpressen. Klingt logisch.«

»Was ist mit Paulette Melniks Bankkonto?«

»Sie bekommt eine Pension von der Schule und Zinsen von ein paar Staatsanleihen. Ihr bleibt nicht besonders viel.«

»Bestimmt ahnt sie, dass mit ihrem Sohn etwas passiert ist. Wann wollt ihr ihr die Wahrheit sagen?«

»Wenn Rosi aus dem Untergrund auftaucht. Sobald herauskommt, dass der Tote Chesi Rodnizki war, stellt sich sofort die Frage, wo Awner Rosen ist. Ich sitze auf Kohlen, Lisi.«

»War auf den Bändern etwas, was Rosi einen Hinweis auf den Verräter bei der Polizei gegeben haben könnte?«

»Darüber denke ich nach, seit du mich heute Morgen angerufen hast.«

»Wie viele Leute bei der Polizei haben eigentlich von den Ermittlungen gegen Simon gewusst?«

»Frag lieber, wer es nicht wusste. Das nationale Betrugsdezernat, der Kommandant für den Bezirk Negev, ein Offizier der Landespolizeidirektion, das Betrugsdezernat Be'er Schewa, der Kommandant für den Bezirk Dan, der Verbindungsoffizier zu Interpol, der Polizeiattaché in den Vereinigten Staaten, der Polizeipräsident ... soll ich weitermachen?«

»Das hört sich nicht gut an.«

»Wir werden sehen.«

»Glaubst du, dass er sein Versteck verlassen hat, um Simon zu beobachten?«

»Ja.«

»Was erwartet er zu finden?«

»Zweierlei: den Verbindungsmann Simons bei der Polizei und das Motiv für den Mord.«

»Warum kann er diese Ermittlungen nicht als lebendiger Awner Rosen führen?«

»Als jemand, den es gar nicht gibt, hat er viel größere Möglichkeiten. Außerdem möchte er den, der ihn umbringen wollte, selbst schnappen.«

»Rache?«

»So etwas Ähnliches.«

»Hat jemand angenommen, dass er zu viel weiß?«

»Möglich. Er hat auch gestern das Haus verlassen, nicht wahr?«

»Ja. Gibt es eine Chance, dass er herausfindet, wer bei der Polizei für Simon arbeitet?«

»Eine Chance gibt es immer. Aber vergiss nicht, dass auch Leute von uns Simon beobachten. Rosi weiß das. Und diese

Leute kennen Rosi. Er wird sich nicht dadurch in Gefahr bringen, dass sie ihn erkennen.«

»Das ist ziemlich schwer, Benzi. Erstens ist er tot. Und zweitens ist er blond und hat eine neue Brille.«

»Hast du die Kassetten mitgebracht?«

»Ja.« Lisi nahm die beiden Kassetten aus ihrer Handtasche und legte sie vor Benzi auf den Tisch. »Gibt es eine Antwort aus der Ballistik?«

»Das ist nicht deine Sache.«

»Fang jetzt nicht wieder an.«

»Fang du nicht schon wieder an. Wie oft soll ich dir noch sagen, dass du an diesen Ermittlungen nicht teilnimmst?«

»Es würde sich aber lohnen, Benzi, Schätzchen.«

»Was gibt's? Was weißt du?«

»Beantworte meine Frage.«

»Hast du was entdeckt?«

»Ja.«

»Was?«

»Was ist bei der Untersuchung herausgekommen?«

Lisi sah offenbar so selbstzufrieden aus, dass Benzi nachzugeben beschloss. »Die erste Patronenhülse stammt natürlich aus Rosis F.N. Die beiden anderen passen zur Pistole Chesi Rodnizkis, jedenfalls der Durchmesser.«

»Hast du die Pistole gefunden?«

»Nein. Aber ich habe den Mann aufgespürt, der Chesi die Waffe verkauft hat. Es handelt sich um eine Beretta. Wenn wir die Pistole finden, können wir die Patronenhülsen vergleichen. Chesi hatte natürlich keinen Waffenschein.«

»Es müssen vier Patronenhülsen sein, zwei aus Rosis Pistole und zwei aus Chesis.«

»Wir haben drei gefunden. Eine aus Rosis F.N. und zwei andere, die aller Wahrscheinlichkeit nach aus Chesis Beretta stammen.«

»Was wirst du wegen Rosi unternehmen?«

»Es gibt nichts, was ich tun könnte.«

»Wie lange kannst du die wirkliche Identität des Toten verschleiern?«

»Ich stecke in Schwierigkeiten damit.«

»Könnte man dich aus der Polizei entfernen?«

Benzi schwieg. Lisi fragte sich, wie ein so anständiger Polizist wie er in derartige Schwierigkeiten geraten konnte. Benzi war mit Leib und Seele Polizist. Er liebte seine Arbeit und war stolz auf sie. Er war stolz auf seine Uniform, auf seine Rangabzeichen, sogar auf diesen winzigen Würfel, der sein Büro ausmachte. Was würde mit ihm passieren, wenn sich herausstellte, dass er eine Ermittlung behindert hatte?

»Ich habe ein Geschenk für dich«, sagte Lisi. Sie nahm aus ihrer Tasche den Umschlag mit den Fotos von Bilha Stefanopulos und legte ihn vor Benzi auf den Tisch. Benzi zog die Fotos heraus und betrachtete sie. Dann blickte er Lisi fragend an.

»Bilha Stefanopulos, Benzi, Schätzchen.«

Benzi sprang vom Stuhl, riss den Mund auf, schloss ihn wieder und setzte sich.

»Ist das eines von den Beerdigungsfotos?«

»Ja.«

»Wie hast du das plötzlich herausgefunden?«

»Das war Dorit Dahan. Ich habe ihr ein Foto von Bilha gezeigt, und sie hat sich an dieses Foto erinnert. Hast du gewusst, dass sie zur Beerdigung gekommen ist?«

»Nein.« Benzi sah verwirrt aus.

»Was wirst du machen?«

»Erst einmal werde ich nachprüfen, ob sie noch in Israel ist. Vermutlich nicht. Wäre sie in Israel geblieben, hätte sie die Schiwa-Tage in Simons Haus verbracht. Ich muss herausbekommen, wann sie angekommen ist und wann sie das Land wieder verlassen hat. Was für ein Mistkerl, dieser Schajke Simon! Sagt zu mir, sie sei in einem Krankenhaus, und er wisse nicht genau, wo … Und der Sohn ist genauso ein Lügner.«

»Du hast zu mir gesagt, auch die Angestellten in ihrem Haus hätten angegeben, sie sei in einer Klinik.«

»Das haben sie der Athener Polizei erzählt. Wenn ich daran denke, dass wir sie hätten haben können …« Und plötzlich rief er: »Du kommst nicht mit mir!«

»Wohin?«

»Nirgendwohin.«

»Vergiss nicht, wer dir dieses Foto gebracht hat. Ich möchte nicht in der *Post im Süden* etwas über Bilha Stefanopulos lesen«, sagte Lisi und stand auf.

»In Ordnung.« Benzi schaute sie auf einmal misstrauisch an. »Wohin gehst du?«

»Ich fahre nach Kfar Ja'akow.«

»Was gibt es in Kfar Ja'akow?«

»Rosi ist dort geboren. Seine Schwestern leben noch immer dort. Schließlich arbeite ich an einem Artikel für meine Zeitung.

Der Herausgeber hat einen Bericht über den Doppelmord verlangt.«

»Tu mir einen Gefallen, Lisi.«

»Was für einen?«

»Hör auf, an diesem Artikel zu arbeiten. Du hast genügend Material für drei Ausgaben. Du bringst dich in Schwierigkeiten.«

»Ausgerechnet du musst das sagen. Du hast dich ganz schön in den Schlamassel geritten.«

»Man muss wissen, wann es Zeit ist aufzuhören. Fahr nicht nach Kfar Ja'akow.«

»Ich muss seiner Schwester ein Foto zurückbringen, das sie mir bei der Beerdigung gegeben hat.«

»Schicke es mit der Post.«

»Bye, Benzi, Schätzchen.«

»Lisi!«

Seinen Aufschrei hörte sie erst, als sie schon hinter der Tür war. Sie wusste, dass er ihr nicht hinterherlaufen würde. Das hätte ihm gerade noch gefehlt, dass jemand sich erkundigte, was los sei.

»Brauchst du eine schusssichere Weste?«, fragte ihr Schwager Ilan, der im Eingang stand und sich mit Tante Malka unterhielt.

»Eines Tages wird Benzi noch einen Herzanfall bekommen wegen dir«, sagte Tante Malka und lächelte Lisi an.

»Oder ich wegen ihm.«

»Was war's diesmal?«

»Frag ihn selbst.«

»Vielleicht ziehst du zu uns, bis der Krieg vorbei ist«, sagte Malka.

»Hast du Angst?«, fragte Lisi erstaunt.

»Deine Mutter droht damit, bei mir zu schlafen. Vermutlich hat sie die Nase voll, bei Georgette und Benzi zu sein. Und bei Ilan ist schon seine Schwägerin mit ihrer Familie. Deshalb hat sie beschlossen, dass ich ihr nächstes Opfer bin.«

»Sei doch froh. Sie wird dir alle Schubladen aufräumen.«

Malka lachte. Sie war zwar die Schwester von Lisis Mutter, aber es bestand nicht die geringste Ähnlichkeit zwischen den beiden. Malka war selbständig und höchst zufrieden mit ihrer Entscheidung, allein zu leben. In dieser Hinsicht war Lisi ihrer Tante ähnlicher als ihrer Mutter. Die Eigenständigkeit ihrer Mutter hatte in dem Moment aufgehört, als sie sich dafür entschied, ihr Leben der ständigen Sorge um die Familie zu widmen. Lisi hatte manchmal das Gefühl, als hätte ihre Mutter einen Kalender mit den Namen aller Familienmitglieder im Kopf, geordnet nach ihrer Wichtigkeit, und dass sie zu jeder Minute auf diesem Kalender notierte, wo sich die einzelnen befanden, wie viele Stunden sie arbeiteten, wie viele Stunden sie schliefen, ob das, was sie aßen, gesund und sättigend war, und ob ihnen nicht ein Knopf abgegangen war, den man dringend annähen musste.

Als Lisi das Polizeigebäude verließ, war der Himmel grau und hing tief über der Stadt wie eine schwere Decke. Das Licht war grell und klar, und auf den Dächern der Häuser zeigte sich das elektrisierende Rosa, das einen beginnenden Sturm ankündigte, als würden sich auf ihnen die Flammen eines fernen Feuers spiegeln. Als sie etwa eine halbe Stunde unterwegs war, fing es an zu regnen. Viele Autos fuhren nach Süden, während in der anderen Richtung kaum Verkehr war.

Der Regen wurde immer stärker, und Lisi bemerkte den Wegweiser nach Kfar Ja'akow buchstäblich erst, als sie schon davor war. Ihr fiel ein, dass sie die Familiennamen von Rosis Schwestern nicht kannte. Sie betrat daher ein Lebensmittelgeschäft, um sich nach ihnen zu erkundigen, und entdeckte Chassia hinter der Theke, die gerade ein Stück von einer Nylonbahn für eine junge, verlegen lächelnde Kundin abmaß. Ein ungefähr siebzigjähriger Mann stand daneben. Sein Gesicht war so rot, als wäre er gerade in einen Bottich mit heißem Wasser gefallen, und er trug einen mit einem Seidenband geschmückten Strohhut. Die junge Frau sagte, sie habe die Fenster mit Nylon verklebt, habe aber vergessen, die Rollläden zu bekleben, und ihr Mann behaupte, das sei nichts wert, sie müsse also jetzt die Nylonbahnen, die sie angeklebt hatte, wieder abreißen und alles neu machen. Ihr Mann habe gesagt, seiner Meinung nach sei der Luftschutzbunker überhaupt das Beste, aber sie hätten die Zeit gestoppt und herausgefunden, dass sie, selbst wenn sie noch so schnell rannten, drei Minuten brauchten, um hinzukommen, auch wenn sie eine Tasche mit Gasmasken, Tüchern und Wasser fertig gepackt hätten. Deshalb habe ihr Mann gemeint, es sei wohl doch besser, in einem abgedichteten Zimmer zu bleiben.

Chassia hatte die groben Hände einer Bäuerin, schwer und mit Sommersprossen übersät. Ihre Stimme, ihre Art zu reden war energisch und entschieden, wie man es bei den Einwohnern der alten Siedlungen oft fand. Nachdem die junge Frau gegangen war und der Mann mit dem Strohhut Zeitungen gekauft hatte und ebenfalls verschwunden war, zog Lisi das Foto von Rosi aus der Tasche und hielt es Chassia hin.

»Ich bin Lisi Badichi, die Reporterin von der *Zeit im Süden*. Ich habe versprochen, Ihnen das Foto Ihres Bruders zurückzubringen.«

»O weh, bei so einem Regen!«, sagte Chassia. »Sie hätten es auch mit der Post schicken können.« Sie warf einen schnellen Blick auf das Bild und steckte es in eine große, braune Plastiktasche, die sie unter der Theke hervorholte. »Ich habe den Artikel gelesen, den Sie in der *Zeit* geschrieben haben. Nun, was soll ich sagen, was kann man überhaupt sagen? Man versteht es einfach nicht.«

»Haben Sie Schiwa gesessen?«

»Nicht wirklich. Normalerweise helfen meine beiden Schwiegertöchter im Laden, aber sie können jetzt nicht kommen, weil ihre Kinder wegen des Krieges zu Hause sind. Ziona hilft mir ja, aber auch sie hat nicht so viel Zeit. Nicht dass es so viele Kunden gäbe. Die Leute haben gehamstert wie bei der Belagerung von Jerusalem, aber den Laden zumachen kann man trotzdem nicht.«

Die Wanduhr zeigte 13.40 Uhr, und Chassia beschloss offenbar, dass man den Laden vielleicht doch schließen könnte. Sie sperrte die Tür zu und drehte das kleine Schild um, auf dem »Geschlossen« stand.

»Ich mache uns eine Tasse Kaffee«, verkündete Chassia. Mit einem Tauchsieder, einem Gerät, das Lisi zuletzt bei der Armee benutzt hatte, machte sie Wasser heiß. Dann nahm sie aus einer mit einem Gummi verschlossenen Plastiktüte Schokoladenkekse und legte sie auf einen Glasteller.

»Wie geht es Ihrer Schwester Ziona?«, fragte Lisi.

»Meine Schwester ist wie aus Eisenbeton. Wissen Sie, was ich meine?«

»Ja. Was ist mit den Orangenplantagen? Kommen die Arbeiter?«

»Plantagen?«

»Sie haben doch Plantagen, oder nicht?«

Nun, es war so, dass dieses Dorf schon vor über zwanzig Jahren aufgehört hatte, ein Dorf zu sein. Inzwischen gab es nur noch eine Orangenplantage, die von Techije Benzioni, der einfach ein Dickkopf war. Außer ihm gab es nur noch zwei Familien von den Neuen – später stellte sich heraus, dass die »Neuen« auch schon dreißig Jahre in Kfar Ja'akow lebten –, die sich mit Landwirtschaft beschäftigten. Erdbeeren, Avocados, Pecannüsse. Seit der neuen Straße war die Entfernung zwischen Kfar Ja'akow und Tel Aviv zu einem Katzensprung geworden. Eine halbe Stunde, alles in allem. Die Leute, die aus der Stadt fliehen wollten, waren bereit, Fantasiepreise zu bezahlen, um hier wohnen zu können. Wer brauchte also noch den Ärger mit der Genossenschaft, wenn die Grundstücke Spekulanten anlockten? Allmählich begannen die alten Pioniere, die Orangenbäume zu fällen und die Parzellen zu verkaufen. Etliche Männer wurden zu Bauunternehmern, errichteten selbst Villen auf ihren Grundstücken und verdienten so noch mehr.

Ihrer Familie hatten hier dreißig Dunam gehört. Der Großvater hatte einst eine Manufaktur in Lodz besessen und von der Keren Kajemet den Boden gekauft, als sein Sohn Lejser Rosen verkündete, er wolle nach Erez-Israel auswandern. Ihre Mutter Bella, eine Pionierin aus Russland, hatte den Vater Lejser hier im Land kennengelernt. Sie war nach der Revolution hergekommen und kämpfte für eine neue Heimat. Sie wollte den Boden bearbeiten. Der Vater, der die Mutter sehr liebte, wollte das, was sie wollte. Boden hatten sie ja, aber kein Wasser, außerdem nicht die geringste Ahnung von Landarbeit. Chassia selbst erinnerte sich noch sehr genau, wie man damals das Wasser in Fässern angekarrt hatte, und dann musste man es in Eimern zu den Pflanzungen schleppen, von morgens bis abends.

Zwei Kinder waren den Eltern an Fieber gestorben, kurz nach ihrer Geburt. Chassia war also offenbar die Älteste, aber in Wirklichkeit war sie das dritte Kind, Ziona das vierte, und der Unglücksrabe Awner erschien zur Schmach und Schande seiner Mutter gerade dann, als Chassia sich mit Schmaja verlobte.

Sie schufteten wie die Esel, und es dauerte lange, bis sie den ersten Schekel sahen. Noch nicht einmal ein Haus besaßen sie. Das erste Gebäude aus Beton bauten die Eltern für die Kühe. Danach kamen Hühnerställe. Als sie und Ziona kleine Kinder waren, schliefen sie im Sommer im Zelt und im Winter im Hühnerstall oder bei den Kühen. Die Mandelbaumpflanzung zerstörten Schädlinge, die Hühner starben an Krankheiten, mit den Nachbarn gab es immer Streit um das Wasser. Ihr brauchte man also nichts zu erzählen! Die Landwirtschaft hatte nichts Romantisches an sich. Ihr tat es nicht leid, dass sie keine Orangenplantagen mehr hatten. Sie hatte nichts gegen Techije Benzionis Plantage, aber sowohl sie als auch Ziona schliefen nachts ruhig, auch ohne Orangen.

»Und Awner? Wollte er die Plantagen auch nicht behalten?«

»Awner!« Chassia schwieg. Vielleicht hat sie so viel über die Plantagen gesprochen, um nichts über Awner sagen zu müssen, dachte Lisi. »Awner hat das Dorf gehasst, das Dorf und die Landarbeit. Sobald es ging, verließ er das Dorf und kam nicht mehr zurück. Und ich mache ihm keine Vorwürfe deswegen.«

»Hat ihm der Verkauf des Bodens nicht viel Geld gebracht?«

»Natürlich. Seine Plantage wurde gemeinsam mit unseren aufgelöst. Das ganze Geld, das die Plantagen brachten, war angelegt und brachte ihm Zinsen. Er hatte ein Gefühl für so was.«

»Für Geld?«

»Ja.«

»Sie haben gesagt, dass er als Kinder Hühner geklaut hätte.«

Chassia war verlegen. Sie wollte nichts Schlechtes über einen Toten sagen. »Ach, das waren nur Dummheiten, wie Kinder sie eben machen. Er war so ein begabter Junge. Er hatte goldene Hände. Wenn uns irgendeine Maschine kaputtging, war es immer Awner, der sie repariert hat. Ganz egal, ob es sich um den Traktor gehandelt hat oder um den Radioapparat. Sogar die Wanduhr hat er in Ordnung gebracht. Wir haben geglaubt, er lernt Agronomie oder Ingenieurswesen. Aber er war wild. Jeder Junge ist wild.«

»Wie alt war er, als er das Dorf verließ?«

»Wir haben einen Fehler gemacht und ihn ins Internat der Landwirtschaftsschule geschickt. Damals hatten wir noch die Weinberge, die Plantagen und die Hühner. Wir haben gedacht, es wäre gut, wenn er Landwirtschaft studiert. Schließlich gehörte ihm ja ein Drittel. Wir haben es nicht geschafft, ihn im Griff zu behalten. Wir hatten schon eigene Familien, und alle paar Tage wurden wir in die Schule bestellt. Mal war es eine Schlange in der Schublade der Religionslehrerin, dann eine Stinkbombe auf dem Stuhl des Chemielehrers, den er eigentlich sehr schätzte. Der Lehrer war nicht wütend auf ihn, er behauptete damals, nur wer begabt sei, könne eine Stinkbombe basteln. Aber der Direktor war weniger verständnisvoll. Er riet, wir sollten Awner ins Internat geben, also haben wir es getan.«

»Wer ist sein Erbe?«

»Ha!« Chassia stieß ein bitteres Lachen aus, dann schwieg sie.

»Wohnt die zweite Generation in Kfar Ja'akow?«

»Die dritte! Ich habe vier Kinder und Ziona drei, und beide zusammen haben wir acht Enkel.«

»Wurde der Boden aufgeteilt?«

»Nach dem Testament unserer Eltern wurde alles unter uns dreien geteilt.«

»Sie beide sind also Awners Erben?«

»Er hat uns seinen Anteil vor einem Jahr verkauft. Für sehr viel Geld. Die ganze Summe auf einmal. Er wollte nichts hören von Ratenzahlungen oder Darlehen. Er wusste, dass unsere Kinder im Dorf bleiben wollten und den Boden brauchten.«

»Wenn Sie ihm den Boden nicht vor einem Jahr abgekauft hätten, hätten Sie ihn jetzt geerbt.«

»Nein. Er wollte verkaufen. Und an Käufern fehlte es nicht. Schmaja hat gesagt, dass vielleicht ein Teil des Geldes zu uns zurückkommt, weil er geschieden ist und keine Kinder hat. Aber ich glaube es nicht. Ich weiß, dass man nichts Schlechtes über einen Toten sagen soll, aber ...«

»Aber?«

Chassia spürte offenbar, dass sie zu viel redete. Der Regen prasselte immer noch gegen die Schaufensterscheibe. Plötzlich lächelte sie, wobei sie große, kräftige Zähne entblößte und ihr Gesicht sich in hundert Fältchen legte.

»Immer wenn es regnet, denke ich: Schön! Wasser für die Bäume in der Plantage. Obwohl wir schon seit fünfzehn Jahren keine Plantage mehr haben. Wenn Sie hinausgehen, werden Sie die Orangenblüten riechen. Es gibt fast keine Plantagen mehr, und trotzdem merkt man den Geruch, wenn es regnet. Passen Sie auf, dass Sie bei der Rückfahrt nicht im Schlamm steckenbleiben.«

Lisi verstand den Wink. Sie bedankte sich bei Chassia für den Kaffee, bat sie, ihrer Schwester Ziona einen schönen Gruß auszurichten, und verließ den Laden.

* * *

Die Fahrt von Tel Aviv nach Be'er Schewa dauerte immer länger als die Fahrt von Be'er Schewa nach Tel Aviv. Die dichte Autoschlange, die sich südwärts bewegte, in Richtung auf einen Punkt außerhalb der Gefahrenzone zu, hatte etwas Verzweifeltes. Die Fahrer machten die Scheinwerfer an, und Lisi kroch mit dreißig, vierzig Stundenkilometern vorwärts. Die Scheibenwischer gaben ein monotones Geräusch von sich, und dieses Knarren, begleitet von den gleichmäßigen Bewegungen und zusammen mit dem ununterbrochenen Regen, dem grauen Himmel und der Autoschlange dämpfte ihre Sinne. Als sie endlich am Busbahnhof ankam, war es halb vier, und die meisten Geschäfte hatten geschlossen.

Sie hörte schon die Klänge des *Mikado*, begleitet von Klaras und Ja'akows Gesang, als sie sich dem Laden näherte.

Wenn es eines Tages geschähe,
dass wir ein Opfer suchen müssten ...
Ich habe eine Liste gemacht,
eine Liste von angesehenen Leuten,
die niemandem, niemandem
fehlen würden.

An Haken im Schaufenster hingen zwei Käfige, und in jedem saßen zwei Vögel, die aussahen wie gelb, grün und zimtfarben angemalte Sperlinge. Die Vögel saßen auf Zweigen, die quer durch die Käfige gesteckt waren, und begleiteten Klaras und Ja'akows Gesang mit einem Trillern, das sich anhörte wie ein alter Motor. Schnaps saß auf der Fensterbank und beobachtete gespannt die Vögel. Die Gasmasken hingen über Klaras und Ja'akows Stühlen, bereit für den Notfall. Ihre Gesichter strahlten, als sie Lisi sahen.

»Was ist das?«, fragte Lisi.

»Das Lied von Ko-Ko, dem Henker der Stadt Titipu«, antwortete Ja'akow.

»Was für ein schöner Tenor«, rief Klara, die Augen weit aufgerissen. »Und was für eine schöne Melodie. Und der Rhythmus, man bekommt richtig Lust zu tanzen. Aber was für grausame Worte! Was für ein schlimmer Mensch!« Ein Schauer lief über Klaras Rücken. Sie seufzte und machte die alte Platte aus. Das Trillern der Vögel war jetzt doppelt so laut. Schnaps, dem das offenbar gar nicht gefiel, sprang auf den Boden, durchquerte mit langsamen Schritten den Laden und war mit einem Satz auf seinem Lieblingsplatz, Klaras Schoß.

»Was sind das für Vögel?«, fragte Lisi. »Seit wann verkauft ihr Vögel?«

»Ein Käfig ist für uns, Lisi, der andere für dich«, sagte Klara.

»Finken«, erklärte Ja'akow.

Lisi bedankte sich, wies aber das Geschenk zurück.

»Nimm sie, bis der Krieg vorbei ist«, bat Ja'akow. »Finken sind wie Kanarienvögel. Bergarbeiter nehmen Kanarienvögel mit, wenn sie in die Grube einsteigen. Wenn die Kanarienvögel Gas riechen, hören sie auf zu singen und sterben. Dann wissen die Bergarbeiter, dass sie rennen müssen, um sich zu retten. Wir haben zwei Pärchen ergattert. Doch Abed hat versprochen, uns noch welche zu besorgen. Klara und ich haben beschlossen, sie kostenlos an Familien mit kleinen Kindern zu verteilen. Unser Geschenk an das israelische Volk.«

»Hast du Saddam Hussein im Fernsehen gesehen?«, fragte Klara und drückte Schnaps an sich. »Ja'akow sagt, er sei wie Ko-Ko. Gutaussehend, lächelnd und ein Henker.«

»Ja, furchtbar.«

Klara und Ja'akow schienen verschreckt zu sein. Ihr lautes Singen diente offenbar dazu, ihre Stimmung zu heben, und war nichts anderes als das Pfeifen eines ängstlichen Kindes in einer dunklen Straße.

»Hast du keinen Schirm, Lisi?«

Lisis Haare waren nass vom Regen und ihre Stiefel schlammverkrustet.

»Als ich heute Morgen das Haus verlassen habe, hat es noch nicht geregnet. Ich komme gerade von Kfar Ja'akow, dem Heimatort von Awner Rosen. Ich bin hingefahren, um seiner Schwester sein Foto zurückzubringen.«

»Ein großer Verlust, Ehre seinem Angedenken.«

Es schien, als trauerten Klara und Ja'akow mehr um Rosi, als seine Schwestern es taten. »Weiß man schon, wer ihn ermordet hat? Kennt man schon den Grund?«

»Noch nicht.«

»Arbeiten Benzi und Ilan an dem Fall?«

»Das weiß ich nicht.«

Klara legte den Kopf schräg und warf Lisi einen listigen Blick zu. Sie kaufte Lisi nicht ab, dass sie nichts wusste. Mit Intrigen kannte sie sich aus.

»Wart ihr bei Paulette Melnik?«

»Waren wir. Sie ist verrückt vor Sorge. Chesi ist kein Junge, der einfach verschwindet, ohne seiner Mutter ein Wort zu sagen. Wir haben Angst, dass ihm etwas passiert ist, Lisi.«

»Was sagt sie?«

»Was kann sie schon sagen? Sie liegt im Bett und raucht eine Zigarette nach der anderen. Ich habe sie nur mit Mühe überreden können, den Tee zu trinken, den ich für sie gekocht habe. Du weißt nicht, was sie für eine Mutter ist, Lisi. Sie war immer bereit, ihr Leben für ihren Jungen hinzugeben.«

»Sie ist wie der Kormoran«, sagte Ja'akow.

Sogar Klara war von dieser Bemerkung überrascht.

»Der Kormoran beißt sich selbst in die Brust, bis er eine Wunde hat, und seine Jungen, wenn sie klein sind, essen sein Fleisch. Und das ist es, was Paulette für ihren Jungen getan hat.«

Tränen traten in Klaras Augen. Sie zweifelte nicht im Geringsten an Ja'akows Worten. Ihr Mitleid mit den Kormoranen am Golf mischte sich mit dem Mitleid, das sie für Paulette Melnik empfand. Ja'akow hielt ihr ein sauberes Taschentuch hin, das er aus der Tasche seines Jacketts zog.

»Es gibt so viel Kummer und Böses auf der Welt und zugleich auch so viel Liebe«, schluchzte Klara in Ja'akows Taschentuch. »Man kann es einfach nicht verstehen.«

»Hat Awner Rosen Paulette Melnik gekannt?«, erkundigte sich Lisi.

»Ob er sie gekannt hat?« Klara und Ja'akow schauten sich an. »Er hat von ihr gewusst, Lisi, wir haben ihm von ihr erzählt. Das haben wir dir doch gesagt, Lisi, weißt du das nicht mehr?«

»Wann habt ihr ihm von ihr erzählt?«

»Wann war das?«, fragte Klara Ja'akow.

»Nach dem Vorfall mit Esteban«, sagte Ja'akow. »Er hat uns vor Esteban gerettet, und wir wurden Freunde. Diese Freundschaft war ein Kompliment für uns.«

»Ein Kompliment.«

»Was hätten wir ihm als Zeichen der Dankbarkeit dafür, dass er uns gerettet hat, geben können? Man darf Polizisten doch nichts schenken. Da haben wir ihm eben Geschichten gegeben. Wir haben ihm von der Oper in Alexandria erzählt, von Gilbert und Sullivan, wir haben ihm von der *Letzten Gelegenheit* erzählt, von Betty und Paulette ...«

»Der Vorfall mit Esteban geschah vor zehn Jahren«, sagte Lisi.

»Ja, vor zehn Jahren.«

»Nimm den Käfig, Lisi«, sagte Ja'akow, als Lisi sich erhob.

»Gebt ihn Georgette oder Chawazelet. Die haben kleine Kinder.«

Diese Worte ihrer geliebten Lisi waren ein weiterer Beweis für ihren edlen Geist. Manchmal erreichte sie mit ihrer Klugheit und ihrer Güte sogar Jum-Jum, die Geliebte des Prinzen Nanki-Puh.

Kapitel 12

Im Auge des Hurrikans

Eine ihr unbekannte Frau putzte den Flur in der Redaktion, und hielt in ihrer Arbeit inne, um Lisi vorbeizulassen.

»Wer sind Sie?«, erkundigte sich Lisi.

»Ich bin Ludmilla«, sagte die Putzfrau. Sie war etwa dreißig Jahre alt, mit braunen, neugierigen Augen und blonden, an den Wurzeln dunklen Haaren, die sie an den Schläfen mit Klammern zurückgesteckt hatte. Sie trug einen Jeansrock, einen weiten, langen, schwarzen Pulli, auf den mit grünen und silbernen Fäden eine große Blume gestickt war, dazu schwarze, völlig durchnässte Latschen.

»Seit wann arbeiten Sie hier?«

»Seit drei Tagen. Dahan mich genommen.«

»Was ist mit Sarit?«

»Schto?«

»Sind die anderen schon gegangen?«

»Ja.« Die Frau blickte Lisi besorgt an.

»Ich bin Lisi Badichi. Ich arbeite hier.«

»Hier arbeitet Ludmilla. Dahan mich genommen. Dahan anrufen.« Ludmilla reckte das Kinn vor. Ihr Blick wurde hart, ihre

Stimme entschlossen. Vermutlich glaubte sie, diese große junge Frau wolle ihr den Job wegnehmen.

»Wollen Sie eine Tasse Kaffee?«, fragte Lisi.

»Nein, nein, danke.«

»Tee?«

»Nein, nein, danke.«

Lisi ging in ihr Zimmer, schloss die Tür hinter sich und machte das Licht an. Ihr war klar, dass diese einfachen Handlungen die Putzfrau beruhigen würden. Das Zimmer war sauber, in der Luft hing der Duft von Zitronen. Ludmilla hatte die Telefone abgewischt, die Uhr, das Glas mit den Stiften und den Kugelschreibern und sogar die Plastikschale mit den Heftklammern. Auf dem Schreibtisch fand Lisi einen Zettel von Dahan mit der Mitteilung, dass die Strickwarenfabrik bis nach dem Krieg geschlossen werde, Lisi-Schätzchen möge doch bitte etwas darüber schreiben. Und einen zweiten Zettel mit dem Hinweis, dass Arieli sie suche. Sie beschloss, erst Arieli anzurufen, dann ihre Mutter.

»Wo sind Sie?«, fuhr Arieli sie statt einer Begrüßung an.

»In der Redaktion.«

»Und wo waren Sie den ganzen Tag?«

»Ich bin nach Kfar Ja'akow gefahren. Awner Rosen stammt von dort.«

»Warum nehmen Sie Ihren Piepser nicht mit? Für was haben wir Ihnen einen Piepser gegeben? Ich will, dass Sie ihn immer bei sich haben.«

»In Ordnung.«

»Ist der junge Mann noch bei Ihnen?«

Lisi hielt die Luft an. Der Gedanke, dass jemand in der Telefonzentrale in Tel Aviv mithören könnte, war ihr sehr unangenehm.

»Ich möchte nicht darüber sprechen, Herr Arieli.«

»Haben Sie die *Post* von heute gesehen?«

»Nein.«

»Man hat Oded Simon verhaftet.«

»Waaas?«

»Man hat bei ihm den Revolver gefunden, mit dem Rosen und Tami ermordet wurden.«

»Wo? Wann?«

»Sie können alles in der *Post* lesen, Badichi.«

Arieli knallte den Hörer auf, und Lisi legte ihren vorsichtig auf die Gabel zurück. Das Telefon an seinem langen Kabel kam ihr plötzlich wie eine unheimliche Hydra vor, die im nächsten Moment anfangen könnte, aus den Köpfen, die aus ihrem Körper wuchsen, Gift zu spritzen. Bewegungslos saß sie da, betrachtete das Telefon und wartete, dass die Wut, die in ihr aufstieg, sich wieder legte.

In Dahans Zimmer brannte Licht. Der nasse Flurboden zeigte an, dass die Russin noch immer in der Redaktion war. Lisi machte sich zwei Tassen Kaffee und ging mit einer davon in Dahans Zimmer. Ludmilla leerte gerade den Papierkorb in eine große Plastiktüte. Lisi stellte die Tasse auf den Tisch.

»Hier ist Kaffee, Ludmilla.«

»Danke.«

***

Ihre Mutter bestätigte, dass die Strickwarenfabrik, in der sie bis zum letzten Moment gearbeitet hatte, heute geschlossen worden war. Den Arbeitern vom Gazastreifen war die Einreise nicht erlaubt, und seit die Schulen und Kindergärten geschlossen hatten, blieben auch die jungen Mütter zu Hause. Sie selbst, sagte die Mutter, würde keinesfalls zulassen, dass so ein Saddam Hussein ihr Leben bestimme, aber ihr Chef habe gesagt, es lohne sich für ihn nicht, mit einem Viertel der Arbeiter eine einzige Schicht laufen zu lassen. Wenn der Krieg noch lange dauere, habe er gesagt, würde er allerdings versuchen, eine Kinderkrippe mit Freiwilligen oder auch mit Soldatinnen einzurichten. Die Arbeiterinnen der Fabrik hätten schon lange versucht, eine Kinderkrippe in der Fabrik zu bekommen, vielleicht würde so dieser Krieg noch zu etwas gut sein. Außerdem habe die Firmenleitung beschlossen, Neueinwanderer einzustellen statt der Araber, die jeden zweiten und vierten Tag wegen aller möglichen Sperren und Anschläge und Streiks fehlten. Schließlich beendete Lisis Mutter ihren Vortrag mit der Frage: »Wie lange wird dieser Krieg noch dauern, Lisi?«

»Das weiß ich nicht, Mutter.«

»Ja'akow hat gesagt, die Republikanische Garde sei sehr stark. Sie sei die Elite der irakischen Armee.«

»Das ist gut möglich.«

»Benzi meint, sie wären nichts wert. Er sagt, General Schwarzkopf hätte gesagt, ›Elite‹ sei ein relativer Begriff.«

»Das stimmt.«

»Was meinst du?«

»Ich weiß es nicht.«

»Von wo aus rufst du an, Lisette?«

»Von der Arbeit.«

»Wann gehst du nach Hause?«

»Warum?«

»Ich möchte zu dir kommen.«

»Ich mache spät Schluss.«

»Dann komme ich morgen früh. Ist neun Uhr in Ordnung?«

»Ich fahre um sieben nach Tel Aviv.«

Die Mutter schwieg. Lisi spürte ihr Gekränktsein förmlich durch den Hörer. Ihr Herz krampfte sich zusammen vor Scham und vor Liebe zu ihrer Mutter, die vergeblich versuchte, diese groß gewordene Tochter zu treffen, die aus dem familiären Nest geflogen war und der man sich seither kaum noch nähern konnte. Das Leben ihrer Mutter stützte sich auf zwei Grundpfeiler: die Arbeit in der Fabrik und ihre Familie. Jetzt, da einer von ihnen wankte, versuchte sie, den zweiten dadurch zu verstärken, indem sie sich Lisi näherte, der Tochter, die sich ihr am meisten entzog, und wieder wurde sie zurückgestoßen. Wir könnten morgen von einer Rakete getroffen werden, dachte Lisi, wir könnten alle umkommen, ohne dass ich je zu meiner Mutter gesagt habe, wie sehr ich sie liebe. Lisi hätte ihrer Mutter so gern gesagt, dass sie ihr, obwohl sie sich selten sahen, lieb und teuer war, doch sie wurde von der Angst zurückgehalten, ihre Worte könnten hohl klingen. Sie musste sich unbedingt mit ihrer Mutter zusammensetzen und ihr erklären, dass sie anders war als ihre Schwestern, dass sie im Gegensatz zu ihnen Schwierigkeiten damit hatte, Kontakte zu anderen aufzunehmen und zu pflegen. Und dass sie, obwohl Formulierungen zu ihrer Arbeit gehörten, unfähig war, über die Dinge zu sprechen, die ihr am Herzen lagen.

»Ich rufe dich an, sobald ich aus Tel Aviv zurück bin.« Diese besänftigenden Worte klangen sogar in ihren eigenen Ohren hohl.

»In Ordnung, Lisette.«
»Auf Wiedersehen, Mutter.«
»Auf Wiedersehen, Lisette.«

***

Lisi schrieb siebenhundert Wörter über die Strickwarenfabrik und flocht das ein, was sie von ihrer Mutter erfahren hatte. Da sie diese Fabrik kannte, solange sie sich erinnerte, brauchte sie sich nicht die Mühe zu machen hinzufahren. Sie gab ihrem Bericht die Überschrift: »Eine geschlossene Fabrik ist kein schöner Anblick.« Dann rief sie Dorit an und bat sie, das geschlossene Tor der Strickwarenfabrik zu fotografieren und ihr das Foto frühmorgens zu bringen. Es war ohnehin schon zu spät, der Artikel konnte nicht mehr in der nächsten Ausgabe erscheinen.

Sie rief bei der Polizei an und erfuhr, dass Ben-Zion Koresch nicht anwesend war. Auch Ilan Bachut nicht. Aber Malka war da. Sie sagte, Benzi und Ilan seien zu Simon nach Hause gefahren, zusammen mit dem »Kommissar«, dem Inspektor Elischa Karnapol. Und wenn ihr das Leben lieb sei, solle sie nicht versuchen, sich Karnapol zu nähern, er sei in einer absolut mordlustigen Stimmung.

Lisi warf ihre Blocks, Stifte und das Aufnahmegerät in ihre große Tasche, malte sich die Lippen rot und stampfte hinaus.

Der Regen hatte endlich aufgehört. Ein paar dicke Tropfen fielen auf ihren Kopf, als sie das Tor hinter sich schloss. Sie hob den Blick, suchte instinktiv nach der Quelle der Wassertropfen. Ludmilla stand im zweiten Stock hinter einem geschlossenen Fenster und rieb es mit Zeitungspapier trocken. Die beleuchtete Gestalt, der einzige Mensch, der im Gebäude zurückblieb, sah klein und verlassen aus.

***

Auf dem schmalen, asphaltierten Weg, der zum Haus auf dem Hügel führte, standen zwei Streifenwagen der Polizei neben einem silbernen Citroën und einem weinroten Alfa Romeo. Offenbar die Autos von Vater und Sohn. Ein schwarzer Volvo parkte neben der Eingangstreppe.

Sie klingelte, und Na'omi, das Hausmädchen, machte ihr auf. Ihre Augen waren rot, und ihr Gesicht war vom Weinen verquollen.

»Inspektor Ben-Zion Koresch, bitte«, sagte Lisi.

Na'omi ging zurück ins Haus, wobei sie die Tür hinter sich zuzog, sie aber nicht ganz schloss. Die Spannung zwischen ihrer Treue gegenüber den Eigentümern dieses Hauses und ihrem Gehorsam gegenüber der Amtsgewalt drückte sich in dieser halb offenen, halb geschlossenen Tür aus.

Benzi erschien, gefolgt von Na'omi.

»Lisi? Was ist passiert?«

»Die *Post* ist passiert.«

»Du kannst nicht reinkommen, Karnapol ist da.«

»Wage es nur, mich nicht hineinzulassen.«

»Wie soll ich das machen? Was soll ich sagen?«

»Denk dir eine Ausrede aus.«

»Kommt nicht in Frage. Ihr Rechtsanwalt ist da.«

»Verschaffe mir ein Exklusivinterview mit Simon.«

»Ich?!«

»Woher hatte Beni Adolam das Material über die Pistole?«

»Was weiß ich? Lisi, ich habe jetzt keine Zeit. Du hältst mich auf.«

»Du hast Adolam diese Nachricht gegeben.«

Sie fühlte sich hintergangen. Sie stand in der Tür wie eine Frau, die sich an ihrem Liebhaber festkrallt, obwohl er sie betrogen hat. Sie sah ihm an, dass er es gewesen war, der Adolam das Material gegeben hatte. Und sie hatte an das ungeschriebene Abkommen zwischen ihnen geglaubt: Sie war bereit, ihm in der Sache mit Rosi zu helfen, und er würde ihr dafür exklusiv die Geschichte überlassen. Und nun, bei der ersten Gelegenheit, wo wirklich etwas zu sagen war, gab er die Nachricht ihrem Widersacher.

Sie blickten sich an wie zwei Boxer, von denen jeder die Kräfte des anderen messen wollte, während Naomi ihnen Hintergrundmusik in Form von unaufhörlichen Schluchzern lieferte.

»Ich mache bald Schluss, warte draußen im Auto auf mich«, sagte Benzi.

Lisi lenkte ihren Justy den Weg hinunter und parkte ihn auf der Straße, die unten am Hügel entlangführte. Sie saß im Auto und starrte auf den vom Regen dunkel gewordenen Asphalt. Der Wind fuhr durch die Wipfel der Bäume, die den Hügel der

Simons umgaben. Die Zweige, die in den Lichtkegel der Straßenlaterne ragten, zeigten die Farbe von Senf und Stahl. Ab und zu rann ein Tropfen vom Autodach über die Frontscheibe und hinterließ eine zitternde Wasserspur im Staub. Plötzlich tauchte ein Huhn auf der Straße auf, rannte, blieb stehen, pickte in den Asphalt. Woher war es gekommen? Wohin ging es? Es hob den Kopf, als lausche es, überquerte die Straße und verschwand hinter einem Erdhaufen. Lisi schaute dem Huhn nach, hoffte, es wiederzusehen, doch es blieb verschwunden. In Büchern hatte sie von Wäldern mit Birken, Linden und Ulmen gelesen, in denen Hasen und Eichhörnchen herumsprangen und Jäger in grüner Tracht in Hörner stießen und Füchse fingen. Und was haben wir?, dachte sie. Ein Huhn auf einer Asphaltstraße!

***

Der Volvo glitt den Hügelweg hinab, langsam und mit der ruhigen Geschmeidigkeit eines großen Raubtiers. Sie erkannte Elijahu Schochat, den Rechtsanwalt, der die Flughafenbetreiber im Prozess gegen die Elektrizitätsgesellschaft vertrat. Neben ihm saß eine junge Frau, vermutlich seine Assistentin. Die Scheinwerfer eines weiteren Autos blendeten sie für einen Moment. Der »Kommissar« fuhr in seinem Streifenwagen an ihr vorbei, bog zur Hauptstraße ab und verschwand hinter dem Volvo. Sie dachte daran, was Malka über die Stimmung des »Kommissars« gesagt hatte, und freute sich, dass er sie nicht bemerkt hatte. Ein Polizist dürfe nicht zulassen, dass seine privaten Probleme seine Arbeit beeinflussten; das Gerücht, seine Frau habe ihn verlassen, hatte sich schon in ganz Be'er Schewa verbreitet. War es da ein Wunder, dass er sich in einer mörderischen Stimmung befand?

Der Streifenwagen mit Benzi und Ilan rollte langsam den Weg herunter und blieb neben ihrem Auto stehen. Ilan saß am Steuer, lächelte ihr zu, winkte und blieb sitzen. Benzi stieg aus, kam zum Justy, stieg ein und setzte sich auf den Beifahrersitz. Lisi fragte sich, wie er Ilan wohl überredet hatte, nicht mitzukommen.

»Du bist ein Miststück, Benzi«, sagte sie.

»Zieh deinen Block heraus und schreib auf.«

»Den Knüller hast du Adolam gegeben, mir gibst du das Follow-up.«

»Ich habe ihm gar nichts gegeben. Jemand hat ihm gesteckt, dass Oded Simon festgenommen wurde.«

»So wie du Rosi in meine Wohnung schmuggeln konntest, hättest du mich auch anrufen können.«

»Ich konnte es nicht.«

Es stellte sich heraus, dass Riwka, die Köchin, schon am Tag nach der Beerdigung die Pistole in Oded Simons Tennistasche gefunden hatte. Der Schläger und die Tasche lagen auf der kleinen Kommode in der Diele. Am Donnerstag in aller Frühe räumten Riwka und Na'omi das Haus auf und bereiteten es für das Schiwa-Sitzen vor.

Riwka war daran gewöhnt, Odeds Tasche auszuleeren, um die verschwitzten Sachen und das Handtuch zu waschen. Als sie die Tasche auskippte, fiel eine Pistole heraus. Sie war verwirrt und ratlos. Sie wagte nicht, Oded zu fragen, was es mit der Waffe auf sich habe, und sie wusste nicht, was sie mit dem Ding anfangen sollte. Sie erzählte noch nicht einmal ihrer Schwester Naʼomi davon, sondern steckte die Pistole in einen Stiefel im Schuhschrank in ihrem Zimmer und überlegte hin und her, was sie tun sollte. Mit Simon reden? Mit Oded? Sie war überzeugt davon, dass Oded seine Schwester nicht umgebracht hatte, fürchtete aber, dass er, wenn sie mit der Pistole zur Polizei ginge, verhaftet werden würde (was ja auch geschehen war).

Die Polizei löste ihr Dilemma, indem sie mit einem Hausdurchsuchungsbefehl erschien. Als die Pistole in Riwkas Stiefel gefunden wurde, versuchte sie noch so zu tun, als wisse sie nicht, wie sie dahin gekommen sei. Doch ihre Angaben waren so konfus und so albern, dass Schajke Simon selbst ihr befahl, endlich mit der Wahrheit herauszurücken. Sie brach in Tränen aus und erzählte, wo sie die Pistole gefunden hatte. Oded sagte, er bezweifle ihre Aussage in keiner Weise, aber fraglos habe jemand die Pistole heimlich in seine Tasche gesteckt; allerdings habe er keine Ahnung, wer das sei und wann und wo es passiert sein könnte. Die Polizei nahm ihn für achtundvierzig Stunden fest. Oded behauptete, er habe die Pistole noch nie gesehen, er habe noch nie im Leben eine besessen, und er wisse einfach nicht, wie die Waffe in seine Tasche gekommen sei.

»Ist es die Pistole, mit der Tami erschossen wurde?«

»Ja. Eine Beretta 0.22.«

»Ist es Chesis Pistole?«

»Ja.«

»Offiziell?«

»Offiziell. Sie ist auf den Namen eines anderen eingetragen, aber derjenige behauptet, sie vor ein paar Jahren an Chesi Rodnizki verkauft zu haben.«

»Gab es Fingerabdrücke auf der Waffe?«

»Von Riwka.«

»Könnte es sein, dass Oded geschossen hat?«

»Simon, Na'omi und Riwka saßen während des gesamten Alarms zusammen mit ihm in ihrem abgedichteten Zimmer.«

»Vielleicht schützen sie ihn.«

»Das glaube ich nicht.«

»Er hätte sich hinausschleichen, schießen und wieder zurückkommen können.«

»Warum sollte er seine Schwester erschießen? Warum hätte er auf Rosi zielen sollen?«

»Wegen der Erbschaft?«

»Das ist unlogisch.«

»Also, wie ist die Pistole in seine Tasche gekommen? Und wann?«

»Riwka und Na'omi sagen, sie hätten in der Mordnacht die Haustür nicht abgeschlossen. Sie hätten sie offengelassen, damit Tami ins abgedichtete Zimmer kommen könnte. Jeder hätte ins Haus gehen und die Waffe in die Tasche stecken können, während sie im Schutzraum saßen und Radio hörten.«

»Chesi schoss auf Tami und Rosi, rannte ins Haus, stopfte die Pistole in Odeds Tennistasche, lief wieder hinaus und wurde von Rosi erschossen?«

Benzi zog einen Zahnstocher aus seiner Hemdtasche und begann, darauf herumzukauen.

»Na'omi hat gesagt, die Haustür sei abgeschlossen gewesen, Riwka hat behauptet, sie sei offen gewesen.«

»Wann war das?«

»Am Donnerstag, glaube ich.«

»Also, nachdem Riwka die Pistole gefunden hatte«, meinte Benzi.

»War das Bild von Soutine an der Wand?«

»Was?«

»Paulette Melnik hat doch erzählt, dass sie Simon das Bild *Blumenstrauß mit Huhn* verkauft hat. Chesi sagte zu Paulette, er habe das Bild im Wohnzimmer der Simons hängen gesehen. Auch Rosi hat es gesehen. Als ich vor einer Woche hier war, hing das Bild nicht an der Wand. Man muss Simon oder die beiden Frauen fragen, wer es abgehängt hat, wann und warum. Wenn Simon daran dachte, das Bild abzuhängen – trotz des Schocks über den Mord bedeutet das, dass er glaubt, es gebe eine Verbindung zwischen dem Verbrechen und dem Bild. Frag ihn danach.«

Ilan stieg aus dem Streifenwagen, kam näher und steckte seinen Kopf durch das offene Fenster des Justy. »Nun«, sagte er, »es ist schon halb acht. Bleiben wir die ganze Nacht hier?«

»Ich komme gleich«, antwortete Benzi.

Ilan hob die Augenbrauen, zuckte mit den Schultern und lächelte Lisi zu, als er sagte: »Ich verstehe gar nichts.« Dann ging er zurück zum Streifenwagen.

»Ich bewege mich hier keinen Zentimeter weg, bevor du mir nicht etwas gibst, was die *Post* nicht hat. Du bist es mir schuldig, Benzi.«

Benzi knabberte an dem Zahnstocher zwischen seinen Zähnen, während sich seine Lippen kräuselten und der Zahnstocher von einem Mundwinkel zum anderen wanderte. Seine Augen fixierten einen Punkt in der Ferne.

»Wir haben Bilha Stefanopulos gefunden«, sagte er schließlich.

»Wo? Und was ist ihre Rolle bei der ganzen Sache? Kann ich es in der Zeitung bringen?«

»Wir haben Schajke und Oded die Fotos gezeigt, die Dorit gemacht hat. Sie haben versucht, so zu tun, als wüssten sie überhaupt nicht, dass sie bei der Beerdigung war. Schließlich haben sie es zugegeben. Ihr Rechtsanwalt, Elijahu Schochat, ist mit ihnen in ein anderes Zimmer gegangen und hat sie überredet, alles offenzulegen. Simon hat Bilha in der Mordnacht angerufen und ihr mitgeteilt, was passiert war. Bilha stieg ins nächste Flugzeug und kam rechtzeitig zur Beerdigung. Ihr Name steht auf der Passagierliste. In der Nacht nach der Beerdigung schlief sie in Simons Haus, und am nächsten Morgen flog sie in die Schweiz.«

»Ich erinnere mich nicht, dass ich sie gesehen habe.«

»Als sie von der Beerdigung zurückkamen, fühlte sie sich schlecht. Sie legte sich im ersten Stock hin. Um fünf Uhr morgens nahm sie ein Taxi zum Flughafen. Wir haben den Fahrer gefunden.«

»Sie befindet sich also wirklich in der Schweiz.«

»Ja.«

»Krank?«

»Ja. Die anderen Details sind alle richtig. Nach ihrer Ankunft in der Schweiz bekam sie einen Schlaganfall, und ihr Mann brachte sie in ein Krankenhaus in der Nähe von Genf. Wir haben Mike Silcha nach Genf geschickt. Heute Morgen bekam er die Erlaubnis, mit ihr zu sprechen. Sie hat Schwierigkeiten mit dem Sprechen. Ihr Körper ist halbseitig gelähmt. Ihr Mann hat angekündigt, er werde ihr nicht mehr erlauben, nach Israel zu fahren, auch wenn sie wieder gesund werde. Sie wissen von den Ermittlungen gegen die Geschäfte von Simon/Dipl/Stefanopulos. Sie wissen, dass ein Ausreiseverbot gegen Simon und Oded verhängt worden ist ...«

»Das hast du mir nicht erzählt.«

»Er fürchtet also, man könnte sie hier festnehmen. Außer dem griechischen Pass hat sie noch ihren israelischen.«

»Vielleicht hat Bilha das Bild mitgenommen, das im Wohnzimmer hing.«

Benzi begann zu lachen und fasste sich an den Kopf. Sein Lachen hörte sich an wie Weinen. »Du bist wirklich nicht auszuhalten«, sagte er.

»Ist es so passiert?«

»Ungefähr.«

»Benzi!«

»Das ist bei Riwkas Vernehmung herausgekommen. Sie war so verstört wegen der Pistole, die man bei ihr gefunden hatte, dass sie, als ich die Sache mit dem Bild zur Sprache brachte, glaubte, sie würde nun wegen Diebstahls beschuldigt. Sie fing an zu schreien, das sei sie nicht gewesen, sie habe das Bild nicht abgehängt. Auch Na'omi wurde hysterisch bei dem Geschrei ihrer Schwester, und die beiden ließen sich selbst durch die Überredungskünste des Rechtsanwalts oder Simons nicht beruhigen. Riwka schrie, sie würden kündigen, sie hätten noch nie was mit der Polizei zu tun gehabt, sie wären wählerisch, hätten immer in guten Häusern gearbeitet, sie würden nicht zulassen, dass man ihre Anständigkeit in Zweifel zöge. Es war schwer, sie zu beruhigen, wir haben uns aber auch nicht sehr bemüht. Ilan, unser Schätzchen, machte den Mund auf und sprach rumänisch, und sie klammerten sich an ihn wie an ihren Retter. Du weißt ja, wie er ist. Ein Lächeln, ein freundliches Wort, und die Leute schmelzen dahin. Sie haben ihm erzählt, dass in der Nacht zwischen dem Mord und der Beerdigung Simon das Bild von der Wand genommen und stattdessen den Rubin aufgehängt wurde.«

»Hat Bilha Stefanopulos das Bild mitgenommen?«

»Ja. Simon wusste, dass wir gegen ihn ermitteln und dass er in Gefahr ist, sein ganzes Vermögen zu verlieren. Deshalb beschloss er, das Bild ins Ausland zu schmuggeln.«

»Als eiserne Reserve.«

»So ähnlich.«

»Mit einem Bonus.«

»Was für einem Bonus?«

»Ginzburg, ein alter Reporter von der *Zeit,* der sowohl die Familie Bilhas als auch Simon gut kennt, hat mir erzählt, Schajke Simon träume davon, sich an Bilha für ihre Untreue zu rächen. Simon sei sogar bereit, sein ganzes Leben im Gefängnis zu sitzen, wenn er sich nur an ihr rächen könne. Jetzt wird man sie anklagen, den Soutine aus dem Land geschmuggelt zu haben.«

»Das ist anzunehmen.«

»War sie in die Geschäfte zwischen Stefanopulos, Simon und Dipl verwickelt?«

»Wir glauben es. Aber eine Frau kann gegen ihren Mann nicht als Zeugin aussagen.«

»Mit dem Schmuggeln des Bildes hat ihr Mann nichts zu tun. In diesem Fall hat nur sie sich schuldig gemacht. Wenn Schajke Simon sie reinlegen wollte, ist ihm das gelungen.«

»Er wollte sie nicht reinlegen. Er wollte Geld ins Ausland schmuggeln. So ein Bild wird heutzutage bei Christie's für über sechshunderttausend Dollar verkauft.«

»Oho! War Chesi Rodnizki bei Bilha gewesen?«

»Ja. Mike Silcha hat sie gefragt, und sie hat es bejaht. Er hat ihr den Schreibtisch gebracht.«

»Und?«

»Keine Ahnung, ich habe noch keine Einzelheiten erfahren. Wir warten auf ein Fax von ihm. Schreib nichts über Chesi. Ich möchte nicht, dass etwas in der Zeitung erscheint, bevor wir nicht noch einmal mit seiner Mutter gesprochen haben.«

»Wie lange lässt du Chesi noch in der Schublade?«

»Wenn Rosi nicht aus dem Untergrund auftaucht, bezahle ich dafür mit meinem Kopf.«

»Das glaube ich auch. Meinst du, dass er mit dir Kontakt aufnehmen wird?«

»Nein. Falls er sich mit dir in Verbindung setzt, dann sag ihm, dass wir die zweite Pistole bei Simon im Haus gefunden haben und dass sie Chesi Rodnizki gehört hat. Sag ihm, dass ich nicht bereit bin, dieses Spiel fortzusetzen, und dass ich es auch nicht kann.«

»In Ordnung.«

Der Zahnstocher bewegte sich wieder zwischen Benzis Lippen. Dann machte er die Autotür auf und ging hinüber zu dem Streifenwagen, ohne sich von Lisi zu verabschieden.

***

Lisi warf einen Blick auf ihre Uhr. Zwanzig vor acht. Sie würde es schaffen, den Artikel über Bilha Stefanopulos noch in die überregionale Ausgabe der *Zeit* zu bekommen. Vielleicht sollte sie unterwegs doch noch bei ihrer Mutter vorbeischauen. Doch als sie anfuhr, fiel ihr ein, dass ihre Mutter seit Kriegsbeginn ja bei Benzi und Georgette wohnte. Und Benzi zu treffen, hatte sie keine Lust. Kurz vor dem Kiosk *Eis & Kaugummi* fiel ihr ein, dass sie gerade die Strecke fuhr, die Rosi in der Mordnacht gefahren war. Und vielleicht noch jemand, der ihn verfolgte. Am Kiosk hielt sie an. Der Weg von den Simons hierher hatte zwölf Minuten gedauert. Rosi hatte gesagt, er sei zehn Minuten später an der öffentlichen Telefonzelle neben *Eis & Kaugummi* gewesen. Aber …

Lisi starrte wie blind auf die leere Straße. Aber Rosi hatte gar kein Auto gehabt! Sein Peugeot war auf dem Hügel der Simons geblieben, von Kugeln durchbohrt und mit Chesis Leiche darin. Rosi konnte gar nicht in zehn Minuten hiergewesen sein, das war ausgeschlossen. Sogar mit dem Auto dauerte der Weg zwölf Minuten. Es sei denn …

Lisi saß im Auto und überlegte. Es sei denn … was? Was?

Nur wenige Autos fuhren auf der Straße, blendeten sie für einen Moment und verschwanden wieder in der Dunkelheit. Die Rollläden der Häuser waren heruntergelassen, kein Licht war zu sehen, keine Stimmen waren zu hören. Das ganze Viertel wirkte verlassen und ausgestorben, wie eine Geisterstadt.

Wie bei einem Lied, das immer wieder im Gedächtnis auftaucht, erinnerte sich Lisi an jenen Satz, den ihr der kleine Rabbiner in Bizaron über seine Schwester gesagt hatte, die sich selbst und ihre Kinder dadurch gerettet hatte, dass sie in die Höhle des Löwen gegangen war. War es das, was Rosi getan hatte? Hatte er Benzi zu seinem Komplizen gemacht und ihre Wohnung zum Unterschlupf, um auf diese Art ins Auge des Hurrikans zu gelangen, statt vor ihm zu fliehen? War es möglich, dass der Mörder, während sie nach ihm suchte, die ganze Zeit unter ihrem Dach gesessen hatte? Rosi?

Plötzlich erinnerte sie sich an die Dinge, die Ascher vom Autoverleih Alpha gesagt hatte. Er habe den Kunden davor gewarnt, dass die Kupplung des Suzuki kaputt sei, aber der Mann, der schon im Auto gesessen habe, habe nicht geantwortet. *Der Mann hatte nicht geantwortet, weil er die Warnung nicht gehört hatte.* »Der einzige taube und blinde Polizist auf der Welt.« Hatte ihn Benzi nicht so beschrieben? Sie fühlte, dass sie der Lösung auf der Spur war. Dass alle Teile des Puzzles an ihren Platz rutschten. Dass sie nur dasitzen musste und nachdenken. Und sie musste beten, dass es Rosi nicht gerade jetzt einfiel, in ihre Wohnung zurückzukehren. Sie war nicht sicher, ob es ihr gelingen würde, ihre Gedanken vor ihm zu verbergen.

Sie beschloss, noch einmal an Chesis Grundstück mit den Gebrauchtwagen vorbeizufahren. Vielleicht würde sich Mikie Amiran an etwas erinnern, was mit Chesis Pistole zu tun hatte. Aller Wahrscheinlichkeit nach würde er, selbst wenn es so wäre, es ihr nicht sagen, denn »was Mikie nicht weiß, macht ihn nicht heiß«. Aber vielleicht würde er doch etwas erwähnen, was Licht auf Chesis Handlungen an jenem Dienstag werfen würde.

Das Eisentor von Auto City war mit einer Kette versperrt, an der ein großes, neues Schloss hing. Ein kleines rotes Licht brannte, und darüber befand sich das Schild mit der Adresse der Wachgesellschaft. Car King war ebenfalls geschlossen und dunkel. Lisi erinnerte sich daran, dass Mikie gesagt hatte, seit Beginn des Krieges schließe er das Geschäft schon um drei.

Drüben auf dem Gelände des Car Center rollte ein großer Lieferwagen auf das Tor zu. Der Fahrer hielt an, stieg aus und schloss das Eisentor auf. Er war etwa fünfundfünfzig und trug einen blauen Overall.

Lisi sprach ihn an. »Entschuldigen Sie, ich heiße Lisi Badichi. Ich bin Reporterin von der *Zeit im Süden*.«.

»Sehr angenehm. Ich bin Amnon Kafir. Ich kenne Ihren Namen. Meine Frau liest die *Zeit*. Ich selbst lese schon immer die *Dawar*. Was machen Sie hier um diese Uhrzeit?«

»Ich arbeite gerade an einem Bericht über den Doppelmord an ...«

»Ja, ja, ich weiß Bescheid, Schajke Simon. Wir haben im Sechstagekrieg zusammen gekämpft. Nach diesem Kampf hat Dajan seinen berühmten Satz gesagt: ›Soldaten, ihr seid unsere Hoffnung!‹ Erinnern Sie sich?«

»Ich war damals erst acht Jahre alt.«

»Acht?« Er betrachtete sie so erstaunt, als könnte er gar nicht glauben, dass jemand erst acht Jahre alt war, als er im Sechstagekrieg gekämpft hatte. »Er war schon ein Kerl, dieser Simon. Benutzte ein Militärfahrzeug, um Benzin in Gaza zu besorgen.

Als man ihn schnappte, behauptete er, er habe das Benzin für die Armee organisiert. Ein Superganove. Aber na ja, eine solche Strafe wünsche ich auch meinem ärgsten Feind nicht.«

»Wie ist er später zum Militärattaché geworden?«

»Was wollen Sie? War Dajan etwa besser?«

»Aber wenn er Benzin geklaut hat ...«

»Sie hatten Angst vor ihm, das ist alles. Er hatte die Aura eines sagenhaft gerissenen Kämpfers. An solchen Typen perlt jede Untat ab. Man wusste es, natürlich wusste man es. Aber man wollte es nicht wissen. Er war nicht der Erste und wird nicht der Letzte sein. Ich bin wegen dieser Geschichte aus der Armee ausgetreten. Ich habe mich beschissen gefühlt. Wer hat Ihnen erzählt, dass ich in derselben Einheit war?«

»Niemand. Ich bin wegen Chesi Rodnizki hier.«

»Noch so einer!«

»Er ist verschwunden ...«

»Abgehauen? Ekelhaft, diese Typen. Deserteure sind sie, sonst nichts.«

»Man hat ihn zum letzten Mal am Dienstag gesehen, dem 22. Januar. Er kam hier aufs Gelände und nahm sich einen Chevrolet Impala ...«

»Ein gestohlenes Auto?«

»Nein, nein. Sein Auto ist kaputtgegangen, und er hat sich den Chevrolet geliehen. Erinnern Sie sich vielleicht, ob Sie ihn an jenem Dienstag gesehen haben? Am Abend gab es Alarm.«

»Am Dienstag ...«

Obwohl Kafir im Rhythmus seiner Gedanken sprach, ließ er in der Erinnerung jeden Schritt vor sich ablaufen.

»Die Amerikaner haben die ›Operation Wüstensturm‹ am Donnerstag davor angekündigt. Die Schulen wurden geschlossen. Meine Frau Ofra hat unsere Enkel gehütet, damit unsere Schwiegertochter zur Arbeit gehen konnte. Sie ist Sozialarbeiterin, unsere Schwiegertochter. Der Schuster geht barfuß, wie man so sagt. Hilft der ganzen Welt und ist selbst auf die Hilfe der Großmutter angewiesen. Dienstag. Ofra geht dienstags zum Markt. Sie ist zu unserem Sohn gefahren und hat mich gebeten, an ihrer Stelle zum Markt zu gehen. Sie hat mir eine Liste gemacht, aber meine Angestellten sind nicht zur Arbeit gekommen. Beide sind von Gaza. Mir war klar, dass es eine Katastrophe geben würde, und ich beschloss, so bald wie möglich Schluss zu machen. Mikie Amiran machte schon mittags zu. Ungefähr um drei. Auch bei Car King hörten sie mit der Arbeit auf ... Nein! An dem Tag hatten sie überhaupt geschlossen. Als Ofra anrief, ich solle sie bei unserem Sohn abholen, fiel mir ein, dass ich nicht auf dem Markt gewesen war, und alle Geschäfte hatten schon geschlossen. Ja! Ich habe Chesi Rodnizki gesehen. Am Abend. Als ich zumachte, war es schon ungefähr acht Uhr. Nein. Etwas früher. Beim Alarm war ich schon zu Hause. Ich bin mit dem Lieferwagen gefahren, ich bin ausgestiegen, um das Tor abzuschließen, und da habe ich ihn gesehen. Er stand am Tor von Auto City und rauchte eine Zigarette.«

»War er allein?«

»Ja. Das Auto City war abgeschlossen, und er stand draußen.«

»Haben Sie mit ihm gesprochen?«

»Nein, nein, das ist alles.«

»Haben Sie ihn nicht gefragt, was er um diese Zeit da wollte?«

»Geht mich das was an? Kümmert es mich, was er tut? Warum sollte es das? Nicht dass ich ihn boykottiere oder so, aber ich habe nichts mit ihm zu tun. Unter uns, dieser Chesi ist schon ein bisschen Unterwelt. Warum sollte ich mich mit ihm abgeben?«

»Er lässt bei Ihnen seine Autos reparieren.«

»Wer sagt das?«

»Mikie Amiran.«

»Mikie Amiran lässt seine Autos bei mir reparieren, das stimmt. Ich habe nur mit Mikie zu tun. Warum sollte er es nicht machen? Alle lassen ihre Autos bei mir reparieren. Das Car Center ist die beste Werkstatt, nicht nur in Be'er Schewa, sondern im ganzen Negev.«

»Hat Chesi ausgesehen, als warte er auf jemanden?«

»Als warte er auf jemanden? Ja, vielleicht hat er das getan.«

»Hat er neben einem Auto gestanden?«

»Nein. Soweit ich mich erinnere, war kein Auto draußen. Das Tor war verschlossen. Er stand draußen und rauchte. Ja, so war es.«

»Und es war kurz vor acht.«

»Als der Alarm anfing, waren wir schon ein paar Minuten zu Hause. Ich war gerade unter die Dusche gegangen. Von der Werkstatt bin ich zu meinem Sohn gefahren, um Ofra abzuholen. Das ist eine Fahrt von ungefähr acht Minuten. Von meinem Sohn bis zu uns nach Hause ist noch mal ungefähr eine Viertelstunde vergangen. Vielleicht habe ich ihn um halb acht gesehen. Oder ein bisschen nach halb acht.«

»Danke.«

»Nichts zu danken. Wann wird er in der Zeitung sein, Ihr Artikel?«

»Nächste Woche.«

* * *

Lisi ließ den Motor an und fuhr zur Redaktion. Das Tor war offen, und sie fühlte sich nervös. Im Erdgeschoss fand sie Ludmilla, die Eisentreppe kehrend, die zur Druckerei im Hinterhof führte. Die Russin hatte vermutlich beschlossen, an einem Tag alles zu erledigen, was man hier in fünf Jahren nicht angerührt hatte.

»Geh nach Hause, Ludmilla!«, sagte Lisi.

»Nach Hause«, bestätigte Ludmilla.

»Zu dir nach Hause.«

»Zu dir, zu dir«, wiederholte Ludmilla ungeduldig, als Zeichen, dass sie Lisi schon beim ersten Mal verstanden hatte und dass man es ihr nicht zweimal sagen musste.

»Genug. Geh jetzt. Komm morgen wieder. Morgen.« Lisi betonte jede Silbe, aber der hartnäckige Ausdruck, den sie schon kannte, erschien wieder in Ludmillas Augen. Vermutlich war sie überzeugt, dass Lisi sie von der Arbeit, die sie endlich gefunden hatte, vertreiben wollte. Lisi überlegte, wo Dahan die Frau wohl aufgetrieben hatte. Sie sah nicht so aus, als wärme sie sein Lager.

* * *

Lisi ging in ihr Zimmer, schrieb den Bericht über Bilha Stefanopulos, fügte einige Einzelheiten über die Verhaftung Oded Simons ein und ließ auch nicht unerwähnt, dass die Familie sich der Dienste des Rechtsanwalts Elijahu Schochat versichert hatte. Nachdem sie sich vergewissert hatte, dass der Bericht in Tel Aviv angekommen war, rief sie Arieli an. Zu ihrem Glück war er noch in der Redaktion. Sie informierte ihn über den Artikel, den sie gerade über den Computer geschickt hatte, eine Tatsache, die ihn nicht besonders aufregte. Arieli reagierte nur lebhaft, wenn etwas schiefgelaufen war.

»Heben Sie mir einen Platz in der Wochenendausgabe auf«, sagte sie.

»Wie viel?«

»Mindestens tausend Wörter.«

»Über was?«

»Ich glaube, ich habe die Lösung gefunden.«

»Ich möchte keine Anzeigen wegen übler Nachrede und Verleumdung.«

»Wird es nicht geben.«

»Badichi?«

»Was?«

»Passen Sie auf sich auf!«

In der Arieli-Skala war dies der wärmste und freundlichste Satz, der je über seine Lippen gekommen war. Lisi rief Benzi an. Ihre Mutter nahm den Hörer ab. Lisi war froh, ihr damit zu beweisen, dass sie wirklich so spät noch arbeitete.

»Was ist los?«, fragte Benzi.

»Neben Chesis Firma gibt es eine Werkstatt. Ich komme gerade von dort. Der Besitzer hat Chesi am Dienstagabend ungefähr um halb acht gesehen, vielleicht etwas danach. Chesi stand vor dem Tor und wartete auf jemanden.«

»Woher kann er wissen, dass Chesi auf jemanden wartete?«

»Er hatte kein Auto neben sich. Vermutlich wartete er darauf, von jemandem abgeholt zu werden.«

»Wie heißt der Mann?«

»Amnon Kafir. Er ist schon nach Haue gefahren.«

»Ich habe dich doch gebeten, nichts zu unternehmen. Wie oft soll ich dir das denn noch sagen?«

»Benzi?«

»Nun?«

Lisi zögerte. Dass sie nicht wusste, wie sie es formulieren sollte, brachte sie noch mehr durcheinander. »Ich weiß, wer der Mörder ist«, sagte sie schließlich.

»Wo bist du?«

»In der Redaktion.«

»Bist du mit dem Auto dort?«

»Ja, mit dem Auto.«

»Lisi, jetzt hör mir mal gut zu und tu genau, was ich dir sage. Fahr nach Hause. Sofort! Auf der Stelle. Schließ deine Wohnungstür ab und lasse niemanden rein. Niemanden! Ich komme sofort zu dir. Hast du mich verstanden?«

»Ja.«

»Wie spät ist es jetzt?«

»Neun Uhr fünfundvierzig.«

»Du gehst sofort heim!«

»Und was ist, wenn ich da jemanden vorfinde?«

»Du bist müde. Du hattest einen langen Tag, und du willst nur noch ins Bett. Du hast keine Kraft zum Duschen, zum Essen oder zum Sprechen. Hast du mich verstanden?«

»Ja.«

***

Der Alarm setzte ein, als sie ihre Straße erreichte. Sie ließ das Auto stehen, ohne sich die Mühe zu machen, es abzuschließen. Dann rannte sie die Treppe hinauf und stürmte in ihre Wohnung.

Erleichtert stellte sie fest, dass Rosi nicht da war. Seine Sachen lagen noch genauso da wie am Morgen. Vermutlich war er nicht wieder in der Wohnung gewesen, nachdem er sie verlassen hatte. Auf dem Weg zum Badezimmer schnappte sie sich vom Wohnzimmertisch das schnurlose Telefon und das Radio. Die Badezimmertür war mit einem nassen Handtuch und dem Klebestreifen abgedichtet, sie musste das Handtuch wegschieben und den Klebestreifen abreißen, um hineinzukommen.

Rosi saß auf ihrem Stuhl, die Gasmaske auf dem Gesicht. Goldene Streifen blitzten zwischen den Gummigurten auf seinem Kopf, wie helle Ähren auf dunkler Erde. Sie schob das Handtuch wieder vor die Türritze, und als sie sich daranmachte, den Klebestreifen erneut zu befestigen, sagte er: »Lass das jetzt, setz deine Gasmaske auf!« und strich selbst mit den Fingern über das Band um den Türstock.

Sie ließ sich auf den Stuhl fallen und setzte die Gasmaske auf, zog sie erst am Kinn fest, dann an der Stirn, wie Rosi es ihr beigebracht hatte. Er stand über ihr und prüfte, ob die Maske wirklich luftdicht abschloss.

»Wo warst du?«, fragte die Taucherstimme hinter der Maske.

»In der Redaktion. Und du?«

»Bis jetzt warst du in der Redaktion?«

»Man hat die Strickwarenfabrik geschlossen, in der meine Mutter arbeitet. Ich habe noch einen Artikel geschrieben. Was haben sie im Radio gesagt?«

»Die Leute sollen in ihre abgedichteten Schutzräume gehen und die Gasmasken aufsetzen. Das Übliche.«

Ihr Atem ging schnell, wegen des Rennens, und sie hatte das Gefühl, keine Luft zu bekommen. Sie beschloss, sitzen zu bleiben und sich zu beruhigen, um wieder richtig atmen zu können. Sie schloss die Augen und lauschte der Stimme der russischen Radiosprecherin und wartete auf die Nachricht des hebräischen Sprechers. Ihr Atem wurde immer kürzer, sie hatte das Gefühl, ein Stein liege ihr auf der Brust, und dieser Stein wurde von Sekunde zu Sekunde größer und schwerer. Sie bekam keine Luft mehr. Ihre Halsmuskeln spannten sich und wurden zu einem würgenden Strang, der ihr die Luft abschnürte. Sie dachte daran, dass beim letzten Alarm drei Leute an einem Herzanfall gestorben waren, und fragte sich, ob ihr das auch gerade passierte. Aber diese Leute waren alt gewesen, und sie war eine junge, gesunde Frau. Es war ausgeschlossen, dass sie an einem Herzanfall starb. Wie aus weiter Entfernung drangen die Stimmen der Radiosprecher an ihr Ohr, doch was sie sagten, war unverständlich. Sie wollte Rosi bitten, er solle nachprüfen, ob der Verschluss auf dem Filter richtig saß, schaffte es aber nicht, ihren

Mund zu öffnen oder ihren Hals zu bewegen, sie bekam keinen Ton heraus.

Als sie zu ihm hinschaute, war seine Gestalt verschwommen, bewegte sich wie ein Fleck auf trübem Wasser. Nur mit Mühe schaffte sie es, die Hand zu heben, und als sie die Öffnung des Filters berührte, entdeckte sie, dass der Verschluss fehlte, doch als sie die Öffnung zuhielt, spürte sie einen Krampf. War das ein Gasangriff? Jemand hatte ihr gesagt, dass man die Raketen mit Gas im Gegensatz zu einem konventionellen Raketenangriff mit seiner enorm lauten Explosion nicht hören würde.

Sie dachte an ihre kleinen Nichten. Die Töchter von Chawazelet und Georgette waren für sie fast wie eigene Kinder. Die Kinder, die sie nie haben würde. Im vergangenen Sommer hatte sie alle vier nach Aschkelon mitgenommen, zum Meer. Die Leute, die sie sahen, mussten angenommen haben, es seien ihre Kinder. Tomar, Chawazelets Jüngste, hatte sich am Fuß verletzt, als sie auf eine Scherbe von einer zerbrochenen Bierflasche trat. Sie, Lisi, hatte den Kindern versprochen, in den Pessachferien wieder mit ihnen ans Meer zu fahren. Ob Chawazelet und Georgette es geschafft hatten, den Kindern Atropin zu spritzen? Sie waren beide Krankenschwestern. Bestimmt wussten sie, was sie tun mussten, um ihre Kinder zu retten.

Lisi beschloss, sich selbst Atropin zu spritzen, zugleich wusste sie, dass sie nicht die Kraft hatte, den Pappkarton zu erreichen, der an der Tür hing. Rosi packte sie unter den Achseln und legte sie vorsichtig auf die kalten Fußbodenfliesen. Sie begann zu zittern. Starb sie gerade? Sie fühlte, dass sie die Maske auf ihrem Gesicht nicht mehr aushielt. Sie wusste, dass sie sie nicht absetzen durfte, und trotzdem wollte sie in diesem Moment nur eines: die Gasmaske abreißen und tief einatmen, egal, was geschah.

Von Weitem hörte sie das Klingeln des Telefons. Im Radio wurde die Entwarnung für bestimmte Bezirke durchgegeben, aber sie konnte die Worte nicht richtig verstehen. Vor ihren Augen verschwamm alles, und sie fühlte, wie sie immer tiefer in eine Ohnmacht sank, eine Ohnmacht, die sie fast sehnsüchtig begrüßte. Bevor sie das Bewusstsein verlor, hörte sie von fern noch lautes Krachen, und der Gedanke schoss ihr durch den Kopf, dass sie Kraft sammeln müsse, um aufzustehen und für die *Zeit* einen Bericht über den Gasangriff in Be'er Schewa zu schreiben.

# Kapitel 13

Kreuzotter

Efrajim, der Chef des Labors, hat das Phenol entdeckt. Rosi hat in den Filter deiner Gasmaske drei Teelöffel Phenol eingefüllt. Efrajim sagt, zwei hätten auch gereicht, um einen Menschen innerhalb von einer halben Stunde zu töten.«

Benzis allmählich grau werdende Haare standen um seinen Kopf wie kleine züngelnde Flammen. Seine besorgten Augen blickten sie aus grauen, von roten Äderchen umgebenen Höhlen an. Seine Kleidung war zerknittert, und an seinem Hemd fehlte ein Knopf. Er sah jetzt kaum aus wie ein Mann, der sich um die Wahrung des Gesetzes bemüht, sondern eher wie einer, der vor dem Gesetz flieht. Höchste Zeit, dass er mal richtig ausschläft, dachte Lisi. Doch sie wusste, dass er keine Ruhe finden würde, solange er sich nicht ausführlich mit ihr unterhalten hatte. Schließlich waren sie gemeinsam über das Minenfeld gegangen, das Awner Rosen hieß, und waren heil davongekommen, doch um nachträglich Ordnung in die Sache zu bringen, brauchte er dieses Gespräch nicht weniger als sie.

»Was für ein Glück, dass ich dich angerufen habe, bevor ich heimfuhr«, sagte Lisi.

»Aus Rosis Sicht war der Vorteil von Phenol, dass es keine Spuren hinterlässt«, fuhr Benzi fort. »Und es ist auch nicht schwer zu bekommen. Wird in allen Apotheken verkauft, weil es allen möglichen Salben und Medikamenten beigemischt wird. Wir hatten großes Glück, dass das alles ausgerechnet in diesem Krieg passiert ist. Wegen der Angst vor Gasangriffen ging es sehr schnell, sowohl in Bezug auf die Diagnose als auch auf die Behandlung. Die größte Gefahr bei derartigen Vergiftungen besteht nämlich in einer Schädigung des Gehirns wegen Sauerstoffmangel.«

Ein Schauer lief über Lisis Rücken.

Georgette betrat das Zimmer, in Schwesternkleidung und gestärktem Häubchen. Im Gegensatz zu ihrem Mann strotzte sie förmlich vor Gesundheit und Fröhlichkeit. »Ermüde sie nicht zu sehr, Benzi«, befahl sie.

»Benzi braucht noch dringender Ruhe als ich«, meinte Lisi.

Georgette warf Benzi einen überraschten Blick zu. Anscheinend bemerkte sie jetzt auch die Risse in dem Bulldozer, mit dem sie verheiratet war.

»Du hast ja schon wieder einen Knopf verloren.« Anklagend deutete Georgette auf Benzis Hemd.

»Eine gute Arbeitstherapie für deine Mutter«, brummte er.

Georgette lächelte Lisi an. »Mutter nennt Rosen ›Miese Kreuzotter, ausgelöscht sei sein Name‹.«

»Wann werde ich entlassen, Georgette?«

»Der Arzt sagt, er möchte dich zur Sicherheit noch einen Tag hierbehalten.«

»Aber ich fühle mich gesund!«

»Hast du es eilig, irgendwo hinzukommen?«, fuhr Georgette Lisi an. »Ich komme später wieder vorbei und schaue nach, wie es dir geht.«

Sie verließ das Zimmer, und Benzi setzte sich wieder hin. Nervös zupfte er an seinem Hemd, um das Unterhemd zu verdecken, das wegen des fehlenden Knopfes sichtbar war. Es war das erste Mal, dass sie miteinander allein waren, seit sie im Krankenhaus lag. Nachdem sie das Bewusstsein wiedererlangt hatte, hatte sich ihr Zimmer in einen Ort verwandelt, an dem sich Familienmitglieder, Redaktionsmitglieder, Ermittlungsbeamte der Polizei und sogar Nachbarn die Klinke in die Hand gaben. Nachträglich wurde ihr klar, dass sie während der ganzen Zeit, ohne dass sie etwas davon merkte, von Sonderbeamten der Polizei beobachtet worden war. Die »Flüchtlinge«, die das Zimmer in der Wohnung der Markowitz' im Stockwerk über ihr gemietet hatten, waren Polizisten, »Ludmilla«, die neue Putzfrau der Redaktion, war eine Polizistin, Polizisten hatten sie zu Fuß oder mit dem Auto verfolgt, von dem Moment an, an dem sie morgens aufstand, bis zum Abend, wenn sie schlafen ging. Alle waren nach einem einzigen Kriterium ausgesucht worden: Es mussten Leute sein, die Awner Rosen nicht kannte.

Der »Kommissar«, Inspektor Elischa Karnapol, war es gewesen, der dem Distriktkommandeur den Einsatz der Geheimpolizisten vorgeschlagen hatte. Ihre Aufgabe war es unter anderem, Lisi zu verfolgen und zu bewachen. Karnapol war, außer seinen Vorgesetzten, der Einzige, der von diesen geheimen Ermittlungen wusste, aber auch er kannte die Leute nicht, die sie ausführten. Es waren Polizeibeamte in Zivil, die als Sicherheitsbeauftragte arbeiteten, als Agenten von Reisebüros, als Wohnungsmakler. Sie waren nur ihren Vorgesetzten bekannt. Neben dieser geheimen Mannschaft arbeitete das normale Team Karnapols, zu dem auch Mike Silcha gehörte. Doch der musste abgezogen werden, nachdem Lisi ihn in der letzten Woche zweimal gesehen hatte und misstrauisch geworden war.

»Aber warum habt ihr Rosi nicht gleich am Anfang verhaftet?«, fragte Lisi.

»Was hatten wir denn gegen ihn in der Hand? Wir brauchten Beweise. Die hatten wir am Anfang noch nicht. Wir hatten ihn in Verdacht, aber wir hatten keine Beweise.«

»Und ich war der Köder.«

»Ja.«

»Arieli hat über dich gesagt, dass du, weil du gemeinsame Sache mit Rosi machst, kein anständiger, aufrechter und kluger Polizist bist. Ich hätte über seine Worte nachdenken sollen.«

»Dein Arieli ist ein Salzhering in Essig.«

»Hast du ihn getroffen?«

»Gestern morgen, als er hierherkam.«

»Arieli war hier?«

»Erinnerst du dich nicht?«

»Nein.«

»Du warst noch an das Beatmungsgerät angeschlossen, aber bei Bewusstsein. Er wollte mit dir sprechen, aber Georgette hat es nicht erlaubt. Er versuchte mit ihr zu diskutieren. Er hat gesagt, er sei nicht die ganze Strecke von Tel Aviv nach Be'er Schewa gefahren, um Lisi Badichi anzuschauen, sondern um mit ihr zu sprechen. Aber es hat ihm nichts genutzt. Du kennst Georgette ja.« Ein schwaches Lächeln erschien auf seinen Lippen. Es sah aus, als sei sogar sein Zahnfleisch grau geworden vor Müdigkeit. »Und deine Mutter erst! Sie hat Arieli verkündet, sie erlaube nicht mehr, dass du weiterhin für seine Zeitung arbeitest.«

»Oha!«

»Das erinnert mich an etwas. Irgendein Typ von der Zeitung hat schon zweimal angerufen. Ein gewisser Eran Fischer.«

»Was wollte er?«

»Er hat gesagt, er hätte eine Verabredung mit dir.«

»Ja. Um sechs nach dem Krieg.«

»Dieser Arieli …« Benzi hob die Hand wie jemand, dem es schwerfällt zu glauben, was er gerade gehört hat. »Gleich nach deinem Besuch bei ihm hat er sich mit dem Polizeipräsidenten in Verbindung gesetzt. Zu meinem Glück war der eingeweiht. Arieli fürchtete, ich würde gemeinsam mit Rosi irgendwelche schmutzigen Sachen hinter dem Rücken der Polizei machen. Und er hatte Angst, die beiden Gangster, damit meinte er Rosi und mich, könnten dich mit hineinziehen.«

»Warum hast du mir nicht die Wahrheit gesagt?«

»Wenn ich das getan hätte, hättest du deine Vorstellung nicht glaubwürdig geben können, Lisi.«

»Und warum gerade ich?«

»Da kannst du genauso gut fragen, warum gerade ich. Rosi kam zu mir, weil er für einige Tage Zeit brauchte, um seine Spuren zu verwischen und seine Flucht vorzubereiten. Er glaubte, ich sei dumm und ehrlich und seine Bitte werde meinem Ego schmeicheln. Der großartige Rosi braucht die Hilfe von Benzi, diesem tumben Polizisten aus der Provinz, um den Fall zu klären. Die Idee, ihn bei dir einzuquartieren, hat sich als richtig erwiesen, Lisi. Du und ich, wir trafen uns immer wieder auf eine ganz natürliche, alltägliche Art, und deine Nachforschungen ergaben sich auch ganz natürlich aus deiner Arbeit. Er benutzte dich, um mich in die Irre zu führen, ich benutzte dich, um ihn in die Irre zu führen, und du benutztest uns beide, um das Material für deinen Artikel zusammenzukriegen.«

»Ich war also das Pfand dafür, dass du ihn nicht betrügst, Benzi. Wenn er es geschafft hätte, mit heiler Haut davonzukommen, wäre uns beiden, dir und mir, nichts passiert. Es bestand also eine Art unheiliger Allianz zwischen uns dreien.«

»Stimmt.«

»Hat Ascher von Alpha ihn erkannt?«

»Ja. Wir haben eine Gegenüberstellung arrangiert, und er hat Rosi zweifelsfrei als den Mann identifiziert, der am Morgen des 22. Januar bei ihm den Suzuki gemietet hat.«

»Trotz der blonden Haare und der neuen Brille?«, fragte Lisi erstaunt.

»Wir haben ihm eine Perücke in seiner alten Haarfarbe aufgesetzt und eine Brille, die seiner früheren ähnlich sah. Wenn es möglich wäre, stumme Gegenstände zu befragen, bin ich sicher, dass auch die Tür und der Schrank bei Alpha Rosi als den Mann identifiziert hätten, der ein oder zwei Tage nach dem 22. Januar im Büro einbrach und die Unterlagen stahl, die etwas mit dem Verleihen des Suzuki zu tun hatten. Aber natürlich haben wir keine Fingerabdrücke gefunden.«

»Seine Schwester Chassia hat gesagt, er hätte goldene Hände …«

»Die Sturheit, mit der du dich an die Frage der Fahrzeuge geklammert hast, war richtig, Lisi. Die Autos waren ein wichtiger Schlüssel zum Verständnis der Ereignisse.

In der Nacht vom 21. auf den 22. Januar machte Rosi den Golf von Chesi Rodnizki fahruntauglich. Am Morgen des 22. brachte Chesi sein Auto zu Bebos Werkstatt und holte sich den Chevrolet aus seiner Firma. Wie verabredet, rief er Tami am Abend desselben Tages im *Escopia* an, irgendwann nach sieben. Tami sagte ihm, sie würden ihn in einer halben Stunde an seinem Grundstück abholen.«

»Woher weißt du, was Tami zu Chesi sagte?«

»Chesi rief um Viertel vor acht im *Escopia* an. Ungefähr um die gleiche Zeit sah Amnon Kafir Chesi vor dem Tor stehen. Vermutlich hatte er von seiner Firma aus angerufen, war hinausgegangen, hatte das Tor abgeschlossen und stand dann da und wartete auf Tami. Tami und Rosi kamen etwa um Viertel nach acht dort an, luden Chesi ein und fuhren zum Haus der Simons. Als sie dort ankamen, um halb neun, fing der Alarm an. Das war für Rosi so etwas wie eine Fügung des Himmels. Alles deutet daraufhin, dass er an diesem Abend auch Tami töten wollte. Das ist auch der Grund, warum er plötzlich Hilfe für ein paar Tage brauchte, um alle Lücken zu stopfen, die in seinem Plan entstanden waren. Im letzten Moment entschied er sich dazu, die Gelegenheit zu nutzen, die der Alarm ihm dadurch bot, dass die Hausbewohner in ihrem Schutzraum saßen und nichts hören würden.

Als Tami ausstieg, um das Tor zu öffnen, drehte sich Rosi um und erschoss Chesi Rodnizki mit seiner F.N. Der Schuss traf Chesi in die Schläfe und tötete ihn sofort. Auf Tami schoss Rosi dann mit Chesis Pistole. Wir wissen bisher noch nicht, ob Chesi seine Pistole am Körper trug und Rosi ihn ihm abgenommen hat oder ob er sie ihm schon vorher gestohlen hat. Möglicherweise hat er sie bei einer der ›Durchsuchungen‹, die er in Paulette Melniks Wohnung arrangierte, mitgenommen. Auf dem Rücksitz haben wir Blutflecken gefunden, die mit Chesi Rodnizkis Blutgruppe übereinstimmen. Diese Blutflecken auf dem Rücksitz gaben uns eigentlich den ersten Hinweis darauf, dass Rosi log. Seinen eigenen Angaben zufolge stieg er aus dem Peugeot, nachdem der Mörder auf Tami geschossen hatte, und schoss erst dann in die Richtung des Schützen. Danach, so sagte er, habe er entdeckt, dass er den Mörder in die Schläfe getroffen und getötet hatte.

Chesi wurde also tatsächlich durch einen Schuss in die Schläfe getötet, doch das passierte im Auto. Er fiel nach vorn. Blutflecken fanden sich nämlich auch hinten auf der Polsterung des vorderen Sitzes und auf dem Boden zwischen den beiden Sitzen. Rosi zog die Leiche Chesis aus dem Auto – wir haben Blutflecken auch auf dem Boden neben dem Auto gefunden –, tauschte mit ihm die Kleidung und drückte ihm seine Neun-Millimeter-F.N. in die Hand, die Waffe, die bei der Polizei als Pistole des Inspektors Awner Rosen registriert ist. Er setzte den toten Chesi, in Rosis Kleidung, auf den Fahrersitz und schoss ihm mit Chesis Beretta durch die Frontscheibe ins Gesicht. In Awner Rosens Auto saß jetzt ein Mann mit einem nicht identifizierbaren Gesicht, der ungefähr so alt war wie Awner Rosen, ungefähr den gleichen Körperbau aufwies, seine Kleidung trug und in dessen

Taschen sich die Ausweise, die Schlüssel und weitere persönliche Sachen des Inspektors Awner Rosen befanden. Rosi ging davon aus, dass wir die Blutgruppe und die Fingerabdrücke des Mörders prüfen würden, aber nicht die des Ermordeten. Mike Silcha war in die Aufbahrungshalle gegangen, um Haare des Toten zu beschaffen, und deine eifrige Dorit hat es geschafft, auch das mit einem Foto zu bezeugen.«

»Deshalb hast du mich gebeten, ihm dieses Foto nicht zu zeigen.«

»Ja. Rosi wusste, dass die Haustür der Simons nicht abgeschlossen sein würde. Seit Beginn des Krieges ließen sie die Tür immer offen, damit Tami im Fall eines Alarms schnell in den Schutzraum rennen konnte. Rosi ging ins Haus. Auf der Kommode im Eingang lag Oded Simons Tennistasche. Er wischte Chesis Pistole ab und steckte sie in diese Tasche. Wäre er nicht auf diese Tasche gestoßen, hätte er die Pistole irgendwo im Haus versteckt. Er wusste ja, dass Schajke und Oded zusammen mit Riwka und Na'omi im Schutzraum saßen und nichts hören konnten. Sowohl Schajke als auch Na'omi gaben an, Raketeneinschläge gehört zu haben. Aller Wahrscheinlichkeit nach waren das die Schüsse.

Rosi verließ das Haus, ging den Weg hinunter und durch das Tor. Auf der Straße stand der gemietete Suzuki, den er schon morgens dort abgestellt hatte. Er fuhr in die Stadt, wischte alle Fingerabdrücke am Auto ab und ging zur öffentlichen Telefonzelle neben dem Kiosk *Eis & Kaugummi*. Er sprach ein oder zwei Minuten nach der Entwarnung mit mir, das heißt kurz nach 21.10 Uhr. Er sagte die Wahrheit, als er sagte, er habe zehn

Minuten für den Weg gebraucht. Die Straßen waren leer, wegen des Alarms, und es war nicht schwer, in zehn Minuten von Simons Haus zu dieser Telefonzelle zu kommen. Aber das war sein zweiter Fehler. Sogar du hast kapiert, dass er, auch wenn er gerannt wäre, den Weg in zehn Minuten nicht geschafft hätte. Ihm musste ein Fahrzeug zur Verfügung gestanden haben. Da er sich seit der Tat sozusagen im Zustand des ›Ermordetseins‹ befand, wagte er nicht, in seine eigene Wohnung zu gehen. Deshalb rief er mich an, verkaufte mir seine Version des Mordes und bat mich um Hilfe.

Dein Arieli hatte recht. Kein anständiger Polizist würde irgendetwas hinter dem Rücken der Polizei machen. Nachdem ich Rosi in unserem Luftschutzkeller untergebracht hatte, fuhr ich zum Bezirkskommandeur; der Bezirkskommandeur rief seinen Vorgesetzten an und der wieder beim Polizeipräsidenten. Alle drei entschieden, ich sollte den Auftrag, den Rosi mir gab, weiterführen. Der Bezirkskommandeur beschloss zusammen mit dem Polizeipräsidenten, zwei getrennte Teams aufzustellen. Das eine offen, unter der Leitung des ›Kommissars‹ Elischa Karnapol, das zweite geheim. Der Bezirkskommandeur setzte sich mit dem Chef der Geheimpolizei in Verbindung, und der Polizeipräsident beschloss, den Minister zu informieren. Ich erzählte dem Bezirkskommandeur, dass ich Rosi gesagt hätte, ich würde ihn von meinem Luftschutzkeller in deine Wohnung bringen, und er gab seine Zustimmung zu diesem Plan. Von diesem Moment an waren wir beide, du und ich, umgeben von Geheimpolizisten.«

»Haben Malka und Ilan Bescheid gewusst?«

»Malka wusste es, Ilan nicht.«

»Ist er jetzt nicht böse auf dich?«

»Warum sollte er böse auf mich sein? Was für einen Grund hätte er?« Diese Frage brachte Benzi in Fahrt. Vermutlich hatte er Schuldgefühle seinem Schwager gegenüber, der für ihn wie ein Bruder war. »Das Problem bestand nicht nur darin, dass Rosi selbst Polizist war, sondern dass er zu den erfahrensten, gerissensten und klügsten Polizeibeamten gehörte. Wenn es bei uns so etwas wie eine Elite gibt, dann gehörte er dazu.«

»Laut Tante Klara hast du gesagt, Elite sei ein relativer Begriff.«

»Ich habe General Schwarzkopf zitiert.« Benzi lächelte. »Aber es stimmt schon, ich habe Rosi gemeint. Das Problem mit ihm war, dass wir keine der üblichen Observierungsmöglichkeiten einleiten konnten. Das hätte er sofort gemerkt. Ich bin überzeugt, dass er deine Wohnung gründlich durchsucht hat, ob es nicht irgendwo Wanzen gibt oder ob sie beobachtet wird. Außerdem konnten wir uns nicht erlauben, mit den Ermittlungen in der Mordsache aufzuhören. Das hätte sofort sein Misstrauen geweckt. Wir haben also zwei Teams beschäftigt: eines, das offene, zu dem Mike Silcha gehörte, das sich mit dem Mord an Tami Simon und Awner Rosen befasste. Diese Ermittler arbeiteten nach Vorschrift. Zusätzlich gab es noch ein zweites Team, ein geheimes. Übrigens, wir schulden dir Geld für die Reparatur des Justy und für den Mietwagen.«

»Was?«

Ein spitzbübisches Lächeln erschien auf Benzis müdem Gesicht. »Du hast angefangen rumzurennen wie eine Katze, der man den Schwanz angebrannt hat. Überall haben wir gehört, du wärst gerade weg oder gerade angekommen. Deshalb haben wir beschlossen, dir einen Knüppel zwischen die Füße zu werfen. Die anderen haben gedacht, wenn du kein Auto hättest, würde das dein Tempo automatisch ein bisschen verringern. Aber die Dame zog los und mietete sich einen Toyota.«

»Habt ihr ein Abhörmikro im Justy eingebaut?«

»Nein. Wir waren der Ansicht, dass Rosi es entdecken würde.«

»Er ist nur einmal mit meinem Auto gefahren.«

»Ich weiß.«

Das Lächeln verschwand aus Benzis Gesicht, es wurde wieder grau. Die Ränder seiner geschwollenen Augenlider waren rot.

»Alles deutete darauf hin«, fuhr er fort, »dass Awner Rosen plante, aus dem Land zu fliehen, und zwar mit einem großen Vermögen. Er ging systematisch und kaltblütig vor. Wie du schon herausgefunden hast, hat er seinen Besitz in Kfar Ja'akow bereits vor einem Jahr verkauft. Seine Wohnung in Be'er Schewa war gemietet, aber die Wohnung in Tel Aviv, die sein Eigentum war, wurde vor drei Monaten an Neueinwanderer verkauft, die im März einziehen wollen. Die Bilder von Soutine und die Noten von Skrjabin schmuggelte er vor drei Jahren ins Ausland, mit Hilfe von Tami Simon. Sie waren in dem Schreibtisch, den Tami 1988 ihrer Mutter schickte. Deshalb hat Tami den Schreibtisch damals auf dem Weg von Israel nach Athen begleitet. Von Athen brachte sie die Kunstwerke mit Hilfe von Harry Dipl, dem Geschäftspartner von Stefanopulos, zu seinem Bruder Louis. Tami reiste mit den Kunstwerken nach Paris, traf dort Harry Dipl und übergab ihm die Bilder und die Noten. Diese Reise, einschließlich des Transports des Schreibtischs, wurde von Rosi bezahlt. Wir haben bei ihr Quittungen und Belege gefunden, die beweisen, dass die entsprechenden Summen von seinem Konto auf ihr Konto überwiesen wurden.«

»Warum hat sie diese Quittungen aufgehoben?«

»Vielleicht als Sicherheit. Wenn jemals herauskäme, dass die Bilder und die Noten aus dem Land geschmuggelt wurden, konnte sie damit beweisen, dass sie nur Kurierdienste geleistet hatte, sonst nichts.«

»Das hat ihr nicht viel geholfen …«

»Ihr nicht, nein. Aber uns schon. Von Sotheby's wurde Paulette Melniks Aussage bestätigt. Bei den Bildern handelt es sich um das *Stubenmädchen in rotem Hemd* und den *Sessel mit Hund*, bei den Noten um die dritte Sinfonie von Skrjabin und eine Etüde. Der Wert aller vier Objekte gemeinsam wird auf etwa einviertel Millionen Dollar geschätzt. Als Rosi klar war, dass die Werke echt waren, blieb er ruhig an seinem Platz und wartete auf das Geld. Dieses Geld wurde von Louis Dipl auf das Konto von Bilha Stefanopulos in Athen überwiesen. Die erste Rate kam für die Noten. Als Bilha Tami mitteilte, dass das Geld gekommen war, flog Tami nach Athen, bekam das Geld, fuhr in die Schweiz und eröffnete zwei Bankkonten. Eines auf ihren Namen, das zweite auf den Namen Benjamin Rosenman. Dieser Name steht auf gefälschten Papieren, die sich Awner Rosen besorgt hat.«

»War Stefanopulos in diese Transaktionen eingeweiht?«

»Er muss es gewusst haben. Als Louis Dipl die letzte Rate nach Athen schickte, waren sowohl die Simons als auch ihre Geschäftspartner schon in Verdacht geraten. Tami fühlte, dass sie beobachtet wurde, und weigerte sich, für Rosi hinzufahren. Rosi kannte Chesi, weil er ihn in der Vergangenheit einmal verhaftet hatte. Er wusste, dass Chesi drogenabhängig war und Geld brauchte. Also schlug er Tami vor, Chesi anzuheuern. Die Wahl Chesis war eine Ungeheuerlichkeit, wenn man bedenkt, dass das Geld aus dem Besitz stammt, den Rosi Paulette Melnik gestohlen hatte. Chesi hat offenbar nicht gewusst, dass Rosi sein größter Feind war.«

»Weiß Paulette Melnik inzwischen, was mit ihrem Sohn passiert ist?«

»Ja.«

»Wer hat es ihr gesagt?«

»Malka ist zu ihr gegangen, zusammen mit Mike Silcha. Wir brauchten ihre Aussage wegen der Bilder und der Noten, die sich in Bizaron B im Schuppen befunden hatten. Sie war aber noch nicht auf dem Friedhof.« Benzi schwieg einen Moment, bevor er verdeutlichte, was er meinte: »Der Name Rosis steht schließlich auf dem Grab ihres Sohnes.«

»Ist es so schwierig, das Schild mit Genehmigung der Behörden auszutauschen?«

»Es ist eine Prozedur, die mit dem Beerdigungsverein abgesprochen werden muss.«

»Was war im zweiten Schreibtisch?«

»Nichts. Es gab da mal einen französischen Film mit Fernandel. Ein Mann überquert jeden Tag die Grenze mit einem Fahrrad, auf dem sich ein Sack befindet. Die Grenzer kontrollieren den Sack Tag für Tag und finden nichts. Schließlich sagen sie zu dem Mann: ›Verrate uns, was du schmuggelst, und wir werden dich nicht mehr anhalten.‹ Antwortet der Mann: ›Fahrräder.‹ Der Schreibtisch war der Sack, der unsere Aufmerksamkeit von dem eigentlichen Schmuggel abgelenkt hat. Bilhas Nachricht, Tami solle ihr den zweiten Schreibtisch schicken, war ein Code, den sie ausgemacht hatten, und bedeutete nichts anderes, als dass Dipl das Geld geschickt hatte.«

»Hat sie das zugegeben?«

»Ja. Das ist beim Verhör herausgekommen, das Mike Silcha mit ihr geführt hat. Doch diesmal war es nicht Tami, die den Schreibtisch begleitete, sondern Chesi. Er kam nach Athen, übergab Tamis Mutter den Schreibtisch und erhielt von ihr das Geld, das Dipl für die Bilder bezahlt hatte. Chesi fuhr in die Schweiz und zahlte das Geld auf die Konten von Tami und Rosi ein. Die Geldbewegungen ergeben, dass Tami zehn Prozent Provision für den Verkauf erhielt.«

»Das zeigt letztendlich, dass Chesi sich anständig verhalten hat. Er hätte ja einen Teil des Geldes für sich behalten können.«

»Nein, das hätte er nicht. Bilha gab ihm zwei Schecks. Einen für das Konto Benjamin Rosenman und einen für das Konto Tami Simon. Chesi brachte das Geld kein Glück. Er gab die zweitausend Schekel, die er von Tami für seine Mühe bekommen hatte, sofort für Drogen aus. Als er wieder auf dem Trockenen saß, glaubte er vermutlich, er habe eine ewig sprudelnde Quelle entdeckt, und begann Tami zu erpressen.«

»Woher weißt du das?«

»Wir haben Chesis und Tamis Bankkonten überprüft. Drei Tage nachdem die zweitausend Schekel auf seinem Konto eingegangen waren, kamen dreitausend Schekel auf dasselbe Konto. Beide von Tamis Konto. Der Auftrag für die zweite Überweisung wurde telefonisch gegeben und natürlich schriftlich bestätigt. Aber was noch interessanter ist: Am selben Tag hob Benjamin Rosenman dreitausend Schekel von seiner Bank in der Allenby-Straße in Tel Aviv ab und überwies das Geld an Tamis Bank in Be'er Schewa, auf ihren Namen. Es war also nicht Tami, die Chesi die dreitausend Schekel bezahlt hat, sondern Awner Rosen, der sich Benjamin Rosenman nannte.

Weil die Simons Schwierigkeiten mit der Polizei hatten, konnte sich Tami keine Probleme mit Chesi erlauben. Möglicherweise wusste Chesi ja auch von den Schwierigkeiten der Simons, denn warum hätte Tami ihn sonst zu ihrem Kurier machen müssen? Chesi war ein fauler Fisch. Drogenabhängig, ein halber Verbrecher, aber er war nicht dumm. Er baute darauf, dass Tami gezwungen sein würde, auf seine Erpressungen einzugehen. Bestimmt hat er damit gedroht, dass er über ihr Bankkonto in der Schweiz plaudern würde, wenn sie ihm das geforderte Geld nicht gab.

Wir wissen, dass Tami eine starke und angriffslustige Person war. Und schließlich gehörten die Bilder und die Noten nicht ihr. Sie hatte ihren Anteil bekommen, aber der Schmuggel war in Rosis Auftrag geschehen. Man kann also annehmen, dass sie sich an Rosi wandte, ihm von Chesis Drohungen erzählte und von ihm verlangte, ihn zum Schweigen zu bringen. Chesi kannte Rosi, seit er 1988 mit Drogen geschnappt worden war.

Tami dachte zu Recht, dass die Drohungen eines Polizeiinspektors Chesi mehr beeindrucken würden als die Drohungen einer jungen Frau, deren Familie mit dem Gesetz in Schwierigkeiten geraten war.

Wir wissen, dass Tamis Vater Chesi nicht ausstehen konnte. Auch Chesi war das bekannt. Deshalb wunderte er sich auch nicht, dass Tami sich mit ihm im *Escopia* verabredete. Vermutlich hatte sie versprochen, das Geld mitzubringen, das er von ihr verlangte.

Aber Rosi hatte andere Pläne. In diesem Stadium plante er bereits, Chesi umzubringen. Chesi war drogenabhängig. Wer wusste besser als Rosi, dass man sich auf solche Leute nicht verlassen konnte? Früher oder später würde Chesi über das Geld reden, das er geschmuggelt hatte. Und wenn alles herauskam, würde Tami sich weigern, Rosi zu schützen. Chesis Schicksal war schon in dem Moment entschieden, als er anfing, Tami zu erpressen. Ich habe keine Ahnung, ob Tami an dem Mordplan beteiligt war. Vermutlich wollte sie aber nichts anderes, als Chesi das Maul stopfen.

Rosi wollte nicht, dass Chesi ins *Escopia* kam. Er hatte kein Interesse daran, dass Armand Silberman Zeuge ihres Zusammentreffens wurde. Deshalb machte er sich an Chesis Auto zu schaffen. Aber Chesi hatte keine Schwierigkeiten, ein anderes aufzutreiben. Er nahm von seinem Grundstück den Chevrolet Impala und war bereit, Tami wie vereinbart zu treffen. Als Chesi im *Escopia* anrief, wies Rosi Tami an, die Verabredung zu ändern. Also sagte sie zu Chesi, sie würde ihn am Tor von Auto City abholen. Sie würden dann zusammen zu ihr nach Hause fahren, und dort werde sie ihm die geforderte Summe geben. Wir wissen aus der Aussage Amnon Kafirs, dass Chesi kurz vor acht vor dem Tor von Auto City stand und auf jemanden wartete.«

»Warum wollte sie ihn eigentlich abholen? Warum sollte er nicht mit seinem eigenen Auto zu ihr nach Hause fahren?«

»Die Verabredung war deshalb im *Escopia* getroffen worden, damit Schajke Simon Tami nicht in der Gesellschaft Chesis antraf. Und Chesis Auto sollte er auch nicht sehen. Bestimmt hat Tami zu Chesi gesagt, er müsse draußen vor dem Haus warten, sie würde ihm das Geld bringen und ihn dann wieder zurückfahren.

Chesi wusste nichts von Rosis Anteil an dem Geldschmuggel, so wenig wie er wusste, dass Rosi an diesem Abend mit Tami zusammen war. Armand hat ausgesagt, dass der Anrufer Tami verlangte. Chesi hatte keinen Grund, eine Verabredung bei Tami zu Hause verdächtig zu finden. Wir wissen zwei Dinge von seiner Mutter Paulette: erstens, dass Chesi drogenabhängig war, und zweitens, dass Chesi dachte, er sei ein ›Freund‹ Tami Simons.

Es fällt mir schwer zu glauben, dass Tami wusste, auf welche Art und Weise Rosi vorhatte, Chesi ›zum Schweigen zu bringen‹. Bestimmt dachte sie, er würde ihm drohen und ihm Angst machen. Rosi tat, was sie wollte. Er brachte Chesi zum Schweigen, und bei dieser günstigen Gelegenheit Tami gleich mit. Was ihn betraf, war damit alles erledigt. Außer Chesi und Tami gab es niemanden, der von seiner Beziehung zu den Noten und den Bildern wusste, auch nicht von seinem Konto in der Schweiz.«

»Und was ist mit Bilha Stefanopulos?«

»Sie wusste nicht, wem das zweite Konto gehörte. Sie hatte nur zwei Nummern für die Schweizer Konten, mehr nicht.«

»Hat sie das zu Silcha gesagt?«

»Ja. Und sie hat keinen Grund, Rosi zu decken. Im Gegenteil.«

»Und wie ist Rosi überhaupt an die Bilder und die Noten gekommen?«

»Über Klara und Ja'akow.«

»Du machst Witze!«

»Er hat Klara und Ja'akow vor ungefähr zehn Jahren kennengelernt. Und du weißt ja, wie sie sind. Sie fordern extreme Reaktionen geradezu heraus. Es gibt Leute, die sie hassen, andere sind von ihnen bezaubert. Rosi ist nicht nur schlau und gebildet, er hat auch Fantasie. Sie haben seine Fantasie angeregt. Er saß bei ihnen und hörte sich ihre Geschichten an. Er hörte zu und vergaß nichts. Sie erzählten ihm von Betty Knut und von Paulette Melnik.

Chesi bekam das erste Mal Anfang der sechziger Jahre Probleme mit der Polizei, als er noch ein Junge war. Das zweite Mal war vor ungefähr drei Jahren, zu einem Zeitpunkt, als Simon bereits die *Letzte Gelegenheit* gekauft hatte. Paulette Melnik verkaufte ihren Soutine an Simon, um Chesi aus der Haft zu bekommen und um einen guten Anwalt für ihn zu bezahlen. Rosis Interesse wurde geweckt, als er das Bild bei den Simons hängen sah, und erfuhr, dass Paulette Melnik, Chesis Mutter, es der Familie verkauft hatte. Er kannte ihren Namen aus den Geschichten, die Klara und Ja'akow ihm erzählt hatten. Die Frage war nur, ob sie noch weitere Bilder Soutines oder anderer bedeutender Maler besaß.

Rosi war ein gründlicher und systematischer Ermittler. Er tat genau das, was du auch getan hast: Er fing an zu lesen. Wir haben beide, du und ich, die Kunstbücher in seiner Wohnung gesehen. Die Kataloge der großen Auktionshäuser, der öffentlichen Versteigerungen, die Kunstbände. Uns beiden, dir und mir, ist aufgefallen, dass die Bücher und die Kataloge nicht neu waren. Ich glaubte, er habe sie antiquarisch gekauft. Das war ein Fehler. Er hat sie nicht antiquarisch gekauft.

In Soutines Biografie wird eine Frau namens Melnik erwähnt, die ihm eine Tochter geboren hat. Die Tatsache, dass in Be'er Schewa eine Frau namens Melnik wohnte und ein Bild von Soutine besessen hatte, weckte Rosis Jagdinstinkt und seine Besitzgier. Aus den Katalogen, die er kaufte, erfuhr er, dass ein schönes Ölbild, etwa so groß wie das von Paulette Melnik verkaufte, heutzutage gut eine halbe Million Dollar bringen kann. Bei der nächsten sich bietenden Gelegenheit bat er um die Genehmigung, bei Paulette Melnik eine Hausdurchsuchung durchzuführen, und bekam sie auch. Angeblich suchte er bei Chesi Rodnizki nach Drogen. In Wirklichkeit suchte er die Bilder von Soutine, die Paulette Melnik vielleicht noch hatte. Als sich zweifellos erwies, dass sich in der Wohnung keine weiteren Soutines befanden, versuchte er herauszufinden, wo sie vielleicht versteckt sein könnten. Paulette war die Mutter eines Drogensüchtigen. Sie würde es nicht riskieren, einen so wertvollen Besitz in ihrer Wohnung aufzuheben. Wenn sie noch ein Bild hatte, wo würde sie es verstecken?

Das Thema Soutine ließ ihn nicht mehr los, er war regelrecht besessen davon. Weil Schajke Simon die *Letzte Gelegenheit* gekauft hatte, verfolgte Rosi die Abbrucharbeiten. Als Vorwand dienten ihm nach außen hin die zweifelhaften Geschäfte Simons. Rosi vermutete, wenn Paulette Melnik Simon ein Bild verkauft hatte, hatte sie ihm vielleicht auch noch andere verkauft.

Er hatte sich ja längst mit Tami Simon angefreundet. Aus polizeilicher Sicht vertiefte er damit die Ermittlungen gegen die Simons. Aus seiner Sicht näherte er sich dem Gegenstand seiner Begierde. Als er Tami einmal zu Hause besuchte, sah er dort das Bild an der Wand hängen. Der Erwerb des Bildes war durchaus legal gewesen, es gab weder für Simon noch für seine Kinder einen Grund, es zu verstecken. Rosi untersuchte die *Letzte Gelegenheit* förmlich mit der Lupe, fand aber nichts. Deshalb kehrte er zu den Büchern zurück. Doch diesmal näherte er sich der Sache aus einem anderen Blickwinkel: dem Blickwinkel Betty Knuts. Er wusste aus Klaras und Ja'akows Geschichten, dass Betty und Paulette ein Herz und eine Seele gewesen waren. Es war nicht von der Hand zu weisen, dass Paulette die Bilder in Betty Knuts Haus versteckt hatte. Er las alles, was es über Betty und ihren Vater zu lesen gab. Als er herausfand, dass Bettys Vater in Bizaron B gewohnt hatte, beschloss er, so wie du es auch getan hast, sein Glück nun dort zu versuchen. Er trat bei den Hararis als potentieller Käufer auf, lief im Haus und im Hof herum …«

»Haben sie ihn identifiziert?«

»Nein. Sie erinnerten sich an einen etwa vierzigjährigen Mann, der ihr Haus kaufen wollte. Sie hatten keinen Grund, besonders auf sein Aussehen zu achten. Und Rosi, ein wirklich guter Polizist, gehört zu der Art Leute, die man schon vergessen hat, noch bevor man ihnen Auf Wiedersehen gesagt hat. Ich versuche, den Verlauf der Dinge möglichst logisch und folgerichtig zu rekonstruieren. Vermutlich nutzte er anschließend eine Gelegenheit, als die Familie nicht zu Hause war, um einzubrechen und die Bilder zu suchen.«

»Frau Harari hat erzählt, jemand hätte bei ihnen eingebrochen, ohne etwas zu stehlen.«

»Und es wurde doch etwas gestohlen! Sie haben es nur nicht gewusst. Von Paulette wissen wir, dass die Bilder und die Noten im Schuppen versteckt waren. Rosi sah dort genau das, was du auch gesehen hast und was auch ich gesehen habe, nur dass wir nicht erkannten, was es war.«

»Die Zeichnung vom *Prometheus*?«

»Ja.«

»Ich habe sie auf der Schuppenwand gesehen, aber ich erinnere mich nicht, ihr schon anderswo begegnet zu sein.«

»Als du in der Bücherei warst, hast du da Material über Skrjabin verlangt?«

»Ein Lexikon über Musik.«

»In dieser Enzyklopädie ist dieses Bild neben dem Artikel über Skrjabin abgedruckt. Natürlich hast du es gesehen, und ich habe es gesehen. Dort ist das Bild natürlich ausgearbeitet, aber vier Details, die auf die Schuppenwand gemalt sind, finden sich auch in diesem Bild: die Harfe, das Gesicht, die Sonne und der Davidsstern.«

»Ich habe es für einen Krug gehalten. Daran habe ich überhaupt nicht gedacht. Das Ganze hat mir ausgesehen, als hätte ein Kind vor Jahren etwas an die Wand gemalt. Also die Orgel war es. Die Farbenorgel, die Skrjabin sich ausgedacht hat.«

»Als Rosi diese Zeichnung sah, wusste er sofort, dass er das Ziel seiner Suche erreicht hatte. Rosi hat goldene Hände, wie du weißt. Kein Taschendieb und kein Einbrecher kann sich mit ihm messen …«

»Ja, er ist ja auch in meine Wohnung gekommen, ohne dass ich ihm einen Schlüssel gegeben habe. Und nicht nur einmal. Natürlich mit deiner Erlaubnis.«

»Er hatte keine Schwierigkeiten, das Versteck im Schuppen zu öffnen und den Koffer von Paulette und Betty herauszunehmen. Und so hat er nicht nur die Soutines in die Hände bekommen, sondern zusätzlich auch noch einen Bonus, einen Schatz, mit dessen Existenz er nicht gerechnet hatte: Bettys Noten.

Zu diesem Zeitpunkt war er schon ein enger Freund Tamis. Tami Simon war Antiquitätenhändlerin. Kaufen und Verkaufen lag ihr im Blut. Sie war nicht weiter verwundert, als Rosi sie bat, für ihn Noten von Skrjabin und Bilder von Soutine zu verkaufen. Sie interessierte sich nur für ihren Anteil an dem Geschäft. Ist er bereit, ihr zehn Prozent zu geben? Okay, das Geschäft ist geritzt. Wahrscheinlich glaubte sie, er würde Familienbesitz verkaufen. Rosi war als vermögender Mann bekannt. Die Orangenplantagen und der Grundbesitz in Kfar Ja'akow befreiten ihn von finanziellen Sorgen, mit denen wir, Polizisten mit Leib und Seele, uns Tag um Tag und Jahr um Jahr herumschlagen müssen. Tami hatte keinen Grund für den Verdacht, es könne sich um gestohlene Dinge handeln. Ich nehme an, er hat seine Geheimnistuerei, was den Handel betraf, damit begründet, dass er sich als Polizist anderen Verhaltensregeln unterwerfen müsse als ein normaler Bürger.

Tami schmuggelte die Bilder und die Noten nach Athen, von dort wanderten sie zu Louis Dipl in New York, dem Bruder Harrys, der wiederum Geschäftspartner von Stefanopulos und Schajke Simon war. Louis war bekannt als Kunstsammler. Es war nicht schwer, Kontakt mit ihm aufzunehmen und ihm die Bilder und die Noten anzubieten. Unser ›Kommissar‹, Elischa Karnapol, sammelt Briefmarken. Als ich zu ihm sagte, dass ich mich über Louis Dipl wundere, weil er überhaupt nicht herauszufinden versucht hatte, wo die Bilder und die Noten herkamen, sagte er, das Sammeln führe in vielen Fällen zu einer Leidenschaft, zu einer Sucht, zu einem unbezwingbaren Wahn. Kein wirklicher Sammler hätte die Bilder und die Noten abgelehnt. Das Bewusstsein, etwas in der Hand zu haben, was kein anderer Sammler hat, dass man seiner eigenen Sammlung etwas hinzufügen könne, bringe solche Sammler um den Verstand. Meiner Meinung nach gehört Louis Dipl zu dieser Sorte Mensch. Er war hingerissen von der guten Gelegenheit, die ihm da in den Schoß gefallen war, aber die Erfahrung hatte ihn auch eine gewisse Vorsicht gelehrt.

Hunderte von Fälschungen haben in den letzten Jahren den internationalen Kunstmarkt überschwemmt. Es gibt sogar schon einen legalen Handel mit ›echten Fälschungen‹, die nur erstklassige Sachverständige von den Originalen unterscheiden können. Eine bekannte und angesehene Galerie in Paris beschäftigt sich nur mit dem Verkauf solcher Bilder. Sie behaupten, es handle sich dabei nicht um Fälschungen, sondern um Kopien. Sie beschäftigen erstklassige Spezialisten, die Bilder auf echte Leinwand aus der Zeit des entsprechenden Künstlers malen, den sie kopieren. Sie benutzen Originalfarben, und man wird bei ihnen keine Spur von Acryl finden, sogar die Rahmen und die Nägel stammen aus der Zeit. Warum lachst du jetzt?«

»Über dich.«

»Wieso?«

»Du bist Fachmann für Kunst geworden.«

»Ich habe mich informiert, das ist alles. Ich kann auch aufhören.«

»Bist du beleidigt?«

»Natürlich nicht.«

»Erzähle weiter, Benzi.«

Plötzlich war Benzi verlegen. Er hatte sich in seine Geschichte versenkt, laut nachgedacht, die Ereignisse geordnet, zum Teil gestützt auf das, was er wirklich wusste, zum Teil aber auch nur so, wie er sich alles vorstellte. Lisis Bemerkung hatte ihn aus dem Schwebezustand zwischen Wahrheit und Hypothese herausgerissen. Plötzlich stand er da wie einer, der sich mit fremden Federn schmückt. Lisi bedauerte ihre Worte sofort. Die geheime Botschaft ihrer Reaktion war gewesen: Was versteht ein Banause wie du schon von Kunst? Wie arrogant das war! Wer wusste besser als sie, wie verletzend solche Worte sein konnten und wie hilflos sie einen machten. Zerknirscht bat sie ihn, mit seinem Bericht fortzufahren.

Er zögerte, dann sprach er weiter: »In der Welt der Kunst fürchtet man sich wirklich davor, was mit diesen sogenannten

›Kopien‹ in zwanzig oder fünfzig Jahren sein wird. Wer kann in ein oder zwei Generationen noch zwischen dem Original und der Nachahmung unterscheiden? Und wer bürgt dafür, dass wir ein Original geerbt haben? Dipl wagte es nicht, die Bilder Soutines und die Noten von Skrjabin zu kaufen, ohne qualifizierten Rat einzuholen. Er brachte also die Bilder und die Noten zu Sotheby's in New York, um eine sachkundige Meinung zu erfahren, bevor er sich zum Kauf entschloss. Die Untersuchungen von Sotheby's liefen in zwei Richtungen: Die Noten wurden Musikwissenschaftlern übergeben, die Bilder Fachleuten für Malerei. Erst kam das Okay für die Noten, dann auch für die Bilder.

Auch die Bezahlung erfolgte in zwei Raten. Die Bilder und die Noten wurden zwar nicht über Sotheby's gekauft, doch allein die Tatsache, dass Bilder und Noten unbekannter Herkunft auf dem Kunstmarkt aufgetaucht waren, ließ bei den Leuten dort ein rotes Licht aufleuchten. Sie fürchteten, es könne sich um Diebesgut handeln. Deshalb wandten sie sich Anfang 1989 heimlich, ohne Dipls Wissen, an Interpol.

Weil damals so viele Russen nach Israel einwanderten, wandte sich Interpol an die israelische Polizei. Sowohl Skrjabin als auch Soutine stammten aus Russland, so kam es zu dem Verdacht, die Bilder und die Noten könnten nach Israel eingeschmuggelt worden sein. Rosi war von Anfang an über die Anfrage von Interpol informiert. Und er wusste, dass eine systematische Nachforschung ergeben würde, dass es Tami Simon war, die Dipl die Objekte verkauft hatte. Sein ganzes Interesse war nun auf zwei Ziele gerichtet: Erstens wollte er das Geld bekommen, das ihm noch zustand, und zweitens alle Spuren verwischen, die zu ihm führen könnten. Die Kunstwerke waren über Bilha Stefanopulos zu Dipl gelangt. Er musste glauben, sie sei die Besitzerin gewesen, und wie die Objekte in ihre Hände geraten waren, interessierte ihn nicht. Als die erste Rate des Geldes in Athen angekommen war, informierte Bilha ihre Tochter. Tami fuhr nach Athen, nahm das Geld und brachte es auf eine Schweizer Bank. Neunzig Prozent auf ein Konto, das sie auf den Namen Benjamin Rosenman eröffnete, zehn Prozent auf ihr eigenes. Für Rosi gab es keine Abkürzung. Er musste auf das Okay von Sotheby's warten, dann darauf, dass das Geld von New York nach Athen kam und von dort in die Schweiz. Er wagte es nicht, das Land vor Abschluss dieser Transaktionen zu verlassen.

Die Geschäfte zwischen Rosi und Tami haben beiden was gebracht. Rosi brauchte Tami, und vielleicht waren sie und ihre Familie von Rosis Unterstützung abhängig. Simon hat bei seinem Verhör zugegeben, dass er von Awner Rosen den Tipp bekommen hatte, über Tami natürlich, dass die Polizei wegen seiner Geschäfte gegen ihn ermittle. Für Tami war Rosi ein vermögender Mann, der sich gegen eine Provision ihrer Hilfe bediente und zugleich sie und ihre Familie mit Informationen versorgte, die nicht mit Gold aufzuwiegen waren. Für Rosi wiederum war der logischste Weg, die Spuren seiner eigenen zweifelhaften Geschäfte zu verwischen, Simon zu belasten. Er wollte ihn so sehr in Schwierigkeiten bringen, dass die Noten und die Bilder bei den Ermittlungen zu einer unbedeutenden Nebensächlichkeit wurden. Und man muss sagen, dass ihm das wirklich gelungen ist. Statt dass sich die Ermittlungen mit den Kunstwerken beschäftigten, konzentrierten sie sich fast ausschließlich auf die dunklen Geschäfte Simons. Unsere besten Leute waren bei diesen Ermittlungen eingespannt – und sind es noch immer.«

»Wie die Ablenkungsmanöver von General Schwarzkopf«, sagte Lisi und lächelte.

»Was?«

»Er hat die amerikanische Marine vor der Ostküste Kuwaits konzentriert, und Saddam Hussein, der seine Divisionen schickte, um den erwarteten Angriff vom Meer aus zurückzuschlagen, merkte nicht, dass die Amerikaner inzwischen von der Wüste her seine Truppen umzingelten. Ein glänzender Schachzug, mein lieber Watson.«

»So glänzend nun auch wieder nicht.«

»Meinst du Schwarzkopf oder Rosi?«

»Rosi.«

»Macht Simon keine schmutzigen Geschäfte?«

»Doch, und ob. Aber diese schmutzigen Geschäfte lenkten die Aufmerksamkeit nicht von den Noten und Bildern ab, einfach weil in beiden Aufführungen dieselben Stars mitspielten. Wenn es in diesem Land so etwas wie Gerechtigkeit gibt, dann wird man sich auf keinerlei Händel mit Simon einlassen, und er sitzt bis an sein Lebensende im Gefängnis. Immerhin haben die Geschäfte von Dipl, Stefanopulos und Simon dazu geführt, dass die israelische Firma Gamazur die Planung für die Computersteuerung von Hubschraubern übernahm, die schließlich an Libyen verkauft wurden. Und die Vaduzer Firma des unheiligen Dreiergespanns war an einem deutschen Konzern beteiligt, dessen italienische Tochtergesellschaft im Irak eine Fabrik zur Herstellung von Kampfgas baute. Wahrscheinlich genau das Gas, das im Moment unsere Kinder bedroht.

Simon nutzte auf die zynischste Art seine Beziehungen zum Sicherheitsministerium aus. Einzelne Menschen und Firmen vertrauten ihm blind, und er führte sie in die Irre. Der Chefmanager von Gamazur ist gründlich verhört worden. Ein Freund Simons noch aus der Armee. Er glaubte, Simon arbeite im Auftrag des Sicherheitsministeriums. Simon? Einer unserer Besten! Er kenne ihn noch aus seiner Rekrutenzeit. Wie froh er darüber war, dass Simon ausgerechnet seine Firma auswählte, um die Computersteuerung für die amerikanischen Hubschrauber zu entwickeln. Er wusste, dass Eclips, die britische Gesellschaft, die bei ihm die Computersteuerung bestellt hatte, eine Tochtergesellschaft von Dipls amerikanischer Gesellschaft war, und hoffte, dass ihm dadurch in Kürze der Einstieg in den amerikanischen Markt gelingen könnte. In seinen schlimmsten Träumen hätte er sich nicht vorgestellt, dass er für Libyen arbeitete. Wir haben Schwierigkeiten mit den Amerikanern, den Griechen, den Türken, den Deutschen und so weiter.«

»Weiß eigentlich sein Sohn Oded von all diesen Machenschaften?«

»Wir sind dabei, das zu klären. Nachdem wir Rosi verhaftet hatten, haben wir auch Simon und Oded festgenommen. Das Problem ist, dass Simon, der seine Tochter verloren hat, nun alles tun wird, um wenigstens seinen Sohn zu retten. Deshalb fürchte ich ja auch, dass es zu irgendwelchen Händeln kommen könnte.«

»Wusste Simon von den Noten und den Bildern?«

»Er sagt, er habe es nicht gewusst.«

»Was meinst du?«

»In die Sache mit den Bildern und den Noten war seine Tochter verwickelt, außerdem seine ehemalige Frau und seine heutigen Partner.«

»Hat Bilha zugegeben, Simons Bild außer Landes geschmuggelt zu haben?«

Plötzlich lachte Benzi. »Willst du nicht vielleicht doch bei der Polizei arbeiten? Bei uns sind schon drei aus derselben Familie angestellt, du wärst die vierte.«

»Hat sie es zugegeben oder nicht?«

»Nein.«

»Nein?«

»Silcha sagt, ihr Gesundheitszustand sei sehr schlecht. Man könne nur schwer mit ihr sprechen. Die meisten ihrer Antworten waren ›ja‹ und ›nein‹. Silcha hat sie gefragt, ob Simon sie gebeten habe, den *Blumenstrauß mit Huhn* mitzunehmen, als sie nach Athen zurückflog, und sie sagte: ›Nein.‹ Ihr Ehemann und ihr Arzt saßen daneben und passten auf, dass er sie nicht drängte.«

»Ist sie bei klarem Verstand?«

»Ja.«

»Was werdet ihr tun?«

»Vorläufig nichts. Die Wahrheit wird ans Licht kommen, Lisi. Egal, ob es ein Jahr dauert oder zehn oder fünfzig. Diese Bilder sind in Sünde geboren. Soutine hatte sie ›zerstört‹, und Zborowski betrog ihn, indem er sie ›rettete‹. Sie führen ein Leben in Lüge und Sünde, von damals bis heute.«

Lisi lächelte. »Du sprichst über sie, als wären sie menschliche Wesen. Die Wahrheit wird ans Licht kommen, aber nicht aus eigener Kraft, sondern mit Hilfe von Simon. Simon wird auf diesen Soutine nicht verzichten. Er hat ihn gutgläubig gekauft und voll bezahlt. Außerdem wird er nicht zulassen, dass sich Bilha aus der Affäre zieht. Er wird das Geständnis schon aus ihr herausbekommen.«

»Bilhas Schmuggelei interessiert mich im Moment überhaupt nicht. Er ist es, der mich interessiert. Und über seine schmutzigen Geschäfte haben wir genug Material. Wechsel, Flugtickets, Bankbelege, die Hinweise von Sotheby's und von Interpol. Und auch meine und deine Aussagen.«

»Meine?«

»Selbstverständlich.«

»Was ich zu sagen habe, schreibe ich in meiner Zeitung, Benzi, Schätzchen.«

»Wenn du anfängst, dich aufzuregen, gehe ich.«

»Dann geh.«

»Ja? Und wer liefert dir das Material für deinen Artikel?«

»Wo hat Rosi gewohnt, nachdem er meine Wohnung verlassen hatte?«

»In seiner eigenen Wohnung.«

»Du machst Witze.«

»Der Nachbarin, die ihn im Treppenhaus traf, erklärte er, er sei Benjamin, Rosis Bruder, und er sei gekommen, um die Wohnung aufzulösen. Sie stellte fest, dass die beiden sich wirklich ähnlich sahen, drückte ihm ihr Beileid aus und wünschte ihm, Gott möge ihm in seinem Schmerz beistehen.« Benzi lächelte bitter, wurde aber sofort wieder ernst. »Als er zum ersten Mal deine Wohnung verließ, fuhr er zu seiner Wohnung in Tel Aviv. Auch Frau Kurz erzählte er, er sei Rosis Bruder, woraufhin sie in Weinen ausbrach. Wer wusste besser als sie, was es hieß, einen Bruder zu verlieren. Drei Brüder hatte sie verloren, damals, ›dort‹.

Als Rosi nach Tel Aviv kam, ging er dort zum Friseur und ließ sich noch einmal die Haare färben. Dann ging er zum Einwohnermeldeamt, gab an, er habe seinen Pass verloren und brauche dringend einen neuen. Sie hatten keinen Grund, misstrauisch zu sein. Seit Beginn des Krieges wollten viele Leute dringend einen neuen Ausweis. Der alte Pass, den Rosi angeblich verloren hatte, lautete auf den Namen Benjamin Rosenman. Beruf: Landwirt. Er hatte ihn schon zwei Jahre vorher ausstellen lassen. Er gab die Nummer des Passes und alle relevanten Details an und überreichte ein neues Foto, mit blonden Haaren und der neuen Brille. Vorgestern bekam er schließlich seinen neuen Pass, ging zu einem Reisebüro und kaufte ein Flugticket in die Schweiz auf den Namen Benjamin Rosenman, bezahlte aber noch nicht.

Wir haben alles beobachtet, was er tat. Die Anweisung war, ihn am Flughafen festzunehmen, bevor er den Flieger bestieg. Aber in letzter Minute erwartete uns eine Überraschung. Statt dass er in seiner Tel Aviver Wohnung blieb, teilten die Beobachter mit, dass Rosi nach Be'er Schewa zurückgekehrt sei, in die Wohnung Lisi Badichis.

Zu diesem Zeitpunkt warst du noch in der Redaktion. Das wussten wir von ›Ludmilla‹. Plötzlich wurde uns klar, dass das letzte ungelöste Problem aus der Sicht Rosis Lisi Badichi war. Du hast ihm selbst alles erzählt, was du unternommen hast. Du hast Paulette Melnik getroffen, bist nach Bizaron B gefahren, hast dich in das Problem mit den Fahrzeugen am Mordtag verbissen und hast dich für die Patronenhülsen interessiert. Du warst der Lösung zu nahe, und er wusste, dass du früher oder später auf ihn kommen würdest. Rosi ist ein systematischer Mann. Er beschloss, nichts Unerledigtes zurückzulassen. Er floh zwar aus dem Land, mit großem Vermögen, aber wer kannte den Unterschied zwischen Vermögensdelikten und einer Mordanklage besser als er? Nachdem er Chesi und Tami umgebracht hatte, hatte er sich sicher gefühlt: Awner Rosen war ›ermordet‹, Ben-Zion Koresch würde es nicht wagen, seine Stellung in der Polizei dadurch zu gefährden, dass er nach der Wahrheit suchte, Lisi Badichi würde schweigen, um Ben-Zion Koresch zu schützen. Und was das Wichtigste war: Es gab keinen einzigen Menschen mehr, der etwas von seinem Konto in der Schweiz und der Herkunft des Geldes wusste.«

»Bilha Stefanopulos hat die Bilder an Dipl weitergeleitet, und Bilha Stefanopulos hat das Geld von Dipl bekommen und Tami benachrichtigt, sie könne kommen und es holen. Sogar wenn wir davon ausgehen, dass sie nichts von Rosi wusste, so war ihr doch sicher bekannt, dass die Bilder und die Noten nicht aus Tamis Besitz waren.«

»Obwohl sie an der ganzen Transaktion nichts verdiente, war sie doch darin verwickelt. Sie hat beim Schmuggel der Kunstgegenstände und beim illegalen Transfer des Geldes geholfen. Ein Geständnis würde sowohl sie als auch ihren Mann vernichten. Von ihr hatte Rosi also nichts zu befürchten. Umso mehr, als sie überhaupt nicht wusste, wer der Verkäufer gewesen war. Nein, Bilha Stefanopulos kümmerte ihn nicht groß. Lisi Badichi war es, die ihm Sorgen machte.

Er wusste, dass er in dem Moment, in dem man ihn des Doppelmordes verdächtigen würde, nirgendwo auf der Welt seine Ruhe finden würde. Und du hattest schon zu viel herausbekommen, das war ihm klar. Ich wusste zwar, dass er lebte und bei dir in der Wohnung war, aber seiner Meinung nach würde ich es nicht riskieren, die Wahrheit zu sagen, die mich zum Mittäter machte. Denn dann würde man mich aus dem Polizeidienst entlassen und vor Gericht stellen.

Du weißt ja, dass er ›goldene Hände‹ hatte. Wir haben noch nicht herausgefunden, wo er das Phenol gestohlen hat. Aber er hat es gestohlen und hat es in deinen Filter gefüllt. Dir ist ja auch aufgefallen, dass er plötzlich eine Gasmaske hatte. Du hast dich noch gewundert, wo er sie sich beschafft hat. Die Gasmaske, die du aufhattest, als er versuchte, dich zu vergiften, war nicht deine, sondern seine. An der Maske, die er während des Alarms trug, fanden wir Haare von dir. Er hat sich also eine Gasmaske besorgt, Phenol eingefüllt und auf einen Alarm gewartet.«

»Zu seinem Glück gab es Alarm. Was wäre sonst passiert?«

»Wir haben in deiner Wohnung eine Kassette mit der Aufnahme einer Alarmsirene gefunden.«

Lisi starrte Benzi mit aufgerissenen Augen an. Die Kaltblütigkeit, mit der Rosi alles geplant hatte, entsetzte sie.

»Von dem Moment an, als wir wussten, dass er in deine Wohnung zurückgekehrt war, beschlossen wir, nun kein weiteres Risiko einzugehen und seine Verhaftung nicht auf den nächsten Morgen zu verschieben. Als du mich angerufen und mir gesagt hast, du wüsstest jetzt, wer der Mörder ist, war dein Haus schon voller Polizisten, Lisi. Du warst gerade zwei Minuten in der Wohnung, da klingelten wir bereits an der Tür. Als niemand aufmachte, dachten wir, du würdest das Klingeln nicht hören, weil du in deinem abgedichteten Bad wärst, trotzdem beschlossen wir, zur Sicherheit die Tür aufzubrechen. Alles weitere weißt du ja.«

»Hat er Widerstand geleistet?«

»Nein. Im Gebäude waren zehn Männer postiert und vor dem Gebäude weitere zehn, außer den ›Flüchtlingen‹, die bei den Markowitz' wohnten.«

»Warst du dabei, als die Tür aufgebrochen wurde?«

»Ja.«

»Wie hat er reagiert, als er dich gesehen hat?«

»Keine Ahnung. In diesem Moment habe ich mich nur um deine Rettung gekümmert.«

»Benzi.« Ein kleines Lächeln der Dankbarkeit erhellte ihr Gesicht.

Lisis Reaktion verwirrte Benzi. Er zog einen Zahnstocher aus seiner Hemdentasche und schob ihn zwischen die Lippen. Mit diesem winzigen Schwert kämpfte er gegen die Gefühle, die ihn zu übermannen drohten. »Ich hatte Angst vor deiner Mutter. Wenn dir was passiert wäre, hätte sie mich umgebracht.«

»Wirst du ihn treffen?«

»Hoffentlich nicht.«

»Warum?«

Benzi zögerte. Als er schließlich weitersprach, war seine

Stimme heiser vor Erregung: »Er war mein Freund. Ich habe an ihn geglaubt. Als er mich in der Mordnacht anrief, wusste er, dass er mich auf die Liste seiner Opfer setzte. Ich bin nicht naiv, Lisi. Ich habe viele Verbrecher getroffen, die wie die reinsten Unschuldsengel aussahen. Ich habe keine großen Illusionen, was das betrifft. Aber Rosi! Dass er mich für so dumm gehalten hat – das ist, als wäre vor meinen Augen der Tag zur Nacht geworden.«

»Letztlich erhielten wir die größte Hilfe bei diesem Fall von Rosi selbst«, sagte Lisi, um Benzi zu beruhigen. »Er hat uns während der ganzen Zeit Informationen geliefert, die der Wahrheit dienten. Er ist geschnappt worden, weil er sich seiner selbst zu sicher war. Sein Hochmut hat ihn zu Fall gebracht.«

»Nein, es war nicht sein Hochmut, Lisi. Bleiben wir bei der Wahrheit. Es war seine Geldgier, die ihn zu Fall gebracht hat. Einfache, ordinäre Geldgier, Schlechtigkeit und Zügellosigkeit. Seine Geldgier, die vor seiner Familie und seinen Freunden nicht haltmachte, nicht vor dem Leben anderer, nicht vor ihrer Ehre und ihrem Besitz, und die jedes Hindernis auf dem Weg nur als Störfaktor betrachtete, den es wegzuwerfen oder zu vernichten galt. Wegen seiner Geldgier hat er zwei Menschen getötet und dich um ein Haar auch.«

Lisi dachte daran, dass sie mit Rosi geschlafen hatte und dass diese Tatsache offenbar keinerlei Bedeutung für ihn gehabt hatte, als er plante, sie umzubringen. Ebenso wie es für ihn keine Bedeutung gehabt hatte, als er Tami ermordete. Sie erinnerte sich an die Berührung seines Körpers, an seine Lippen auf ihrem Mund, fühlte seine Hände, seine Haare, seine Haut – und begann zu zittern. Ihre stärkste Empfindung in diesem Moment war Scham.

Benzi hörte auf zu sprechen und schaute sie an. Dann legte er die Hand auf ihren Arm, der unter der Decke lag. »Willst du, dass ich Georgette rufe?«, fragte er.

»Nein.«

»Soll ich dir ein bisschen Wasser geben?«

»Ja.«

Benzi füllte ein Glas, das auf dem Waschbecken stand, und brachte es Lisi. Er stützte ihren Kopf und hielt ihr das Glas an die Lippen, damit sie trinken konnte. Als er weitersprach, tat er ihr den Gefallen und schaute sie dabei nicht an.

»Hätte er uns eine grobe Lüge aufgetischt, wären wir sofort draufgekommen. Aber was er getan hat, waren eher Manipulationen der Wahrheit, und das benebelt die Sinne, Lisi.«

»Er hat nicht die Wahrheit manipuliert, Benzi. Er hat gelogen. Das Problem war, dass wir ihm nicht richtig zugehört haben. In dem Moment, als er sagte, er sei zehn Minuten später bei *Eis & Kaugummi* gewesen, hätte ich kapieren müssen, dass er log. Und als es um den Schmuggel von Kunstgegenständen ging, kümmerte er sich mehr um die Gegenstände selbst als um die Schmuggler. Warum? Weil ihn die Schmuggler nicht interessierten, sondern weil er die Bilder suchte. Suchte und fand. Überlege doch, wie oft er eine Hausdurchsuchung bei Paulette Melnik durchgeführt hat, und dabei hat er immer so getan, als verdächtige er Chesi Rodnizki. Wer war er schon, dieser arme Chesi? Ein kleiner Drogensüchtiger, der mit sechzehn etwas angestellt hatte. Hätte ich Rosi wirklich zugehört, hätte ich gleich am Anfang gemerkt, dass es nicht Chesi Rodnizki war, der den Inspektor Awner Rosen interessierte. Aber da war eben dieser intelligente, gebildete Polizeibeamte, eine Zierde des Landes ...«

»Du tust ihm zu viel Ehre an, Lisi. Zur Aufklärung eines jeden Verbrechens braucht es drei Dinge: das Verbrechen selbst, den Verbrecher, das Gesetz. Das war auch im Fall Awner Rosen nicht anders. Zwei Dinge waren von Anfang an klar. Aber wir, die Vertreter des Gesetzes, brauchten eindeutige Beweise. Zu unserem Glück benötigte Rosi ein paar Tage Zeit, um seine Flucht vorzubereiten, und wir nutzten diese Zeit, um ihm ohne Zweifel nachweisen zu können, dass er Verbrechen begangen hat.

Du hast dich, aus welchen Gründen auch immer, auf den Punkt mit den Fahrzeugen gestürzt, während für mich die Waffen wichtiger waren. Nach Rosis Angaben hätten wir in der Umgebung des Tatorts vier Patronenhülsen finden müssen. Rosi sagte, Chesi habe auf Tami und auf ihn geschossen, während er selbst zweimal auf Chesi geschossen habe. Einmal zur Selbstverteidigung und einmal, um die Identität des Toten zu verwischen. Es hätte also zwei Patronenhülsen aus der F.N. und zwei aus der Beretta geben müssen. Wir haben am Tatort aber nur drei Patronenhülsen gefunden. Und von den dreien stammte nur eine aus der F.N. Ich habe weiter nach der vierten gesucht, denn ich glaubte ihm das, was er uns erzählte. Ich hätte meinen Augen glauben sollen, nicht meinen Ohren. Dann wären meine Sinne früher wach geworden, und ich hätte kapiert, dass es keine vier Schüsse gegeben hatte, sondern drei. Rosi erschoss Chesi mit seiner F.N. Dann nahm er Chesis Beretta und erschoss Tami. Und am Schluss schoss er durch die Windschutzscheibe auf

Chesis Gesicht. Drei Schüsse und drei Patronenhülsen. Eine aus der F.N. und zwei aus der Beretta.«

»Warum hat er eigentlich nicht versucht, die Patronenhülsen zu finden und mitzunehmen?«

»Er konnte nicht wissen, wie lange der Alarm dauern würde. Die Zeit reichte ihm gerade, um die Morde zu begehen und mit Chesi seine Identität zu tauschen. Er wagte nicht, sich länger dort aufzuhalten.«

»Er hätte es beinahe geschafft, nicht wahr, Benzi?«

»Nein. Das Einzige, was er wirklich beinahe geschafft hätte, war, dich umzubringen.«

Benzi schwieg. Sein Körper entspannte sich, er versank in düstere Gedanken. Er sah wirklich sehr müde aus. Lisi dachte, dass es auch ihm nichts schaden würde, sich in ein Krankenhausbett zu legen und sich umsorgen zu lassen.

»Warum wird er eigentlich ›Rosi‹ genannt?«

»Er hat es mir mal erzählt. Als Kind war er so mager wie ein Streichholz. Die Kinder im Dorf nannten ihn Rosenstange. Der Name wurde abgekürzt, und im Laufe der Zeit ist ›Rosi‹ daraus geworden.«

»Warum lachst du jetzt?«, fragte Lisi.

»Arieli hat mir die gleiche Frage gestellt. Als ich es ihm erklärte, verkündete er in einem dramatischen Ton: ›Dünne Leute sind gefährlich. Ich möchte nur dicke Leute um mich haben‹.«

»Da hat er in etwa Julius Cäsar zitiert.«

»Und es genossen, dass ich das nicht wusste.«

***

Klara und Ja'akow standen in der Tür, begleitet von Georgette. Beide waren elegant und feierlich angezogen. Ja'akow trug seinen dreiteiligen schwarzen Anzug, in der einen Hand hielt er seinen Hut, in der anderen einen Strauß roter Nelken. Klara trug ein blaues, mit kleinen weißen Monden bedrucktes Seidenkleid, und ihre Hände steckten in ebenfalls blauen Spitzenhandschuhen. Die Perlenkette reichte ihr bis zur Taille. Sie hielt eine Ausgabe der *Zeit* in der Hand. Beide betrachteten Lisi prüfend und besorgt.

»Geht doch rein«, drängte Georgette. »Benzi macht sie schon seit zwei Stunden verrückt mit seinem Geschwätz.«

»Benzi macht mich nicht verrückt«, sagte Lisi. »Bring ihn heim und leg ihn ins Bett, Georgette.«

Benzi stand auf und bot Klara seinen Stuhl an.

»Ihr habt uns bei den Ermittlungen sehr geholfen«, sagte er zu ihr und Ja'akow.

Klaras Gesicht wurde rot vor Erregung. Sie wusste, dass sie und Ja'akow von ihrer Familie hochgeschätzt wurden, doch es passierte nur sehr selten, dass jemand das auch ausdrückte.

»Ich habe an Rosi geglaubt«, sagte sie zu Benzi. »Er war so ein Gentleman! Ein kultivierter Mensch! Und so höflich!«

»Sogar ein Kirschbaum beendet sein Leben als Holzscheit im Kamin«, sagte Ja'akow mit ernster Miene zu Klara.

Klara senkte den Kopf und betrachtete ihn gerührt. Ihre schwarz-grünen Pfauenaugen glitzerten. Nur ihr Ja'akow war imstande, die Dinge so poetisch zu formulieren.

»Ja'akow hat sich freiwillig gemeldet, im Heim des Frauenverbands zu spielen«, berichtete sie.

»Der Club ist doch geschlossen«, sagte Georgette.

»Sie wissen nicht, dass er der erste Pianist an der Oper von Alexandria war«, sagte Klara.

»Weil sie das Heim des Frauenverbands geschlossen haben«, beharrte Georgette, »sind viele Schwestern gezwungen, ihre Kinder mit ins Krankenhaus zu bringen. Sie haben Angst, sie allein zu Hause zu lassen, aber sie haben auch Angst, sie mit hierherzubringen.«

»Ich weiß nicht, ob ich es überhaupt schaffe, Klara, meine Finger sind ganz eingerostet.«

»Du wirst es schaffen, Ja'akow.«

»Los, Benzi, komm!«, rief Georgette, die offenbar genug hatte von Klara und Ja'akow. »Raus mit dir!«

Wieder wunderte sich Lisi über die Beziehung zwischen Georgette und Benzi. Und es fiel ihr ein Satz ein, den Klara vor ein paar Tagen gesagt hatte: »Jede Familie ist ein Rätsel, Lisi.«

Als Georgette und Benzi das Zimmer verlassen hatten, hielt Klara Lisi die *Zeit* hin und bat um ein Autogramm.

Unten auf der ersten Seite stand ein kurzer Bericht mit der Überschrift: »Polizist greift Reporterin der *Zeit* an.«

»Unser Berichterstatter«, der aller Wahrscheinlichkeit nach Arieli selbst war, erzählte vom Angriff auf das Leben Lisi Badichis. Die Tatsache, dass Georgette ihn mit Lisi nicht hatte sprechen lassen, nachdem er den ganzen Weg von Tel Aviv nach Be'er Schewa gefahren war, entsetzte und amüsierte sie zugleich. Der Artikel »unseres Berichterstatters« endete mit den Worten: »Die ganze Geschichte wird in der Wochenendausgabe erscheinen.«

Lisi dachte, dass ihr genau genommen nur ein Tag blieb, um

den Bericht abzuliefern. Sie reichte Klara die Zeitung zurück. Diese faltete sie vorsichtig zusammen, öffnete ihre Handtasche, zog ein kleines Päckchen heraus, eingewickelt in Zellophan und mit einer rosa Schleife geschmückt, und steckte stattdessen die Zeitung ein. Lisi wusste, was in dem raschelnden Päckchen war, noch bevor sie es geöffnet hatte: Chanel No. 5. Der Bund zwischen der älteren, erfahrenen Frau und der jungen, die immer noch strauchelte, hinfiel und wieder aufstand, hatte etwas Verletzendes und Tröstliches zugleich.

»Hast du jemanden, Lisi?«

»Vielleicht.«

Lisi dachte an Eran Fischer. Obwohl er jünger war als sie, wirkte er vernünftig und entschlossen. Sie hatte das Gefühl, er würde sein Versprechen halten und sich mit ihr um sechs Uhr nach dem Krieg treffen. Sie hoffte nur, dass er nicht auf die Idee kam, sie vorher zu besuchen. Zu diesem Treffen war sie nicht bereit. Noch nicht. Sie sehnte sich danach, allein zu sein, die Augen zuzumachen und zu schlafen. Vielleicht wäre sie dann, wenn sie aufwachte, imstande, Ordnung in all das zu bringen, was ihr letzte Woche passiert war. Doch sofort fiel ihr ein, dass sie am nächsten Tag ihre tausend Wörter für die *Zeit* schreiben musste. Freizeit war zum Luxus geworden, seit sie bei der *Zeit* angefangen hatte. In ihrem Leben war das Vergängliche zur Hauptsache geworden. Und die Hauptsache zum Vergänglichen.

Zur Autorin und
zu ihrer Übersetzerin

SHULAMIT LAPID, geboren 1934 in Tel Aviv, studierte Orientalistik und war Vorsitzende des israelischen Schriftstellerverbandes. Sie ist eine der erfolgreichsten Schriftstellerinnen Israels und schreibt neben Kriminalromanen auch historische und sozialkritische Romane sowie Kurzgeschichten, Theaterstücke und Kinderbücher. Der erste Band ihrer Krimireihe um die Journalistin Lisi Badichi, *Lokalausgabe*, wurde 1996 mit dem Deutschen Krimipreis ausgezeichnet.

MIRJAM PRESSLER, geboren 1940 in Darmstadt, besuchte die Hochschule für Bildende Künste in Frankfurt. Sie verfasste zahlreiche Kinder- und Jugendbücher und übersetzte aus dem Niederländischen, Englischen und Hebräischen, darunter Werke von Amos Oz. Sie wurde vielfach ausgezeichnet, u.a. 2001 mit der Carl-Zuckmayer-Medaille für ihre Verdienste an der deutschen Sprache. Mirjam Pressler verstarb am 16. Januar 2019 in Landshut.

Zum Buch

Als Lisi Badichi nach der Beerdigung ihres Bekannten, Awner Rosen, nach Hause kommt, hätte sie mit allem gerechnet. Nur nicht damit, dass er quicklebendig auf ihrem Sofa sitzt.

Der Polizeiinspektor ist einer internationalen Verbrecherbande auf der Spur und will ihr nun inkognito das Handwerk legen. Es geht um Schmuggel, Mord und Kunstraub – Lisi wittert einen grandiosen Knüller für ihre Lokalzeitung. Sie beginnt, auf eigene Faust zu ermitteln. Und muss bald feststellen, dass sie ihre Nase zu tief in tödliche Angelegenheiten gesteckt hat …

Dieses Buch wurde klimaneutral gedruckt.

Der Dörlemann Verlag wird vom Bundesamt für Kultur für die Jahre 2021–2024 unterstützt.